浊世神龙·侠骨恩仇记

民国武侠小说典藏文库·顾明道卷

顾明道◎著

中国文史出版社

顾明道和他的小说（代序）

张赣生

在本世纪（指二十世纪）二十年代末，能与"南向北赵"并称的武侠小说作家只有顾明道。

顾明道（1897—1944），原名景程，江苏苏州人。他八岁丧父，自幼体弱，上学时膝部患骨结核（中医所谓骨痨）致残，行动依赖拄拐。他毕业于教会所办的振声中学，因学习成绩优秀，即留在该校任教，并受洗为基督教徒。1922 年，范烟桥移居苏州，范氏在辛亥革命的时候就曾与友人组织"同南社"，诗酒唱和；这时又于七夕会同赵眠云、郑逸梅、顾明道等九人组织"星社"，以文会友。顾氏由此结识了一批文友，他一生的文学活动大体未超出这个小团体的范围。顾明道因一直希望医好腿疾，所以结婚较迟，抗战爆发后，他和母亲、妻子全家移居上海，苏州的家产毁于战火，从此落入贫病交加的处境中。他一生以教书为业，战前一直在苏州振声中学执教，迁居上海后一面写作，一面仍自办补习学校，招生授课，直至肺结核把他折磨得卧床不起才停办。病重时生活无着落，全靠朋友周济，终年只有四十八岁，身后凄凉。

了解了顾明道一生的经历，有助于我们客观地认识和评价他的小说。

从顾明道一生经历来看，腿残、留校执教、参加星社，这三件事深刻影响着他一生的文学事业。民国初年的上海，盛行哀情小说，即文学史上称之为"淫啼浪哭"的时期。1912 年，徐枕亚的《玉梨魂》和吴双热的《孽冤镜》在《民权报》同时连载，随即又连载李定夷的《霣

1

玉怨》，流风所被，一片哀音。顾明道就在这种风气的影响下，开始试写小说，那时他只有十七岁，尚未成年。他的处女作是短篇言情小说，发表在高剑华主编的《眉语》月刊上，这是一份以知识妇女为读者对象的刊物，脂粉气很重，在该刊的创刊号上发表了一篇阐明办刊宗旨的《宣言》，其中说："花前扑蝶宜于春；槛畔招凉宜于夏；倚帷望月宜于秋；围炉品茗宜于冬。璇闺姐妹以职业之暇，聚钗光鬓影能及时行乐者，亦解人也。然而踏青纳凉赏月话雪，寂寂相对，是亦不可以无伴。本社乃集多数才媛，辑此杂志，而以许啸天君夫人高剑华女士主笔政。锦心绣口，句香意雅，虽曰游戏文章、荒唐演述，然讽谏微讽，潜移转化于消闲之余，亦未始无感化之功也。每当月子弯时，是本杂志诞生之期，爰名之曰《眉语》，亦雅人韵士花前月下之良伴也。"看了这篇《宣言》，读者当能了解此刊物的性质。顾明道在1914年左右开始写小说时，选中这样一个刊物投稿，也就表明顾氏本人的性格难免有些多愁善感的脂粉气。

　　我指出顾氏性格中的脂粉气，因为这决定着他文学作品的基调，丝毫也没有嘲讽顾氏之意，每个人都在一定的环境下养成他的性格，这没有什么可嘲讽的，我们要研究的只是事实。郑逸梅在《悼顾明道兄》一文中提到两件事，其一为："明道最初的作品，刊登在许啸天所辑的《眉语》杂志上，该杂志多载女作家的文字，他就化名梅倩女史，撰着短篇小说。有一位读者，是登徒子之流，写信追求他，缱绻缠绵，大有甘伺眼波之意。明道接到了信，大笑之下，用梅倩具名答复他。那个登徒子欣喜欲狂，寄给他一帧照片，请他交换'芳影'，并约他会晤某园。明道到这时，才用真姓名自行揭破。这一段趣史，明道时常讲给人听的。"其二为："《江上流莺》稿成，我曾为他写一小序，有云：'江山摇落，风雨鸡鸣，我侪丁斯乱世，应变无方，干禄乏术，臣朔饥欲死，乃不得不乞灵于不律，红茧缫愁，绿蕉写恨，借以博稿资而活妻孥。社友顾子明道固与予相怜同病者也。'明道读了，亦为之感喟百端，不能自已。"当时正值日寇侵华，人民生活困苦，对此局面"感喟百端"也是情理中的事，我们不必咬文嚼字，过分挑剔；但达到"不能自己"的程度,就难免少些丈夫气了。以上两件事都可证明顾氏确有些多愁善感的脂粉气。

顾明道养成这样一种性格,固然与前述民初上海文坛的时尚有关,在当时一些人的心目中,唯其如此才配称为"才子",少了贾宝玉味道就被视为粗俗;但是就顾氏本身的内因而言,腿残对他心理上的影响,恐也不容忽视。肢体的残疾不仅影响着顾明道的性格,也限制着他的行动。郑逸梅《悼顾明道兄》一文说:"这时他在吴门振声中学担任教务,因不良于行,往返不便,所以他住在校中。"顾氏是一位多半生未离他那中学小天地的人,缺少广泛的社会生活经历,在这方面,他既不能与同时的"南向北赵"相比,更不能与后来的"北派四大家"同日而语。对于这样一位学生出身,生活面狭窄,又多愁善感的作家来说,写言情小说自然是最方便的,他可以坐在家里凭自己的情感体验来打动读者,只要情感诚挚,哪怕写的只是他个人的小天地,也总会有其可取之处。但自向恺然《江湖奇侠传》引起轰动之后,报刊编者和出版商均热心于武侠一途,顾明道为适应这一潮流,便也改弦易辙,于1923年至1924年在《侦探世界》杂志发表武侠小说。1929年,他由杭返苏,途经上海,与当时主编《新闻报》副刊《快活林》的星社文友严独鹤相会,恰逢《快活林》需要连载长篇武侠小说,严约顾撰写,这就促成了他一生的代表作《荒江女侠》的问世。

《荒江女侠》刊出后竟大受欢迎,同年冬,上海三星图书局向新闻报馆购买版权出版单行本,至1930年8月已翻印四版,1934年11月更达到十四版,这在当时是很可观的销行数。可见其轰动的程度。由于此书畅销,顾氏也就续写下去,共出版了六集,并被友联公司改编为十三集连续影片,上海大舞台、更新舞台也改编为京剧连台本戏,风靡一时,大有凌驾《江湖奇侠传》之上的势头。这部小说之所以能取得如此出人意料的效果,今天的读者或许很难理解。当时最著名的武侠小说,是"南向北赵"的作品,向恺然连缀民间传说,自有其吸引人的一面,但却少了点爱情纠葛、哀感顽艳;赵焕亭的《奇侠精忠传》据说原有不少狎媟的描写,因而触犯禁例,出版时经过删削。顾明道于此际把武侠、恋爱、探险等成分捏在一起，就给读者一种新鲜感，满足了十里洋场那特定读者群追求新奇、热闹的要求，正如严独鹤在《荒江女侠序》中所说："以武侠为经，以儿女情事为纬，铁马金戈之中，时有脂香粉腻之致，能使读者时时转换眼光，而不假非僻之途，不赘芜秽之词。是以爱读者驰函交誉。"

顾明道用以吸引读者的另一个办法是写"冒险"，他在谈及自己的作品时说："余喜作武侠而兼冒险体，以壮国人之气。曾在《侦探世界》中作《秘密之国》《海盗之王》《海岛鏖兵记》诸篇，皆写我国同胞冒险海洋之事，与外人坚拒，为祖国争光者。余又著有《金龙山下》一篇，可万余言，则完全为理想之武侠小说也，刊入《联益之友》旬刊中。又曾写《黄袍国王》长篇说部，记叙郑昭王暹罗之事，曾刊《大上海报》，后该报停版，余亦中止，他日拟出单行本以飨读者矣。又新著《龙山争王记》，则方刊于《湖心》周刊中，该刊为西湖小说研究社出版者也。曩年余为《新闻报·快活林》撰《荒江女侠》初续集，尚得读者欢迎，今由三星书局出单行本，三集亦在付梓中矣；又为《小日报》撰《海上英雄》初续集，则以郑成功起义海上之事为经，以海岛英雄为纬，以上两种皆由友联公司摄制影片。又尝作《草莽奇人传》，则以台湾之割让，与庚子之乱为背景也。"（转引自郑逸梅《悼顾明道兄》）所谓"冒险体"或"理想小说"，显然是接受了西方的小说观念，是指类似斯蒂文生《宝岛》或斯威夫特《格列佛游记》的体裁，譬如他所著的《怪侠》，写一个身负绝技的革命者，失败后率党徒逃亡海外，去非洲探险，与当地土著争斗，称雄异域，即是一例。

就顾氏的为人来说，他是一个正直、爱国的书生。"一·二八"日寇进犯上海，顾氏写了《国难家仇》《为谁牺牲》等小说，表示了他作为中国人的同仇敌忾之心。顾氏一生写过五十多部小说，以武侠和言情为主，也有社会、历史、侦探等作，他临终前，春明书店出版了他的最后一部作品《江南花雨》，这本小说具有自述的性质。

目　录

浊世神龙

1

侠骨恩仇记

浊世神龙

第一回

骇浪惊风强徒逢怪侠
红枫白酒野老话神龙

唐人张继《枫桥夜泊》的一首诗，是脍炙人口，传之千古的"姑苏城外寒山寺，夜半钟声到客船"。那寒山寺因此也成为苏州有名古迹之一。春秋佳日，游人不绝，都要到寺中去摩挲古碑，试聆钟声。张继一诗不但倾倒了古今天下许多人，便是清朝的大诗家王渔洋，有一日舟至枫桥时，夜已昏黑了，而且风丝雨片不时地打向篷窗上来，他却为了寒山寺的吸引力，情不自禁，便摄衣着屐，列炬登岸，走到寒山寺去，题诗二绝云："日暮东塘正落潮，孤篷泊处雨萧萧。疏钟夜火寒山寺，记过吴桥第几桥。""枫叶萧条水驿空，离居千里怅难同。十年旧约江南梦，独听寒山半夜钟。"一时以为清狂绝人。

那寒山寺正在枫桥之旁，它既然是唐朝时候起建的，到现在历劫沧桑，当然是一座古刹，在前清时常有大善士解囊捐助，时时加以修葺，使古迹不致磨灭。而枫桥两字列入诗中，地以诗传，这期间也有幸与不幸了。原来张继那首诗第二句"江枫渔火对愁眠"，一说作"江村渔火"，经过许多文人的考证，始知寒山寺的一边是枫桥，一边是江村桥，那"江枫渔火"就是指点这两座桥的，然而江村桥却寂寂无闻，不及枫桥尽人皆知呢。至于寺中的唐钟早已东渡扶桑，落在异国之手，现在所有的已是赝鼎了。所以康南海所书绝诗中，有"钟声已渡海云东，冷尽寒山古寺枫"之句。但是枫树呢，却也是有其名而无其实，不及天平红叶尚足供人玩赏了。

枫桥是一个小镇，但因水路正当要道，商船往来不绝，所以倒也很是热闹。那边的居民虽是负郭之家，已是有些乡村化了。在那枫桥之东有一小小酒家，门前临着闹市，后面却是沿河的数间矮屋，挂着一个酒帘子，有一个宽大的庭心正对着清流，庭中还有一株枫树，长得高出屋檐。这时候正是橙黄橘绿凉秋九月，枫树已红得如少女颊上涂着的胭脂一般，十分艳丽。酒店里各个座头坐着不少喝酒的人，在那里狂饮，大都是些乡人，二喜三元地猜拳。可惜没有诗人红叶题诗，一发思古幽情。

但在沿窗一张桌子上坐着三个男子，交杯递壶，且饮且谈。其中一个是老人，旁边两个年纪较轻，大家箕踞而坐，老人开口说道："这个世界越发黑暗了，只有那些土豪恶霸们肆行无忌，为所欲为，连官吏也装聋作哑地不敢盘问；弱小的忍气吞声，好似羔羊置在俎上，任人宰割，可怜得很。我等虽然在旁瞧见着，心怀不平，可是无拳无勇，也只能硬着心肠不管，谁肯自招祸殃呢？"老人说时，悠悠地叹一口气。

左边一个颈边生着一瘤、穿黑色短褐的男子，听了老人的话，便问道："胡老叔，你说的莫非指着山塘街上李玉娇的事吗？这个确乎是很可怜的，那李玉娇必死无疑，有谁敢去和小霸王理论呢？况且李二麻子也不是个好人，大家知道的。"

老人道："我们常听说评话的说《水浒传》，讲起梁山泊的好汉武松、林冲、石秀、鲁达等，都是虎虎有生气，专代人家打不平，不愧为义侠男儿。现在李玉娇的事，倘然有武松、鲁达一般的人在此，一定不肯袖手旁观，坐视恶霸猖獗的。可惜我一则年纪老迈，二则没有一些儿本领，否则必要救出李玉娇，把那个小霸王警戒一下子。"老人说到"小"字，声音降低一些，向四座喝酒的人偷瞧了一下，恐防被人听到的样子。

大多数的座客都在喝酒猜拳，没有留意他们的话，唯有西边沿窗一个小座头上有一个五十余岁的银髯老叟，穿着一件蓝布袍子，衣服很是朴素，形状却如北方人，双目炯炯有光，他脸上精神也很饱满。在他面前放着一盆小鱼、一盆素菜和一包花生米、两块豆腐干。当他们高谈李玉娇的时候，那老叟很留神听着，可是等到姓胡的老人回头看时，他却低卜头去，举起朴来喝酒，态度甚是安详闲适，三人当然也不注意于他。

在老人右边坐的一个矮小的男子，因为酒酣耳热，头上戴的一顶烟毡帽也脱在一边，前胸敞开着，露出里面肮脏的单衫来，刚才喝了一杯酒，翘起一只大拇指，对老人说道："胡老叔，你说现在世上缺少武松、鲁达一般人吗，据我矮刘所知的，最近在太湖中有一条神龙忽隐忽现的，使湖滨一带居民惊奇莫名呢。"

老人道："太湖里出现了龙吗？"

矮刘摇摇头道："不，胡老叔不要冬瓜缠到茄门里去。我所说的神龙乃是一个人，而非真正的龙。"

老人道："既然是个人，怎么称为神龙呢？"

矮刘笑了一笑道："这其中自然有故了，待我告诉你们听。我是常常在太湖里捕鱼的，湖滨的人大半认识。他们常常有话告知我的，太湖中不是常有一伙土匪出现，要抢人财物伤人性命的吗？那些人大概是河南山东各省的人，也有他们的帮，势力很大，官军奈何他们不得。其中有一个首领姓盛的，别号刽子手，因为他杀的人很多，也是最有势力。前数天那刽子手在湖上抢劫一艘从湖州来苏的商船，正在劫掠之时，远远港口里忽然飞也似的划出一条小舟来，舟尾有一个人打着双桨，舟首立着一个人，蒙着面，露出两只眼睛，手中横着一柄宝刀，跳到盗船上去阻止他们行劫。刽子手和那蒙面人厮杀起来，战不到十数合，被蒙面人一刀劈于水中，他平素杀的人不少，那天也是恶贯满盈，报应到了。于是盗党都作鸟兽散，那商船上的财货丝毫未有损失，只受着一番虚惊。船上的商人正要向那蒙面人致谢，问他姓名，那蒙面人已返身跃入小舟，高唱着大江东去，向惊风骇浪里驶去了。这一回事是那商人和舟子们告诉他人知道的，我听得后甚是奇异，不知那蒙面人果是何许人物。"

姓胡的老人听了矮刘报告的话，喝了两口酒，向二人说道："真奇怪呀，那蒙面人来得突兀，去得迅速，恍如神龙，见首不见尾。矮刘，你讲得有声有色，很能提起人家的兴味。"

矮刘道："不止那一回事呢，我再告诉你们听吧。前个月某个村有一个少妇傍晚时从母亲家回来，行在冷落的田岸上。忽然有几个地痞游勇，是从赌台上散下的，见了那少妇忽起淫心，将伊拦住，拖到林子里去，要施行强奸。少妇惊极而啼，高呼救命。游勇等方把手去掩住伊的嘴，褫夺伊的亵衣时，林子外忽然跳进一个人来，矫捷勇猛，如熊虎一般，施展双手，将那几个地痞游勇打得东倒西跌，鼻破脸肿，纷纷狼狈遁去。少妇惊魂初定，才见那人是个蒙面的侠士，瞧不出他的庐山真面，遂向那人跪倒地下，拜谢救命之恩。那人伸手扶伊起来，问清了少妇住的所在，又亲自送伊回去。到得家门时，天已黑了，叩门数下，少妇的丈夫出来开门，少妇方欲回身向那人道谢，然而蒙面的侠士早已不见影踪，不知何时走去的，那少妇也没有知道呢。遂将这事告诉了伊的丈夫，二人都望空拜谢。事后告诉邻人，纷纷传说，那救人少妇的侠士不就是湖上歼盗的英雄吗？"

老人点点头道："正是，可惜我没有瞧见，否则我一定要查问个究竟，好明白那侠士的真相。"

矮刘又道："前天我听朋友王老三说，他在石湖东边一座小山头上曾见有一匹骏马，驮着一个人，飞驰过山。那时天上正有十数头野鸭横飞而过，瞥见那人将手向天空一撒，便有七八头野鸭从天空里敛翼下坠，遂下马去拾取野鸭，恰有两头落在王老三面前，他便拾了起来，正待交给那人，见他忽然从身畔取出一个面罩，把脸蒙住，因此王老三不能瞧清楚那人的面庞。那人已拾得四五头野鸭，便对王老三说道：'我是一时高兴打几头野鸭回去，预备煮了做下酒物的，这两头野鸭既然被你拾得就送给你吃了吧。'王老三谢了一声，那人早已跨上马鞍，驰骋而去。王老三拿了野鸭回去，细察野鸭身上受的小铁弹，不过黄豆一般大小，便知那个蒙面人的技术非常高妙，否则野鸭怎么会应手而坠呢？王老三告诉了我，我知道王老三遇见的也是此人了，你们试想他的本领高强不高强，若和《水浒传》上的武松、鲁达比较起来，未必输于他们呢。"

6

老人和那个旁坐的男子听了矮刘的报告，一齐说道："真是不可多得的侠士，大概那蒙面人常在太湖四周出没，逢到不平的事，他就喜欢拔刀相助。但可惜此人不知姓名，不明来历，又不知晓他住在何处，却这样来无踪去无迹的，令人捉摸不定。"

矮刘喝了一口酒，说道："是啊，倘然我能知道他的住处，我早已跑到他的门上去，情情愿愿地向他磕三个响头，要他把我收作弟子，学会他的武术了。我若学会了武术，对于李玉娇的事，一定不肯坐视。"

老人笑道："若等你学会武术之后去救李玉娇时，恐怕伊不是早已香消玉殒，便要做半老徐娘了。现在李玉娇落于强暴之手，最好请那位蒙面侠士前来把伊援救出险，方可大快人心。但是叫我们到哪里去请他前来呢？"

那个生瘤的男子说道："明天我们驾着一舟，驶到太湖中去四处寻找，总要遇见那蒙面的侠士，务必请他来救出李玉娇，给小霸王吃些苦……"

说到"苦"字，缩住了不敢再说下去，这时候那边沿窗小座头上的银髯老叟忽然走过来，向那矮刘拱拱手说道："你说的话我都听得了，我也瞧见过那位蒙面侠士，而且知道他的住处在湖滨一座荒凉的古刹中呢。"

老人和矮刘等听了老叟的话，嚷起来道："你这位老丈的话可靠得住吗？别和人开玩笑？倘然真的知晓时，请你明天便引导我们去见见那位神龙大侠。"

老叟微笑道："当然是千真万确的，谁和你们开玩笑呢？恰才我听你们说起那个李玉娇女子，不知伊住在哪里？又落在哪一个强暴者手里？可否请你们先告诉我，然后我可引你们去见见那位蒙面侠士。"

姓胡的老人听他这样说，遂请他和他们一同坐。矮刘去端过一张凳子来，请老叟坐下，问他姓名。

老叟道："老朽姓余名士贤，世居太湖边上的渔光村。"

矮刘口中咕哝着道："渔光村，我却不熟悉这个地方。"

老叟道："就在光福附近的一个小村落，隐伏在山湾水滨，你们自然不会知道。"

矮刘又道："那么你老人家明天在什么时候可以引我们去呢？"

老叟微笑道："明天早上你们可以寒山寺门前相待，老朽可引你们去。只是那李玉娇现在何处，你们也不可不告诉我一声。"

老人点点头道："老丈，若要知道李玉娇的事情，非三言两语可尽。我等虽是野老田夫，而很喜欢代人家鸣不平，可惜我等没有力量罢了。"

老叟道："你们虽无力而有此心也，是可敬的。倘使你们把这事去告知了蒙面侠士，他决能出来一鸣不平，使你们欢喜的。"

矮刘道："李玉娇是个山塘街上的好女子，差不多人人知道伊的。现在被伊的族叔李二麻子强迫着去嫁给本地的恶霸小霸王潘兴，李玉娇自己是万分不愿，他们用武力把伊强劫而去，可怜伊必要玉碎，不肯瓦全的。所以我们代伊如此发急，其实我们虽然发急，究有何用，所以想起那个蒙面侠士来了。"

老叟道："小霸王潘兴现住在哪里？"

矮刘答道："潘兴住在阊门城外三六湾，那边只有他一所大厦，门客甚多，一到那边没有人不知晓的。走江湖的人初到苏州必要先到三六湾去拜访他，然后可以赶他们的生意，否则潘兴便要干预。"

老叟道："姓潘的竟有这样声势吗？"

矮刘道："是的，小霸王的武艺很好，膂力又大，所以大家畏惮他。"

老叟微哂道："人家怕他，我想那蒙面侠士却并不把他放在心上的。此事只要给蒙面侠士知道，他自会去设法救出李玉娇。"

姓胡的老人说道："这是最好的事了，你既认识他，巧极巧极，明天请你一准领我们去拜见。"

老叟道："我答应了你们，决不失约，明天早上请你们在寒山寺门前御碑那里相待便了。"

矮刘听说，精神十分兴奋，立刻斟满了一杯酒敬给老叟，老叟接着喝下，和他们一同喝了一会儿，谈些李玉娇和小霸王的琐事，直到酒阑人散。

矮刘要紧回去，刚从腰包中掏出钱来，想要会账，那老叟却早从他身边摸出二两银子交与酒保手里，说道："待我做个东吧。"

矮刘连忙抢着说道："这哪里可以让你老人家付钱呢，我们吃的酒太多了，况且初相识，理该由我们请你的。"

但他说时，酒保早已接过银子，老叟道："这一些算什么，不必客气了。"

酒保道："要不了这许多。"

老叟道："有多时作为小账，不必找出。"

酒保立刻笑容满面地谢了两声走去。老叟首先立起身来说道："时候不早哩，我也要走回渔光村，明天清晨你们在寒山寺门前等着吧。"矮刘说声好，于是四人一同走出店门。

矮刘瞧见老叟健步如飞，向枫桥上跑去，回头对胡老人说道："这老叟的行径也有些奇怪，我们明天早一些去等候他吧。"说毕遂和那个生瘤的男子齐向胡老人告别，走回上津桥去。生瘤的姓孙，名水生，和矮刘同是船户，时常做伴，所以矮刘住到他家去。胡老人便在枫桥开一间豆腐店的，也和矮刘有亲戚关系。

这夜他独自回去睡眠，明天一早起身，走至寒山寺门前，只见矮刘同孙水生已站在御碑那边等候了，然而不见老叟走来。守候良久，杳无影踪。矮刘又跑到枫桥上面去探望，仍不见老叟前来，遂向胡老人说道："昨天我们所见的老叟，确乎是很奇怪的，莫非他听了我们的话，故意哄骗我们，为什么到这时还不前来呢？"水生也说老叟大言欺人，他们上了他的当。

胡老人道："然而我瞧他的言语态度甚是真挚，不至于说谎。又是他自己说上来的，他哄骗我们做什么呢，我们且等候着再说。"

直至午时，仍不见老叟的影子，三人方知受骗，正要走回家去，忽逢一个姓陆的船户跑来，见他们三人呆呆地立在这里，便说道："你们不去三六湾瞧热闹，却站在寺前做什么？"

矮刘急问道："老陆，三六湾有什么热闹可观？"

老陆将眼一瞪道："你们不知道吗，这事轰动全城了。昨晚三更时分，小霸王家里忽然来了一个蒙面的怪人，和小霸王格斗。小霸王竟失败在他手里，被那怪人劈死在庭中，众门客伤的伤，死的死，也有不少。最奇怪的是那个新夺来的美人李玉娇忽然同时失踪，有人眼见李玉娇被那蒙面人驮去的，岂不是骇人奇闻吗？你们怎会不知道？”

三人听了，面面相觑，那蒙面怪侠怎么得信这样早的呢？奇哉怪哉。那老叟又究竟是何许人呢，怎么约定了却不前来？良久良久，还是胡老叔想到其中奥妙，向矮刘一顿足说道：“我们上了老叟的当了，我想那老叟定就是蒙面怪侠的化身，他不是向我们探听过小霸王的住处吗？必定是他去干的，他自称的姓名唤什么余士贤，就是‘余是也’的谐音。对了，对了，昨晚我们遇到了大侠却不认识，当面错过，真是肉眼了。”

矮刘和孙水生给胡老人这么一说，恍然大悟，一齐说道：“对了，对了，本来那老叟的模样不像寻常人，我们也有些怀疑，想不到湖上宣传的神龙就是那位老人，可笑我们还要他领导去拜见呢，他便在昨夜爽爽快快地把李玉娇救出来了，真好侠义。可惜不知他究在何处，我们到哪里去找他啊？”

于是三人呆了片刻，齐向三六湾跑去，要瞧瞧这惊人的奇案。

第二回

绿窗吟丽句少女有情
白屋质金钱荒伧无道

　　山塘街是沿河的，分上下两塘，上塘多店肆，下塘偏僻如乡野。但在清初的时候，七里山塘画船笙歌，灯火楼台，并不输于秦淮河畔。后来遭遇太平军时的兵燹，山塘街顿然改变了它的面目，渐渐萧条。但因有个著名的虎丘在那里，春秋佳日，游人甚多，山塘街还不至于十分冷落。而近山人家多业花树的，春夏之交，玫瑰茉莉白兰蔷薇，开得十分烂漫。一班卖花女郎携了花篮，向曲巷深处高声呼卖，所以山塘街上的人家多喜种花。

　　在那普济桥相近，有一家门临清流，数间瓦屋，双屏昼闭，境至幽静。里面有一个很宽敞的庭院，绿荫如盖，朱实离离。这时候已是红了樱桃绿了芭蕉，庭院中的各种花卉开得满目锦绣，双双蛱蝶在芳草繁英中间翩跹飞舞。东边木香棚下，正有一个妙龄女子，头梳凤鬓，身穿淡蓝色的褂子，足下金莲瘦窄，手里提着一个水壶在那里浇花。一种清丽的姿态，使人见了有苎萝村姑复生斯世的感想。

　　忽听门上一阵剥啄声，女子移步走至门边，娇声问道："外面可是馨哥吗？"

　　接着门外有很清朗的声音答道："正是，请玉妹开门。"

　　女子把门开了，便有一个丰神俊拔的少年，徐步而入。身穿一件淡灰湖绸的夹衫，手中摇着一柄象牙骨的折扇，年纪约有二十左右。肤色白皙，容颜清秀，颇是斯文公子，也是那时候社会上认为优秀分子的人物。见了女子，轻轻一揖道："好多天不见了，玉妹没有来，使我忆念得很。古诗云：一日不见，如隔三秋。真是代我说的。玉妹子身子可好吗？今天我实在忍不住了，特来问候。"

女子嫣然微笑道："多谢馨哥的美意，我没有什么不适，只是秦老师处颇使我不敢涉足。唉!"女子说到这里，叹了一口气，似乎有难言的隐衷。

少年也领会伊的意思，所以说道："玉妹，前日确乎使你受些惊恐和委屈，不过此人是狡童狂且之流，也是孟子所说的，此亦妄人焉已矣。玉妹也不值得和他计较。所谓汉之广矣，不可泳思，江之永矣，不可方思。他不知玉妹是怎样的人，以至于此。总而言之，此人还是少读书。好在我舅父也明白的，玉妹请勿介意。"

女子又问道："馨哥此来，他们可知道吗?"

少年摇摇头道："我哪里会被他们知道，玉妹请放心。"

女子遂一摆手，请他到里面去坐。乃是一排三开间的平屋，中间是客堂，布置虽是朴素，而很洁净。左边一间，前半间是书室，收拾得窗明几净，架上也放着不少书籍，书桌上花瓶里插着鲜艳的花，安放着文房四宝。后半间是一间卧室。客堂右边便是这女子的卧室，帘幕低垂，瞧不清楚什么。女子请少年到左边书室里去坐，便有一个十一二岁的小婢献上茶来，又有一个五十多岁的老妪，走出来向书室里一瞧，少年刚要立起招呼，那老妪已缩到后面去了。

少年坐在书桌边，女子坐在他的对面一张椅子里，少年一眼瞧见桌上一张纸写着灵飞经帖的小楷，十分娟秀，尚有一行还没有写完。他取在手中一看，对女子带笑说道："玉妹的书法越发进步了，你真是不栉进士。"

女子道："我哪里有什么学术，怎及得馨哥呢？馨哥这几天可有什么佳作?"

少年遂从身边取出一张纸来，说道："赋得几首小诗在此，请玉妹指教。"说罢，将一张锦笺递与女子。

女子接在手中，慢声低诵一过，中有无题两首，诗意很是香艳，如

"山塘春色深如许，魂梦常亲玉李花"，又"桃花纵具娇颜色，输与梨涡两点春"，言外之音，更可觇知。女子读罢，不觉红颊。少年偷窥娇容，微微一笑，似乎很是得意，向女子说道："玉妹请你赐一批评。"

女子道："馨哥的诗才，当然是雕龙绣虎，霏玉穿珠，非寻常可及。不过我听秦老师说，作诗要有温柔敦厚之风。馨哥的诗，近于韩偓李商隐之流，最好绮语少作，便可上追李杜，颉颃元白了。"

少年听说，脸上也不由一红，立即说道："金玉良言，敢不拜受？我也是兴之所至，偶一为之而已，此后当力戒绮艳。"

女子便把这张诗笺夹在伊所看的一本《唐人说荟》里。少年又问道："这《唐人说荟》中有《柳毅传》《李娃传》等等，文笔华瞻，情节曲折，都是文学上很有价值的作品，所以我借给玉妹雅阅，足够供你欣赏。"

女子点点头道："这几天因为贪看了书，刺绣也荒废了。"

少年道："你真是多才多能，无怪人人倾倒于你。不要说山塘街上推为翘楚，便是城里一班名媛也叹不及。"

女子道："馨哥快不要这样说，蒲柳之姿，深自愧汗呢！"

两人书室里清言娓娓谈了好一刻，少年方才告辞。临走时又对女子说道："后日下午玉妹请到虎丘真娘墓前待我，我们一边游山一边清谈可好？"

女子微点螓首道："馨哥有约，敢不遵命，我准到山上相会便了。"

少年听女子允诺，欣然走出。女子送至门边，刚才开门，忽然外面走进一个三十多岁的男子来，歪戴着一顶瓜皮小帽，穿一件竹布长衫，纽扣不整，大圆的脸上生得许多麻点。一双倒挂眼，相貌有些凶恶，手中拿着一只旱烟袋。见了少年，便当门一站，瞪圆了两只眼睛，向少年紧瞅着。女子见了他，便叫一声"二叔好吗"，男子点点头，也不说什么。少年见了男子这种状态，不便向他招呼，遂往旁边一闪，走出门去。

男子目送少年走后，挺着胸膛走到里面去，女子跟着低头步入，男子早向客堂里正中椅子上大马金刀般坐着。女子亲自去倒了一杯茶，双手献到男子面前，男子对女子瞧了一眼，问道："方才那少年可是秦老先生那边姓万的小子吗？我以前到此也曾遇见一面，敢是他常到这里来的吗？"

女子道："万世兄难得来的。今天是秦老师叫他送一部书给侄女看，所以来此小坐。"

男子点点头道："哦，这倒是巧事了！"说着话，掏出火刀石来，点上了旱烟袋，送到口边猛吸。

那老妪在后面听得男子说话的声音，便走到外边来，带笑说道："二叔来了！"男子又说了一声"哦"。女子在下首陪他坐着。

男子吸了两口烟，向女子开口说道："你母亲临终时曾把你托我照顾，但我这个人自知荒唐，终日饮酒，连宵狂博，没有什么好教训给你。且喜你天资聪颖，读书知礼，一向很守闺训，邻人都啧啧称赞。但是我瞧那万家小子是个轻佻的文人，他时常到这里来，是不甚方便的。试想你是一个年纪轻轻的姑娘，家中又只有一个陆婶母。伊是远房的亲戚，因为穷苦无依，而你的母亲疾病时叫伊来相助的。虽然已和你相处多年，可是不能管你的事。你做女儿家的，总该自己谨慎，免得人家误会了，要在背后飞短流长，说你的歹话。我并非喜管闲事，疑心于你，只因我两次前来，两次遇见，不能这样太巧的。"男子说毕，又猛吸他的旱烟，一双眼睛尽向女子瞧看。

女子给他一番怪怨，低着头没有话说，不敢分辩。男子见伊这个模样，便又一笑道："我是你嫡嫡亲亲的叔父，所以和你如此说，也不怕你动气。谁敢来欺侮你，我李二麻子一定不能饶让他。"

老妪在旁说道："当然有了你二叔，谁敢来欺侮玉娇小姐呢？"

男子又吸了一口烟，把旱烟筒向地上磕了一下，丢去了烟屑，扑扑身上衣襟，又对女子说道："闲话少说，侄女，你知道我今天来此做什么？"

女子抬起头来，蛾眉微蹙，问道："二叔你有什么事呢？"

男子叹了一口气说道："今年赵瞎子算过我正逢流年，不破财便要死人。果然时乖运蹇，这两天大输特输，欠了一百多块钱的债务，刘小

14

羊向我逼索不已，我没奈何只得走来和侄女商量，可有什么金珠给我去变换了还债？不久我要到杭州去做生意，赚了钱回来，加利奉还。"

女子听了这话，把头摇摇道："二叔，我哪里有许多金珠呢？母亲逝世时留下一副珠圈和一只金镯，早被二叔拿去换钱了。你也说去做生意的，现在只有一只翡翠簪子和一枚金戒，也不值许多钱的。二叔都知道，我怎敢隐瞒呢？"

男子点头道："你果然没有了，那么你不如把这屋子的房契给我拿出去，也可抵押二三百块钱。你拿一百块钱去，其余的借给我去还债，渡过这难关再说。"

女子道："这房子是我父亲辛苦盖造的，我们的老家早给二叔卖去。母亲临终时，叮嘱我不论怎样没饭吃，千万不要卖掉这亡父心爱的屋子，所以……"

女子的话没有说完，男子早怒容满面地说道："侄女不要这样说，我又不要卖掉这屋子，只不过借给我暂时抵押一些钱，不久便要归还的。就是我老兄老嫂在世时，我若向他们商量，他们也只有答应我。侄女小小年纪，难道不顾我的情面吗？休要恼怒了我的性子，我李二麻子在这山塘街上哪一个不忌惮我三分！不是说一句笑话，你若一定不肯借契给我出去抵押时，凭我的气力把这屋子拆掉也能。"说话时掳拾起两手衣袖管子，气势汹汹。

老妪道："玉娇小姐，你还是把房契借给二叔吧，他是自家人，将来定能赎回，绝不至于累你的。"

女子被他们紧逼着，只得走到右首房间里去，从箱子里检点出那房契来，微微叹了一声，回到外边交与男子说道："二叔，他日你要想法赎回的呀，否则我对不起父母了。"

男子接在手里，看了一看，脸色立刻缓和，向女子说道："侄女放心，我早已说过了，我也决不做对不起亡兄的事的。明天我就去抵押了再来，侄女想也要用钱呢。"

他说完了这话，将这房契塞在衣袋里，拿着旱烟筒，向外走去，小婢跟出去把门关上。那女子回至房中，在沿窗桌子前坐下，一手托着香腮，默默思想，两行珠泪簌簌地落向衣襟，伊想起了自己的身世，不由悲从中来。

　　父亲李谦吉本在山塘街上开一家米行，且喜种花栽树，筑起这座新屋，在普济桥畔居住。后来伊父亲经商失败，米行也闭歇了，怏怏成病，缠绵月余而卒，只剩下他的妻子和爱女玉娇，母女二人相依为命。只是伊父亲尚有一个兄弟，名叫迪吉，弟兄俩的性情大不相同。因为迪吉自幼就不习上，常和一班无赖相交，终日在外吃白食、抽大麻、赌钱、打架。不要说谦吉见了他的兄弟来便要头痛，就是山塘街上许多人家见了他，也不敢轻易惹动他分毫。因他脸上生得一脸麻子，又是排二，故称他为李二麻子，而迪吉两字反没有人呼唤了。李二麻子没娶妻室，在外边东姘西识，姘妇倒有三四家，所以他的用费也很大，常患不足，便到他哥哥家里去借贷。谦吉一则看在兄弟关系，二则也不敢不敷衍他，总是借给他的。自从李谦吉造了新屋子，旧时的老屋也被李二麻子变卖去了。谦吉故世后，家中剩下孤女寡妇，李二麻子仍要来告借，玉娇的母亲当然不肯多借与他，叔嫂之间因此有些不睦。玉娇母亲病时，曾接伊的远亲陆婶母来照顾，等到伊死后，陆婶母仍住在李家相助玉娇。另外还有一个小婢，家中很是简单。虽然除了这所房屋以外，没有什么遗产，只有渡桥边一家南货店里有些股份，玉娇每月去拿些钱来做家用，而已饱食暖衣，没有冻饥之忧了。

　　玉娇幼时，由伊的母亲教授伊刺绣，能绣飞鸟走兽和工细的山水人物。性又喜欢文字，谦吉在世之日，曾送伊到附近山塘街一个私塾里去读书。塾师姓秦，名永嘉，是位老师宿儒，也曾青过一衿，胸中学问很是渊博，大家称唤他秦老师。玉娇天资聪慧，读书进步甚速，面貌又生得十分美丽，秦老师很宠爱伊，常指着伊对人家说道："这是未来的谢道韫、李清照，我得到这个女弟子，可以自比袁随园了。"五经四书读毕，又教以诗词，朗朗上口，四声八病，举一反三，只要秦老师略加指点，玉娇便都理会。试学作诗，也有佳句。秦老师有个幼子名唤绥之，年纪和玉娇相同，与玉娇同桌而读，可是学问却还逊于玉娇，不肯用心学习。秦老师曾指着他自己儿子骂道："秦家豚犬，怎及得李家阿娇？

16

真令老夫气死!"说也奇怪,绥之学问虽然不好,而十二三岁的童子已知好色,对着和他同桌而读的玉娇,日餐秀色,心里便想入非非。玉娇因他是老师的儿子,所以假以颜色也和他有说有笑。

有一天秦老师有事出去,塾中没有坐镇,大小学生便活动起来,大家抱着玉娇和绥之,要他们学做新郎新妇参拜天地。玉娇挣脱了身子,满脸通红地跑到师母房中去告诉,经师母出来弹压,学生们方才各归原座,不敢骚动。绥之却拿着一本《孟子》,指着"男女居室,人之大伦也"这两句,要玉娇讲给他听何谓居室,玉娇颊泛桃花,低倒了头不说。绥之又时时把脚去勾拨玉娇的莲瓣。玉娇知道他不怀好意,只得假作不知情,不去理会他。

后来谦吉逝世,玉娇的母亲便令玉娇辍学,在家里自修。玉娇好学不倦,有时仍要到秦老师家中去请益。秦老师很肯指教伊,可是绥之见了玉娇,垂涎伊的美色,常把游词去挑动伊的芳心。谁知玉娇是个冰清玉洁、知礼守贞的好女,虽有吉士诱之,漠然不动于心,何况像豚犬般的绥之呢?这时候玉娇的芳龄已至二九,山塘街上早播遍伊的芳名,人家都想娶伊去做媳妇。执柯的踵接于庭,门限为穿,而玉娇正当母亲病故,风木兴悲,只知在家守孝,以泪洗面。

李二麻子时常到他侄女家中来借钱,玉娇畏惧他的强暴,罗掘以应,所以伊的心里更是痛苦。茕茕孤雏,非但没有人来慰藉,反而有这无赖般的叔父常来榨取,满腔心事去告诉谁人呢?邻户人家都知道伊的贤淑,又爱伊的秀丽温文,彼此传诵出去,玉娇的艳名芳声驰誉远近了。伊一个人足迹不多出户,守在家中刺绣之余,吟咏自遣,每有所作,常誊写在玉版笺上,写得纤秀整洁,令人不忍涂抹。积得稍多,便拿到秦老师家中去,请求郢削,所以伊虽然别处是难得涉足,而秦老师家却是常常去的。

有一天伊作得数首新诗,携至秦老师处要求改削,伊的纤趾刚走进秦老师的书室,却见秦老师正和一个丰姿清秀的美少年,一同坐在那里高谈阔论。这少年雍容丽都,自己从来没有见过,于是羞答答地站定了娇躯,凝眸欲立,踟蹰不进,只低唤了一声秦老师。

第三回

喜相逢惊才绝艳
痴做伴流水落花

秦老师一见自己得意的女弟子到临，便满面含笑，将手一招，说道："玉娇，不妨进来坐一会儿。"

玉娇听伊的老师呼唤，便姗姗地走至秦老师一边站着。那少年见了玉娇似这般可喜娘罕曾见，不由得魂灵儿飞去半天，呆呆地尽向玉娇痴视。玉娇见少年目灼灼地向伊偷窥，羞得侧转了粉脸，露出踧踖的样子。秦老师便指着少年向玉娇说道："玉娇，我来代你们介绍。这是我的表外甥万维馨，刚从秀州来此盘桓。他是世家子，文章写得很好，在那里崭然已露头角了。"又指着玉娇向万维馨说道："甥儿，这一位李玉娇小姐是我得意的女弟子，年纪虽轻，很能好学不倦，读书的时候虽然不多，而已会作诗为文，倘然加以深造，将来学问的进步岂有涯涘？"

玉娇经伊老师为介，只得回过脸儿来向少年敛衽为礼。万维馨早已立起身子，对玉娇深深一揖。秦老师又指着旁边的椅子说道："请坐。"

玉娇侧着娇躯坐下，说道："老师和师母这几天都好吗？"

秦老师捻着胡须答道："尚好，今天可有什么新著要我润色吗？"

玉娇当着万维馨的面，不好意思将诗稿拿出来，嘴里似答应非答应地说了半个"是"字。后经秦老师再三催询，伊方才从身畔取出两张锦笺，乃是一篇散文和四首绝诗、二首五律。秦老师拿在手中，展阅一过，微笑道："玉娇，你的文章运思颇巧，大有进步。绝诗意境也不落平凡，是聪明人口吻，只是律诗的对仗稍嫌柔弱一些而已。"

玉娇道："要请老师多多郢削，我很感激老师指导的恩德。"

秦老师又回头向万维馨说道："方才我当着你面称赞玉娇，也许你要疑心我有溢美之词，现你可看一遍，便知我老眼不昏花呢。"说着，把手中的锦笺递到维馨手边去。

玉娇和万维馨还是初相识，况自认女子的手笔不便轻易示人，心中很有数分不赞成，然而碍着老师的面，也不敢拦阻，只说一声："啊哟，我的东西是幼稚之极，怎好给他人阅呢？"

秦老师哈哈笑道："不要紧的。"

万维馨已接在手中，双手展阅，口里低低吟着。玉娇越发羞得抬不起蛾首来。维馨一一读过，恭恭敬敬地把锦笺交还秦老师，然后开口说道："锦心绣口，无怪老师这般夸赞。拜读一过，毋任钦佩。"

秦老师又是哈哈笑道："吾甥是鸳湖才子，你说好时更是好了。"说了这两句又斜睨着玉娇说道："文章要给识货的人看，我这位表甥诗歌词赋件件都精，更写得一手好颜字，大江以南颇有声名。可惜现在清廷改用新法，设学堂，废科举，否则他一定可以独占鳌头，取三鼎甲，如反掌之易耳。因他在十三岁上业已入泮，秀州地方都称他神童，文如韩欧，诗同李白，这并不是我一人的私谀啊。"

维馨听他母舅如此说，不由微微笑道："母舅这么说，更使甥儿汗颜了。"

玉娇听秦老师这般称赞他的外甥，素知秦老师眼光很高，不肯轻易许人的，大概非尽虚话。又见维馨翩翩少年，有张绪之姿，若和秦老师的儿子绥之一比较，却是珠玉之与瓦砾，不可同日而语了。

秦老师把锦笺放在抽屉里，捧着水烟袋吸水烟，问问玉娇近日家中的状况。因为他也知道玉娇的叔父李二麻子常要向这位孤雏逼迫要钱的，他代玉娇的身世很是可怜，希望伊将来能够配一位乘龙快婿，和玉娇知心着意、意气相投的，那么不负玉娇这般天生佳丽了。

万维馨虽是和玉娇初次相见，而因他素擅交际，娴于辞令，乘间和玉娇讲些文艺上的话，好在他是边孝先腹笥便便，谈吐风雅，应答如流，确乎是名下无虚，不由玉娇不向他佩服。

讲了一歇话，秦师母在后边听得玉娇前来，便走至外边书房里，拖了玉娇的手，要伊到后面房中去谈话。秦师母也是一向喜欢玉娇的，秦老师爱伊的聪慧，秦师母却爱伊的美丽，各有各的取法。而且秦师母还有一种希冀，就是很想怎样能娶玉娇做伊的媳妇，才满足了伊的心。因为他们老夫妇只生得绥之一个儿子，并无娇女，秦师母又是迷信早抱孙儿的人，眼见着这样千娇百媚才德双全的好女子，如何不生此念呢？不过秦老师却很有知人之明，虽然谚云人莫知其子之恶，而他却知道绥之是个不肖子，读书学剑，一无所成，是个天生丧材、冥顽不灵的儿子，他很引以为终身莫大的缺憾，只有以尧之子舜之子自解了。若把玉娇配与绥之，不是彩凤随鸦，误了这位女弟子吗？所以他并不将这事放在心上。秦师母向他说过两回，他总是含糊过去的。秦师母也因玉娇没有父母，此事又不便直接向伊启齿，很想用手段去笼络玉娇。因此当玉娇来家时，她常要拖拉到伊的房里去闲谈，请伊吃点心、吃水果，十分亲密。有时试探玉娇的芳心，谁知玉娇本是灵心慧眼的人，怎样不懂秦师母的意思，却装得若无其事，没有什么一定的表示，秦师母怎能捉摸出伊的心理呢？

今天秦师母又把玉娇拉至房中，推伊坐在椅中，说道："你有好多天不来了，我心里常常牵挂你，我们是一家人，你说常常来此盘桓，你家里没有大人，我很可怜你的，也很爱你德容庄丽，将来不知谁有福气娶你前去做佳媳呢！"一边说，一边取出西瓜胡桃糖等食物给玉娇吃。玉娇谢了又谢，和秦师母说说笑笑，真像家人一般。

少停秦老师走进房来，穿上一件马褂，对秦师母说道："馨甥要我陪他同往城中去拜访吴太史，今天我放了半日假，不得不陪他去走一遭。我们也许要顺便到观前街，你可要购买什么东西？可以告诉我。"

秦师母道："随便买些茶食之类，你爱吃什么便买什么，不必来问我了。"

秦老师笑了一笑，又向玉娇说道："你在此坐一会儿，隔一天你来取稿，明天我便可修削的。"玉娇答应一声，秦老师回身走出去了。

玉娇又坐了一刻，方才告辞。秦师母留伊不得，刚才走到外面客堂里，却逢绥之抱了一只大狸猫回来，气呼呼地大声说道："母亲，这只猫很好玩的。在后面河滩边，没有主人，我把它抱了回来哩。"

绥之说话，是一路走一路说的，没有留心到玉娇却在这里。等到他一眼瞧见玉娇站在母亲的身旁，慌忙把怀中的猫放到地下，向玉娇作揖道："原来世妹在此，世妹好多天不到我们家中来了。世妹谅安好，世妹在府上一个人不嫌寂寞吗？世妹请坐，世妹不要走。"

玉娇听绥之一连说了好几声世妹，叫得很亲热，未免有些傻气，忍不住微微一笑，粉颊上现出两个小小的酒窝。绥之瞧得呆了，那头狸奴却乘此机会不知逃走到什么地方去了。

玉娇道："世兄捉来的猫逃去哩。"

绥之道："哎哟，好容易捉了来，却被这畜生逃掉。"

秦师母道："你去捉什么猫？我家已有两头，你还嫌少吗？走了最好。"

绥之道："那只猫毛色甚佳，若是家里嫌多时，可以送给玉娇世妹。"

秦师母道："人家谁要你的猫？你快到书房里去念书吧。"

绥之摇摇头道："不，世妹到此，我要陪伴伊盘桓一番。世妹不要走，世妹宽坐。"

玉娇道："多谢你，我来了好多时候，舍间无人，正要回去哩。"

绥之露出失望的样子说道："一定不能多留片刻吗？我若知道你在此时，早已回来了。你可见过我父亲吗？他大概同我表兄进城去了，你再坐一会儿吧。"

玉娇道："老师我已见过，好在我是常常到此的，不用客气，隔一天再见。"一边说一边向外走，又对秦师母说道："师母不必送了，使我不敢当的。"

秦师母道："那么我叫绥之送你回去可好？"

玉娇谁愿意绥之送，给人家见了，也不雅相，因那时候风气尚未开通，男女同行是很少的，所以玉娇没有答应。绥之却涎着脸说道："我送世妹去，山塘街上泼皮很多，世妹一人独行，倘然遇见了这班恶魔，定要被他们戏弄的。"

玉娇道："这也不见得吧，我不去睬他们，他们断不能无故欺人的。你们放心，我是常来的，不用送。"虽然玉娇这样说，绥之却早跟在伊的背后，玉娇不便再行拒绝，向秦师母告辞一声，走出秦家大门。

绥之傍着伊同行，鼻子里嗅到玉娇身上的芳香，观着玉娇婷婷的倩影，心里头想入非非，口里喃喃地念着"关关雎鸠，在河之洲。窈窕淑女，君子好逑"。玉娇耳边听得"君子好逑"，暗想绥之这厮很不怀好意，自己断乎不可和他亲近，假以颜色。所以移动莲步，低着头只管走路。绥之忽又向伊问道："世妹世妹，'月上柳梢头，人约黄昏后'这首词果然是朱淑真写的吗？人非木石，孰能无情？淑真真是个才女，当有此绮思，后人未可厚非。世妹以为然吗？"

玉娇只作没有听到一般，涨红着脸，一口气走至自己门前，心头方才稍觉安定，伸手去叩双扉，里面便有一个雏婢出来开门，说道："玉小姐回来了。"玉娇遂回头对绥之说道："谢谢你送我回家，改日再见吧。"说着话，踏进门去，即将双扉掩上。

绥之本想送玉娇前来，可以顺便进去坐谈的，所以满怀着一团希望，十分高兴。谁知玉娇到了家中，并不请他进去，反以闭门羹相飨。他的希望顿时打消，如坠冰窖一般，呆呆地立在门前，对着那双扉说道："咫尺蓬莱，可望而不可即，我好恨这门也！"恨不得挥拳起脚，把双扉打开，谁叫它隔断我不得见美人玉颜呢？唉！这小妮子这般华如桃李，凛若冰霜，我却难得遇见的啊。伊长大以后，却和以前不同，不知如何再也不肯和我亲近了。莫非是落花有意，流水无情，辜负了我的一片深情，岂不伤心！你未免太冷酷了，我总望你有一天情切切意绵绵地归向我的怀抱，那么我秦绥之不虚此生了。他这样想着，又是喃喃地念着，身子仍紧对着李家双扉，呆若木鸡般立在那里。走路的人见了，还当他有神经病的呢。

恰巧有两个浮滑少年托着鸟笼，走过普济桥来。见了绥之，便站在近处瞧他，嘴里又咕着道："这是李玉娇的门前，这少年紧立在门口，东张西望的什么？哼，莫不是哪个混账东西想吃天鹅肉吗？这王八羔子，若敢在山塘街上做什么不端的事，我癞头龟殷莲宝决不肯饶过他的！他也该知道玉娇的阿叔李二麻子也不是好惹的人。我和李二麻子都是自己弟兄呢。”说罢，一阵冷笑。这阵冷笑确是很尖刻而狞厉的，直钻入绥之的耳中。回头望见了这两人歪戴着帽子，睁圆着眼睛，发出锐利的目光，向自己紧紧注视着，不由打了一个寒噤，好似当头打着一棒，如梦初醒，立刻掉转身子走了。耳旁还听得他们大声说道：“这王八羔子经不起小爷一吓就去了，也是个没有种的。”绥之不管他们说话，一溜烟地跑回家去，噘起了嘴，不作一声。

秦师母见他这种神情，便问道：“你送玉娇到家里吗?”

绥之不答。秦师母忍不住又问道：“你受了哪个气，回家来给我瞧你这难看的面孔？玉娇是温淑的女子，绝不至于得罪你的。你可有什么冒犯伊的地方?”

绥之将足一顿：“你叫我送伊回去，我又不是当差的，做人家跟屁虫，人家又没有好处给我的。”

秦师母听了这话冷笑一下说道：“你想好处吗？真是痴了，你愿做跟屁虫而跟伊去的，谁能拖着你跑呢？哦，你不要这个样子来向我寻事，只要你好好读书，我总在你爹爹面前竭力代你成就这头婚事便了。这事可缓而不可急，你该明白，又不是三文钱白糖买了就走的。”

绥之听母亲如此说，依旧噘起着嘴，走向别处去了。

这天李玉娇回到家里坐定后，因被绥之跟了一段路，嘴里又胡说八道地不怀好意，心中很是憎恶。自思秦老师和师母待自己都是很好的，可是这位绥之师兄自己眼睛里却很看不上，别小觑他傻头傻脑，而如登徒子好色，颇有咄咄逼人的模样。但我终是避之若浼的，难免不使他怀恨于心。实在这种人一定不能赐予颜色的，否则得寸进尺，反增许多麻烦，宁可使他不快活了。一会儿又想起方才初见的万维馨，倜傥风流，秦老师门下没有一个能够及得到他。而秦老师又是满口称赞他的才华，说他是个秀州的才子。秦老师对于他这般赞美，谅是不错的。而且谈吐之间，腹有诗书气自华，果然是駃騠之才，非下驷可比。不知怎样的秦老师竟把自己作的诗文给他去看，岂不令我羞愧？秦老师生子虽然不肖，而有这样文采风流的甥儿，如庭前玉树，不可多得。又记起秦老师所说，假若科举没有罢的时候，以维馨的才学，稳可独占鳌头等话，芳心中顿时把万维馨三字牢牢地嵌住了。晚上，伊在灯下刺绣时，自己手中正绣的一对鸳鸯，在浅濑绿荷之下，戏水相逐，这是女子出阁时所用的。伊代人家绣着，平日也不觉得什么，今晚忽然不知怎样的芳心里顿有一种感触，手中有些懒懒的，用不出气力来。绣了一会儿，站起身来取着菱花镜，照见自己的玉颜上有一重红晕，自觉奇怪。又坐到绣架前去绣了一会儿，抛去针线，取出一卷唐诗来，吟咏一会儿。听得陆婶婶在后面唤道："玉娇小姐，夜深了，还读什么书？身体保重要紧，快些睡眠吧。"伊嘴里虽然答应，而手中的书卷不释，不过声浪轻了一些，直至子夜方才解衣而睡。

次日，伊的叔父李二麻子来了，因为玉娇和他约定在后天要去扫墓，谦吉夫妇的墓是在浒墅关羊山过去一个山坳里，伊托李二麻子去雇了一艘小快船同去。李二麻子今天来说船已雇定，明晨移到普济桥边，日出时即可下船，叫玉娇和陆婶婶制好几样菜肴。玉娇自然答应。李二麻子临去时，却要向玉娇告借三块钱。玉娇因扫墓需钱，手头缺乏，不得已拿一只金戒指给李二麻子去质钱使用。李二麻子取了金戒指便走，玉娇因此心里很不快活。做叔父的不但没有照应孤女，却反屡次要向侄女借贷，这岂不是恶魔的行为吗？

第二天玉娇和陆婶婶跟着李二麻子坐了船一同去扫墓，在墓前展拜毕，哀哀痛哭，一肚皮的苦楚，尽情借着泪珠儿发泄，恨不得把生身父母哭得活了转来。附近扫墓的听了这巫峡哀猿、蜀道啼鹃般的哭声，都觉恻怆。扫墓回来，李二麻子却大碗酒大块肉地吃了一个饱。临走时还唱着连环套"保镖已过马兰关"，踉踉跄跄地去了。玉娇也倦极而睡。

到了明天，伊想自己作的诗，便到秦老师家中去。那位万维馨少年才子仍在秦老师家中，没有他去。绥之也在家，可他忌惮父亲的，当着秦老师的面，不敢有什么不伦不类的言语和玉娇去缠绕。秦老师把玉娇作的诗交还伊，并指出中间的瑕疵。至于好处，也用笔加上了密密的圈儿，又加上眉批且代伊讲了几首诗。万维馨也取出他到苏州探幽选胜后所作诸诗，如《寒山寺闻钟》《山塘遇雨》《沧浪题壁》《独游虎阜》《吊真娘墓》《天平远眺》等等，共有十数首。玉娇一一展览，觉得清新俊逸，不同凡响，便称赞了数语。维馨听美人檀口樱唇里发出的颂赞，如膺九锡之赐，荣誉无比。绥之在旁边却背转头去将牙齿用力咬自己嘴唇，心里头把他的表兄恨得了不得。可是自己的才学实在赶不上他，可称霄壤之判，这是最不争气的一点，也是无可奈何。玉娇坐了一会儿，告辞回去。这一遭绥之当着他父亲及表兄之面，不好意思去相送了。玉娇回去后，对于万维馨又多了一重认识。

一日正是春雨廉纤，午后绣倦，忽听外边门上起了一阵剥啄声，玉娇以为李二麻子来了，怕他啰唆，很不高兴地喊小婢去开门，伊自己仍坐在房里没有起身。却见小婢呼呼地跑进来说道："外面有一位陌生的客人求见。"

玉娇听了，不由一怔，未知是何处嘉宾还是恶客，只得站起身来亲自出房去招接。

第四回

忽生妄想室内戏娇娃
偶作清游山前惊怪客

　　玉娇是个小女子，在那时候妇女尚不到社会上去交际，伊在家里冷冷清清的哪有什么客人呢？所以伊听了，心里未免有些狐疑，等到伊走至客堂中间时，方见檐下站着一个美少年，手里还撑着一柄雨伞，见了玉娇便打着鞠躬说道："李小姐，我舅父叫我送给你两本诗集，所以冒雨而来，李小姐不嫌唐突吗？"

　　此人是谁？就是秦老先生的表甥万维馨了。玉娇芳心中正在怀念着他，想不到他竟会做不速之客，自己走上门来了。且惊且喜，不由脸上一红，说道："原来是万世兄，秦老师叫你来的吗？不敢当，请里面坐吧。"

　　伊故意把秦老师叫你来几个字说得响一些，因在这时客堂背后已有一双眼睛在那里偷窥了。玉娇家中的人简单可数，这一双眼睛当然不问而知是陆婶婶的了。玉娇竟有先见之明，究竟是聪明女子，凡事预料得到的。万维馨听玉人嘴里道出一个"请"字，如奉纶音，心里稍觉安定一些，便轻轻放下雨伞，走进客堂来。玉娇便让了到左边书室里去坐。万维馨便送上两本诗集来，乃是渔洋山人的诗话，很柔和地说道："李小姐喜欢吟诗，诗集固然要多读，但是诗话不可不读。昨日往城中在护龙街书坊里，偶然见到这两册渔洋山人的诗话，版子很好的，是人家卖出的旧书，加上许多按语，乃是一个署名元龙后人所写的，很有独到之语，所以我只费三百文买来，送与李小姐暇时浏览。"

玉娇接过说道："多请万世兄雅意。"这样一来，可知万维馨起初所说奉他母舅之命，来此送书的话是假话了，有心人彼此心照不宣，各自会意。小婢送上香茗，玉娇坐在书桌前，陪着维馨闲谈诗词。万维馨胸怀绣虎雕龙之才，所以上下古今滔滔地讲个不休，玉娇更是佩服。谈了好一刻时候，维馨还不想走，忽然外面又有叩门声，小婢出去开门，乃是玉娇的叔父李二麻子来了。维馨连忙告辞而去。

　　这时天空阴云阵阵，雨丝飘得很急，时候已近天晚了。李二麻子突然见他侄女家中有这一位斯文公子做入幕之宾，非常奇怪，便向玉娇查问。玉娇答称这是秦老师的外甥万维馨君，秦老师叫他送书来的，又把渔洋诗话给李二麻子看，李二麻子怎懂得什么诗，他是来向侄女借钱的，所以只要开口借钱，有钱到手时，也不管别事了。玉娇只得敷衍他，真可称得竭泽而渔，是一种虐政。玉娇小女子怎有许多钱借给伊叔父去滥用呢？

　　李二麻子去后，陆婶婶也向玉娇问起万维馨，玉娇直说了，陆婶婶微微一笑道："秦老先生有这么一位俊美的甥儿，不知他可曾和人家订婚。否则像这位美郎君，假若我有了女儿时，也情愿嫁给他呢。"陆婶婶说这话当然是试探玉娇的，玉娇桃颜微赪，不能回答什么话，自己低着头走回房中去了。

　　万维馨来了这一次，见玉娇对于自己感情很是融洽，并无坚拒之意，所以他竟时常来了。玉娇也时时借着作诗为题，常上秦老先生的门，借此可和维馨晤谈。二人虽然相见之日尚浅，可是已如琥珀拾芥、磁石吸铁一般，两人的衷心已是互相爱慕，不可遏止了。秦老师也觉得维馨很有意于玉娇，而玉娇对于维馨钦佩甚至，这一双可称得珠联璧合，天假良缘，自己很欲代彼二人做撮合山，使成佳偶。可是有一端竟使他不敢开口，因为他夫人屡次在他面前絮絮叨叨地说要把玉娇配与绥之，叫他去向李二麻子求亲。秦老师自知儿子不肖，玉娇的眼里未必看得上眼，此事难以成就的，所以不肯去说，但也不敢为维馨饶舌了。

　　有一次玉娇到秦老师家中来，恰巧秦老师和维馨都不在家，而秦师母也到城中购物去了，学生也没有一个在读书。玉娇走进去时，静悄悄的不见一人，只有一个老妈子在庭中洗衣服，见了玉娇便说先生师母都不在家，须要到晚上回来哩。玉娇听说，自思今天来得不巧，又不好意思问万少爷可在家，但书斋的门关着，当然没有人在里面了。伊点了一下头，正要回身走出，却不防门外跳进一个人，把伊双手拦住，说道："玉娇世妹，你坐一刻再走。他们都出去了，我可陪你谈谈。"

玉娇见是绥之，便蛾眉微蹙，冷冷地说一声不坐了。绥之道："既来之则安之，怎可不坐而走，难道我不能奉陪世妹的吗？"说着话，伸手要来拉扯玉娇的衣袖。

玉娇发急说道："秦世兄，你岂不知男女授受不亲吗，为什么要动手拉扯呢？不走便了。"说话时，梨窝早已红了一半。

绥之却嬉皮涎脸地说道："世妹既然答应不走，这是鲰生之幸了，怎敢冒渎，幸恕无礼。"一边说，一边把玉娇让进客堂，又道："我去开书斋门，可请世妹入内小坐。"

玉娇立即向旁边椅子里一坐，说道："这里坐一会儿也好，不必去开书斋门了。"

绥之见玉娇已坐，遂亲自去倒了一杯茶，双手奉献到玉娇面前，说道："世妹请用香茗。"玉娇也不去伸手接他的，由他放在茶几上，只慢吞吞地道了一个谢字。这时老妈子到河滩上去捣衣了，屋子里只有他们二人，四周静悄悄的没有人声。玉娇觉得自己坐在这里不安，况且像绥之这样面目言语都可憎厌的人，和他对坐着做什么呢？遂喝了一口茶，立起身来道："我家里尚有些小事，隔日再来拜望老师吧。"

绥之见伊要走，又张开两臂把伊拦住道："不要走，不要走，我又不吃人的，你多坐一会儿不好吗？世妹既然家里有事，为什么又要走来呢？明明是托词啊。"

玉娇听他说话抢白，很不客气，遂又说道："不坐了，世兄不必强人所不欲。"

绥之冷笑一声道："怎说强人所不欲？你既然不愿意，为何又劳驾到我门上来呢？哦，我也知道了，大概你心里要见的人不在这里，所以坐也不肯坐了，是不是？"

绥之这句话，语中有刺，玉娇如何不懂得，但绥之所以说这话，当然有些意思的。近来玉娇和维馨亲密的样子，绥之也冷眼看在眼里，心中非常妒忌。有一次维馨从玉娇家中回来时，绥之曾瞧他从普济桥边闪出，疑他是从玉娇处来，上前去问他，维馨言语支吾，走路时掉去一张锦笺，即被绥之拾得，乃是玉娇所作的诗，便估料到维馨定是从玉娇家中来，心头痛恨，恨不得立刻把维馨撵走。只因畏惮老父，不敢说什么话。今天见玉娇对自己冷淡，忍不住说出讽刺之言来了。玉娇一听绥之说出这种刺心的话，叫伊怎生忍受得住？脸上不觉涨得通红怔了一怔，说道："秦世兄，你如何说出这种话来？我瞧在先生脸上，不和你计较，人贵自重，还请三思。"

　　玉娇说了这话，遂将身子一侧，想从墙边越过去。绥之跟着将他身子一偏，凑近玉娇身边，伸展双手，已近玉娇纤腰，要来抱伊时，玉娇颜色变了，双手颤了，将小足在地上一顿道："秦世兄不得无礼！"

　　绥之不顾一切方要演出一幕搂其处子的喜剧，忽然门外一声咳嗽，来了一个老者，正是秦老师的同窗老友胡朴斋先生。绥之不防突有这么一位不速之客，只得回身迎候。

　　玉娇正在十分窘迫之时，忽有人来解围，连忙一溜烟地走向门外去。绥之又不好当着人面再去拦阻，心里头却把胡朴斋恨得牙痒痒的。胡朴斋以前也见过玉娇的，知道伊是秦老师得意的女弟子，但也不知绥之正在戏弄玉娇，他若无其事地慢慢儿问道："令尊在家吗？"

　　绥之只得垂着双手答道："家父今天有事进城去了，老伯请坐。"

　　胡朴斋又咳了一声嗽，说道："我本想邀令尊出去酒楼小酌的，但是来得不巧，室迩人遐，改日再来拜访吧。"说毕回身便走，绥之也不再留，亲自送至门外，说声老伯请慢走。胡朴斋道："世侄不必相送，我去了。"踱着方步回去。

　　绥之向街的一头望望玉娇的芳踪早已杳然，返身入内，暗暗骂一声糊涂虫，误了人家的好事，又仰天太息道："玉娇玉娇，你为何艳如桃李而凛若冰霜，太辜负我秦绥之一片好心了！"

　　玉娇一路走回家去时，心头小鹿乱撞，暗想绥之太轻薄了，方才若没有我老师的友来无意中解去我的重围时，这事怎么办呢？唉，秦老师的为人忠厚诚正，却偏生出这种豚犬来，辱没了秦老师，还有何话可说呢？伊一边代自己危险，一边代秦老师惋惜。回至家中后，心头的跳跃仍未止息。陆婶婶瞧见玉娇的脸色涨得红红的，还未褪去，回到家里，不言不语，便问道："玉娇小姐，你怎么去了一刻就来，可遇到什么害怕的事，为什么脸上红着呢？"

玉娇不好意思直告，恐防陆婶婶不信，也许添造出谣言来，反而不好，所以皱着双眉说道："今天我去得不巧，秦老师恰才进城去了，秦师母也不在家。我遂独自回家，不料在路上遇见一只疯狗，非常可怕，我吓得逃回来，因此心有余悸呢。"

陆婶婶道："哎哟，疯狗真是可怕的，若被它咬了一口，腹中一定要产生小狗，性命稳稳送掉，你没有被它咬吗？"

玉娇道："还算侥幸，恰有一个大汉走来，把那疯狗赶掉，所以我没有被它咬着呢。"

陆婶婶又说运气。玉娇这几句话哄骗得陆婶婶深信不疑，伊说了出来也未免暗自发笑。但伊所以编这个虚假的事情，一大半也是恨透了绥之，便把绥之当作疯狗看待，不期而然地这样对答过去。

从此以后，伊不敢再到秦老师那边去了，只闷闷地守在家中，吃了苦头无处告诉。秦老师多日不见玉娇前去，还不知道什么缘故，心中有些惦念，而最萦绕于心的便是万维馨。他觉得玉娇对他的情感很好，每次玉娇到他母舅家中来时，大家总是坐着清谈不倦，为什么这几天不见伊来呢？自己朝盼夕望，一日三秋，再也忍不住了，因此他又走到玉娇处来访问，遂约定玉娇同游虎阜。在那时候还是惊人的创举，因为男女社交尚未公开，青年男女很少同游，不比今日有影皆双，无侣不并了。

玉娇既答应了维馨，牢系于心。到了这一天午后，伊临镜梳妆，薄施脂粉，换了新制的夹衣，对陆婶婶说要到秦老师家中去一遭，又说自己多日未往，也许归来稍迟，叮嘱伊不要盼望。陆婶婶道："你好多天没有出去了，但仔细不要又遇见了疯狗。"

玉娇听了，暗暗好笑，说一声"婶母勿忧，我自己会留心的"，于是轻移莲步，走出家门，悄悄往虎丘山麓而来。

一路见游人甚少，正中心怀。不多时已瞧见塔影高峙，山门在望。伊走至山门时，心中却又有些畏缩，因为自己尚是一个黄花闺女，如何私约着人家游山玩景，虽不至于月上柳梢，人约黄昏，然这个嫌疑不可不避。倘然给熟人瞧见了，飞短流长，所谓"人之多言，亦可畏也"，我将何以自解呢？这样一想，双足迟滞着，变得沉重起来，立在山门边，露出踌躇的样子。继思自己业已来此，绝不能走回去。况有约在先，如何不践？恐怕万维馨早在山上等候了，若不上山，不要使他望眼欲穿，责怪我失信吗？自己为了绥之的轻狂行为，已不敢再上老师之门，而维馨是个青年男子，也不能屡屡到我家里来，那么见面的时候很少，今日一会，弥觉珍贵了。于是鼓励着勇气，也不管要被人家瞧见不瞧见，进了山门，拾级而登。

虎丘虽是姑苏城外的名胜，吴王阖闾埋骨之地，然而是一个小丘，很平坦的，并不险仄，所以玉娇走着，还不觉得十分费力，且喜山上游人也寥寥无几。伊方低着头走到真娘墓旁，早有一个五陵少年，鲜衣华服，斯斯文文地走上前来，叫一声："玉娇世妹，我在此久候了。"

玉娇抬头一看，正是万维馨，今天修饰得更是俊秀。不由颊上晕红，轻轻答道："维馨世兄，你已先我而至，很好，我们走向哪儿去？"

维馨道："我们先去凭吊剑池吧。"

于是他让玉娇前走，自己偎傍着伊，缓缓而行。走过千人石二仙亭，来到剑池旁边。在这里的山石，略有些雄壮的气势，春水高涨，剑池水满，越显得阴森如有剑气。玉娇是难得出外的，凭吊了一回，又走上五十三参去。维馨傍着伊且行且谈，指点着远近景物。走上五十三参时，玉娇究竟为了三寸小足的关系，已走得娇喘吁吁，恨不得要维馨来扶持一下。维馨也知道玉娇力乏了，走进山寺，恰好里面有一小轩，可以饮茗小坐的。维馨道："世妹谅走得足酸了，我们不妨在此息坐一回。"

玉娇点点头，二人遂至轩窗下一张大理石面的方桌前，移开椅子，对面坐下。早有香司务托着果盘和两盏茶来，放在桌子上。维馨端起茶杯，说声"世妹请饮茗解渴"，玉娇果觉口渴力乏，遂举起茶杯来喝了一口。有一个寺中的老和尚跑来敷衍了一番。维馨谁高兴和僧人多谈，态度冷淡，只顾和玉娇谈笑，老和尚也就踅开去了。

二人起初谈些诗学，后来又讲到了绥之。玉娇已将绥之唐突自己的经过约略告诉过维馨，所以今日维馨又安慰伊数语，说绥之虽是个妄人，但傻头傻脑，胡言胡语，没有什么胆魄，也不必过分见他害怕。自己若不是一则为了避嫌之故，二则为了舅母宠爱的关系，早要告知他母舅，让秦老先生训斥一番了。玉娇道："此事不可吐露，免得老师家庭不睦，还是让我自己抱些委屈的好。"

维馨道："世妹真是蔼然仁者之言，能为他人着想。我此次到苏州来，本是暂作勾留的，无意遇到世妹，深觉高山流水，得一知音，可称无憾，因此恋恋于苏城，不想回去了。"

玉娇听了这话，微微一笑道："我是庸愚无学，蒲柳之姿，却很钦佩维馨世兄的高才雄雅。幸蒙世兄不弃，不以我为外人，常常赐教，中慰岑寂。"玉娇说到"外人"这一句，脸上又泛起红云。

维馨却听得甚得意，自己能邀美人青睐，很不容易。像绥之却如癞蛤蟆妄想吃天鹅肉，可怜亦复可笑，倘然他知道自己正在山上和玉娇相会，不知他要如何嫉恨呢？他又喝了一口茶说道："我恨不能天天和世妹相聚，只是事实上不能够这样，而我又不便常常上门拜访。今天故约世妹出游，倾吐衷怀。世妹是聪明人，必能鉴谅我心的。多少心头事，尽在不言中，只望世妹能和我常常相聚，我就感激不忘了。"

玉娇如何不懂维馨言外之意，只是不便回答，低头只说一声："我也是这样想啊！"维馨也已猜知玉娇之心，喜悦无限。二人又细语缠绵了多时，见斜阳西坠，天色渐暝，玉娇便要告辞回去。

维馨因山上冷静，也不敢多留，遂说："隔一天我再到府上来拜访吧，其实世妹不妨仍到我母舅家中来，只要有约在先，不至于再累世妹受惊了。"

玉娇摇摇头道："我不知怎样的，见了秦家大门便害怕，你在秦老师面前也不必提起我，反使他们猜疑。我们隔数日一会也好，舍间很少他人，陆婶婶也不必防伊的。"

维馨道："陆婶婶虽然对我很客气，但我见伊时时把两只眼睛向我偷瞧，使我很觉不安的。还有世妹的二叔，无巧不巧的，我和他遇见了两次，此人我见他有些害怕，老实说了，世妹不要见怪。"

玉娇叹口气道："二叔确乎状态欠佳，在你眼中是看不惯的，他对于我这可怜的弱女不加抚慰，反要时时来需索，我见他也很头痛了。"遂又将李二麻子的劣迹告诉一二给维馨听。维馨深表同情，颇代玉娇扼腕，更觉得玉娇可爱复可怜了。

此时寺中晚钟铛铛地响起来，维馨遂付去茶资，伴着玉娇走出了寺门，打从五十三参下去。玉娇脚底下不知踏着了什么水果皮，滑了一滑，娇躯仰后直倒，幸亏维馨随伊的身后，双手将伊扶住，说道："世妹小心些，不要倾跌。"

玉娇经这一滑，心中跳个不住，身子软绵绵地倚在维馨怀中，说道："哎哟，险些跌了一跤，幸有维馨兄将我扶住。"

伊说着话，定了一下神，刚才移动莲步，走下五十三参时，山下忽然人喊马嘶地来了一伙人。有些人穿着短衣，佩着刀剑，有些人穿着猎人的服装，揥着火枪。扛的、挑的、提的、携的都是些野猪麋兔之类。在千人石前散开。其中有一个年约三十开外，全身猎装，腰里悬着宝剑，身躯十分伟硕，面貌狰狞，走上前来，一眼恰见玉娇和维馨从他们面前走过，他凑上去对着玉娇仔细凝视一下。在这个时候，玉娇不明白这伙人的来历，心里不免有些惊慌，低了蛾首径向前走，耳畔忽听那人大声喝道："好一位小姑娘，从哪里来的？我以前倒没有瞧见过啊，乖乖了不得！"其声洪亮，山谷传声，连林间小鸟也都闻声惊起。

第五回

惊绝色霸王动邪念
嫉热情傻子怀阴谋

这伙人从哪里来的呢？原来在苏州地方旧时封建制度下，常有一班贪官污吏、土豪劣绅，为地方上民物之害。那些土豪劣绅仗着特殊的势力，勾结官吏，呼朋啸侣，专欺良善小民，人家受了他们的痛苦，也是呼吁无门，有怨无处诉的，谁敢和这种恶势力抵抗呢？

在那阊门外三六湾，有一个姓潘名兴，别号小霸王的，他本是一个无赖，因为懂得一些拳脚，颇有勇力，便自称以前曾在河南嵩山得少林嫡传，天下无敌，借此以惊世眩俗。一般人本来以耳为目，况又见小霸王确乎有几分威武，不全是银样镴枪头，所以有好多少年相信他的说话，拜在他的门下。也有些人想倚仗他的声威，可以去敲诈取利，而来归附他，或称门生，或称干儿。小霸王本没有见识的，来者不拒，一概收受。却定下一个规矩，就是一年三节，逢到端阳中秋除夕时，在他门下的都须孝敬老师干爹若干数的礼金，不论多少逢人点收，凡有不送的，下节便不许在他门下借他的名字去做什么事。古时孟尝平原之徒，食客三千，在四公子门下的大都衣食取给，困穷有归，四公子慷慨解囊，散财以结客。现在小霸王潘兴却反要从门下身上刮取一笔钱，这真是今昔悬殊了。

小霸王又和苏州的知府县吏私行结识，官吏也忌惮他的势力而和他委蛇周旋，只求相安无事，至于小百姓的受其荼毒，反而置之不顾，装聋作哑。小霸王欺负人，谁敢到官中去控告他呢？因此小霸王本是两手空空的穷光蛋，现在却田地有了，房产也有了，家财渐渐富饶起来，还要时时去侵占人家的田地，强夺人家的权利。手下一班恶少，推波助澜，狼狈为奸，人家吃他苦的，都是敢怒而不敢言。小霸王不但好货，且又好色。家中娇妻美妾已是很多，但他是无厌的怪物，玩了多时便要生厌，再玩一个。因此他的姬妾分为天地人三号：列天字辈中，当然是在小霸王宠爱的极盛时期；列入地字辈，便稍见疏远了；倘然列入人字辈，那么已是弃妾，无异败花残柳，不在小霸王心上，任凭她们去留了。

小霸王又喜田猎，每逢春秋二季，常和门下少年到山中去射猎。可是苏州地方没有高山峻岭，山中只有些麋兔之类，不足以供驰骋，小霸王便对他的门下夸言道："我在河南鸡公山行猎时，曾遇见一头大虎，伤了几个游客，我仗着手中一柄短刀，和那大虎格斗良久，卒被我刺毙，因此得了一张虎皮，至今还盖在床上。可惜这里没有虎豹，否则可以显一些身手给大家看看。"这话虽没有证实，大家却不能不信。

这一天小霸王又和众少年到天池山去射猎，取道虎丘而还。小霸王余兴未尽，遂上山一游，恰巧逢见玉娇和维馨。小霸王是个好色之徒，蓦地里瞧见了玉娇婷婷倩影，不由动了好奇之心，再一看玉娇的容貌，真是芙蓉如面柳如眉，秋水为神玉为骨，生平还是第一遭见到这种倾城倾国的好女儿，所以喝了一声彩。这个怪声吓得玉娇玉颜失色，伊不知道这一伙究竟是什么人，不要遇见了盗匪，把自己掳去，如何是好？紧傍着维馨，战战兢兢地下山去，越是惊慌越是走不动路，足下在山石上又是一滑，险些儿跌下地去。

维馨又将伊扶住，低声说道："玉娇世妹不要惊慌，脚下留神。"他口里虽如此说，心中却也有些着慌，因为他自己毕竟是个文人，手无缚鸡之力，倘有意外，何能敌得过强暴的侵凌呢？况且前天他曾和友人在城外梨园里观剧，曾见一出全武行的《拿高登》，演的高登强抢良家妇女，后有侠士出来救援。现在遇见的汉子不像良善者流，山上游人又少，倘然他要动手时，这事如何是好呢？一路走着，心中惴惴不安。

幸而小霸王一时尚没起这种念头。他瞧着玉娇的背影，对众人说道："啧啧啧，你们瞧见这个美人儿好不好？"大家都说好，小霸王又问道："我走过了六门三关，却绝未见过这样的美人儿，家中姬妾不可说不多，哪里有一个及得上这女子？你们可知晓是谁家的女儿吗？"

门下有一个姓费名葆生的，是山塘街上的游氓，他认识玉娇的。因他是个赌台上的人，和李二麻子一起赌钱，曾向李二麻子逼债，李二麻子曾和他一同走到玉娇家里去借钱的。他虽没有入内，而在门外瞧见过伊。被玉娇的美容所惊奇，以为李二麻子有这么一个侄女，真是难得，将来无异一棵摇钱树。他曾在李二麻子面前怂恿着他要借玉娇去发财，李二麻子发财当然是想的，但他那时候天良尚未泯灭，以为他哥哥身后只有这一个侄女，如何可以做丧失良心的事？况且玉娇的性情十分贞烈，若要伊去做不正当的事，势比登天还难。而自己逢到缺乏时，向玉娇去商量告贷，玉娇总是竭其所有以应的。他虽是个歹人，也何忍出此？遂没有听费葆生的话。但是费葆生心目中已有玉娇其人了。

今天小霸王探问玉娇来历，他在旁边忍不住早抢着答道："我认识的，这女子姓李名玉娇，住在山塘街上，就是李二麻子的嫡亲侄女儿。"

小霸王和李二麻子也见过一面，便道："原来是李二麻子的侄女，不知她可曾许人，那少年又是伊的什么亲戚？伊有哥哥吗？"

费葆生道："听说玉娇并无弟兄姐妹，李二麻子的哥哥只生此女，芳龄尚轻，还没有许字与人家呢。"

费葆生说了这句话，小霸王早哈哈笑道："妙啊妙啊，没有许字的姑娘更是名贵，那么这男子又是谁呢？"

费葆生道："这个却恕我不明白。"

小霸王道："若是玉娇的亲戚也罢，否则这女儿家有些不规矩了。"

费葆生知道小霸王心里的意思，为要博他的欢心遂又说道："那少年是谁，现在虽不知道，明天待我向李二麻子探听后就可明晓。"

小霸王将手一摆道："好，这个把事我就交托你了，你若能够把李二麻子请来，让我和他联络联络，那就更好哩。"

费葆生道："潘爷要下交李二麻子，这真是他求之不得的事，包在我的身上，可以引导他来拜见。"小霸王点点头，遂和众人继续走上去，四处游览一回，方才兴尽而归。

那玉娇被小霸王吓了一下，出了山门，跟着维馨紧走。维馨因为方才的事很有些不放心，在暮色苍茫中，把玉娇送至普济桥边才回。却不料天下竟有巧事，当万维馨送至李家门口时，玉娇止莲步回头和维馨告别，心头轻松了一半。维馨温言安慰伊道："没有什么事，请世妹安心，我改日再来拜访。"话犹未毕，忽然走来一个人，大呼："维馨兄你在这里做什么？"

维馨回头一看，乃是他的表弟绥之。心中突地一怔，脸上立刻露出尴尬的样子。玉娇也已瞧见了绥之，不禁两颊泛起红霞，低倒了头，赶紧伸手叩门。

绥之已走至身边，向维馨冷笑道："表兄，你和玉娇世妹到哪里去玩的，此刻方才一齐归来？"

维馨只得说道："我恰才走出门来，想到半塘桥酒家去买醉，却遇玉娇世妹走在路上，我遂向伊招呼，同行至此，没有到别的地方去玩。"

这时候小婢已来开门，玉娇往门里很快地一走，扑的一声便将门儿关上，恨不得有个地洞让伊钻了进去才好。绥之见了这种情景，前天已受过玉娇的气，他不怪自己，只怨恨玉娇不与他亲近，看不起他。今日又见维馨和玉娇亲近的情景，使他更是气恼，更是妒忌，便沉着脸色对维馨说道："玉娇和表兄相识后，竟连我也不认得了。见了我的面反而回避，是何道理？伊有好多时候不来我家，恐怕连我父亲也不承认是伊的老师，因为伊现在已另有少师了。"说罢冷笑一声。

维馨听绥之话中有刺，便道："什么老师少师，这个你问玉娇自己吧，恕我不知道。表弟，你可去吃酒？可以一起去！"

绥之怎高兴和他去小酌？遂说："我不去。"维馨又道："对不起，我要失陪哩。"掉头身便向前走去。

绥之瞧着他的背形，恨恨地说道："好小子，你的伎俩真不小。古语说疏不间亲，你这小子刚才来我家小住，却被你诱引得玉娇倾向于你，偷偷地走在一起，不知到哪里去的。现在玉娇只认得你，不认得我了。"又指着门里说道："你见了我总是躲避不及，难道我会吃你下去

37

吗？你爱上了维馨便没有我在眼里，但我秦绥之也决不使你们二人的好事可以成就，你等着瞧我手段便得了。"

绥之这样说着，见维馨已去得远了，也就回身往家中走去。到了家里，他父亲正在书室里看书，他不敢去惊动，悄悄地跑到他母亲房中去。秦师母正掌起灯来，见绥之回家，叫了一声母亲，脸色却十分深郁，便问道："你到哪里去玩的？为什么只贪游玩，不肯用功读书？你表哥的学问何等高深，你父亲常常赞他，希望你也要争一口气才好。"

绥之给他母亲埋怨了数句，一张嘴又噘得高高的，冷笑一声道："母亲，你不要赞美表兄，他的学问虽好，而他的道德却未必高尚。"

秦师母有些不信任地问道："你怎说这话？难道他的行为有什么不检点之处吗？"

绥之遂将自己遇见维馨和玉娇同行的事告诉他母亲，且说："自从维馨来后，玉娇便和他亲近，常借着问字论文的机会，两个人谈得很是投机。维馨施展他的手段去诱惑玉娇的芳心，玉娇竟被他诱上了，我父亲竟不觉得。而玉娇经维馨的怂恿，就此不上我家的门了。维馨反时时和她暗地里约会，把我们都瞒过，你想可恶不可恶？儿被他们气死了。"

秦师母道："嗯，玉娇这小妮子真没有良心的，你父亲待伊何等好，我也很爱伊，而伊却全忘记了，只认识新人，不记得旧人。还有维馨也太狡猾，见了玉娇便转起邪念头，真不应该。但是玉娇这小妮子，我本想你代娶伊为妇的，现在反被人家觊觎，都是你父亲迟迟不发的过咎啊。"

绥之道："倘使表兄和玉娇成就了姻缘，儿必气死，不情愿再活在世上。"

秦师母道："你不要发急，我再去催促老头儿，快代你去向李家求亲，好歹要把玉娇娶过门来。"

绥之摇摇头道："无论父亲不肯代我去说亲，即使被母亲强逼他去求婚，玉娇的心里早已有维馨占据着，要得伊的同意也是千难万难的事。"

秦师母道："那么怎样办呢？"

38

绥之道："儿却有个计策在此，若能照此行事，可以拆散他们俩的姻缘，然后儿可乘隙而入，或能得到玉娇的允许。"

秦师母道："好儿子，你快告诉我，有什么妙计？"

绥之凑在他的母亲的耳朵上，低低说了数语，秦师母连连点头，面上露出笑容，对绥之说道："你的计策很好，你父亲常说你笨，我却觉得你一些儿也不笨，我就照你的话，去催你父亲赶紧把这事办妥，再不怕维馨狡猾了。"

绥之道："我的计策果然不错吗？母亲快去和父亲说吧。"于是他就蹦蹦跳跳地走回自己房中去了。

不多时维馨也已回来，他在一家小酒店里独酌了片刻而归，把来在绥之面前掩饰他的谎话。晚餐后秦老师进房和秦师母闲话家常，秦师母便照着绥之所说的去催紧伊的丈夫。秦老师怎知个中玄虚，自然堕入彀中，还以为秦师母很爱护伊的侄儿呢。

这天玉娇回家后，甚是惊慌。黄昏独坐，想起了虎丘山上的一幕，那些人的行径非常可怕，险些惹出祸殃，而维馨送自己归家时，偏又遇见了绥之，不消说定被绥之猜疑自己和维馨有什么暧昧了。万一他在秦老师面前去说我的歹话，不要令我羞死吗？可知女孩儿家一切总要谨慎，我今天冒险出游了一趟，就有了尴尬的事，实在不应该出去的，从此再也不敢到外面去露脸了。所以伊一方面对维馨表示爱心，情意恳挚，足使自己有不少安慰，而一方面受到了意外的虚惊，和绥之的邂逅，不免心头又有些担忧，从此伊更不敢上秦老师的门了，只是深居家中，不是埋头刺绣，便是吟诵诗文。隔了两天，维馨又上门访谈。玉娇煮茗以迎，清谈至晚，方才辞去。

维馨因为玉娇怕出去，自己也不便再去约她，所以他就常常到李家来访问。走得熟了，三五天总要来一趟，二人的情根爱芽已是蓬勃苗长。玉娇不看见维馨时，便觉爽然自失，而维馨也是如此，恨不得天天跑来晤谈。陆婶婶在旁瞧着，如何不觉得。伊见维馨人品出众，是个风流潇洒的公子，当然玉娇要生爱心。倘能成就姻缘，也未尝不是美事。不过伊是贪小利的，维馨没有什么礼物送一些给伊，未免使伊心里不十分愉快，只冷冷地旁观着，也不说什么。这样过了一个多月，已是炎夏。维馨和玉娇的相恋差不多与时并进，也已到了沸点，大有维馨非玉娇不娶，而玉娇非维馨不嫁了。

有一天玉娇家里有伊的虞山亲戚送来两担常熟的三白西瓜，玉娇因为瓜熟，自己家中人少，恐一时吃不掉，便叫人挑一担送到秦老师家中去。维馨有三天不来了，心里也很惦念他，又不好意思去秦家访问，不知他身体好不好。夕阳西下时，玉娇兰汤浴毕，坐在庭院中纳凉，手里还拿着一本《红楼梦》小说，正看到晴雯撕扇的当儿，暗叹古今女子的痴情。忽听门上剥啄声，伊知道是维馨来了。因伊惯听维馨的叩门，常用两指轻弹三下，里面若无人应门时，又继续轻弹三下，倘换了李二麻子来时，咚咚地一阵急敲，须等有人去开门方才住手呢。所以伊忙立起身来，将书丢在一边，自己去开门，果是维馨。今天他穿了一件白香云纱长衫，手中摇着一柄圆扇，叫了一声玉娇世妹。玉娇让他入内后，把门关上，叫小婢去端一张椅子出来，请维馨也在庭心中坐。维馨脱下长衫，略拭额上的汗，长衫小婢接去。陆婶婶也走来和维馨相见。

维馨坐定后，对玉娇说道："方才你派人送来的西瓜，又脆又甜，我舅父很挂念你呢?"

玉娇道："这是常熟的三白瓜，味道甜如蜜，维馨兄吃到吗?"

维馨道："尝过一下，果然是琼浆玉液，使人解渴消暑，但吃得不多。"

玉娇道："那么这里多着呢，不妨开一个给你吃个痛快。"说罢遂叫小婢去捧一个大的西瓜出来，自己又去端过一张小几，放在维馨面前。小婢捧了一个大瓜放在几子上，玉娇取过洋刀和银匙，代维馨将瓜切开了，又把刀在瓜肉上划了数划，说道："你吃吧。"

维馨道："世妹你也来吃。"

玉娇道："我已吃得够了，此时再吃不下哩，你快吃吧，大约是很甜的。"

维馨遂把匙舀了一块，送到口里，便说："味儿的确甜得很。"

玉娇注意瞧着维馨吃瓜。但伊是个神经灵敏的女子，伊觉得今天维馨的脸色很有几分忧郁，连笑也是勉强，心里有些怀疑，猜度维馨或有什么不快之事，莫非他家里来函催归吗？正自默念，维馨吃了半个西瓜，便放下银匙，不吃了，说道："谢谢世妹，请我吃这样甜蜜的瓜，口福不浅。"

玉娇笑了一笑，便和小婢把吃剩的收去，还到庭中，和维馨面对面坐下。维馨瞧见旁边的书，拿在手中一看，说道："原来是《红楼梦》，唉，自古无不散之筵席，一个人生在世间，知音难得，聚散无常，怎能够天长地久，永在一起呢？"

玉娇听了这话更是发怔，紧瞧着维馨说道："今天我瞧你面有忧容，吐语又是这般萧飒，莫非有什么不欢之事？"

维馨道："世妹聪明人，一猜便着。这两天我实在不能快乐，要想不告诉你，又觉不可能，因此事世妹迟早要知道的，但若告诉你听，立刻也使你要感觉到不乐。古人有云：黯然销魂者唯别而已矣，望南浦而伤心，怅东门兮欲别。世妹世妹，我即日要远离吴下了，休说姑苏城郭山塘清流，使我梦魂难舍，而和世妹相聚了这许多日子，怎舍得一旦判袂呢？"

玉娇听了这话，恍如晴天里打了一个霹雳，良久说不出话来。

第六回

热心推毂揽才来小简
粲齿订盟惜别唱骊歌

维馨见玉娇呆呆地发怔，便又说道："世妹，我大概在这数天之内要到北京去一遭，所以不得不和你暂别，这是无可奈何的事啊！"

玉娇道："啊呀，维馨兄怎么到北方去？千里迢迢，此后相见不知何日，究竟为了何事呢？"

维馨道："我此次到吴门来，不只为遨游，本是拜托我舅父一件要紧事的。因为我舅父有一个知友在北京，便是吏部侍郎王国才，京官中很有势力，我母亲遂重重拜托舅父，要推荐我到京里去做一个职务，遂叫我到苏州来托舅父去函说项。我舅父爱我才高，自然一口答应。起初我也渴望京里的事早日成就，后来我遇见了世妹，和世妹论文谈艺，渐渐地亲热起来，直到今日却又不舍得离开这吴门了。吴门的景色虽可依恋，而世妹又为我一生崇拜的人，更使我不忍别离，所以又希望此事不必成功了。但愿那王侍郎没有诚意来提拔我，那么我可多住在这里，时时可和世妹晤谈，此乐虽南面王不与易了。"

玉娇听到这句话，不由脸上一红，低倒蛾首，把一手支住下颐，默然无语。维馨又道："谁知我舅父因为王侍郎没有确切的答复，遂又写信去催。前日恰巧京中有便人南下，带得王侍郎的一封亲笔书信，交与我舅父。拆阅之下，始知他已应允了舅父的请求，要我即日动身北上，经王侍郎面试后，即可界以要职。我舅父很是喜欢，以为这种机遇是不可多得的，催促我即日赴京。你想我该怎么办呢？倘是我为了自己的前程，那就不得不和世妹离别，赶紧到京中去任事，否则我宁可牺牲那边的事，仍住在苏州。但这又如何在舅父面前交代得过？而家中也势所难许的。古人云，进退狼狈，我今日就感觉到这痛苦了。"

玉娇抬起头来说道："我也想不到维馨兄竟有北京之行，以私人的情谊而言，当然我也不愿你离开这里，使我顿失良友，愁唱渭城之曲，然为维馨兄的前程远大计，亟宜束装北上，岂可失此机会，株守吴门呢？况且秦老师也不容许你流连于此的，所以我又要劝你到北京去了。"

维馨道："世妹的说话也不错，只是我早已说过，别的都舍得，唯有世妹是我心里念念不忘的一个，我自到了此间，只要有二三天未挹清芬，心中便觉怅怅然好如失去了一样东西，寻觅不到，无论如何必要走上这里来，以慰饥渴。又好像我是一枚铁针，而世妹府上是一块磁石，使我不知不觉地投入兰闺，拜倒石榴裙下，自从那天在虎阜和世妹清游归后，觉得世妹慧心兰齿，说的话都在我心里，永矢勿忘。古人云：得一知己，可以无憾。世妹真是我的知己，我自幸得遇世妹，如能和世妹终身厮守在一块儿，复有何憾。只是这事又生出了岔儿，要使我和世妹远离，我的心里又是怎样的难过呢？世妹是爱我的，当不以我言为悖谬吧。"

维馨说这话时，庭中只有他们二人，小婢和陆婶婶都不在身边，维馨吐语很是诚恳，也可说得大胆地倾吐肺腑，没有避讳。玉娇听了维馨这番说话，心中又喜又惊，又感谢又难过，说不出的甜酸苦辣，不由泪珠儿从伊眼眶里滴将出来，颤着声音，向维馨说道："蒲柳之姿，承维馨兄这般关切，更私衷感幸之至，但我想分离者形体，而不可分离者精神。维馨兄北京去后，虽如劳燕分飞，而我的一颗心始终牢紧在你的身上，只要你如磐石无转移，我像蒲苇韧如丝，安知没有别后重逢之一日呢？"

维馨听了，点点头说道："我很感谢世妹的教训，南山可移，此心不变，终当如磐石一样。但望世妹为我稍俟一二年，此去京师，倘能有所成就，他日谒告南归，必禀明堂上，即拜恳我舅父为媒，誓与世妹终成良缘，以慰我思。不知世妹芳心如何，也嫌我这话说得过于唐突吗？"

维馨这几句话更是十分明朗化了。玉娇此时也不用再羞人答答地绕圈子说话，所以伊就说道："我的心和维馨兄相同，但愿如此便好，我总是一辈子厮守着维馨兄的。好在舍间没有他人来做我的主，叔父也不管我的事，请你放心。只望你在仕途顺利，早登青云，衣锦归乡，我自当洁身以待。"

维馨道："感谢世妹的美意，世妹能这样鼓励我，这是天赐吾的幸福。我一切自必遵听世妹的金玉良言，无有二心。"

这时候天色已黑，星斗满天，流萤在树，清风徐来，此情此景，真无异七月七日长生殿了。陆婶婶在后边窥见二人在庭中细语喁喁，如浴爱河，忘记了一切，便徐徐走至庭前，对玉娇说道："我们请万家少爷在此用晚饭吧，可要叫小婢去沽些酒来？"

维馨连忙摇摇手道："多谢多谢，我要回家去吃饭的，今晚舅父尚有一个朋友来饮酒小聚，舅父吩咐我相陪。所以无论如何我要回去，不要叨扰你们了。"

小婢在客堂里掌上明灯，维馨立起身来说道："我明天再来和世妹清谈，现在我听了世妹的话，已决定往京师去努力我的前程，将来自有我们团圆的一日。"

玉娇勉强展颜一笑，说道："我也不留维馨兄了，明天望你再来一谈。你决定哪一天动身，请你也告诉我声。"

维馨答应一声，遂披上长衫，告辞而去。他来的时候为要和玉娇分离，心中非常颓丧。然因此得到佳人的许可，无异而订白首之约，这也是不可多得的，无异在苦的成分中渗入了一些甜味。怀想着将来的希望，便觉有无限乐趣隐藏在后面，全仗自己努力了。于是打叠起精神，回至秦家。

绥之正立在庭中，举首仰天，似有所思，见维馨施施自外来，便对他看了一眼，说道："维馨兄恭喜你将入仕途，照你的才学，怀抱利器，必能脱颖而出，但不知你将于何时京京？在吴下也有所恋吗？"

维馨听他末一句话问得很是恶毒，遂毅然地答道："我和舅父商妥后，即日便要动身，吴下有什么可恋呢？我当然为了我的前程不可失此

44

机会的。"

绥之听维馨说得这样坚决，想不到他如此爽快，大约鱼与熊掌不可得兼，二者择取其一了。那么自己的计策已售，他日待维馨去后，便可想法去和玉娇接近，少一情敌了。维馨远在数千里之外，当然难和自己逐鹿情场哩。他想到这里，摇头晃脑，十分得意。

维馨瞧不惯他这种傻态，暗暗骂了一声竖子。走到他舅父书室中，只见他母舅正坐在灯下看书，上前叫了一声。秦老师道："你倒回来了，我请的客还没有来哩。今天那位客人乃是城中吴太史，是位饱学宿儒，说不定要即席联吟。好在吾甥才高八斗，诗成七步，不怕押尽险韵的。"

维馨道："承舅父指教，小甥准陪末坐。吴太史的诗才素为江西诗派一流，今日定有佳句，以资观摩。"

秦老师道："王侍郎这次差人送书前来，答应这件事情，见得他古道热肠，故人之谊还没有忘记，使我甚是感激他。此次我荐贤甥出去，以贤甥之才，他日必能飞黄腾达，荣宗耀祖，连我也有光荣的。但贤甥年少，京师声色繁华，难免不被渐染。好在贤甥读书守礼，毋烦我鳃鳃过虑。杜牧诗十年一觉扬州梦，赢得青楼薄幸名。望贤甥记取为幸。他日自有举案齐眉的贤妇，咏絮才华的淑女，侍奉君子巾栉的。"

维馨答道："深感舅父的栽培，甥儿敢不拜受训言，无贻隕越。"

秦老师道："那么你预备几时动身呢?"

维馨道："王侍郎来函既说得这般诚挚，事不宜迟，甥儿便想在月半动身。在动身之前，先回家乡去，辞别母亲，然后到上海坐海船北上。"

秦老师点点头道："如此甚好，贤甥此去必能得王侍郎青眼，使他也可知道我秦某虽然内举不避亲，而老眼尚未生花哩。"说毕哈哈大笑。

两人正说话时，那位吴太史已命驾而至。秦老师忙同维馨迎入，款待周至。吴太史年纪约有五旬以外，微有短须，衣服朴素，手摇团扇，并无龙钟之态，带着一个小奚奴，侍立一旁。维馨和吴太史已见过一面，所以毋庸介绍。吴太史也知维馨隽杰廉隅，后生可畏，宛比当年的柳子厚，对他刮目相看。略谈一会儿，因时候不早，秦老师早吩咐下人端上酒肴，在书斋中临窗而坐，卷帘迎月。庭中也有些花木，晚风送凉，不觉燠热。吴太史上首坐了，秦老师左首相陪，万维馨下首相陪，绥之却没有他的份儿。秦老师自知生儿不肖，今日嘉宾在座，击钵催诗，飞觞醉月，傻头傻脑的绥之如何叫他相陪呢？不要给吴太史笑死吗？酒过三巡，果然吴太史诗兴已来，便要联句。秦老师当然奉陪，维馨虽是初生之犊，不甘示弱，也就一句一句地联吟下去。吴太史见他诗才便捷，不减当年陈思，大加赞叹。直至酒阑灯灺，兴尽而别。共得百句，都由维馨录出，可称诗人兴浓了。

次日维馨在上午又一溜烟地跑到玉娇家里来。玉娇知道他今要来作别，所以特地请陆婶婶到市上去买了些鸡鱼肉虾回来，煮了许多精美的肴馔，为维馨饯行。二人又说了许多依依的情话，相约白首之盟。玉娇把一幅罗帕和一副翡翠环子赠予维馨，说道："这两样东西是我朝夕相亲的，现在兄有远行，敬赠予兄，倘蒙不弃，请视此物如见其人了。"

维馨谢了接过，放在怀中。自己便将一柄写好的团扇和身上所悬的一块小小汉玉，送与玉娇，玉娇也把来珍藏好。维馨在玉娇家中盘桓至日落西山，差不多已有整日间的光阴，但是还不舍得离别。陆婶婶在旁边窃窥，未免好笑，笑这一对痴儿女情绵绵的难舍难分，嘴里都是出口成章，使伊听了倒有一大半不懂。到后来维馨只得走了，背着人和玉娇一握柔荑，万分热情，又说了几句安慰的话。玉娇含泪送至门外，盼望维馨赴京后常通鱼雁。

维馨别了玉娇，走回秦家去，每走三五步必一回首，心中异常难受，直至他瞧不见了李家的墙门，方才叹一口气，回去收拾收拾。秦老师秦师母也代他饯行。秦师母和绥之暗庆其计已售，维馨和玉娇到底被拆离了。

次日维馨辞别了舅父舅母，回至嘉兴，在家里耽搁数天，与家人稍叙天伦之乐。维馨的母亲得知他儿子将至京师，虽不免心里有些不舍得她儿子远游，但为儿子前程起见，一半儿爱一半儿喜，维馨思念玉娇，常常拿出翡翠环子来摩挲把玩，又闻闻手帕上的兰泽之气，不禁回肠荡气，儿女情深，对着天涯，每袅起一缕情丝。行期已届，他就辞别家人，束装北上，赴京师去拜谒王侍郎了。

那李玉娇自从维馨去后，深居简出，在家时时低头痴思，默计维馨的行程，整个的心神已完全萦系在维馨的身上。黄昏人静，在灯下把玩那块佩玉，维馨的风流倜傥的影儿宛如显现在她的眼前，连刺绣吟咏都有些懒懒的不上劲儿。至于秦老师那边依旧不敢前去，视如畏途。有一次秦老师特地着女仆送一书信来，要玉娇到他家中去盘桓，玉娇得书，很觉踌躇，到底仍不欲前去，故修书答复，推称略有采薪之忧，待痊愈后再上师门请安聆教。隔了数天，秦师母却买了一些藕粉素面，以及火腿红枣，自己走上门来看玉娇了。

玉娇正坐在书房中看书，想不到秦师母会来的，连忙竭诚招接，向秦师母道歉。秦师母道："玉娇小姐好多时候没有上我家来了，不知是什么意思？使我们好不挂念，尤其是你的老师，常常盼望你的。"

玉娇脸上一红，只得说道："我本应该早来请安，只因身子时时有些不适，反劳师母亲自移玉，非常对不起。"

秦师母道："不要客气，你的身体恢复了吗？要好好保重。"

玉娇道："现在稍好了，多谢老师和师母垂注。"

秦师母遂坐着，有一搭没一搭地和玉娇闲谈，且提起绥之，说他近来好学得多了，他父亲渐渐喜欢他，且要为他物色一个佳妇。玉娇明知伊的意思，只是不接口。秦师母又说起维馨远赴京师的事，玉娇也装作不知情，只和伊谈别事。秦师母坐了一会儿，方才告别，且嘱玉娇痊愈后早日到秦家去盘桓。玉娇含糊答应。秦师母遂回家去。

这时夏暑已逝，金风送凉，光阴很快，已近中秋佳节。秦老师又修笺约玉娇在中秋日到他家中去饮酒赏月，玉娇仍推诿没有前往，使秦老师也着恼了，背地里说玉娇不应该如此淡漠，忘记师徒之情，他哪里知道都是自己儿子逼得玉娇怕上门来呢？

重阳节后，玉娇方得到维馨托人带来一封书，措辞非常温柔缠绵，告诉伊说，他已在京中王侍郎门里文书处任事，寄居在头发胡同友人家中，身体安康，并寄上数首小诗，以道相思之忱。玉娇读了又读，吟了又吟，也就修书答复，和了两首诗，说不尽的柔情浓意。秋天的景色甚佳，但是远望天末，近对庭花，更增忆远之思，没有一天不想起万维馨。

有一天李二麻子忽然走来，玉娇见了他便头痛，以为他又要借钱用了，谁知李二麻子却要邀伊去游天平山，真使伊料想不到的了。

第七回

当秋光偶吞钩饵
晤名媛误入牢笼

李二麻子说道："我以前常常向侄女借钱，没有什么照应你，这是万分对不起的。前几天的手运很好，赌场里赢了一些钱，所以要想请侄女在后天去游天平山，一赏红叶，船上备些酒菜，陪侄女吃喝一些佳肴美酒，及时寻乐，大概侄女能够赏光的吧。"

玉娇以为李二麻子又要来告贷的，万万料不到他忽然要请伊游山玩景，说什么玩赏红叶，很有诗人意味，这倒使伊怀疑起来了。口里虽然不说，心中却是踌躇。

李二麻子见玉娇这种神情，知道伊有些不信，便又带笑说道："侄女，你当知此番我是专诚奉请的，实在这几天赢了很多钱，诚心想要请请你，不但游山，且可便道前去一扫亡兄之墓。往常都是侄女出钱的，难道我做叔父的不可以也出一次吗？"李二麻子一边说着话，一边把手向他自己腰包上拍了两下，铿锵的银币声送到玉娇的耳畔。

玉娇见李二麻子这般情景，很见得诚挚有意，倒不是说着玩的，也许他真的在赌台上赢了钱，所以要请请我，不要错疑他。这几天自己正是沉闷，出外去观赏山景，也可吐口闷气，又可顺便一扫父母之墓，答应了他也有何妨。遂笑了一笑说道："叔父既如何说，我就随叔父去一游天平，兼扫祖茔。叔父只雇好一艘快船，酒菜不必办了，待侄女家里自煮数样，较为简省。"

李二麻子把手摇摇道："你们不必忙了，酒菜也由我办，要请侄女，自然一切由我做东，侄女只去一个人便了。停几天我还要把侄女借给我的质物去赎回给你呢。我这个荒唐的阿叔，总是对不起你的。"

玉娇又笑笑，也没有别的话说。李二麻子见玉娇亲口已经许诺，遂说道："那么请侄女在后天朝晨早些梳妆好了，我自己同坐船到门外来接。"

玉娇道："好的，我预备两个锭袋，也好到坟上去焚化。"

李二麻子道："足见侄女的孝思，我去了。"于是他就回身走出门去。

玉娇关好了门，回进去时陆婶婶走出来说道："奇了，你叔父怎肯花钱请你游山呢？"

玉娇笑道："这叫作良心发现，他屡次要向我借钱，逼得我好苦。现在瞧他情景，真的赢了不少钱，所以要请请我了。我本来不去，只因顺便可以扫墓，就答应他了。"

陆婶婶道："那么但愿他常常赢钱，就不至于再来向你告借了。"

玉娇叹道："赌钱不输，天下第一营生。今朝赢了，后天便要输的，混在这个里头，总没有好结果。有钱的人倾家荡产，无钱的人偷盗欺诈，怎会幸免呢？他后来输了钱仍要向我求来缠绕不清的啊！"玉娇说了这话，走回房去。伊的心里总是悬于维馨，理着针线去刺绣。

到得后天早上，玉娇对着菱花镜，梳妆毕，换上衣裙。李二麻子还不见来，伊对着庭院中菊花，默默地出神。忽听咚咚咚叩门声响，小婢去开了门，乃是李二麻子。他今天身上也穿一件灰色绸的夹袍子，是新制起来的。他的模样儿也比较整齐一些了。陆婶婶看在眼里暗暗好笑，想李二麻子一定赢了许多钱，所以夹袍子也立刻新制起来了。李二麻子见玉娇已妆扮罢在家中等候，觉得伊容光焕发，今日更出落得明艳异常，不由暗暗点头，堆着一脸的笑容，向玉娇说道："侄女，我来得稍迟了，船已泊在河岸，现在请侄女跟我去下船吧。"

玉娇道："我带小婢同去，留陆婶婶守门。"

这时陆婶婶也立在客堂后面。李二麻子对伊点点头道："婶婶，你好好看守门户，我和玉娇侄女去游天平，傍晚时必要回来的。明天我请你们吃鸭子。"

陆婶婶笑笑道："早去早来。"

玉娇和小婢带了锭袋，跟着李二麻子出门。瞧见河岸边泊着一艘无锡快。李二麻子喊一声小二哥，一个年轻的船户走到船头上来，当住跳板。李二麻子照料玉娇走下船去，到舱中坐定。李二麻子也跟着坐在一边，小婢在前舱。船户冲上香茗，船艄上还有一个船娘，探头望脑地向玉娇紧视着。船户在船首撑动篙子，船身徐徐掉转，向清波中驶去。李二麻子在舱中大马金刀般坐着，口里吸着旱烟，神情很是得意。玉娇眺着两岸风景，橙黄橘绿，芦白枫红，天高气爽，秋光大好。于是伊又不禁兴蒹葭之思，所谓伊人远在北都，不知道何日方能南归，共游名山呢？

船户摇了一路水程，照例该转弯驶向北去，直赴天平。他却仍往东南驶去，渐入繁华之区，岸上人声鼎沸。玉娇看着说道："咦，怎么摇到这里来了？"

李二麻子说道："枫桥那边正在戽水挖掘河道，所以不得不绕圈子哩。"

玉娇不知什么，信以为真。一会儿船到一个去处，忽然停下。岸边有人唤道："李二叔在船上吗？难得过此的，且请到岸上一叙。"

李二麻子听得声音，连忙钻出舱去。船户搁上跳板，让他从一个水踏石级上走上岸去，玉娇在舱里见这是一家大人家的后门水踏，蛎墙缭曲，崇楼金碧，气象十分富丽。岸上像是一个靠水的后园，垣内有许多花木影子，一个三十多岁的健男子，两手叉着腰，站在园门口和李二麻子讲话。只因站得较远，玉娇又在舱内，听不出他们在讲什么。只见李二麻子把手向自己舱里一指，跟着就回身走下船来。

玉娇有些不耐，对李二麻子说道："叔父不是今天请我去游天平山吗？怎么摇了许多时候却在这里耽搁下来？究竟要到天平去不去？少停还要扫墓，时候来不及了。"

李二麻子撮着笑脸道："包你来得及的。去的时候是逆风，回来时便是顺风，尽晚送你回家，你不要心焦。现在倒有一个好机会在此，这上面是一家大富户姓赵的，内有很幽雅亮畅的园林，我和他家管园的认识，他问我到什么地方去，我告诉了他，且说侄女在此。他就说赵家有一位千金，不久出阁，正需要一位刺绣的妇女，代伊绣些嫁时物品。赵小姐征求多时，还没有这么一个合心意的人。我就说我的侄女绣花功夫甚高，他就要我来对你说，能够答应去他家刺绣吗?"

玉娇道："原来如此，这事缓天再谈，今天我们且顾游山去。"

李二麻子道："他等在岸上要等回音的，他又说他家小姐性情很是温淑，待人宽厚，今日便想领你去一见。"

玉娇微笑道："何必这样心急，人家也不是一呼便去的。"

李二麻子又道："他说十分急迫地等着你这样一个人才呢。今日凑巧遇见，所以必要请你上去见见。况且园中景色甚佳，大可一游，侄女不要犹豫，我来扶你上去，结交一个富家千金，门庭增荣。"说着话，伸手来扶玉娇出舱。玉娇一时打不定主意，只得整顿衣裳，略理云发，随着李二麻子走上岸去，小婢却留在舟中了。玉娇走到岸上，那健男子已开好园门，站在那边恭候，向玉娇点头微笑。玉娇瞧了他和气的样子，便觉放心，和李二麻子走进园去。果然亭台池沼幽深曲折。健男子早把园门关上，对李二麻子说道："李二叔，你伴着你的侄小姐不妨园中一游，我到里面通报去。"

李二麻子道："愈快愈妙，我们还到天平山去哩。"

健男子立即飞奔而去，李二麻子引着玉娇走向假山东边一个亭子里去，拂拭石凳，叫玉娇坐着休憩。他又带着笑对玉娇说道："今天真巧，遇见了我的朋友，倘然赵家小姐要请你刺绣的，将来酬谢一定不轻。像这般富贵人家，别人家休想踏得进门，我们也是幸运。"玉娇却默然不答，坐在凳上望望园中风景。

李二麻子又道："听说赵小姐有一位哥哥，断弦未娶，要物色一个有才有貌的小姐，我想像侄女这般才色，必定使赵公子合意，可是以门第而论，贫富悬殊得多了，我希望侄女他日能够嫁得赵公子这般郎君，一生吃着不完，福气无量，那么我做叔父的也有靠傍，欢喜不尽了。"

玉娇听李二麻子夹七夹八地乱说，心中就很不高兴，本想游什么

52

园，所谓赵小姐又不知是何许人，自己是蓬门弱女，人家是香闺千金，既然贫富不等，我李玉娇并非趋炎附势之人，何必去和伊相见呢？不如回去。伊这样一想，便欲站起娇躯，走回舱去。同时那个健男子已飞步而至，向李二麻子说道："我家小姐有请你家侄女到里面楼上去相见。"

李二麻子说声很好，早有两个丫鬟走过来，笑嘻嘻地对玉娇说道："这位是李小姐吗？我家小姐奉请。"

玉娇不知赵小姐怎样高贵的人物，看了这两个丫鬟，便可知宅内的华贵了。正在犹豫之际，李二麻子催着玉娇，说道："侄女，你放心跟他们进去一见，我在外边等候，谈妥后便告辞出来的，赵小姐是和气的人，对你一定亲近，你不要畏缩。"

玉娇到了这个时候，只得站身，跟着两个丫鬟走去，穿了几条路径，已到内室门口。又有两个年纪长的使女来迎候，把玉娇簇拥着向内走去。果然屋宇华丽，仆从如云，不愧富贵门第。心里总不免有些忐忑，却不见赵小姐出来，暗想富贵人家的女儿，无论如何，而矜持三分的，少停且见了伊的面，再作道理。倘然伊一味自诩华贵，那么我就立即辞退，不要去和他们厮缠，谅伊也不道我李玉娇是重学问而不慕富贵的女子呢。

前面已是一只楼梯，有一个老妈子站在楼梯下眼瞧着玉娇带笑说道："小姐在楼上，请这位小姐上楼去一见吧。"

两使女导引玉娇走上楼去，玉娇见上房屋更是华丽，是曲折盘旋的走马楼，便问："你家小姐在哪里？"使女答道："在前面房中，过去一间就是了。"

玉娇又暗想这位赵小姐也太娇贵了，人家已跑到你的楼上，却还不出来招呼吗？使女走至一间绣阁之前，帘幕低垂，也有一个使女站在门口。见了玉娇，便含笑说道："李小姐来了吗？"玉娇一想这婢女怎会知道我的姓氏，但那使女早已一掀帘幕，让玉娇踏进去，鼻管里已闻到一阵非兰非麝的甜香，再瞧这房里陈设富丽，床榻桌椅都是新的。正中一张红木雕花大床，罩着芙蓉帐，雪亮的银钩两旁将帐门吊起，床上堆叠着锦衾绣被，活像是一间新娘所居的洞房，却不见赵小姐的影子。

玉娇问道："你家赵小姐究竟在哪里？"

使女指着窗边的椅子说道："李小姐请稍坐，我去请小姐前来相见。"说着话，两使女早已回身走出，甬道里笑声隐隐地由近而远。

玉娇坐了一刻，仍不见赵小姐前来，却又来一个使女，送上香茶及一只精细的果盘。玉娇因自己尚要去游天平，心中十分焦急，遂对那使女说道："赵小姐怎样还不来见，我要去了。"

使女笑嘻嘻地答道："请小姐耐性坐一会儿，小姐就要来的。"说罢，也就回身退出。

玉娇听听四下里人声寂静，暗想他们把我引到这地方来，所谓赵小姐迟迟没来见面，这种行径未免有些令人狐疑。这人到底是哪家，我一时糊里糊涂地随着他人，深入闺阁，倘有意外，如之奈何？又想到李二麻子和那健男人初见时的情景，更是万分不安。莫非我叔父心怀不良，和人串通一气，故意把我诱骗到此吗？想到这里，心头小鹿乱撞，坐立不安。站起身子，走到房门口去探望。见一个人影也没有，更觉奇怪，越想越觉不对，心里发了急，连忙从甬道里走出去。外边有两扇门，早已反闭着，没有出路，伸手拉了两下，知是外面锁着，方才把小脚乱踢几下，说道："不好了，果然这里不是好地方！我受叔父之绐，陷身樊笼，不能回去，这事叫我如何办呢？"玉容失色，珠泪纷落，恨不得放声痛哭。

正在这个惊慌时候，外面锁钥响，门开处走进一个中年妇人来。见玉娇立在这里落泪，便一拉玉娇的手，说道："既来之则安之。李小姐且请到里面去坐，我来告诉你一切事情。"

玉娇无奈，只得跟这妇人回至房中坐下。玉娇先问道："这地方究竟是哪一家，赵小姐有没有这个人，为什么把我骗到这里来，是何用意？须知我还有事干，你们快快送我回去。"

妇人笑道："李小姐不用躁急，这里是姓潘并非姓赵。"

玉娇更是吃惊道："这是你们明明骗我了，我非小孩子，决不受你家欺侮的。我叔父在哪里？你快把我送回船去。"

妇人道："李小姐，这事不好怪别人的，都是你叔父和人家讲妥的。

你叔父把你送至此地，恐怕现在他已回去了。我再明明白白告诉你吧，这里没有什么赵小姐，只有潘大爷，因为潘大爷有钱有势的人，一向要纳新宠，苦无出色的佳人。你叔父把你献送与潘大爷，拿了银子而去。此后李小姐便是潘家的人，也不必急于回府。这房间便是你的洞房。潘大爷特地叫我来和你说明一声，今夜吉时，你们俩便可同圆好梦。你嫁了潘大爷，锦衣玉食，一世不愁贫穷，岂不是好……"

玉娇不等妇人说完，又羞又怒，又气又恨，知道自己已被李二麻子诓骗至此，身入陷阱，预备一死。所以蛾眉倒竖，指着妇人骂道："胡说！我李玉娇是个洁白无瑕的好女子，岂肯随便嫁人，你们把我送回家去，万事全休，否则我必要控之于官，告你家诈取良家妇女的罪名。我是誓死不从的啊！"

妇人见玉娇发急，知道这是说明后当然的情态，便冷笑一声道："李小姐，你既到了这里，再也不能回去了。你知道我们这位潘大爷是谁？你要告官，他也不怕；你要动武，他也有对。在这楼的四围都有壮丁持械看守，谁人轻易跑得进这个屋子？你若不从，自讨苦吃，千万犯不着的。我是把好话劝你。"

玉娇道："姓潘的是何许人？我不从他，总不能杀死我。"

妇人道："你要知他的姓名吗？我就告诉你吧，我家潘大爷便是吴下有名的小霸王潘兴。停一会儿，他就来见你的，你切不可这个样子对待他。"

玉娇听了"小霸王"三个名字，好如背上浇了一桶冷水，打了一个寒噤。

第八回

花言巧语无赖设谋
喝雉呼卢流氓入彀

　　小霸王潘兴是个好色之辈，虽然在他的家里拥有很多的姬妾，可是他的脾气喜新厌旧，过了些日子便渐渐冷淡，不再亲近了。因而下堂遣去的也有，空房掩泣的也有，可谓蹂躏女性的恶魔了。他自在虎阜无意中遇见了李玉娇，惊鸿绝艳，我见犹怜，他的魂灵儿已飞去了一半，觉得这美人儿在姑苏台畔可算罕有仅见的，心头痒痒地动了欲念。后经费葆生告诉他的来由，始知这位美人竟是赌徒李二麻子的亲侄女，真令人想不到的。回去后，他瞧着家中的姬妾，都觉得黯然无颜色了。

　　他的八姨太太荷珠是一个小家碧玉，也是他看中后设法得来的，宠擅专房，傲视同行。平常时候潘兴一到家里，没有客人晋见，便一直走到八姨太太房中去憩坐的，习以为常。荷珠等到潘兴回转家门时，早已浓妆艳抹，争妍取怜，以博潘兴的欢心。但这天潘兴回转家里，因为惦念山上的美人，心里便有些怅怅然无所归的样子，坐在他的书房里发呆，左右也不敢去询问他。荷珠起初听得潘兴出猎归来，脸镜相视，顾影自怜，却良久不见潘兴上楼，心中有些奇讶，难道今日竟被哪一个姬妾邀截了去吗？便差使女下楼去探听，使女回报说潘爷独自一人坐在书室里发呆，家人皆不敢动问。荷珠也觉奇怪，有些不信，便移步下楼，曲折走至书房门口，见男仆潘贵垂手站在门外，一声儿不响。便问道："潘爷在里面吗？"

　　潘贵一见八姨太太到临，便叫了一声八姨，且答道："潘爷一人坐在里面，没有外客。"

荷珠听说一撩帘幔，翩然走入。只见潘兴大马金刀般坐在太史椅子里，一手摸着他颌下短须，仰着头似乎在那里想心事。不由嘤咛一笑，扑到他怀中去，说道："你到了家里，怎么不来房中呀，我等候多时了。"

潘兴回头见是荷珠，平时他总要紧握柔荑，和伊温存一番。今天却仍冷冷地若无其事，答道："我为什么必要到你房中呢？"

荷珠碰了一个钉子，觉得有异，心中猜不出潘兴有何不乐之事，只得依旧甜言蜜语地去讨他的欢喜。潘兴总是提不出劲儿来，也不好老实告诉荷珠，只好闷在肚里。这天晚上潘兴虽仍睡在荷珠室中，而荷珠格外献媚承欢，床笫之间异常奉迎，然而潘兴觉得房中粉黛无颜色，心中大大不满足起来了。

次日他没有出外，在家中和几个朋友赌摇摊，恰又逢手运不佳，输了数百两银子。第三天的早上，他到阊门一家茶馆里去吃茶，横在炕床上，许多门下人环坐在他的四周，谈天说地，好似众星捧月。不多时，费葆生走来，叫了一声潘爷，站在一旁，尚没有坐。潘兴身子动也不动，向费葆生紧瞅了一眼，问道："葆生，我托你的事怎样了，你能够办吗？"

费葆生撮着笑脸还答道："潘爷的事，我当然要尽力去办的。今日就是来向潘爷复命。"

潘兴道："这事有希望吗？"说着话，立即坐起身来，一边伸手去摸取水烟袋，早有一个仆人连忙捧着手烟袋，凑到他的嘴上，代他装烟。

潘兴又一摆手叫费葆生坐下，费葆生才恭恭敬敬地说道："我昨天去看二麻子的，他在小酒店里喝酒，我遂做东请他。灌过三杯黄汤后，我向他问起他的侄女来，他就谈赞他的侄女如何貌美，如何才高，如何刺绣精妙，如何性情幽娴，在山塘街上可称首屈一指。我就又问他道：'你侄女既然出落得这样不凡，为什么不代伊选择一家大富大贵的人家，早为她出嫁呢？'他道他侄女眼界很高，谈起婚姻问题总是摇头，人家有好多次代伊做媒，伊都不肯答应，因此有人说这位小姐左不从右不依，将来想做状元夫人呢。"

潘兴听到这里，忍不住说道："那小妮子竟这样矜贵吗？大概伊的心目中早已有人了，所以一味拒绝。你不问他可知道那天陪伴伊侄女同游虎阜的少年是何许人吗？"

费葆生道："以后我就问起此人了。李二麻子却说玉娇难得出游的，这件事他却不知情。唯知玉娇常要到伊的从业师秦老先生家里去问益。秦老师有个外甥姓万，听说文才很好的，有时也要跑到玉娇家中去谈论诗文，那天虎阜同游的少年，十九是此人，因为玉娇别无其他男子认识哩。"

潘兴听了，将手一拍炕沿道："那姓万的小子一定不怀好念，他想和玉娇亲近，希望美人儿归他吗？哼，遇到了你家小霸王时，却不能给你占便宜了！"

费葆生又道："我问他侄女的婚姻他能够做主吗？他说照理是可以做主的，但因他侄女并非由他抚养，且他常常要问伊借钱，所以难做伊的主张。况他侄女择婚甚苛，所以他不去管这件事，让伊自由。"

潘兴呆了呆道："那么倘使有人要娶李玉娇时，去和李二麻子商量是仍旧不能成功的了？除非直接去和玉娇说。那么伊心目中已有了姓万的小子，如何再肯跟从他人？非先把那姓万的小子除去不为功。"

费葆生道："那也不必，依我看来，李二麻子虽不能做主，总是伊的叔父。况且玉娇的父亲早已故世，难道叔父不能讲一句话的吗？此事只要李二麻子肯帮忙，无论如何玉娇必到手。软功不成，加以硬功，哪怕伊逃到天边去吗？"

潘兴听了这话，很兴奋地说道："对了，你可有好的办法？若要用硬时，苏城内外哪个敢和我小霸王对垒？但我恐怕吓坏了美人，劳而无功罢了。"

费葆生道："此事宜缓不宜急，待我先和李二麻子联络声气，再介绍他和潘爷相见，许以重利，使他去说动玉娇的心，就好办了。"

潘兴说："我就托你去办吧，你要用多少钱，尽管向我账房去取，将来事成之后，我必谢你的大媒。"

费葆生笑道："潘爷言重了，有事弟子服其劳，潘爷的事就是我的事，我必把这事办成，让大家可以喝一杯喜酒。"说得众人都笑起来了。

从这天起，潘兴只好暂时忍待。费葆生便去和李二麻子一起赌钱，格外亲热。有一次潘兴家中大摇番摊数天，让外边人也可加入，赌客特别到得多。费葆生遂约李二麻子同来赌博，李二麻子一向出入的小赌场，怎有资格到大地方来下注？所以起初趑趄不前，后经费葆生借给他五十块钱，他就跟着入场了。恰巧这天被他赢了七八十元，便把费葆生借给他的钱还去，心中很是高兴。费葆生又领他去见小霸王潘兴，李二麻子早认得这位小霸王是姑苏的土豪，只恨自己尚够不上和他做朋友，因此十分恭顺。潘兴因为有特别关系，假以颜色，留他在家吃晚饭。李二麻子既醉且饱，怀中又有金钱，拜谢回去了。到明天他就在他的朋友中间，大大吹牛地说起小霸王家赌台的豪阔，以及小霸王怎样优待自己，请自己喝酒。众人听李二麻子竟有这种面子，做了小霸王的相识，又能在小霸王府上出入，如何不既惊且羡？大家便向他敬重，要他将来代为在小霸王面前提掣。李二麻子顿觉自己的身份在同辈中高大起来，异常得意。此后常要说起小霸王三个字，往往对有些人说道："你瞧不起老李吗？我叫小霸王来问你的信。"人家怎不畏惧他呢？

费葆生又时时牵他到小霸王家中去赌，赌输了钱立即借与他。有一天费葆生又约李二麻子到他家中去饮酒，告诉他说，自己能在外边混几个钱，养活一家老小，全仗小霸王帮他。"小霸王为人慷慨得很，他人如有艰难，向他商量，十九肯相助。但小霸王最喜欢女人，家中姬妾虽众，常恨没有绝世佳人可以使他称心如愿。他以前走过山塘街时，曾于无意中瞧见过你的侄女，惊为仙女下凡，常在我面前说起，倘然他能够娶得李家小姐为妇，终身没有他憾了。所以我很想做一个媒人，把你们两家撮合成功，倒是一件美事。你若能做主，把你侄女许配潘兴，以后便是姻戚，你的身份益发抬高，在外也有势力，更没有人敢不向你低头了。不知你能不能把你的侄女嫁与潘兴？"

李二麻子听了费葆生的话，当然不能无动于心，他心中本来很愿意

59

把玉娇嫁与小霸王，两家得联秦晋之好，可是他一向知道玉娇的性情十分高傲，是个冰清玉洁的好女儿，如何轻易肯为人妾？况且小霸王是著名的土豪，家中已有不少姬妾，玉娇也知道他的声名，怎肯答允去侍奉巾栉呢？因此他嗫嚅着答道："这件事承你老哥的美意，在我的心里当然一百二十分愿意的。可是我侄女早有不肯为人小星的决心，大户人家的年轻公子想娶伊为妻，尚且不肯答应，怎肯为人妾呢？我若是强行做主，万一伊抵死不从，弄得两面不讨好，一场无结果，是不妥当的。况先兄待我不薄，身后只留此一个女儿，伊对我也很不错，我怎能硬逼伊呢？此事还须从长计议。恕我一时不能从命。"

费葆生见李二麻子虽是个无赖，而良心还未全坏，不肯去压迫他的侄女。料想这事未便勉强，且待缓日再行想法，务使李二麻子欲罢不能，情情愿愿地将李玉娇献与潘兴，那么自己可以在潘兴面前立一功劳了。所以他就对李二麻子说道："既然老兄不能玉成此事，只索罢休。然而老兄也失去一良机呢。"

李二麻子心里也觉得费葆生之言为然，遂说道："待我慢慢儿见机行事，去探探侄女意思再说。"费葆生说很好。

次日李二麻子曾至玉娇家中，想去探探口气。谁知那天玉娇微感不适，睡在床上没有起身，李二麻子也不敢多说，无以报命。后来探知姓万的业已远赴北京，便想再去说项，但是不知怎么的一见玉娇之面，总觉不好意思说出这种话来。因为玉娇华如桃李，凛若冰霜，邪不胜正，自然气沮了。费葆生见李二麻子迟迟不能成功，自己早在小霸王面前夸言必成，小霸王又屡次催询，无论如何不容再缓。遂想别用计策，诱李二麻子入彀。

好在李二麻子是个嗜赌如命的人，自己已放过债与他，在他又到潘家来赌钱时，先和几个朋友暗暗串通一气，做他的局，务使李二麻子输钱。李二麻子没钱时，要向费葆生借贷，费葆生遂说自己手头短少，介绍他到小霸王账房处去借款。李二麻子在纵博的时候，不管三七二十一，只要有钱到手，叫他写借票他就写，要他出三分五分的利息他也答应。因他想只要赢了，便可还债，没有别的问题。谁知回回输，借来的钱到手辄光。一个月以后，他借了小霸王的债已有一千七百余两银子。这样大的数目，起初连他自己糊里糊涂地不知确数。这一天小霸王门下的账房要向他讨利息，把总账给他一看，他在清醒的时候不觉吓了一跳。账房先生带着笑对他说道："李先生，这些都是短期的借款，出月十五日后你须先还五百两银子，请你早些准备，到时不能逾期的。你该知道潘爷的钱是一丝一毫不可短少的啊。"

李二麻子含糊答应一声，将身边的钱凑付了利息，遂乘间对费葆生说道："你害了我了！"

费葆生故作惊呆地问道："我害你什么？"

李二麻子道："我怎么借了潘兴许多银子，一齐都输去。叫我怎样可还呢？倘然你不邀我到这里来赌时，我何至输得这样大呢？"

费葆生听了，脸色一沉，立刻回答道："俗语说得好，只有强奸，没有逼赌。你自己要赌钱，赌输了想翻本，没有想法处，我介绍了你一个借债的地方，你倒反而怪起我来了，这是什么道理？谁叫你赌运不佳，回回输钱，谁叫你借债时不早转念头，有没有归还的能力。都是你自己误了自己，干我什么事？怪什么鸟？你欠我的钱，多时没有还出来，我也要向你讨债呢！"

李二麻子听费葆生说话强硬，只得说道："我也不能全怪你的，当然是我自己不是，但请你代我想法一下，帮帮我的忙，否则我也过不去了。"

费葆生哼了一声道："你自己很有想法之处，却要我帮忙？我和你一样是个穷光蛋，拿什么来帮你的忙呢？"

李二麻子道："我自己有什么能力呢？"

费葆生又冷笑一声道："你有了摇钱树般的侄女，却一些儿不知道生财之道吗？"

李二麻子道："我虽无赖，总不能把亲生侄女去做娼。"

费葆生将足一顿道："你缠错了意，我前次不是曾告诉你说潘爷很有意于你的侄女吗？所以只要你肯把你的侄女献于潘爷，包在我的身上，你所借潘爷的债一概可以豁免，他也不要你再还了。"

61

李二麻子听了费葆生的话，此时方知自己上了费葆生的当了。遂说道："我李二也是个没有身家的无赖。赌输了钱，把侄女去偿债，便宜了他人享用，自己一个大钱也没有，连祖宗面上也不能交代过去的。倘然侄女不肯时，我也只好溜之大吉，或是挺着身上吃官司罢了。"

费葆生听他这样说，觉得有些不妙，李二麻子也不是甘心吃亏的人，便又改换口气，对他说道："我代你想法，决不使你吃亏。你若能把你侄女送与潘爷，非但不要你还债，凭我担保，可以再给你四五百两银子去使用。你也该知这好歹。倘然你侄女不肯时，我可以教你一条计策，不怕伊不上钩。假若你再不答应时，我也没办法，只好让你吃官司吧。你李二麻子是山塘街上的无赖，潘爷也是本城的地头蛇，六门三关的都逃不出他的掌握，看你们闹法吧。"

李二麻子道："承你的情，代我想法。只是我侄女不肯时，你有何妙计？"

费葆生遂教他雇船邀请玉娇出游天平，把伊骗至潘兴的后园门口，赚伊上岸，所谓赵小姐要请人刺绣等情，都是费葆生教他这样办的。李二麻子到了此际，只好一一遵从，却托费葆生代向潘兴要求再多赐些，费葆生也一口答应。

定下了计策去诱劫玉娇，把这事告知了小霸王，喜得潘兴手舞足蹈，只催费葆生去和李二麻子快去进行，先付李二麻子一百两银子。李二麻子于是丧心病狂，将玉娇出卖。照着费葆生定下的计划，把玉娇哄骗出门，送到了潘府。他自己拿着银子，欢欢喜喜地回去。仍把小婢送回家中，自己却不去见陆婶婶的脸，钻到他的姘妇孙大嫂家中去寻欢作乐了。

那陆婶婶不见玉娇回转，十分惊异，向小婢询问明白，方知玉娇已被李二麻子骗出去，不会回来了。究竟伊和玉娇相伴日久，关系很深，如何舍得？便和小婢出来找寻李二麻子说话，居然被伊东探西问地找到孙大嫂门上去。

孙大嫂是个三十多岁的少妇，织席为生，嫁过三个丈夫，先后皆死，所以伊后来也不再嫁人了，和李二麻子姘搭上，在一起居住。伊是个胖胖的妇人，却常常搽着粉和胭脂，打情骂俏，恬不知耻，左右邻居都唤伊雌老虎的。

陆婶婶到了孙家门前，叫小婢去唤李二麻子出来，李二麻子走出门口，见是陆婶婶便道："你怎么走到这里来，找我何事？"

陆婶婶道："今天你把玉娇小姐骗到什么地方去了，我是陪伴伊的人，将来不见了小姐，人家都要怪我，我可负不起责任，不得不来问你。"

李二麻子笑道："你放心好了，过几天我侄女自然欢欢喜喜地回来，此时不必告诉你。"

陆婶婶见他不肯说，益发着急，遂又说道："无论如何，你要清清楚楚告诉我的，你这个样子不是把玉娇小姐骗去藏匿了吗？"一边说，一边指着那婢女说道："伊说的，船到一个大宅后面，你和一个陌生男子引导伊上岸去游园的。这样你不是明明骗伊去游天平山吗？两个人出去，怎么一个人回来，一些儿没有交代呢？"

这时有左右邻人以及瞧热闹的人一齐围拢来听他们讲话。李二麻子脸色一沉道："你不要这样说，人家还当我是个骗子呢？老实对你说了吧，玉娇现在三六湾小霸王潘兴家里。是我做叔父的做主把伊嫁与小霸王，没有把伊骗到什么别的地方去。你不信时，自己到潘家去一问便知。"

陆婶婶道："哎哟，好好的小姐怎可以胡乱送给人家？便是要嫁人时，也须配亲送盘，拣个吉日良辰，请了亲戚宾朋，大家吃喜酒，参拜天地，正式结婚才是。这又不是姘头，偷偷摸摸地鬼混。"

此时孙大嫂也已闻声走出，两手撑着腰，怒目而视。众人瞧着伊，又听了陆婶婶说的话，一齐哈哈大笑。陆婶婶说这话是无心的，孙大嫂却以为有意讥骂伊，便走来向陆婶婶一指道："你这乞婆，我和你一向不认识，怎么跑到我门上来吵闹？你要找李玉娇，可到小霸王那边去，不必在我这里啰唆，快快滚开去。"

陆婶婶道："我也不和你说话，我向李二叔要玉娇小姐，他不该拐骗……"

陆婶婶话犹未毕，李二麻子早恼怒起来说道："乞婆道我拐骗侄女吗？岂有此理，伊在小霸王家中，你去向他要是了。"

陆婶婶哭起来道："你骂人吗？你欺侮我吗？我只向你要人。"

李二麻子将手一扬，啪的一声，打在陆婶婶的颊上。孙大嫂也在旁喝道："打打打！不打不成功。"

陆婶婶吃了一巴掌，放声大哭。李二麻子伸手再要打时，幸被众人劝住，将陆婶婶拖开。陆婶婶带哭带喊，说李二麻子哄骗侄女，倚势打人。李二麻子当着众人，大声说道："我打你，看你能够怎样？李玉娇在三六湾潘家，你有本事的，自去把伊接回。干我什么鸟？我李二麻子也不是好惹的啊。"

那个婢女也被孙大嫂踢了一脚，双手掩着脸哭。众人哪敢出头，只得在旁解劝，把陆婶婶送回普济桥去。但是这样一闹，立刻传遍了全城，大家知道山塘街上的李美人已被小霸王劫了去。娇鸟已入野猫的嘴，没有一个不扼腕，但没有一个敢出来与闻这事。都知道小霸王的厉害，谁肯去太岁头上动土呢？那枫桥酒店里的胡老人孙水生以及矮刘等一干人，都是议论纷纷，代为不平，怎知道竟有一位浊世神龙的大侠出来营救？这恐怕连李玉娇自己也不料的了。

第九回

佳人留清白拼作绿珠
恶霸逞淫威飞来怪侠

李玉娇陷身在小霸王家中，宛如羔羊入了虎穴，岂能幸免？当伊听那妇人说起"小霸王"三个名字，不由打了一个寒噤。伊知道小霸王姓潘，是本地有名的恶霸，自己到了他的魔窟中来，一定凶多吉少，无可幸免，还想活命吗？李二麻子是亲生的叔父，竟这样心存不良，把我哄骗出来，诱至这里，使我如鸟入樊笼一般失去了自由，这种人何异禽兽。但无论如何，我李玉娇是个好女子，岂能受人摆布？孟子说的富贵不能淫，贫贱不能移，威武不能屈，我读了圣贤之书，理当照着圣人之道去做。绿珠坠楼，费娥刺虎，二者必将择其一，拼却这条性命不要吧。伊这样一想，心神转定。遂对那妇人冷笑一声道："你姓什么，是小霸王的何人？我误认小人之言，被诱到此，然而我心匪石，不可转也，不管什么小霸王、大霸王，我是不愿意听从人家说话的。现在只望你们把我好好送回家去，一切事不再追究，那么小霸王也不失为豪杰之士。"

那妇人听玉娇说得这样强硬，别瞧伊华如桃李，却凛若冰霜，觉得这事有些难了，眉头一皱，带笑答道："我姓姚，大家唤我姚妈妈，是潘爷用我在这里做管家婆的。我奉了潘爷之命，来和你好好儿地商量。小姐，你是晓事的人，须知做女子的只可顺从男子的命令，博得男子的欢喜，什么都有了。潘爷对于你李小姐，朝思暮想已非一日，今天好容易把你请到这里，满指望和小姐结成良缘，以慰他的相思渴疾，岂肯白白把你送回家去呢？你叔父知道若和你先说明了这事，便不能成功，所以有心诓到这里。事已至此，所谓木已成舟，我劝小姐安心在此享受荣华吧。潘爷绝不会亏待你的。"

玉娇听姚妈妈说了又说，不由微嗔道："呸，你当我是什么人，我岂贪图荣华富贵的？你快快代我前去向你家潘爷说明，倘然他能够送我回去，我当然感激他的恩德，若不然，我只有一死而已，决不失身于匪人。"

姚妈妈又用话劝了一番，玉娇只是不睬不理。这时候有两个小婢匆匆地走来问道："姚妈妈，潘爷遣你来了这许多时刻，为什么还没有好消息还报？潘爷在外面等得不耐烦了，叫我们来唤你，你快去和他说吧，别惹他发怒啊。"

姚妈妈把小足在地板上面一顿道："我知道潘爷要发怒了，只是这位李小姐尚恨劝伊不醒，待我去回报与他，让他自己怎样办吧。"遂附着两婢耳朵，低低说了数语，留下两婢在房中监视玉娇行动，自己就走到外边去了。

玉娇知道姚妈妈是去报告与小霸王知道，明知小霸王是不好惹的恶魔王，然自己既已允着一死，什么也不怕了，在窗口坐着，因为东边一扇窗正开着，预备小霸王倘要逞淫威时，自己便学绿珠第二，坠楼身殉。伊抱定着士可杀不可辱的宗旨，静静地坐着。一会儿只听外边很重的脚步响，伊知小霸王来了。不知怎样的心头小鹿乱撞，坐在椅子里如有针刺一般，使伊十分不安，惴惴之念骤然而起。一个侍婢听得声音，连忙过去一掀珠帘，早见小霸王大踏步走进房来。一瞧他狰狞的面貌，好似在哪里曾观一面的，立刻想起自己春间和万维馨虎丘之游，遇见的猎人便是此人。不由打了一个寒战。但今日小霸王潘兴换上一件蓝色宁绸的夹袍，外罩黑缎子背心，脚上踏着粉底皂靴，背后梳一条光光的大辫，极力遏抑着犷悍之气。见了玉娇，故作斯文，轻轻地走至伊的身前，双手一揖道："李小姐久违了。我自在虎丘邂逅小姐以后，天天思念，今日相逢，三生有幸。望小姐不弃鄙陋，我心里更是感谢了。"

玉娇见小霸王态度和缓，也就说道："你是姓潘的吗？我受了叔父的给言，把我引至此间，这都是叔父的恶意。你若是不失光明磊落之度的丈夫，理该送我回去。"

玉娇的话还未说完，小霸王早冷笑一声说道："小姐你不要错怪你的叔父，这完全是他的一片好意，要将小姐和我成就美满姻缘。请小姐既来之则安之，安心在此间做我终身的伴侣。一府中除了我，便是你，不难宠擅专房，享受富贵。我姓潘的情感一世拜倒在你妆台之前的，希望你千万不要辜负我的美意深情。"说罢又是一揖。

玉娇听了这话，不禁脸上一红，低着头不语。此刻姚妈妈也跟着进房，见小霸王站在玉娇面前，而玉娇又是低头无言，伊以为玉娇慑于小霸王的威势已默许了，连忙向小霸王屈膝贺喜道："恭喜潘爷，李小姐给潘爷亲自说服了，从今和合百年，白头到老，多子多孙，富贵不断。"

小霸王眉头一皱道："姚妈妈，这位小姐敢是有些害羞，所以我要到夜间再来，你好好在此伺候，若有三长两短，唯你是问，你这条老命也就莫想再活了。"姚妈妈连声诺诺。

小霸王回身要走时，玉娇却抬起头来说道："你们究竟留着我做什么？无论如何，我是不愿意在此的。你们快快放我回去，难道可以硬把人家拘留，目无王法吗?"玉娇发了急，所以说出这话。

但是小霸王听了目无王法这句话，不由勃然变色，触怒了他的心，立刻狞笑一下，对玉娇说道："小姐，你难道还不知小霸王的声名吗?说什么王法不王法？我姓潘的在苏州城里城外，不论做什么事情，有谁敢来干涉？俨然如小国诸侯。你若愿意做我的妻子，便无异诸侯夫人，也不辱没了你。否则你也休想回去了，进了我的家门，岂有轻易可以出去之理？我小霸王不是懦夫弱虫，好容易把你想法弄到这里来，做什么要送你回去呢？请你静静想一想，现在只有两条路可走，从我者生，不从我者死!"

小霸王说到这里，声色俱厉，态度又是一变。因为他想软功既然不成，还是用硬功来威吓一下，也许伊害怕了，不得不依。谁知玉娇已拼一死，伊见小霸王不肯容情，反而愈说愈凶，这种人讲理是讲不通的了。自己是个弱女子，无拳无勇，身入虎穴，断难回家，宁为玉碎，不作瓦全。我李玉娇命该如此，还有什么话可说呢？所以伊就立起身来说道："不从你又怎样，我宁可死的。"说着话，玉容十分惨淡，声音也震颤不止。

小霸王听伊这样说，一摸自己下颌，说道："你要死吗，也没有容易！"

玉娇道："我要死，有何不可？我就一死，看你再能怎样对付我。"说罢回身走至窗边，两手向窗口一按，身子立刻纵出去，竟要跳楼自杀。

小霸王说声不好，跑过去，将伊后面的衣裾一拉拉住，说道："且慢！"两个侍婢也慌忙赶上前将玉娇抱住。

玉娇把衣袖向小霸王一挥道："谁敢近我，我决一死！"

小霸王见玉娇如此贞烈，威吓也不中用。但无论如何，千方百计骗取得来的美人儿，怎舍得让伊香消玉殒，魂归地下呢？只得说道："你不要死，我们也决不让你白死的。你这样的妙年华好容貌，竟忍心一死吗？岂不可惜！"

玉娇本来一鼓作气，愤气填膺，所以不顾一切，要想跳楼身殉，免得被强暴玷污了自己清白之躯。现在被人家挟持着，求死不得，又听小霸王说了这句话，顿时触动着自己的悲伤，不由放声痛哭，泪珠倾泻。

小霸王见玉娇哭了，他知女人一哭便是表示伊的失败，比较初起时候好得多了，只要不让伊死，总可设法把伊软化的，自己倒不便在此时立刻地强逼伊了。遂又对姚妈妈说道："这位李小姐是我心爱的人，我把伊交给你好好看护着，切不可让伊觅死。你还要温言劝解伊，倘然伊能够回心转意顺从我的说话，这也是你大大的功劳，将来自有重谢。倘然伊有什么三长两短，我便要唯你是问，这两个婢女我也叫她们一同留在此间，你尽可呼唤。"姚妈妈连声答应。

小霸王吩咐已毕，回身走出房去了。姚妈妈忙唤侍婢去舀洗脸水来，给玉娇洗脸。一面去紧闭窗户，又劝道："李小姐，你花容月貌，自己竟舍得死吗？万万不要转这条念头，你好好在此住下，绝不至于吃苦的，将来自有有家之日。潘爷外观虽然粗暴，然他性情直爽，绝不会为难你的。他对你可说一腔真心，好小姐别辜负了他。做女孩儿家的早晚要嫁给男子，有这样的丈夫，还有什么不满足吗？你千万别要寻死，好日子在后面呢。"

玉娇明知姚妈妈把话哄骗自己，但一时既不能寻死，只有慢慢想法，立定主意，任凭他们花言巧语，终不能惑乱我心的，所以伊坐在椅子上，只是叹气和流泪。

少停女仆送上午餐，把盘子托着许多精美的肴馔，放得桌子上都满，姚妈妈便来请玉娇吃饭。玉娇哪里吃得下，依旧坐着不动。姚妈妈劝了许多话，毫不见效。姚妈妈只得和两个婢女端着饭，自己吃过后，把许多菜肴一齐搬去。姚妈妈又冲上香茗，请玉娇解渴。玉娇啼痕满面，精神颓丧，一声儿也不响，涓滴不饮。姚妈妈和两个婢女监视着伊，防伊轻生自戕，都是唉声叹气的充满失望的样子，尤其是姚妈妈，伊一心希望玉娇能够依从小霸王的请求，那么自己便有功劳，可邀小霸王的重赏。因此伊隔了一刻又去劝解玉娇。但玉娇怎肯听这不入耳之言呢？将近天晚时，有人来唤姚妈妈前去，大约小霸王向伊刺探消息，可是姚妈妈有什么好消息去报告他听呢？说了许多话，徒费唇舌，如水沃石，一点儿成效也没有。少停姚妈妈又进来作好作歹地劝玉娇。玉娇很坚决地对姚妈妈说，伊也只有两条路，一条路不是此时放伊回去，一条路便是让伊死，保全贞操。弄得姚妈妈也没有法想了。

晚上，玉娇仍不吃晚饭，黄昏后和衣而睡，泪湿枕衾，因伊想起远在北京的万维馨，他哪里知道我在此间受到这样的危难呢？他怎能来援救呢？恐怕自己今生再也不能和伊相会，今世未尽之缘，只好留待来生重续了。古时小说上虽有什么古押衙黄衫客等一流剑侠，可是在这个浊世上，恐怕只有地痞恶霸，哪有英雄义士肯出来救助弱小者呢？总是自己命宫磨劫，遇到了这种丧尽良心的叔父，把侄女出卖与人家，设下陷阱来骗人上当。自己一时也太大意，误信了小人之言，以致受人暗算，追悔莫及。他日我死后，除非秦老师知道后，会去告知万维馨，否则他也望穿秋水不见我信，还以为我负心呢？不知维馨知道我不屈身殉以后，他的心里又将要悲伤到如何，要不要作几首诗来吊我的冤魂呢？伊越想越觉悲痛，只苦无法逃出虎穴，也不知明天小霸王见我不从时，又将要怎样收拾我？此事总是悲惨的结果，自己决定为守贞节而流血，只恨没有法子去报仇雪耻。

　　一夜过去，泪眼未干。姚妈妈和两婢轮流守着伊，不敢合眼，十分留心，恐防伊要自尽。直到天亮，方才透了一口气。姚妈妈伺候玉娇梳洗盥漱，玉娇到了这个时候，还有什么心思来整容颜，首如飞蓬，残脂剩粉，好似生了一场病。勉强一洗脸庞，盥手洗口，依然不言不语地坐着。姚妈妈请伊用早餐，伊仍拒绝，姚妈妈又劝道：“一个人生在世上，至多不过百年，何至自苦如此，潘大爷真心爱你。李小姐，你千万不要辜负他的美意，乐得锦衣玉食，一辈子快快活活。照你这样不吃不喝，是不是要绝食呢？好小姐快些吃一些吧，不要固执。”

　　玉娇说：“姓潘的若然不放我回去，我就绝食。他若想与我做夫妻，今生今世休想我依他。我早已说过情愿一死的，你们为什么不让我速死？”姚妈妈听玉娇这样说，长叹一声，倒觉无言可说。

　　午时女仆又送饭进来，玉娇仍不思食。下午却去床上睡倒，呜呜咽咽地哭。姚妈妈在旁瞧着没法想，恐伊真要饿死，忙去小霸王面前详细报告一切。小霸王觉得自己枉费心思，画饼难以充饥，美人儿虽然到了手，依旧不能享受艳福，这真是无可奈何的事，心上又气又恼，立刻叫人去把费葆生、李二麻子唤来。

　　李二麻子金钱到了手，侄女的事却想不问了。虽有陆婶婶来责问，也已把她打退，高高兴兴地和他的姘妇欢乐。今日听到小霸王呼唤，忙到潘家去，以为可邀意外之赏，谁知这事竟成僵化。小霸王老大地不高兴，脸色很不好看，这叫他也没有法想。自己又没有脸面再去见玉娇了，对着小霸王一百二十分的抱歉。

　　费葆生眉头一皱，又附着小霸王的耳朵献上一计。小霸王听了，点点头说：“只有照你的办法一试，不怕伊不顺从。否则算我晦气，我也不要伊了，让伊死吧。我总不肯留着伊给他人去享受的。”

　　于是小霸王照着费葆生的计策办事。李二麻子退回家去，依旧喝他的酒，寻他的欢。

玉娇却闷闷地坐一会儿，睡一会儿，有好几次想鼓着勇气走出房去，无奈身边总有人监视着，跬步不离。听说楼下不少家丁看护，重门叠户，叫她伶仃弱质，如何能够闯得出去呢？

　　晚上下人送上晚饭，姚妈妈仍来劝伊吃一些，伊当然仍旧拒绝。姚妈妈等只得自顾吃了，守着伊。约莫二更过后，忽听脚步声，小霸王很快地走进房来，背后跟着两个家丁，都是怒目扬眉等站着。玉娇一见小霸王，起初吃一惊，不知小霸王又将用什么手段来威胁自己。继而一想，我既拼一死，索性捋彼虎须，今夜早早殉节，也可使我心早安。所以镇定心神，视若无睹。

　　小霸王故意向姚妈妈道："李小姐可能答应我的请求吗？"

　　姚妈妈只得说道："潘爷的美意，李小姐如何不理会得？"

　　小霸王道："这样很好，你且退出去吧。"姚妈妈不敢怠慢，立即和两婢退出房去。

　　小霸王立刻将房门关上，吩咐二家丁把带来的物件快些搭上。二家丁忙把手中物件立即在地上搭起一张宽大的睡椅，原来这东西乃是潘兴特制的风流椅，任何人坐在椅中，手足就要一齐失去自由。逢到贞操刚烈的妇女倘然不肯顺从，只消把伊推在椅中，便可任意奸淫，使伊抵抗不得，这也是费葆生以前代他绘图制就的。在这椅上已送去过许多女子的贞节，现因李玉娇不肯依从，费葆生遂请小霸王用这椅子来达到目的。

　　玉娇瞧着这东西，不知有什么用处，料想对于自己一定不利的，然而自己赤手空拳，如何对付？伊游目四顾，瞧见桌上有一只茶杯，伊看定了这茶杯，想要借它一用。

　　小霸王走上前对伊说道："玉娇，我已待至今夜，你顺从不顺从，总可决定，我也不耐再待。现在你如自愿从我，这是最好的事，否则我也要用强了。"

　　玉娇见他走上来时，连忙站起娇躯，退向后边去。小霸王依旧一步一步走上前去逼伊。玉娇翻回身向桌上取过茶杯，照准小霸王头上飞去，说声："狗贼，我李玉娇岂肯受你的侮辱！"

小霸王急闪时，这茶杯从他耳边擦过，当啷啷落在地上，跌个粉碎。小霸王不由大怒，骂一声贱人，反了反了，回头对家丁说道："你们快把这贱人拖上风流椅，看伊还能够倔强吗？"

　　两个家丁答应一声，如狼如虎地奔到玉娇身边，把伊横拖倒拽推到椅子上去。玉娇虽然极力挣扎，究竟力气太小，如何得脱？早被他们拖到椅中，立刻倒下，手足都被椅上的机件套住，不能活动。小霸王狞笑一声，指着伊说道："你这贱人，还能倔强吗？果然非用强逼手段不可的。你太不识抬举了，看你今夕还能够保得住你的贞操！"

　　回头一努嘴，叫两个家丁退去。两家丁连忙退到门外去，却悄悄地掩立在一边，从壁间张望。小霸王回过去把门关上，回身走至玉娇身边，见玉娇泪痕满面，好如梨花一枝春带雨，又有些可怜。玉娇咬着牙齿骂他。小霸王充耳不闻，立刻动手来褪去玉娇的衣服。玉娇一声声地惨呼，好似待宰羔羊，此情此景，惨烈极了！小霸王得意扬扬，正在动手之时，忽然对面窗户豁剌一声，开了一扇，叱咤一声，有一个蒙面人跳进窗来，手中高高举着锃亮的钢刀，指着小霸王喝道："你这厮胆敢强劫人家妇女，在此宣淫，罪在不赦，有老夫在此，也是你的末日到了！"

　　小霸王不防有这蒙面人突如其来，宛如飞将军从天而下，不由一怔。连忙跳在一边，急切找不到武器，抓着一张红木凳子来，算作防御器具。蒙面人早已一刀搠来，小霸王将凳子架住，两人在房中狠斗起来。蒙面人的刀法厉害，小霸王究竟明亏着没有家伙，交手不到十合，只听大叫一声，两个中间早倒了一个。

第十回

怪怪奇奇神龙闹县署
风风雨雨弱女隐湖滨

    风流椅上的李玉娇，四肢无力地躺着，眼见蒙面怪客使开手中的宝刀，上下左右地向小霸王进攻。小霸王一面架格，一面要想夺路而走，刚退至房门边，早被蒙面人一刀刺中胁下，跌倒在地，又一刀把小霸王的头颅割了下来，顺手将辫子一撩，挂在房门之上，血迹淋漓。

    玉娇惊骇得无以复加，闭着双眼不敢再看，心中却暗暗称快。一会儿耳边听得呼声道："李小姐不要害怕，我来救你出去。"遂张开眼来，见蒙面人已动手把椅上的机关将刀削除，伸手把自己扶起。玉娇既得恢复自由，连忙向蒙面人双膝跪倒，拜谢救命之恩。蒙面人也不和伊说什么话，回身从小霸王尸身上解下一条带子，向玉娇说道："请你不要动，待我救你脱离这个虎穴吧。"遂把玉娇驮在背上，将带子前后扣个结实。正要走时，门外人声嘈杂，足音杂沓，闯进十数个人来。

    原来那两个家将起初在壁间窥探，要想一看欢喜禅，却不料忽然来了一个蒙面人和小霸王狠斗起来，他们便知事情不妙，立即回身出去报告与众人知道。于是大家各携器械，跑上楼来援救。谁知小霸王早已身首两分，齐吃一惊。有几个胆大勇力的还想上前拦阻，但那蒙面人将刀一拦，大喝一声道："贱竖敢向我动手吗？你们要不要命？"说着话，将刀轻轻一掠，众人手中的兵刃呛啷啷地响，早都被蒙面人手中的刀削去一截。一个家丁早受伤倒地，众人方识得蒙面人的厉害，倒退不迭。蒙面人一声狂笑，驮着玉娇早已向窗户里飞身跃出，转眼间已不知到哪里去了。

家丁们惊骇莫名，连忙到内室去报告给众姬妾知道，那些疏远的姨太太虽然惊异，倒也并不觉得有什么感伤，唯有八姨太太荷珠一向受着宠爱的，闻此噩耗，忙和众人赶到这里房中来。见小霸王昂藏之躯，横倒在血泊里，一颗人头血淋淋地挂在门上，睁圆着双眼，大有死不瞑目的样子。荷珠不由抚尸大哭，众姬妾也跟着伊哭哭啼啼，有的有眼泪，有的没有眼泪，乱糟糟中也没有人去留意她们了。

潘家的账房先生进来瞧了这情形，和几个住在潘家的亲族商量以后，忙去叫开城门报官，要求缉捕杀人凶手，为潘兴申冤。城中官吏闻得凶信，连忙赶到。荷珠等闻县官驾临，一齐退到别室去。出房时荷珠指着这风流椅恨恨地说道："这个不祥的东西又在这里吗？唉，他的野心害了自己了。他若不去觊觎李玉娇，怎会有此奇祸呢？不知哪个天杀的害了他哩？"

荷珠等退去，县官带了书吏捕役们一齐登楼，察看小霸王被害情形，知道小霸王是被一个蒙面怪侠杀死的。那个蒙面人来无影去无踪，单身独闯虎穴，救了李玉娇，当然是个很本领的侠士，否则小霸王武艺也很好的，何至于死在他人手里呢？这事很难办了。扰攘一夜，天已大明。这件事早已传遍六城三关，大家都来瞧看奇案，纷纷议论，把潘家户限都踏穿了。有些人都在暗中称快，小霸王不该将李玉娇骗取到家，以遂淫欲。现在不但艳福未享，反而送去自己性命，真是多行不义必自毙，天网恢恢，疏而不漏，恶人到底遭恶报呢。

其时在枫桥酒肆里喝酒的胡老人和矮刘孙水生等也都听得报告，一齐赶来瞧看。他们心里暗暗明白这小霸王一定是被那位老人手诛的。蒙面怪侠就是湖滨神龙，神龙就是那老人，他既然是位行侠仗义的侠客，自然闻得这事不肯默尔而息，定要拔刀相助了。只不知那老人救了李玉娇现在何处，他所说的渔光村是否他的住处？料自己要去见他也不能够成功的，他们也不敢在人前泄露一言半语，只自暗中庆幸和欣羡。

小霸王的尸身经官相验后，方才有家人把头缝到他颈上去，很丰盛地安殓。

秦老师等知道这事，也是十分奇怪。绥之却早写好一封信，托人寄给他表兄万维馨。因他深恨维馨和玉娇，现在闹出这岔儿，反觉十分快活，故意告诉维馨，隐隐约约地说得玉娇已失身于潘兴，好叫维馨得书后，非但大为失望，且可气他一下呢。秦老师却很惦念玉娇的下落。

官中一时也难探出。吴县知县因知此中线索和李二麻子有关，出事后便差捕役把李二麻子拘来审问。李二麻子对于这头命案也知闹大了，叩头乞恕。他说起初由于费葆生的设谋，自己方才欺骗侄女，把伊诱至潘家，送与潘兴为妾，不料侄女执拗不从，又不知从哪里跑来一个蒙面人，将小霸王杀死。自己委实不知根由，并无串党指使等事。县官于是又把费葆生拘到，审问一过，费葆生也是据实而谈。县官知道小霸王被人杀死的案件他们是不知情的，可是和这事的起因也有关系，凶手不到时，二人不能脱卸干系。遂将二人羁押，一面出差捉拿蒙面人到案。可是苏城那些捕役，平时只会狐假虎威，鱼肉良民，丝毫真实本领没有，若要叫他们去捉拿这位神龙大侠，真是比登天还难。一班奉令的捕役，都是面面相觑，十分尴尬，预备吃板子了。

谁知这天夜里县衙中又出了一件奇案，就是费葆生和李二麻子在看押处忽被不知何人一齐挖了双目，割去了两耳，晕倒一旁。直至天明，方始发觉。经请伤科医生医治后，二人都已醒转，性命已无危险，但无耳无目，都成残废之人了。

据李二麻子说，昨天夜里他正睡着，突觉耳根一痛，睁眼一看，黑暗里也瞧不到什么，只见有个人影立在面前，方欲呼唤，眼上已中一刀，顿时晕过去了。费葆生也是如此说，更奇怪的，在县官卧房中桌上留着一个纸束，县官拆开一读，上面写着两行草书道：

潘兴作恶多端，妄思奸污闺女，故我手刃彼獠，救出李氏女。而助纣为虐之辈，亦不可不有以惩警之，抉目割耳，我岂得已？今已挈女远离苏城，不必追究是案。酒囊饭袋之捕役岂我敌哉？徒自取祸耳！

蒙面人白

75

县官得到这纸柬，吓得战战兢兢，如履薄冰，一句话也说不出。然而这案件办个不易，不办又不好，只得去禀告苏州府吏，再去进谒巡抚臬司等上宪请示。巡抚知道了，他主张小霸王虽然孽由自作，然杀人凶犯不可不缉捕到案，以正国法。遂着苏州府和三县县官一体负责破案，移文各处帮同缉凶。

这事一连闹了两天，宣传得满城风雨，街巷间交头接耳都谈着这事。陆婶婶得知这消息，一半儿喜，一半儿忧。喜的是潘兴已被侠士杀死，而玉娇也已救出，李二麻子也受到残酷的惩罚：忧的是官中下令严捕凶犯，玉娇如何回家？不知伊跟着那不知姓名的怪侠，一时走向哪里去，前途吉凶，还未可知哩。

那么玉娇究竟到了何处去呢？这是苏州城外城里许许多多老幼男女都在那里揣测怀念的问题。便在这天县衙里出事后的晚上，秋雨如丝，洒在庭中的梧桐树上，更兼着一阵阵的秋风，萧萧飒飒，满示着秋夜的凄凉。对面一间小小屋子里，收拾得十分朴素清洁，沿窗桌子上点着一支烛台，风从窗隙里钻进去，直吹得烛影乱晃，烛泪斜坠。桌旁椅子里坐着一个玉容惨淡的美人儿，一手支着香颐，正在默默地静思，伊想到陷身虎穴的当儿，不寒而栗，感谢上苍，竟有这位大侠，鬼使神差地会把自己救出去，到了此间暂避风头，真是千幸万幸的事呢。但这事已闹大了，如何结束也是一个很可虑的问题。

伊这样想着，门帘一掀，走进一个银髯老叟来，身穿一件蓝布夹袍，精神矍铄，笑容满面，口里叼着一支旱烟管，吐了一口烟气，对伊说道："你说我办得爽快吗？你昧良心的叔父和那想出阴谋的小子，从此残废不中用了，再也不能害人了。老朽的手段虽觉似乎辣一些，然这些恶棍小人留在世间，徒然为民之害，不这样办，就太便宜他们了。玉娇小姐，现在你的身体怎么样了？不要害怕，无论如何，有老朽在这里，绝不会有什么危险。凭着老朽这点小本领，在千军万马中也可以杀出杀进，休说这些老弱无能的捕役，他们只会威吓乡愚妇孺，倘要来提拿老朽时，放上二三百人，也不够老朽双臂一摆、宝刀一挥的。"

玉娇早已站起娇躯，说道："恩公请坐，恩公办的事真是热烈爽快，侠情豪气，可薄云天！小女子大祸临头，九死一生，若非恩公前来援救时，身污名辱，不可设想了。恩公大德非小女子所可图报，只有来生衔环结草以报了。"说罢拜下地去。

老叟忙把旱烟管丢在一边，双手将玉娇扶起，说道："玉娇小姐，你请安坐，不必如此多礼。我辈山泽草莽武夫，一向闲云野鹤，粗疏不讲礼节，不受拘束。这一次来救小姐也是一时闻得人言，激动于心，所以夜入潘家，将小霸王杀死，驮得小姐到这渔光村里乡农家中居住，这完全是尽其心之所安，为其力之能达，何功何德，像你这样恩公恩公的叫不绝口，反叫老朽汗颜不置，局促不安了。"说罢，哈哈大笑，复和玉娇一同坐下。他坐在玉娇的对面，拿起那支旱烟管来依然吸烟，态度十分安静。

玉娇道："这是恩公的谦让，尤非真英雄侠丈夫不能说这几句话。小女子读过古书，于太史公的游侠列传，亦尝三致意。今番得遇恩公，这是一生的大幸事。在这混浊的世间，可称景星卿云，不可多得。恩公的大德，恩公的奇能，叫小女子如何忘却，怎不敬拜呢？只不知恩公的尊姓大名，耿耿此心，未能置之。所以不揣冒昧，敢请恩公告知。他日倘能金铸范蠡，丝绣平原，也是小女子的心愿啊。"

老叟听着玉娇之言，微笑不语。这时窗外的雨下得渐大，被风吹打到窗上来，烛影更是乱摇。老叟凑过身去，把指甲向烛上弹去了一些烟炱，又对玉娇瞧了一眼，说道："姑娘要问我的姓名吗？本当奉告，只因老朽素不喜欢把真姓名告诉他人，为着老朽有事出外时，常常蒙着一个面罩，不欲外人认识我的庐山真面，所以人家在背后都唤我蒙面人，那么玉娇小姐也不妨这样称呼我便了。并非老朽故意隐秘，若要谈起前尘，话实在太多了，将来小姐也许有机会知道的。"

玉娇听老叟这样说，也就不便再问。老叟吸了一口烟，又说道："玉娇小姐，恕老朽没有将履历奉告，但老朽却要问小姐，府上除了李二麻子，还有什么亲族，或是别处有什么亲戚可托，请你告诉我，好思善后的办法。"

玉娇凄然说道:"小女子孑然一身,形影相吊。家叔一向不和我们住在一起的;家中只有陆婶婶一人,伊也是无依无靠的寡妇,在我幼时即来相助的;此外则有一个雏婢。她们一些儿没有力量,自顾不暇,别处又没有什么切近的亲戚,此后恐怕在苏州地方不能安身了,叫我到哪里去好呢?"

玉娇心里虽然想到远在北京的万维馨,然而当着老叟的面,一时腼腆说不出口,只好不提。老叟点点头道:"你不必为这个忧虑,此处渔光村是太湖边上最清静的偏僻的所在,料想那些捕役一辈子不会找到这里来的。老农金根福以前我救过他的性命,因此他对于老朽非常感激,老朽在此下榻已有半个多月,贪恋着湖中山水,不忍远离。小姐不妨在这里耽搁些时,待老朽想个稳妥的所在,再伴送小姐前去。"

玉娇又称谢道:"恩公这样救人救彻,真使人铭感肺腑,没齿难忘。"

老叟又坐谈了一会儿,退出房去。玉娇就住在这房里,伊听了老叟的话,心头比较多得些安慰。因前夜伊在危急的当儿,目观老叟手诛小霸王,背了自己登屋越墙,一路奔跑,如履平地,捷如猿猴,出了潘家,尽向冷僻处走。到得一处河滨,有一小舟泊在那边,老叟一击掌,舟中灯便亮了,有一乡人从船舱里钻将出来,将竹篙撑着。老叟驮着伊,跃登舟首,到舱中放下,然后将他自己脸上的面罩取下,方识得他是一个银髯老叟。老叟安慰伊,叫伊不要惊慌,说自己特地和他的朋友来救伊的,他就叫乡人连夜赶紧摇回渔光村去,特地把玉娇安顿在这里。次日玉娇和老叟见面,向老叟拜谢救命之恩,老叟遂介绍那乡人和玉娇相见,始知乡人便是金根福,一向在此耕田捕鱼的。却不料老叟又在次日晚上前去城中处置李二麻子和费葆生两人,这样来去无影,如入无人之境,真是大侠身手,菩萨心肠,有了他,自己便有恃无恐了。

次日清晨,雨霁云散,天气转变晴朗。玉娇起身后,吃过早饭,在房中指点一个乡女刺绣。金根福家里有一个妻子,年纪和根福仿佛,一切操作都是根福妻子动手。玉娇起初不肯袖手坐着吃闲饭,要来相助,可是根福的妻子一定不要伊做什么事,玉娇也只得不做了。根福膝下有一子一女，女的名唤银珠，年纪已有十六七岁，学做刺绣，玉娇正苦没事做，便教银珠刺绣，银珠见绣术高明，十分佩服，早晨便拿着绣花架到伊房里来请教。玉娇和伊面对面坐下，一针一针地绣给伊看，针黹之声隐约可闻。金根福夫妇见了也很欢喜。

老叟闲着无事，上午在后圃帮着根福种菜，下午他独自一人摇了一只扁舟，到湖中去游览山色波光，当他刚才摇出渔光村时，忽见对面有一艘帆船向这边疾驶而来，起初他也没有注意，后来这帆船越驶越近，船舱中钻出一个人来，对着他凝视一下，不由将手指着高喊道："这不是神龙大侠吗？"

老叟听着，不由突然一怔，在这水天深处，怎会有人认得自己呢？

第十一回

志求乐土古刹寄娇娃
心怯空房深宵来暴客

此时船舱里又钻出一个老头儿和一个矮子，瞧着老叟，一齐欢笑说道："咦，老人家，你果然在这儿吗？我们特来找你的。"老叟定睛一看，原来帆船上立着的三人乃是枫桥酒店里同酌的胡老人和孙水生矮刘，想不到他们会找到这里来的。老叟只得微笑道："原来是你们到这里来，可有什么事情？"

矮刘是性急的人，见他装作不知，便忍不住大声说道："老人家，你前日约我们在寒山寺前相会，引导我们到渔光村来拜见蒙面怪侠，但我们守候多时，不见你老人家的面，你到哪里去的呢？今天我们专诚前来拜访，务请你老人家引见一面。"矮刘说时，笑嘻嘻地紧瞧着老叟的面。

老叟知道他们虽然粗人，已疑心到自己身上来了。别的不打紧，玉娇尚在村中，泄露了秘密，累人家吃官司，这又何苦呢。所以他不动声色，镇静自如，对他们说道："那天老朽有些事情羁缠，所以失约，还请你们原谅。现在你们到此，要见我所说的人吗？但真不巧，他已至别地方去游览，也许三天五天不回来呢。"

矮刘嚷起来道："这又怎么办呢，我的东道要输了。"

原来他们三个人自从小霸王被杀，他们去看了一趟回去后，便在枫桥酒店里喝酒谈天，胡老人料定动手杀死小霸王的必然是前晚遇见的那个老叟，老叟就是蒙面怪侠，二而一，一而二。矮刘便说可惜自己遇见了神龙大侠，却又当面错过。孙水生说道："那老叟既然说蒙面侠住在光福太湖边上的渔光村，这就是无异他的自供，大概他就住在那边，我们若要知道真假，只消到光福去一趟，便可明白了。"

矮刘听说，便主张他们要到光福渔村去找寻蒙面怪侠。胡老人却期期以为不可，他说："那老叟既然是一位神龙天骄的侠客，怎肯接见我们这般庸人，何况他已在本地犯了惊天动地的案情，救去李玉娇，杀死小霸王，闹了县衙，自然行踪要守秘密，不给外人窥破，我们倘然要去见他，他一定不给我们见面的。"

矮刘一定要去，他又说侠客是不拉架子的，他喜欢和我们这般人交接，否则那晚他怎会和我们一起饮酒呢？一到渔光村细细探寻，必可重见。胡老人不主张去。孙水生却无可无不可。矮刘且顾和胡老人赌东道，倘然访寻不到怪侠，他愿罚一罐好酒，请他们痛饮。所以三人就坐了孙水生自己的船，驶至光福，问明白了渔光村的所在，一路摇来，恰巧在港口遇见了老叟。当着面又不好说他就是怪侠，只好要求他引见了。谁知老叟偏说怪侠已赴别处，那么矮刘的东道便要输了，所以他竟大嚷。

胡老人知道这不是嚷的事，遂对老叟说道："既然怪侠不可得见，我们能够遇见你老人家，也不是容易的事，未知尊居何处，能不能容我们登门聆教？"

老叟哈哈笑道："老叟扁舟短棹，东飘西泊，没有一定的住所。今天又有他事远出，未能奉陪，否则诸位远来，理当备一些浊酒山肴，共谋一醉呢。"

胡老人听老叟的话，大有闭门峻拒的意思，不觉大失所望，反有些难说话了。矮刘却又说道："老人家，我告诉你一件事，你可知道三六湾那个小霸王潘兴，前晚突被夜行的侠客把他杀死在家，李玉娇小姐也被侠客救去了，还有玉娇的叔父李二麻子在监押所中被侠客割去两耳，据潘家家丁报告说是一位蒙面的怪侠，大概就是你老人家所说起的，所以我们好奇心生，特地赶来，没有别的意思，只求拜见怪侠罢了。这里都是自己人，请你老人家直告一切，我们决不泄露。"

老叟摇摇头道："潘兴的事，我虽然有些知晓，但是不是蒙面怪侠所为，我也不得而知。况且他不在这里，恕我不能引见。诸位试想，即使小霸王果被蒙面怪侠所杀，李玉娇果被蒙面怪侠所救，那么他一定飘然远走，岂肯轻易见你们呢？诸位又不是官中人要想捕他，也何必寻根究底？我想他既有这种本领，官中人也捕他不得的。诸位，此事倘被他人知道，徒然连累你们自己，反为不妙，不如就此回去吧，何必多事？既然你们心仪怪侠，只要你们心地光明磊落，凡事遵守公义，看人家的事宛如自己的事一般，多做些义务的事，那就好了。学佛的人以为佛在南海，一定要到南海去拜佛，其实只要虔诚自修，佛在你的心里，也就在你的眼前。所以我劝诸位不必去找他了。此刻老朽正有些事，隔日再会吧。"老叟说毕，便鼓舟而去。

矮刘跌足大叹，孙水生道："我们虚此一行了。"

胡老人目送老叟的船远去，回顾二人说道："你们懂得吗，此人就是蒙面怪侠，何必他求？他方才不是说过佛在你们的眼前吗？这就是一个暗语，告诉我们了，他做了这件惊天动地的事，更要严守秘密，自然不肯承认了。我们回去吧，能够见到他一面也非容易呢。"

矮刘道："照你的说话是对的，好么，我赌的东道也不能算输。"

胡老人笑道："不算你输，我们若要喝酒，自己拿出钱来好了。"于是他们乘兴而来，败兴而去。

那老叟在湖中玩了一番，心里默忖着当前的事，觉得自己不能再大意疏忽，必要改变方针了，所以他就驶回渔光村。玉娇尚在室中刺绣，见老叟归来，便立起说道："恩公怎么不多时候就回来了，湖上风景如何？"

老叟道："我的脾气不甚喜欢有人认识我，所以时常蒙面而行，今日出去却无意中遇见几个人，便是我在枫桥喝酒向他们刺探小霸王行径的人。他们特来渔光村找我，也许他们已猜到老朽是杀死小霸王的蒙面怪侠了。虽然他们对我尚没有什么恶意，然恐消息因此泄露出去，官中或要缉访到此，多生麻烦。我虽不怕那些脓包，但恐连累了这里的主人，不如携带小姐暂到别处安身，较为稳妥。不知李小姐意下如何？"

玉娇听了老叟的话，只得说道："弱女子无枝可栖，恩公要携我到哪里便到哪里，但恐羁缠恩公，诸多不便。"

　　老叟道："我早已说过救人救彻，此刻我想到一个去处，可供李小姐安身，就是在南京城外栖霞山上，有个白云庵。庵中的住持老尼修真，以前也是江湖间一位侠女，干过不少惊人奇事，现在红颜老去，雄心已熄，皈依菩萨，削发为尼，去年我尚和伊见过一次。李小姐不如暂且住在那里，待这案件风声稍松一些，老朽再可想法接你下山的。"

　　玉娇点头道："如此很好，我唯恩公之命是听。"

　　次日，老叟遂雇得一舟，携玉娇别了金家父女，离开渔光村动身北上。玉娇还是初次出门，远离家乡，倍觉黯然。老叟一路在舟中讲些江湖上的逸闻给伊听，以解寂寞。玉娇却吟了好几首诗，途中记写风景，暗写伤感，预备他日留给维馨看的。

　　这一天早，到了栖霞山畔，老叟付去舟资，扶着玉娇上岸。又雇一顶山轿给玉娇代步，自己却走在山轿前面。抬山轿的人也识得白云庵的所在，抬着玉娇健步如飞，向山上走去。山中多红枫，一片绛霞，如醉如酡，映着斜阳，更是红得好看。玉娇在轿中瞧着，心中不觉感叹，想自己本要随着叔父到天平去赏枫的，却不料现在会在数百里外的栖霞来看红叶，这岂当时所料？自己身受的一番可惊可奇、可悲可泣、可恨可怒的事呢，他日告诉给维馨听，不知他将对我怎样的怜惜呢？

　　那白云庵在山坳里，行够多时，已到了。庵造在岩石上，前面有一宽大的池潭，泉水东来，流入池中，虢虢作响。庵后高地上都是苍松，好似翠屏风簇拥着这个白云庵。两边有一条幽深的山径是通到峰顶去的，风景甚佳。老叟走到庵前，指着庵门说道："到了到了！"山轿立刻停下。玉娇走到地上，抬头看庵门上正楷大书"白云庵"三字，风吹松涛，谡谡飕飕，又有二三苍鹰在林间盘旋欲下，这正是深山静处了。

　　老叟付去轿资，伸手叩门。门开时，即见有一个五十多岁的老尼，合十相迎。见了老叟，便说："云兄从哪里来？"

　　老叟指着玉娇对老尼说道："我就是救了这位李小姐，一时无处安藏，想要把伊安居于此，所以携伊同来了。"

老尼向玉娇一瞧，便啧啧赞道："好一位美丽温文的淑媛，快请到里面憩坐。"

老叟又介绍玉娇和老尼相见道："这位就是住持修真。"

玉娇上前轻启朱唇，叫一声修真师。伊细瞧修真年纪虽高，而玉颜犹嫩，肌肤白皙，眉目清丽，尚如四十许人。若在绮年时代，岂不是个流丽娟美的娇娃吗？谁料得伊还有惊人的绝艺，曾在江湖间做过粉荆脂聂呢！心中更是感叹。

修真把二人让到里面佛殿左侧一座小阁中去坐。有一个佛婆献上香茗。老叟便将他自己如何在苏州游览、夜诛小霸王、救出李玉娇的经过，大略告诉一遍。修真叹道："李小姐的身世确是可怜，幸有云兄救出。既是失巢乳燕，且在这里安心住下，绝无妨碍。"

老叟道："我知道修真师菩萨心肠，一定肯收留这个可怜的少女，所以我不揣冒昧，一径带来了。"

玉娇道："多谢修真师的美意，小女子有地容身，就是不幸中之大幸。"

于是修真叫佛婆去把东边一间厢房收拾干净给玉娇下榻。当夜煮酒备馔，请老叟畅饮，玉娇也一同陪坐。玉娇见修真虽是佛门中人，而喝酒吃肉，并不茹素，谈吐豪爽，有如须眉，真是方外奇人。这夜玉娇辞归厢房安寝，而老叟即宿殿上。

玉娇初至异地，一时难以入梦，听外面风声吹动松林，恍如有千军万马从后山杀奔而来，心中不觉怦怦跳跃。虽然明知外边起了大风，身在山上，所以声音更大，睡在这里是太平无事的，绝无意外之虞，然而自己从在潘家受了一场惊吓以后，不知怎样的稍微听到大声，一颗心便惊悸不安，精神甚为不佳。更加惦念着万维馨，将来不知道怎样和他重逢呢？直挨到下半夜，方始勉强入睡。次日起身，梳洗后，便来拜见老叟和修真。

老叟对伊说道："李小姐，你在此间可以安心住，老朽此刻有些事情要到徐州去走一趟，约过一个月后再来探望，那时务必代你设法善后。好在此间的修真师和我是一样的，济困扶危，行侠仗义，能够照顾你的。你尽可安心养息，因我瞧你的容貌有些瘦损，大概忧虑和惊恐太甚了，希望你善自遣怀，珍重玉躯。"

玉娇听了老叟的话，又感激又悲伤，不觉泪下，只说："我总是感谢恩公的美意大德，望恩公早去早来。"

这天下午老叟别了老尼修真和玉娇，离了白云庵，下山去了。

玉娇自老叟去后，寄居庵中，起初要帮同佛婆洒扫工作，但被修真止住，说道："李小姐，你是纤纤弱质，不堪操作，且在小庵多多养息，休要过劳。"

玉娇既不做事，反觉太闲。庵中藏有几部古旧的史记汉书唐诗宋词，不知是哪一个文学之士遗留于此的，篇篇都加上朱红圈点，写着一条条的评语，都中肯綮。玉娇便拿来披卷观览，足解不少岑寂。修真朝晚只是做功课，有时和玉娇谈谈。伊深佩玉娇的才华，常要玉娇指点伊文字。修真说自己少时漂泊江湖，对于文艺方面没有下过功夫，所以略识之无，不通经义，自感不学无术，老大徒伤。玉娇也说学以致用，倘然咿唔咕叽，自命风雅，不能达到古圣贤修身齐家治国平天下的期望，那也是雕虫小技，无裨于事的。想自己是个女流，不过借此修养身心，消遣光阴而已。因此玉娇寄居在白云庵内，时时和修真讲解文章，杜门不出。只有一次，伊持着竹帚在庵门前扫落叶，因为西风黄叶，老树半凋，庵门前的落叶实在积得太厚了，把路径也堆没了。佛婆去扫时，伊正闲着，便去相助。修真劝阻也不中用，只得让伊去略事工作。玉娇扫罢了落叶，觉得有些疲乏，便坐在一块大青石上休息一下。远瞩四面的山色，近听石间的流泉，水入池潭，如鸣琴筑。仰着蠢首，看到天上的浮云，正在遐思，忽见在左边山峰上有几个男子，把手指点着自己，不知说些什么。芳心不觉有些怙惙，连忙立起娇躯，姗姗地走入庵中，也没有将这事告知老尼。

这时已是十月，天气忽然大冷起来，寒风砭人，山色惨暝。次日之夜，玉娇晚餐过后，别了修真，自至卧室，想要在灯下修书寄予远隔北京的万维馨，可是这件事很难叙述，恐怕维馨要惊疑不安。倘然不去报告，那么维馨见自己音书绝迹，又要挂念，觉得左不是右不好，且待老叟回来了再作道理。所以斑管在握，尺素未修，支颐静思了一番。寒风从窗隙间吹入，身上很冷，打了一个寒战，于是叹了一口气，脱卸衣裙，蒙被而卧。

伊因独居一室，心里胆怯，所以点着油灯，并不熄灭。睡至夜半，正在梦中，忽觉有人推动窗户，不由矍然惊醒，起初还疑心风声，风的力量太大了，以致撼动门窗，但接着偌然一声，对面一扇窗蓦地开了，灯光下有一长身短衣的汉子跳进窗来。伊不知是梦魇还是真情，惊极而啼。那汉子已至床前，指着伊说道："美人儿，你休要惊恐，咱家大王正少个压寨夫人，着咱来迎接你回去，快快跟着咱去吧。"说着话就要来拉玉娇。窗前还有二三人影，闪动不定。

玉娇哪里有挣扎的余地，忙哀求道："我是苦命的女子，在此庵中避难，一个钱也没有的，你们莫要认错了人，我不去的。"

那汉子哈哈笑道："美人儿，咱们此来不为钱财，你好好儿地让咱驮回去吧。今天恰巧咱们来山上游玩，见你在庵前独坐，咱家大王动了心，所以夜间来接你前去，现在他也庭中等着哩。"

这汉子说着话，早听外面有人说道："莫要多谈，带着伊走吧，免得惊动了他人。"

玉娇闻言，吓得魂不附体，浑身如筛糠一般，只是发抖。暗想逃过了一场祸殃，不料今晚又来了强盗，真是命宫磨劫，一至于此。仍向这汉子哀求。汉子早一伸手把玉娇拖出被窝，背着伊便跳出窗来，玉娇惨呼救命。

又有一个人上前把手将伊的口掩住，说道："美人儿，你不要惊慌，咱来迎接你去的。"

玉娇瞧这说话的人，身长七尺以上，面目狰狞，颔下微有短须，蓝布扎额，手执一柄明晃晃的钢刀，背后还有两个同位，一齐簇拥着伊，开了庵门飞奔而去。

第十二回

小丑跳梁老尼微惩恶
病魔作祟倩女几离魂

一行人刚才走至池侧，庵门里早追出一条黑影来，月光皎洁，照彻大地，所以瞧得清清楚楚。喝一声："哪里来的狂寇，胆敢到我庵里来劫人，真是杀不可恕，你们想送到哪里去？"

执钢刀的大盗回头一看，见是一个年纪较大的尼姑，不由哈哈大笑道："你这吃素念经的出家人，管什么闲事，莫非来送死吗？"

说话未毕，一支袖箭已向他身上飞来。大盗把手中刀去拦格时，正中手腕，喊了一声啊呀，接着那尼姑的宝剑已到了他的头上。大盗慌忙躲闪，左边一只耳朵已被剑锋削去，鲜血淋漓，双手抱着头，狼狈而逃。那个背负玉娇的汉子吓得脚步也搬不动了。尼姑赶上前去，把他拖住，喝一声："贼子，快快放下李家小姐。"

那人只得把玉娇放下。尼姑的宝剑向他扬了一扬，又说道："你们是何方鼠辈，竟不知白云庵是闲人不入的地方，行劫到佛地来了，杀不可赦。"

那人只得跪地哀求："请你师父饶恕，小人是大盗娄五的部下。娄五是江北盐城一带的土匪，此番小人跟着他来游江上诸山，且欲在南京城里有所勾当。今天我们到这山上来游玩，娄五瞧见这位姑娘在庵门前扫落叶，端的美貌如花，所以特地同我挨至夜半前来下手。满拟把伊悄悄地劫回去，做娄五的压寨夫人，却不料你师父的本领高强，我们遇见了能人，自讨苦吃。现在娄五已逃走了，我是小喽啰，请你师父饶恕我吧。"

尼姑冷笑道："你们既要劫物，又要劫人，罪恶滔天，也不探听探听白云庵的老尼是怎么样的人，敢来太岁头上动土。娄五那厮仅割一耳，被他逃去，太便宜了他。你是助纣为虐的人，也饶你不得。"说罢，手起剑落，又削去那人的一耳，方才喝道："快些滚去吧。"那人立起身来，一手掩着耳边创痕鼠窜而去。

玉娇方才惊魂初定，回头见修真老尼身穿睡衣，手握宝剑，映着月光，湛湛如秋水一般。忙向修真拜倒道："多蒙师父救了弟子性命，感恩不浅。"

修真伸一手将伊扶起，说道："夜深露重，寒风如刀，不要受了寒，快快随我进去。"

遂和玉娇回身走进庵门，又把庵门闭上，送玉娇回房。先从窗里跳进去开了房门，让玉娇步入，带着笑对伊说道："这番又使小姐耽受一场惊恐了。但被我发觉得早，马上追赶出来，尚是不幸中之大幸。因我的耳朵很是灵敏，夜半醒时，忽闻屋上有人行走之声，初疑盗窃，想庵中又无财物，何至于此，况此庵一向平平安安，无人来犯，哪里来的不识利害的鼠辈，所以徐徐起身窥探。却万万没有料到，他们竟是来劫李小姐去的。我忙赶出庵门，把你救下。不是我夸口说，饶他们再走得远些，我也能片刻之间追及，只恐吓了小姐。现在请小姐仍去床上安睡，他们绝不敢再来。天气很冷，不要冻坏了玉体。有我在此，你尽管安心，不要害怕，我也要回房睡了。"玉娇又要拜谢时，修真早已走出房去。

玉娇将门窗都关闭了，然后回至床上安睡。头一着枕，心里便卜突卜突乱跳。伊瞑目思想想，自己命宫磨劫，到处要被人家觊觎，若不是前有怪侠后有老尼仗义相救时，此身早已望秋先零，珠沉玉碎了。古人云：象有齿以焚其身。彼苍给我以美好的面目，谁知道就是不祥之征，险些儿送去一命。唉，这不是造化小儿故意玩弄我，折磨我吗？茕茕一

88

身，在此人世本无留恋，只为数千里外尚有一个文字知己的维馨，不得不忍死须臾，含辛茹苦，待见一面，然而他又怎知我遭逢的不幸呢？伊这样想着，无限愁怨涌上心头，而窗外风声飒飒，又似乎有人在那里撬窗。娟娟明月从明瓦中透入淡淡的银光，正照在床前，伊心里又害怕起来，更加跳个不停。继而一想方才已见过修真的武术，对付大盗易如反掌，有伊在这里，我还怕什么呢？那些盗贼吃过了苦头，可敢再来送死？且怪侠把我交代给修真，当然是因为修真足以保卫我的性命，才送我至此地借住。今夜的事是偶然的，大概狗盗也没有知道修真的厉害呢。红线聂隐，向尝以为古书中文人笔下渲染出来的奇女子，但是今番我亲眼见了，还有什么疑惑。我何必多忧多虑呢？遂想镇定心神不要去想起他，然而一颗心兀自跳跃不止，身体也觉得有些不安。辗转反侧，梦寐难成。脸上又觉热烘烘的如火烧一般，直至天明时，方才合眼睡着了一刻。

醒来时候已不早了，要想起身，不料刚坐起身，一个头晕仰后直倒。眼前只见天旋地转，室中的物件都像走马灯般绕着伊飞行。喊了一声啊哟，仍把头睡倒在枕上，闭目睡了一会儿，依然头晕目眩，不能支持。伸手向自己头上一摸，微微有热，知道自己要生病了，长叹一声。

隔了一会儿，修真走来，轻轻叩门，问道："李小姐可是有些不适吗，早晨我已来看过一次，见你房门闭着，不敢惊动，怎么现在还没有起身，你觉得如何？"

玉娇听得声音，勉强爬起身子去开了房门，立刻回至床上睡下，哼哼两声，说道："修真师，我病了，实在起身不得。"

修真点点头道："既然如此，你尽可安睡，不要起来。只不知你觉得怎么样？大概昨晚受了风寒，吃了虚惊所致，我倒很为你担心呢。"

玉娇道："修真师，我只觉发热昏眩，也许是昨夜受了寒气，以致发作。让我休睡一日便会好的。"

修真走近床前，用手在玉娇头上一摸，皱着眉头说道："不错，玉娇小姐今日有寒热，须要好好休养，少停等我去烧一碗姜汤给你吃了，赶去寒气，也许就会好的。"

玉娇点头道："有劳师父了。"

修真又安慰她说："昨夜的事是偶然的，李小姐不要害怕，有我在此，鼠辈绝不敢再来损伤你的毫末。今夜我叫佛婆伴你，如有呼唤，不要客气。"

玉娇道："多谢师父的美德。"

修真坐了一会儿，方才退出去。隔了一会儿，佛婆已端上一碗姜汤进房来，请玉娇喝。玉娇服下，盖了被头，昏昏地睡去，等到醒时已是下午。似乎寒热减退一些，头目也略觉清楚。见修真又走来探望伊，问伊喝了姜汤之后可觉好些，玉娇说："比较上午稍见轻松。"

修真道："那么肚子里可觉得饥饿，可要吃些粥汤？"

玉娇也觉肚中有些空虚，便点头说道："好的。"

于是修真就去吩咐佛婆烧一些黄米粥汤端来给玉娇吃，另有两碟子粥菜，乃是腌萝卜干和京冬菜。玉娇披衣起身，坐在窗前桌子上吃了半碗，便不想吃了，仍命佛婆搬去，伊支颐坐着。一会儿修真又进房来见玉娇坐着，便叫伊快到床上去睡，不要受风。玉娇仍至床上蒙被而睡。

修真去了，玉娇睡在床上，只是想心事，十分凄惶。将近天晚时，身上忽然觉得非常怕冷，停一刻周身好如有冷水浇着，盖了一条棉被，实在不够，拉过自己的衣服盖在上面，依然是寒冷。后来上下牙齿相打，全身发抖，不可支持，口里微微地哼着。佛婆掌灯上来，听玉娇呻吟之声，便问李小姐身体不好吗。玉娇道："我冷得不得了，最好请你再去取一条棉被来给我盖盖，好不好？"佛婆便去告知修真，再取一条厚棉被来代伊盖上。玉娇钻在双重被窝里，仍是冷得难受。修真又来相问，玉娇忽然要吐了，修真连忙拿面盆给伊呕吐，吐出来的就是方才的粥汤。

玉娇吐过之后，睡在被中，哼着说道："师父，我何以这样地怕冷？"

修真皱着双眉道："大概寒热在里面没有发出，也许过了些时反会热哩。"

玉娇点点头道："不错。"修真又坐了一刻而去。约莫过了好多时候，玉娇冷势渐退，便觉身上回热。一会儿热得如在夏日，忙将上面加的一条厚棉被掀开在一边，仍觉热得难受，额上有汗，背上胸口都有汗，恨不得将床上被褥一齐掀去。伊自知这是方才的反应，断不能任着自己之意的，口里不觉又咳了起来，只得把两臂伸出在被外。恰巧佛婆搬了枕被，到玉娇房里来伴睡。伊把被头铺在四张凳子上，算作临时床铺。听玉娇不住哼着，走过来看时，见玉娇已把上面的棉被掀开，遂说道："李小姐不冷了吗？"

玉娇道："我现在热得很，最好不要盖被。"

佛婆摇摇手道："李小姐，这个千万使不得，你出了一身汗也许明天可以退凉。外面天气很冷，你怎可不盖棉被呢？请你耐一会儿就不热的。修真师太叫我睡在这里伺候你，所以李小姐如要什么，可以吩咐。"

玉娇道："我口里有些渴，请你倒一杯开水给我喝喝。"

佛婆答应一声，便去拿了一杯热水来给玉娇喝了，叫伊好好安睡。玉娇当然只得忍耐。佛婆就脱了外衣，睡在临时床铺上。玉娇也慢慢睡着。

夜间乱梦颠倒，好像自己仍坐在一艘船上，被李二麻了送到别地方去。伊心知李二麻子不怀好意，要将伊暗中卖身，便喊舟子停船，舟子起初不理，后来将要傍岸时，岸上忽来一伙盗匪，手中各执兵器，声势汹汹，当先第一个盗魁，跳到船上来要抢伊回去，自己心里万分发急，想要投河自尽，却一步也走不动，强盗的魔掌已伸到伊的胸口，不禁狂叫一声，醒来时乃是一梦。原来自己的一只右手正压在胸口，所以梦魇了。

佛婆被伊大声唤醒，忙问李小姐怎样，玉娇答道："没有什么事，刚才我不过做了一个噩梦，因此梦中惊呼。"

佛婆道："李小姐的胆子真小，你住在这里，千稳万妥，有修真师太还怕什么？前夜的事，师太已告诉我了，你准为了这个而吓出病来的，待我明天代你去山门前请喜，便可心安神宁了。"

玉娇道："谢谢你。"隔了多时，方又睡着。

一觉醒来，天已大明。佛婆早已卷起铺盖，出房做事去了。伊觉得精神比较好些，额上也不烫了，寒热已退。大概昨日出了一身汗，所以退凉了，真是谢天谢地的。勉强挣扎着穿衣起坐，觉得四肢无力，眼目也有些异样，临镜一照，已觉清瘦不少，微微叹了一口气。佛婆进来，见玉娇已能起坐，也以为伊果真好了，忙送上洗脸水，问伊可要吃粥，玉娇道："如有黄米粥汤便略吃一些。"佛婆答应而去。

玉娇草草梳洗一过，佛婆已端上粥汤和粥菜。玉娇吃了数口，便不想吃。正独自坐着出神，修真却已走来，探望见玉娇起坐，便说："李小姐，你的病恐怕没有好，怎样便起坐呢？还是安睡为宜。"

玉娇道："多谢师父，只是我昨日睡了一天，已是难过得很，今日寒热退凉，所以起来坐坐。"

修真向伊仔细瞧了一下，又说道："李小姐，你的病恐怕不会好得这样快的啊，我瞧你面上很少血色，须要好好调养为宜，我有一个同道，去年从北京来，送我许多阿胶，我不需要服这种东西，等李小姐稍好时，煎给你服吧。"

玉娇道："多谢师父美意。"修真再三叫伊床上去睡，玉娇只得仍去睡息。

果然到傍晚时又觉发冷，和昨日一样。冷了一阵，过后又发热起来，玉娇自忖这是疟疾了。次日告知修真，修真也说是疟疾，这病一时不会痊愈，非得请大夫前来诊视不可。于是便在这天午后修真到山下去请了一个姓倪的医生前来，代玉娇诊治。

这位倪医生是栖霞山乡间有名的大夫，乡人都信仰他的。数年前修真也曾患过湿病，请倪医生来看好的，所以和他熟悉。倪医生并不像时下名医要摆架子，修真去请他时，他马上跟着修真上山来看病，他诊过玉娇的脉，说伊患的是疟疾，开了一张药方而去。修真又叫佛婆去山下赎药，亲自煎了给玉娇喝下。次日傍晚时没有发冷发热，修真和玉娇都以为倪医生着手成春，疟疾已退，个个欢喜。到四天早上，修真又去请倪医生来复诊。倪医生见玉娇已好一些，也很快活，又开一药方而去。谁知这天晚上玉娇服过药后，忽又发冷了。冷得甚是厉害，钻在被窝中只是哼。修真过来望伊，见伊这样子，不禁眉峰又紧蹙起来。知道这病棘手，害得伊做功课也没有心绪。次日又去请倪医生来，倪医生遂说这是一种乱虐，发起来没有一定时日的，遂又开了一张药方而去，从此玉娇两天一发，三天一发，没有一定的时间。吃了倪医生的药，如水沃石，毫无效验。病体日瘦，精神日益疲惫，卧床不能起身。

修真十分代伊担忧，因为玉娇是怪侠寄托在这里的，现在忽然重病，而老人家到徐州去还不归来，万一有什么三长两短，他日自己怎么能担得起这样一个重任呢？玉娇自己心里也非常忧闷，夜间睡不成眠，只是想心事。又隔几天，寒热忽然加重，倪医生来看后摇头叹道："疟疾转伤寒，病势很危，今日且吃了我的药再说。否则你们须另请高明，恕我没有这本领了。"

修真听着，颇为惶惑。但是玉娇服药后，非特无效，病势增重，夜间呓语，一会儿好像见伊的父亲站在床前，伊说："爹爹，你来了吗，请你引导你苦命的女儿去吧！母亲在哪里？"一会儿又好像见李二麻子送来一篮东西，拿开来看时，乃是血淋淋的一个人头，不是小霸王潘兴吗，伊吓得大嚷大叫。一会儿又忽见万维馨骑着马回来，要接伊到北京去成婚。伊心里悲喜交集，觉得有千言万语要说，连连唤着："维馨兄，又说你北上之后，可知我身受的苦痛和惊吓吗？"

修真在旁一一听得，佛婆以为玉娇吓掉了魂，以前自己虽说过叫喜而没做，这夜便去庵门外叫喜，想使玉娇的心神得以安宁。一夜过后，玉娇病势依然不见减轻，伊也自知一病垂危，药石难瘳。当修真来看伊的时候，便淌着眼泪，对修真说道："小女子命薄如秋云，危在旦夕，这个臭皮囊还要有累师父代我收殓，即请葬在这栖霞山上，墓前立一石碑，上书'姑苏薄命女李玉娇之墓'，我就感恩不浅了。只是恩公在外，尚未归来，恐怕我不及等待了，请师父代我转言，小女子对于恩公和师父的大德，此生不能图报，只好来世做犬马了。"

修真见伊这种可怜情形，也忍不住心伤泪落，柔声说道："李小姐不要说这话，千万保重。我想你绝不至于不寿的。恐怕怪侠在日内必要来此了。你有什么心话，尽可对我讲，我都可遵命的。"

修真说这话，明知玉娇沉疴难起，不过说着安慰伊罢了。谁知佛婆进来报说蒙面怪侠回来了，佛婆嘴快，已告诉老人家说玉娇病得十分沉重，所以他老人家一径走进房来，背后却还有一个少年站在房门口趑趄不前。

第十三回

短棹扁舟巧逢水贼
青囊妙术艳说良医

修真见怪侠已返，便迎上前说道："你老人家回来了，很好。这几天我为了李小姐疾病缠绵，心中十分忧急，无法可想……"

修真的话还未说毕，老叟顿时面带愁容说道："怎么李小姐病啦？方才一进庵门，佛婆对我一说，我就不由一怔，究竟如何起病的呢？"

床上的李玉娇听得老怪侠归来，心头顿觉快慰，有气无力地叫一声恩公。老叟把帐门掀起，一看玉娇已瘦得不成模样，不问而知这病是十分沉重，十分危险的了。皱着双眉答道："李小姐，我已回来，但是你如何一病至此？"

玉娇含泪答道："恩公，小女子多谢恩公把我救出虎穴，保护我到此间来，真是重生的父母！可是小女子命宫磨劫，身染重病，恐怕即将魂归地下，茕茕弱质，天涯飘零，生而何欢，死亦反璞。不过恩公的大德和此间修真师父的恩惠未能图报，有负仁心侠肠了，还要把身后之事有累恩公咧。"

玉娇说到这里，泪落如雨。老叟见了，也觉惨然。忙安慰伊道："李小姐不要悲伤过度，你的病不久便会好的。我不信无法可医的，待我慢慢想法，你且闭目养神吧。"

老叟回转身来正要问修真时，修真把手向门外一指，向老叟道："门外站着一个少年是何许人？"

老叟把头一搔道："我倒忘怀了，我们到外边去谈话，免得惊扰了李小姐。"于是修真和老叟一同走出房来。

少年见了修真，便带笑说道："这位就是修真师父吗，久仰大名。"

老叟道："正是，待我来代你介绍。"遂指着少年对修真说道："这位少年姓郑，名一冲，武艺精通，性情豪爽，专好为人打不平。急难中幸亏遇着了他，不然我这条老命险些儿送掉在竖子之手，岂不可笑可恨。"

一冲连忙说道："这也是天佑老丈，应该那贼子恶贯满盈，鬼使神差，便中救了老丈，何足挂齿。"

修真道："究竟是怎样一回事，快请明告。"

老叟道："我们且到外面大殿上去坐了再讲。"

于是三人走至外面佛殿上靠东墙边一张方桌旁分宾主坐下。佛婆献上茶来，老叟喝了一口茶，开始说道："我从这里动身时，在淮阴之北便遇见这个岔儿，原来那天我因贪赶路程，错过了宿头，天色已是垂暮，前边忽然有茫茫清溪阻住去路，暮鸦归巢，冷月一丸已出现在天空。我立在水边，一时没得计较。忽然西首芦苇中有咿呀之声，摇出一只小舟来。那时我自然不胜之喜，忙喊'舟子快来渡我一程，当重重赏你的舟资'。篷舱里早钻出一个三十多岁的舟子来，头戴一顶毡帽，身穿黑色短褐，见了我便问道：'客人可是要雇我的舟吗？'我道：'正是，我是到徐州去的，不甚识得途径，这里是什么地方？'舟子答道：'这里是小柳河，往北通连河的。我可载客人到观方镇去，便可通达安东了。但请你老人家多赏赐几个钱便好。'我听得他能载我上安东，正中鄙怀，便道：'很好，你只要把老夫载送到那里，我就赏你五两银子。'他欢欢喜喜地撑着篙子近岸，把跳板搭上，让我下船。我便携着行囊下船入舱，坐定后他就把舟驶向东首去。天色已是黑了，夹岸都是枯树落叶萧萧，很少人烟。小柳河一处宽，一处狭，常有芦苇，港汊甚多。换了别人处此境地，定要胆寒，但我却自恃能武，而且常常出门的，一些儿没有顾虑，只觉枯坐无聊而已。

"行了一段水程，小舟行驶至芦苇深处，忽然泊住。他对我说肚子已饿，要暂停一刻，烧了饭，吃饱后再摇船，他又问我可要吃什么，我说你随便煮些什么给我充饥就是了，于是他就在后艄上煮起饭来。恰巧我腹中也很饥饿，闻得饭香之中又有些酒香，遂悄悄向后艄窥视。月光下见那舟子正蹲在灶旁，一边煮饭，一边却托着一盏酒，慢慢地喝。他见我探望，便道：'船上没有佳肴，只有一些腌鱼和青菜，还有些花生米，因为我是喜欢喝酒的，所以船上酒却有几斤，都是上好的高粱。'我听他如此说，不由忍不住说道：'那么你代我烫上一二斤酒，我可一起付你钱。'他答应一声，果然便去烫酒。我坐在舱里，仰首瞧着天边的明月，耳边听着水流淙淙之声和芦苇被风吹着发出瑟瑟的声响，静待酒喝。一会儿那舟子果然把酒送来，一盆腌鱼，一碗青菜，又有一包花生米放在舱中小几上，请我吃喝。我很坦然地斟着酒，举杯便饮，觉得这酒味道很浓烈，喝了一杯便觉有些头晕目眩。自思生平善饮，喝上二三个白干也不会醉的，今日何以忽然不克支持，这一杯酒的力量竟有如此厉害吗？猛忆起江湖上常有一种蒙汗药酒，保你一等英雄好汉，喝了便要醉倒，那么今晚我不要着了人家的道啊？刚要挣扎起身，去向行囊中取宝刀，而我身已如瘫痪，四肢无力，一阵天旋地转，早已跌倒舱中，失去了知觉。等到醒来时却见自己睡在另一船，站在我身旁的就是这位郑君一冲。我又满身渍着水，定神一想，方才想起刚才的事。但是怎样还没有死而换别人的船上来呢？我不由哼了一声，向郑君询问，始知郑君自淮安乘舟至此，夜间赶路，见水上浮起一物，疑心是人，方用篙子把我捞起。那时我四肢都被人缚住，知道我是被人谋害的，遂用手术将我呕去了水，救我清醒，真可说得九死一生了。"

怪侠说到这里，耸着两肩，哈哈一笑。修真道："这真险哪，你老人家若不遇见这位郑君，那么一世英名送于贼子之手，铸成大错，天下最冤枉不过的事了。大概这也是你老人家平日行侠仗义，时常拯救人家的急难，所以得能逢凶化吉，绝处逢生呢。"

郑一冲道："小子本是山西阳城王屋山下郑家堡人，此番出外访友，从淮安乘舟南下，夜间贪看月色，叫旁人趁着月光摇船，以致救了老丈，这事细想起来，真有些鬼使神差，合该老丈天年未尽，不至死在那贼子手里呢。"

怪侠又接下去说道："当时我自知幸获救援，生命已可无虞，承郑君殷殷下询，方把我舟中饮酒事情告知他。那个舟子必然是舟里水贼，大概他想动我行囊，而又见我带有武器，不敢下手，遂故意诱我喝酒，在酒中放了蒙汗药，将我醉倒，然后缚了我的手足，把我抛入水中，像《水浒传》上所说的馄饨板刀面故事了。那时郑君船上的舟子听了我所说的话，便说这里小柳河确有水贼横行河上，常常劫人财帛，害人生命，照我所说的情状，大约是有名的水贼，名唤水老鼠陈三。郑君知道后，估料那水贼去得未远，不甘心让他漏风，遂吩咐船上两个舟子一齐用力摇船，向前追寻那水贼的船只。橹声咿呀，向前赶了一段水程，果见前面有一艘小船，正自缓缓地摇着。我指着这船对郑君说道：'大概是了。'郑君遂取了他的宝剑，先行走出舱门，向前舟喊道：'前面的船上莫不是陈三哥吗？'郑君这句话当然是试探一下，那贼子却认为自己弟兄，便听有人答道：'是的，你们是谁？'郑君又道：'请你快快停船，我有一个好消息报告与陈三哥知晓。'郑君说完这话，那贼子果然将船停在芦苇边，等候我们去报告了。我们的船赶快驶至那里，我急在舱中偷窥，只见那贼子已立到船头向郑君问道：'你究竟是哪一个，怎么认识我的，有什么好消息报告我听，快快直说。'那时候我早忍不住从舱中走出，指着他骂道：'贼子，你认识我吗？'他一见我面，早吓得倒退不迭，口里连说'咦咦……怎的……怎的'，郑君飞身跃上他的船首，他也从身边拔出短刀，要想抵抗，但被君一腿把他踢倒，立即将他缚住。我就过船去，到舱中检点自己行囊，宝刀和弹弓以及银钱衣服都未损失分毫。还至船首，我就指着他说道：'你这厮在这里想必害了多少人命，今日老夫也险此被你断送了性命，幸亏水中遇救，也是你的恶贯满盈，末日已临，所以今晚实在饶你不得。'他哀求道：'我自知不免一死，只请你们赐我一个全尸，也把我缚了，抛入水里去与波臣为伍。'他的话还未说毕，郑君船上的舟子早喊起来道：'两位爷休听那厮的话，我们都知道那厮识得水性，若将他抛入河中，无异放鱼入池，被他逃去，将来仍是为害行旅的。'我听了这话，便说不错，那厮既然绰号水老鼠，必识水性，休要听他巧言。郑君遂将宝剑一挥，已将他斩为两段，然后把尸首踢入水中，我遂取还行囊，和郑君同舟而行。

"大家虽然萍水相逢情意甚是融洽，多蒙君不弃，对于老朽敬礼备至，以前辈见重，我也识得郑君少年英俊，非寻常之辈，遂挽他同至徐州一行。他徇我之请，于是次日我们俩便吩咐舟子摇出安东去了。到了那边，弃舟登陆，遂取道向徐州而行，到了那边三贤村，访问我的朋友纪泽永，因为他和芒砀山的绿林好汉铁掌宋英前年为了一些小事发生嫌隙，宋英在人前曾扬言要和纪泽永不能过去，一度下书约纪泽永比武山冈，纪泽永识得铁掌宋英的厉害，并知我和宋英友谊甚深，所以半年特地差人四出访问我的行踪，要我前去代他们调解，免得双方发生不祥的恶果。我虽已许诺了他，却在吴中耽搁多时，直到送李小姐来栖霞山后，方才前去一践宿约。尚幸这事化大为小，化有为无，我这个鲁仲连还算做得不错，两家消除前嫌，修好为友。我遂和这位郑君重返江南，再想把李小姐好好安置，却不料忽然害起重病来了，这岂是意中所不料的呢。"

怪侠说到这里，已把他到徐州芒砀山去的事约略表过，修真也就将玉娇如何夜间被劫、如何患病、如何请医诊治的经过，原原本本地讲给老人家听。怪侠叹道："李小姐为何如此命运恶劣，真所谓红颜薄命了！我因可怜伊而救伊从魔窟中出来，不料在这深山古庵里，也会遭人觊觎。象有齿以焚其身，女有色反增其厄，使我不胜感慨。伊的衷心本来悲伤憔悴，而又逢到这种恐怖惊惶，茕茕弱质，自然支持不住而病了。大概修真师请的那位倪医生，医道也未必高明，否则为什么吃了他的药不见好转呢？"

修真点点头道："倪医生的医术以前似乎很好的，但这一次请他看李小姐的病，却是始终没有见效，也许他的医道不甚高明吧？但我在这里也是和人家生疏得很的，到哪里再请有本事的良医呢？瞧李小姐这两天的病确乎是很危殆的，伊自己也很知道，所以朝夕盼望你老人家回来。"

修真说到这里，怪侠愀然说道："这真是棘手的事，叫我去对付几个强盗恶霸，倒是很容易解决的，若要我想法去救治李小姐的病，这却使我束手无策了！"

郑一冲在旁听着他们的话，忍不住说道："在南京地方，小子却有一个良医认识。此人姓徐名怀仁，精通医术，有和缓扁鹊之能。前四年小子跟随一个朋友到江南来游玩，在南京住了一个多月，居停主人姓姜，他有一位夫人，年少貌美，夫妇间琴瑟和谐，爱好弥深。忽然有一天，姓姜的夫人突然患病，一日之间昏厥数次，到晚上死过去了，但自伊的两股以至于阴，却犹微温。姓姜的请了十多位名医来诊视他夫人的病，但是人人束手，个个咋舌，聚讼纷纭，色骇汗流，没有一人能够说得出姓姜的夫人的病源，都是摇着头，敬谢不敏，先后退去。姓姜的家人也以为无救了，要紧准备后事，可是姓姜的伉俪情深，还想有什么临邛道士鸿都客，可能代他设法唤回芳魂，所以不敢惊动夫人，却去请了一班羽士在大厅上请神念咒，驱邪扫魔，胡乱做一回，也许他夫人着了邪，禳解一下，可有生机。其时恰巧有一位大夫自己走了进来，要见姓姜的，那大夫就是我所说的徐怀仁了。相见后，他对姓姜的说，他闻人言，姜夫人犯的昏厥不醒之疾，他人无法医治，传遍了南京城，他也素擅青囊之术，所以亲自登门，效毛遂自荐，自信能有把握可以医治夫人之病，颇愿一试。旁人闻言，都嗤之以鼻道：'有本领的名医尚且不能医治，哪里走来的白化郎中，大言欺人，明明是想骗钱。'但姓姜的却说横竖人总是要死了，试试也有何妨。遂把徐怀仁引导上楼，到他夫人的室中去诊视。其时姜夫人陈尸在床，徐怀仁走到伊身前细细察视，又用手在姜夫人腹上以及两股以下按了数按，回头对姓姜的说道：'夫人病的是血气不时交错而不得泄，暴发于外，则为中害，精神不能上邪气，邪气蓄积而不得泄，是以阳缓而阴急，故暴厥而死，此病阳脉下遂阴脉上争，会气闭而不通，阴上而阳内行，下内鼓而不起，上外绝而不为，脉乱色废，故形静如死状，其实夫人是没有死呢，鄙人有法可以医治。'姓姜的听了半信半疑，遂请他一试。徐怀仁遂取出针和石来施用针砭之术，以取外三阳五会，隔了些时，果然姜夫人渐渐苏醒。姓姜的大喜，一家人都是亲眼目观的。那时小子也在他家，亲见这位医生施用手术，十分奇异。徐怀仁又开了一张方子而去。过后连吃三服，霍然而愈，其病若失。姓姜的夫妇亲自登门道谢，代他上匾，从此以后徐怀仁的名气渐渐响遍了石头城中。若得他来医治李小姐的病，何难立起沉疴？"

怪侠和修真听了一齐大喜，遂说："天下有这种良医吗？我们怎样把他请来呢？"郑一冲道："待小子自往南京城内走一遭，挽着姓姜的同去邀请，不难得到他的允诺了。"

怪侠道："好，那么就请郑君下山去一趟，诊金不论多少，我都可以遵办。"

修真也道："事不宜迟，这事多多有劳郑君，救人一命，功德无量，胜造七级浮屠呢。"

郑一冲道："义不容辞，我既说了，自当去迎接徐怀仁大夫上山来诊治李小姐的病。好在相隔不远，今天虽不及回转，明天午后大概总可赶来了。"

怪侠对他拱拱手，说声请，于是郑一冲立刻辞别二人下山而去。

修真望着他的背影，啧啧称美道："好一位侠少年！"

怪侠道："我们这班人都是秉着真性情行事，绝没有世人那样的虚伪，所以对于庸夫俗子，薰莸异味，我们也傲然视之，不屑与交，而虬髯黄衫之流，虽然无心邂逅，而大家却愿有意缔交的了。"二人又谈了一刻别的话，修真自去做伊的功课。

怪侠走到玉娇的房里去，见玉娇已睡着，不敢去惊动伊。便至山门外去散步，坐在危崖绝壁之上，仰首瞧着天空，若有所思。坐了良久，方才入庵。这时天色将晚，佛婆端上酒肴，请怪侠吃喝。老人家吃过晚餐，心里挂念着玉娇，所以又走到玉娇房中来，只见修真正立在玉娇榻前，皱着眉轻轻对怪侠说道："李小姐的病状大大不好。"

怪侠吃了一惊，忙问："怎的怎的，莫不是有了变化吗？"

第十四回

妙手回春一方起痃疾
丹心仗义千里送多娇

怪侠惊问之时，早听玉娇在床上喃喃地自言自语道："维馨哥，你在北京怎会知道我病倒在这里而来探望呢？唉，维馨，自从我们分别以后，我受的意外祸变，一言难尽，你也知道吗？"

怪侠遂和修真悄悄地静立在一边，听伊的说话。隔了一歇，玉娇又说道："维馨维馨，你怎么走开去呢？我有一肚皮的言语要和你讲，但是我口里很干，舌敝唇焦，实在讲不出话来，你总该知道我的心的。倘然我的病会好时，我情愿跟你上北方去，因在这里魔影重重，使我心怯，再也没有一个亲近的人了。维馨维馨，你怎么走啦？不要听我的话吗？难道北地胭脂，别有所恋吗？唉，痴心女子负心汉，我自恨没有眼睛，空识你这个人了。"说罢，呜呜咽咽地哭泣起来。一会儿又道："维馨哥，你真的做了官，不要瞒我，我虽没有像王宝钏般苦守寒窑，但是你已飞黄腾达，平步青云，古人说贫贱之交不可忘，糟糠之妻不下堂，我虽然未和你正式订婚，但前盟未忘，言犹在耳，此心已属于你，倘然你是个言顾行、行顾言的君子，当然不会忘记我的啊。"说到这里，忽又喃喃地好似哀求一般地说道："叔父，请你饶了我吧，你总要看在我父亲的面上，把我释放回去，我决不记念旧恶，难道你忍心将你的侄女送入虎口吗？"忽又哭起来道："啊呀，他们都去了，把我独自禁闭在此，我怎能够脱离此陷阱呢？"说罢呜呜咽咽地哭泣不已。

怪侠听得分明，指着帐内的玉娇对修真说道："你听李小姐虽是哝语狂话，但伊所说的维馨，当然有这个人的。但不知和伊是亲戚呢，还是朋友？听伊的语气，二人已很有情愫的了。那个人现在北方，也许就在京都，伊心里正常常盼望着。然而我前番曾向伊问过他处有无亲戚可以托足，伊却守口如瓶，不曾说出那个人来，只说孑然一身，亲朋寥落，所以我送伊寄居到宝刹中来的。大概伊腼腆不肯启齿吧。待伊痊愈之后，我倒要向伊问个究竟，倘有其人，我当送伊前去，玉成其事，也使盈盈弱质终事君子，世上多一重姻缘，我也可多喝几杯喜酒呢。"

修真皱了眉头说道："这事且待以后再说，眼前我们瞧伊的病情十分沉重，若非寒热高升，伊怎会迷惘瞀乱，胡说八道呢？但不知郑一冲去请的徐怀仁医生明日能否赶到这里来诊治李小姐的病？又不知那位医生能否有回天妙术，着手成春？使李小姐吃了他药，可以转危为安，霍然而愈，这很使人杞忧的。"

怪侠摸着胡须说道："你的话也不错，李小姐的病果然危急万分，令人殷忧，然而我们不谙岐黄之术，徒忧无益，且待明日郑一冲请了徐怀仁来再说。我们方才听他所说的话，足见那位医生非寻常可比。李小姐的病虽是严重，得他前来，未尝没有起死回生的希望呢！"一边说一边又去掀起帐子，看看玉娇，两颊发赤，呼吸十分急促，双目似闭似张，已处于昏迷状态。明日若不得徐怀仁来诊治，真是气息奄奄，不绝如缕，要归离恨天了。

修真瞧着只是摇头，伊的心里以为倪医生医道也很高明，然而吃了药如水沃石，毫无转机。也许玉娇的病本是棘手，非医之罪，即使郑一冲能将徐怀仁请来，这希望也是微乎其微的。

二人不敢去惊动玉娇，悄然退出，吩咐佛婆仍在玉娇房中好好伺候，不可疏忽。一夜过后，次日怪侠起身后，赶紧跑到玉娇房中去观看动静。幸尚没有剧烈的变化，早晨人也清醒了一些，喝了两口粥汤，但是没有力气讲话。怪侠又安慰伊数语。早饭后跑到庵口盼望郑一冲早早回山，不知他能否把徐怀仁请到，尚是一个问题。心中好如缀着一块大石，没有安放下，忐忑不宁。寒风落叶，簌簌有声，悄然守候了多时，不见郑一冲回来，只有二三樵夫在山中伐木，隐隐地传来丁丁之声，他老人家心里好不焦躁。

回身走进庵中，修真已请他吃午饭了，午餐后他仍至庵门口去盼望。隔了一刻，方见下面山径上有一肩山轿抬上山来。暗想一定是徐怀仁来了，忙跑过去迎候。果见郑一冲大踏步走在山轿前面，山轿中坐着一个年可五旬的老者，头戴大红风帽，身披紫酱色的皮袍子，外罩黑缎狐皮背心，道貌岸然，短髭齐整，面皮白净，真像一位有德之士。

郑一冲见了怪侠，便说："老丈，我把徐先生请来了。李小姐的病有何变化？"

怪侠道："很好，有劳你了。李小姐尚无变化。"

抬山轿的见有人讲话，也就停住脚步。郑一冲代怪侠和徐怀仁介绍，因为怪侠不愿将真姓名示人，郑一冲只说他是风尘大侠。徐怀仁慌忙要出轿招呼，怪侠连忙止住他，说道："老先生休要多礼，久慕大名，今日幸蒙惠临诊疾，已使人非常感佩了。"

徐怀仁在轿子里不便多说话，只说岂敢岂敢，彼此彼此。怪侠说一声请，他便和郑一冲并肩而行，山轿跟着他们上山来，到白云庵前，山轿歇下，郑一冲上前扶徐怀仁出轿，付去轿资，和怪侠引导徐怀仁入内。修真早在大殿之前等候，见了徐怀仁，合十行礼，一同请徐怀仁到客室中憩坐，佛婆献上香茗。

怪侠遂向徐怀仁开口说道："昨闻郑君谈起徐老先生的医术高明，不啻扁鹊重生，此间有一个姓李的女子现患重病，命在旦夕，老朽等束手无策，故托郑君特地踵门拜请老先生来诊治，一救这位弱女子，谅老先生深感同情的，郑君想已代述一切了。"

徐怀仁点点头道："郑君已对鄙人讲过了，少间待鄙人看了病情再说。可是鄙人的医道也是拙劣得很，荷蒙宠奖，愧不敢当。"

郑一冲在旁插口道："徐老先生诊务是很忙的，经我央求后，深感老先生允许上山一行，这真不是容易的事，足见徐老先生的垂爱小子和关心病者。"

徐怀仁带笑说道："医家本有割股之心，希望多医好一个病人，便是多尽自己的天职。古人有己饥己溺之怀，医家自当有己病之心。所以鄙人一天到晚代人家诊疾，尚恨寸晷易逝，日不暇给，至于诊金却是一向不计较的，看病家的有无，任凭他们给予。"

修真道："这就是仁者之用心了。"

怪侠等陪着徐怀仁在外边坐谈一会儿，不敢延迟，遂请徐怀仁到玉娇房中去诊治。三人一齐陪着他步入，早闻得玉娇呻吟之声，修真走至床前，把帐子钩起。徐怀仁走近玉娇身边，先向玉娇脸上仔细相视一下，这个时候正值玉娇清醒，知道是请来的大夫，有气无力地叫了一声先生，徐怀仁坐在病榻代伊诊脉，问起病情，玉娇已没有精神回答，修真在一旁把玉娇起病至今的经过细细地讲述一遍。徐怀仁点头称是，他将玉娇两手的脉都把过，又看一看舌苔，他就回过头来对怪侠郑一冲等说道："李小姐的病虽然十分危险，然经鄙人把过伊的脉，并非绝望，也许可以挽回，且待鄙人开一方子给伊，吃了一帖药，倘若病有转机，便不难徐徐治愈的。"

怪侠道："这要赖徐老先生回天之力了。"

徐怀仁立起身来对玉娇说道："李小姐，你的病可以医好的，但望你一切忧虑都要尽除，心中常常转快乐的念头，将来病好了，后福无穷。忧能伤人，千万要不得的。"

玉娇向徐怀仁看了一眼，口里迸出一声"多谢"。于是怪侠等又陪徐怀仁退至外边坐定，修真唤佛婆端上笔砚来，徐怀仁拈着笔杆，仰着头，摸着髭，静静地想了一刻，然后落笔开方。写好后，将方纸交给他们，又说道："李小姐服了这一帖药，十有八九可以使沉疴起色。伊的病本来是很轻的，受些风寒，但因伊受了惊恐后，心中又闷闷不乐，以致缠绵难愈。凡是疟疾变伤寒，这病很棘手的。前一位医生把伊看作湿温便不对了，现在鄙人用犀角羚羊角，外加石膏，这帖药的分量很重，李小姐的病非如此不能挽回，所谓若药弗瞑眩，厥疾不瘳，但须至上等药铺赎药，村庄里的小药铺一则没有贵重的药，二则赝品劣货把来充替，贻患不浅，所以要郑重其事，鄙人不得不奉告诸位，这药只可服一帖，鄙人若然回去，明日恐不及赶到，只得在山上歇宿一宵了。"

怪侠和修真都说道："徐老先生能够如此，这是最好的事了。"

于是怪侠自去山下赎药，郑一冲陪着徐怀仁到山顶上去游玩，以解寂寞。徐怀仁年纪虽大，腰却尚健，在栖霞山上徘徊多时，直至红日西坠，山色渐暝，方才回庵。而怪侠亦已赎药回来，虽在冬令，而因怪侠急于赶路，跑得他额汗如珠，将药交于修真。修真因为这帖药关系甚重，玉娇的病转机与否，全在今晚服药后如何，所以伊并不假手他人，而自己去炉旁煎药。

怪侠和郑一冲陪着徐怀仁用过晚餐，在灯下闲谈。因为徐怀仁精于医道，向他询问医理。徐怀仁对于易经很研究，滔滔不绝地大谈周易玄理。修真等到药煎好后自己倾倒在碗中，双手捧着，送到玉娇房中来。玉娇正在心口烦闷头脑昏沉的当儿，修真唤着伊的芳名道："玉娇小姐，你吃了这次的药，可以转轻了。这位徐怀仁医生是南京的名医，医道高明，救活过无数病人，还是怪侠的朋友姓郑的特地去请到这里来代小姐诊治的。你服了药后，可以安心静睡，明天稳可轻松。"

玉娇听着，点点头道："感谢师父等热心援救，永永不忘。"

修真代伊托着药碗，凑到玉娇嘴唇边，让伊慢慢地一口一口地服下，看伊吃过药后，又代伊盖紧棉被，下了帐门，悄悄地退出，自去做伊的功课。玉娇在夜间仍由佛婆当心地伺候，这天夜里玉娇服下药沉沉地睡去，十分安静。佛婆听听没什么声音，鼻息微微，不再呓语，知道这药是对路的。一至明晨连忙起身走到玉娇床前，揭开帐子，见伊睡得甚是酣适，不敢去惊动，掩上门，走到外面。修真便问李小姐夜来如何，佛婆回答说，夜间很是安静，比较前两晚大佳，早晨还安睡着，修真听了，心头宽松不少。怪侠等也惦念着玉娇，探问得经过情状很好，都觉快慰。

早餐后，修真先至玉娇房中探视，怪侠和郑一冲随后也就伴着徐怀仁进来复诊。玉娇睁眼见了他们，便向他们致谢，且说服了徐先生的药，昨夜睡得很是安宁，今晨胸口也不再觉烦闷，人也清醒不少哩。徐怀仁又代伊诊过脉，问了数语，回至外边，带着笑颜，对怪侠等说道："今日鄙人把李小姐的脉，的确比昨天好了不少，寒热也减轻，从此可以转轻，没有生命之虞了。"

怪侠拱手谢道:"足见徐老先生医术渊深,药到病除,良相良医,功德皆在生民的。"

于是徐怀仁又开了一张药方,交给怪侠道:"这张药方可以连服两帖,绝无意外。鄙人今日暂且还去,到后天上午再来诊治。李小姐的病不难早占勿药之喜了。"

怪侠知道徐怀仁要回家,便道:"多谢徐老先生的功德无量,费去许多宝贵的光阴,现在仍请郑君谨送徐老先生回宁,后日再当来接。"

郑一冲道:"且请徐老先生稍待,我仍去雇一肩山轿来代步。"于是郑一冲先出庵去,怪侠又和徐怀仁随意谈谈。一会儿郑一冲已雇得山轿到来,请徐怀仁坐。于是怪侠修真恭恭敬敬地送至庵门口。怪侠又说了一声"诸劳清神,缓日总谢"。郑一冲遂送徐怀仁下山去,当晚他又赶回栖霞山。

玉娇一连服了两剂药,寒热已退,唯身体软弱,精神未复,恹恹在床。到了那天,徐怀仁又来诊视,见玉娇的病只剩二三分了,又开了一张药方交给怪侠,说此方可连服三天,以后只要食补,不必进药了。但饮食之间务宜格外留心,千万不可过饱。于是他又要别去。怪侠便从他行囊中取出五十两银子谢他,但徐怀仁已知悉玉娇的身世,一定不肯接受,却说这是应尽之事,何必取诸他人。怪侠见他真心不肯拿钱,也就不再勉强,自和郑一冲送下栖霞山,致谢而别。郑一冲又送至南京城,方才回山。

玉娇的病一天一天地好转,旬日之后,其病若失,已能下床。怪侠见了十分喜悦,修真心头的一块大石方才搬去。玉娇病中幸亏修真怪侠等护持,化险为夷,不啻重生,所以伊心里更是感激,常向二人道谢,并谢郑一冲代延良医之德。怪侠本想和郑一冲出游,现因他曾闻玉娇病中呓语,要想向玉娇问个明白,如此其确实的,那么自然必要把玉娇送至北京,交给那人,使他们成全姻缘,不负救人救彻之道,所以一天下午,他同修真步入玉娇房中,向玉娇探问此事。

玉娇虽然不胜腼腆,自知不能隐瞒,不如直言奉告,也许可以借老人之力,好使自己到京师去和维馨重逢,谅维馨多情多义,必能可怜伊的身世，不忘前盟，同订丝萝，那么自己终身有托，不致飘零江湖了。伊心里这样一想，遂将伊自己怎样和万维馨相识订交的经过，以及维馨北上的事，约略奉告。红晕两颊，不胜娇羞。怪侠听了，捻须笑道："这真是金玉良缘，既有这么一个去处，待老夫索性护送玉娇小姐到北京去和那万公子相见。万公子必能怜惜玉娇小姐所遭受的厄运，也好使有情人早成眷属。"

修真点头道："如此很好，现在请玉娇小姐暂且在此养息身体，待精神完全恢复后再行动身。"玉娇心里真是感激无涯，又向二人道谢。

郑一冲听怪侠要护送玉娇赴京，他就想告辞，早回阳城。怪侠道："郑君既然出外，作汗漫游，故乡多事，何必急急归去？不如和老朽一同至京，待老朽把玉娇小姐交与万公子后，我们俩可以北出居庸，一览长城之胜，再往大同观云冈石佛。"

郑一冲听怪侠这般说，便道："老丈既如此说，小子便追随老丈之后，同作壮游，待到云冈之游完毕，小子还要请老丈光临敝邑多聚些时日。"

怪侠道："也好，我本是到处为家的，顺便可以一游王屋山哩。"

一冲大喜，遂定心住在山上，等候玉娇病体恢复。日间无事只是在庵后空地上练习武功，请怪侠指点。有时修真高兴，也一同参加，二人都赞美郑一冲的剑术精明。

约莫了半个月，玉娇病已痊愈，精神也好得多了，正好进补，修真特地把阿胶煎了给玉娇吃。怪侠在庵中等得已是长久，今见玉娇病好，便要准备送玉娇北上。因北京天气很冷，玉娇尚缺寒衣，要想设法代玉娇添置，玉娇因言家中棉衣皮衣都有，可惜自己不能回去一取，又不知陆婶婶可仍在伊家里。

怪侠道："玉娇小姐既是家中有衣服的，不如待老夫再往苏州去走一遭，暗暗取来，给玉娇小姐御寒，岂非比较制新的好吗？况玉娇小姐也许很欲一知家中情形，老夫去看了便可知晓。"

玉娇道："深感恩公厚爱，但不知此去有无危险，务请恩公谨慎行事。"

怪侠笑道："请你放心好了，区区苏州城，老夫视若无物，绝无危险。"

于是次日怪侠悄然赴苏州。三天果然带了玉娇的寒衣回山，且说他去的时候是在夜半，只见一个中年妇人，大约就是陆婶婶了。将一大包衣服交与玉娇，玉娇拜谢。又隔一天，怪侠遂和一冲保护着玉娇，辞别修真，下了栖霞山动身北上，临别时，玉娇对于修真很觉依依不舍呢。

第十五回

一马疾驰劫来魔影
双雄酣斗忽失芳踪

　　玉娇随着怪侠郑一冲北上，渡过了长江，怪侠因为玉娇盈盈弱质，不耐跋涉之劳，所以雇了一辆骡车载送玉娇，他们两人却和骡夫坐在一起。昼行夜宿，急急赶路。这一天将至沧州官道上，忽然迎面有一骑疾驰而至，马上驮着一个少年，头戴一顶高耸耸的皮帽子，身披黑色大氅，面上有一堆很大的蓝痣，扬着马鞭正在赶路。骡夫见对面的马奔得很急，便将骡子的缰绳重重地向左一拉，骡车偏在道旁，让那马疾行而过。马后尘土飞扬，扑了怪侠和郑一冲一身，两人徐徐拂去衣上的灰沙。骡车夫口里咕着道："那厮不是赶路，是在赶命，我若不早让时，不要被撞吗？"郑一冲和怪侠心里各自转念，口里却不说话。骡车仍一颠一摆地向前进行。

　　玉娇起初坐不惯这种车子的，坐了一天，全身骨节都疲乏不堪，而且头上时时要撞痛，因为道途崎岖不平，车轮又笨重，骡子又时时要跳，车子便如摇篮般颠簸不停，坐在车中，很不舒服。伊是江南的女儿身，惯乘舟而不惯乘车的，所以格外辛劳。但这几天却已稍稍惯了。不过时值冬令，北地苦寒，木叶尽脱，朔风砭骨，一路并无风景足以流连。每日坐在骡车里打瞌睡，希望早一天到得北京，便可与万维馨握手重晤，以偿相思了。路上好在有这两位侠士保护，还怕什么？别人都说山东道上响马甚多，故伊在进境时惴惴生恐，然而一路平安，没有闹过岔儿，现在已过了山东而至沧州，和北京一天近一天，心中的忧虑十分中已去了七分，谁知偏在这个时候，忽然又有惊风骇浪来了呢？

因为那头坐骑跑了过去，有一箭之遥，忽又马蹄嘚嘚跑了回来。此时玉娇的骡车已在他的前面，骡车夫不知怎样让法，只得赶着骡子，向前紧跑。但那少年跑回来的时候，没有过去时快了，马至车旁，弯倒身躯，从车帘里向车中张望了两下。玉娇瞧见了他可怕的蓝痣的脸，想起了栖霞山上夜间遇劫的情事，芳心不由扑通扑通地跳起来，连忙别转脸去。同时怪侠和郑一冲也注意到此人了。而那少年的马到了骡车旁边，忽又慢起来，忽而在前，忽而在后，和骡车参差而行。骡车夫心里也觉有些尴尬，别转脸去瞧瞧怪侠和郑一冲怎么样，但见怪侠抽着旱烟，态度很是闲暇，郑一冲也是遥望天空浮云，若无其事。骡车人也不敢说什么，只顾赶路。

这时夕阳尚挂林梢，天色未暝，尚可赶上宿头，却见前面树林旁有一带黄墙露出，骡车走过时，乃是一个寺院。怪侠在车上忽然吩咐骡车夫道："你可把车子停在寺前，我们今晚要借宿在这寺里了。"

骡车夫听了这话，很奇讶似的说道："前面不远已是嘉禾集了，那边有宽大的旅店，何不尽晚赶到那里歇息呢？"

怪侠道："你听我的话便是，我的意思要向这禅院借宿，明天再赶路吧。"

骡车夫虽然不敢违拗，口里却咕着道："不借旅店歇足，反向和尚寺里去求宿，我真不懂这是什么意思。须知和尚寺里只吃素斋，没有大块肉、大碗酒的啊。"

怪侠听了，和郑一冲暗暗好笑。郑一冲早揣知怪侠之意，也就没有说什么。

一会儿骡车停在寺前，二人见那寺门也很高在，上面有"隆庆寺"三个斗大的金字，寺门正开着，寺门两边巍峻地塑着四大金刚，袒腹露胸的弥陀佛，含笑迎人。怪侠和郑一冲早先跳下车来，骡车夫也下车去开车门。当玉娇举起纤趾走下车时，那少年的坐骑也在身后徘徊不进。直瞧到怪侠扶着玉娇走进寺门后，他方才笑了一笑，勒转马头，飞驰而去。

怪侠郑一冲陪着玉娇走进隆庆寺，寂寂无人。怪侠当先咳了两声，便有一个香司务从旁边月亮洞门里走出来，问道："施主们可是来此烧香的吗？"

怪侠摇摇头道："不是的，我们是过路客人，想向贵寺借宿一宵，明天赶路。如蒙允许，当多多奉上香金。"

香司务把头摇摇，冷笑一声道："对不起，这里是个僧寺，你们赶路的理当投宿客店，或是人家，万万没有向出家人地方来借宿之理。"

怪侠道："我们不及赶到前面的宿头，所以如此。请你们当作香客看待，香客不是可以在和尚寺中下榻的吗？像你们这样很大的禅寺，区区三四个人必能容留的，请你去通报一声方丈吧。"

香司务道："不用通报的，我们这里素不招接客人住宿，请你们另想法儿为妙。"

他们正在争执之时，佛殿里早走出一个和尚来，又胖又大，身披黄色棉布衲，口念一声阿弥陀佛，问香司务道："你们吵闹些什么？"

香司务指着怪侠说道："他们是过路的客人，要向我们寺中借宿，我回答说寺中向不接客的，他们不信……"

香司务的话没有说完时，那和尚早嚷起来道："要投宿的尽可到前面嘉禾集旅店里去，这里恕不招……"

那和尚刚才说到"招"字，一眼瞧见了玉娇，遂又眯花了双眼，向怪侠问道："老人家你们往哪儿去的，天色尚早，怎么不多赶些路？"

怪侠道："我们一共三人，还有一个骡车夫，是从江南上北京去的。"又指着玉娇说道："我们本来想要多赶些路，无奈这位李小姐长途跋涉，不胜疲劳，今日有些不适，所以拟向宝刹告宿一宵。与人方便，即是自己方便，请师父答应了吧。"

玉娇在旁听着，不明白老人家为什么这样说法，自己低倒了头，默默无语。那和尚跟着怪侠的手，又向玉娇紧看一眼，说道："这位李小姐是老人家的什么人？"

怪侠答道："伊是我的义女，此番我们送伊上北京去住。"

和尚点点头道："既是李小姐有些不适，我们就破例收留一次客了。"

于是和尚便引怪侠等三人向里走去，穿过佛殿，来到一间耳房里坐下。和尚便对怪侠说道："这里是一切简慢的，天气很冷，少停贫僧吩咐香司务来炕下生火便了。晚上也只有素斋吃，恕不能备酒肉。"

怪侠道："我们只要有地方睡眠，饮食也可将就。多谢师父费心。"

和尚又指着玉娇说道："这位小姐想不便和你们二位同宿，里面尚有一间女客住的小房，不如待我引导李小姐去歇息也好。"

玉娇听了这话，伊怎肯离开了泰山长城之靠而独自至别处去睡呢，正要说话，怪侠早又说道："李小姐和我们是自己人，并不回避，况且伊是胆怯的人，还是住在一起的好。"和尚笑了一笑，退出去了。

怪侠坐在椅子里，闭着双目，却不开口讲话。玉娇坐在一边，郑一冲在室中踱踱走着。不多时香司务进来代他们在炕下生火，又掌上灯来，室中始觉渐有暖意。接着晚餐也送上来了，一共四个菜，都是素肴，豆腐青菜线粉辣椒之类，还有一大锅饭。北方人多吃面食，这饭大约特地煮给他们吃的。怪侠对着四样菜，逐一细细审视，又去唤进骡夫，叫他先盛了一碗饭吃，且把桌上的素菜一一尝食。骡车夫见有饭吃，好不欢喜，立刻盛了一大碗，狼吞虎咽地吃下，每样菜又都尝过。怪侠见他没有动静，遂叫他站在一边伺候，他和郑一冲玉娇方才一同坐上去用晚餐。

餐毕，怪侠唤骡车夫把剩余的吃饱了肚皮，又吩咐骡车夫把行李拿进来，骡车夫遂去把他们的行李送至室中。怪侠又对他说道："今夜早早在外边廊下安睡，休要多管闲事，如有什么声音，闭目休看。"骡车夫唯唯遵命，退至外边去了。

玉娇在旁听怪侠这般吩咐，心中又觉惴惴不安。本来怪侠故意向寺院借宿，十分蹊跷，再听他之言，明知夜间必有变故要发生了。怪侠见玉娇面上露出惊惶之色，遂用话安慰伊道："李小姐，你不用害怕。这是老夫小心谨防之故，也许不会有什么变动的。老实告诉了你吧，方才我们在途中遇到的那个骑马少年，必然是绿林大盗。他这种行径，逃不过老夫之眼，大约也逃不过郑君双目。"

郑一冲听了笑笑。怪侠又道："起先那厮回马过来，侦察我们车厢中行李沉重不沉重，后来见了李小姐，说不定又垂涎了李小姐的美色，所以追随不去。老夫暗想山东道上安然过去，此处却难免有一场厮杀了，免得到前面旅店里去惊动大众，使老夫杀得不爽快，所以一见道旁有这禅院，遂故意借宿于此，预备他们来下手的，但同时疑心这禅院也不是个好地方，那和尚的面上也是一团邪气，故当他们送晚餐前来的时候，先叫骡车夫试食。江湖上往往有蒙汗药掺在酒食里面，迷倒行客的，不可不防。后经骡车夫食后无恙，我们遂放心吃了。你们也要笑我多疑吗？"

玉娇点点头道："这是恩公精明之处，临事而惧，好谋而成，昔人之言，不我欺也。"

郑一冲也说道："李小姐，请你放心吧，万事有他老人家在，还怕什么？"

怪侠道："古语说得好，孤掌难鸣，这也要郑君相助的。"

郑一冲道："鼠辈若来，会当跟随老英雄之后，加以重创。"

玉娇听了他们的话，伊相信怪侠足挡群獠，况又有郑一冲为助，何惧之有。于是伊又向二人道谢。怪侠叫玉娇上炕去睡，自己吹灭了桌上的灯，从行李中取出宝刀弹丸，又挂上弹囊。郑一冲也把他的龙泉宝剑取出，挂在腰里。大家脱下长衣，静坐着守候。这天恰巧是十六夜，庭中月色如水，百步见人。听听四面人声静寂，只有风声飕飕，玉娇虽然和衣睡在炕上，哪里能够安然入梦？静待有什么强徒到临。

二更过后，忽听寺门前有人喊马嘶，似乎有一队人马杀至，跟着打动寺门的声响。怪侠对郑一冲带笑说道："我以为他们必然暗里来的，谁知他们这般惊天动地，小题大做，更可知侪辈中无能人了。请你在此保护着李小姐，待老夫出去独自驱散他们，免得他们进来惊动佛地了。"

郑一冲点头道："这样也好，但请老丈小心。"

怪侠遂握着宝刀，背上弹弓，开了房门，纵身一跃，早已不见。

此时玉娇也已起坐炕上，芳心默祝怪侠歼盗归来。郑一冲手按剑柄，在室中踱来踱去，听着寺门外金铁相击之声，十分厉害。不免心里挂念着怪侠，很想出去看看形势，却因自己有保护玉娇之责，未便轻离。正在这时候，寺门戛然而开，有十数健者，明火执仗，杀奔里面而来。玉娇早又吓得面如土色。郑一冲道："李小姐不要害怕，你躲在室中，休要声张，待我出去击退他们。"说着话，便从腰边掣出宝剑，青光闪耀，拽开房门出去，又将房门拉上。跳至庭中，大喝一声："鼠辈安敢无礼！"舞开宝剑杀入人群。

玉娇在窗缝中向外张望，只见郑一冲剑光霍霍，左右横扫，已有数人倒在血泊中，有一个大汉舞着斗大的两个铜锤，正和郑一冲酣战着。一会儿郑一冲一剑刺去，大汉肩头已受了伤，退出寺门去，盗党跟着倒退。玉娇看着，芳心暗喜。郑一冲退出寺去，月光下见官道西边远远地有一大群人围在一起厮杀。那个舞双锤的大汉率领败残之众，早已逃向西边去了。郑一冲挺起宝剑，杀到那边人群中去，方见怪侠手舞宝刀，和三个人战在一起，中间一人就是那个面有蓝痣的少年，手中使开两柄竹叶刀，十分矫捷而勇猛，还有两人，一个是头陀，一个是虬髯者，武艺也甚了得。郑一冲遂吆喝一声，上前去助怪侠。

怪侠见郑一冲杀至，精神倍增。一刀劈去，正中那头陀的手腕，削去了他半只手，头陀喊声"啊呀"，手中的齐眉棍已跌落地上，踉跄逃去。郑一冲接住虬髯者厮杀。怪侠一柄刀如蛟龙腾舞，紧紧逼住那个蓝痣的少年。此时他们已知遇到了能人，目的不能达到，心里都有些惊慌。少年的刀法渐渐散乱，回顾虬髯者，说一声"风紧啦，咱们走吧"。向怪侠虚晃一刀，跳出圈子，回身便走。虬髯者跟着也将他手中大斧猛力扫开郑一冲的宝剑，一齐败退下去。怪侠也不追赶，取出弹弓，装上弹丸，嗖嗖一连发了数弹，虬髯者和那蓝痣少年都中弹而逃。

郑一冲捕得一个盗党，和怪侠走回寺去。关上了寺门，要想把那盗党询问一过，然后再行释放，不料二人回至室前，推门进去时，郑一冲不由喊了一声啊哟，怪侠也大大惊异走来，因为室中空空如也，玉娇的芳踪杳然不见。

怪侠遂问郑一冲道："你出来的时候，李小姐可在室中，怎么此刻忽然不见？"

郑一冲道："当老丈出去厮杀的时候，我在此间还用话安慰李小姐，叫伊不要害怕。后来盗党忽然杀进寺来，要想劫人，我恐吓坏了李小姐，所以挺身应敌，驱走盗党，出寺见老丈被围，遂来助战。计算经过时间还不甚长，李小姐到了哪里去呢？伊绝不会自己走开的啊！难道盗党别有人来暗中把伊劫去吗？"

怪侠手摇摇道："非也，盗党这样狼狈遁逃，绝没有余力再来把玉娇小姐劫去的。大概玉娇小姐的失踪必是这里寺中人所为，前门拒虎，后门进狼，造就了他们的机会。试想我们这样的酣战，寺中人为什么一个也不见，他们又不是聋子，怎会一些儿不知情呢？况且方才遇见的和尚，我早已有些疑心了，所以我去迎战时，请你保护李小姐的。"

郑一冲听怪侠这样说，脸上更露出歉疚的样子，顿足说道："这都是小子的鲁莽灭裂，贪赶了敌人，而被奸人所算。李小姐倘有三长两短，叫我如何对得起人呢？"说了这话，把手重重地搔着头发，异常悔恨。

怪侠叹道："这也不能全怪你的，我们思虑尚有未周，不曾先把这寺的内容仔细查察一下，也因我为着夜间难免有一场恶战，省得打草惊蛇，现在却反丢了玉娇小姐。假若玉娇小姐尚在寺中，还有希望，倘然劫至别地方去时，那就更糟了。"

郑一冲道："那么事不宜迟，待小子和老丈赶紧向寺中细细找寻，务要把李小姐救出才好。"

于是二人把擒来的盗党四马倒攒蹄缚了丢在室内一隅，回身出房去找李玉娇。一波方平，一波又起。

第十六回

破地穴明珠还合浦
得凶音侠士奔阳城

二人刚走至庭心，忽见对面墙壁下有一黑物蠕蠕而动，怪侠连忙一个箭步跳过去，扬起手中宝刀，猛喝一声，只听那黑物喊了"啊哟"两字，怪侠听出他的声音来，仔细一看，不是那人骡车夫还有谁呢？怪侠问道："你这厮为什么鬼鬼祟祟匍匐在这里，可曾见过李小姐？"

骡车夫战战兢兢地说道："吓……吓……死我也，小的方才睡熟在廊下，被打门声惊醒，因为爷吩咐过我夜间如有声音不要多管，所以钻在被窝里，不敢声张。后来有人赶进门来，小的更加惊慌，幸亏郑爷仗剑出来，把他们击退。小的吐了一口气，方要坐起身子，忽又听得后面脚步声，只见方才那个招接我们的胖和尚，手中高持着月牙铲，率领七八个和尚杀将出来。小的不由又是一惊，连忙仍钻在被中，不敢动弹，偷眼向他们张望，听他们说道：'原来飞龙山上的人已被老头儿杀退出去了，别瞧这老头儿年纪老，本领却不错。'胖和尚又对站在他身旁一个握着双刀的和尚说道：'鹬蚌相争，渔翁得利，趁他们在外边厮杀的时候，我们先夺那娇娃进去，好寻我们的快乐。老头儿即使得胜，也无从找寻他的寄女儿了。'他们说罢遂蜂拥入室，便听得李小姐的呼救声，又见那胖头陀一手挟着李小姐在胁下，一手倒提铲，纷纷跑入里面去了。小的十分忧急，知道喊也无用，反恐送去了自己的性命，一会儿又见爷等进来，料知爷等失去了李小姐定要找寻，所以想过来报告消息。但是心惊之余，足不成步，恐防被和尚杀害，所以匍匐而行。现在告诉你二位爷，请你们快快去救李小姐吧。”

怪侠顿足叹道：“前门拒虎，后门进狼，我们只顾杀敌，忘却寺中还有歹人，那贼秃驴一定饶他不得。”

郑一冲也道：“秃驴可杀，我不能保护李小姐，这是我的耻辱，定经把伊救出虎牢才是，那秃驴一定还在里边呢。”

于是他怒发冲冠，仗剑奔入。怪侠丢了那骡车夫，紧跟在后。转了一个弯，见前面院落左侧有个月亮洞小门，正紧闭着。郑一冲将剑力劈两下，门已劈开。有一个和尚跳出来问道：“你是谁？这里不得乱闯。”

郑一冲一剑刺去，正中那和尚的肩头，回身便逃。郑一冲和怪侠跟着他紧追，那和尚好似领路进至一间小屋中，忽然不见。郑一冲道：“咦，这秃驴难道有隐身术，为什么到了这屋子里来便不见他影踪呢？”

屋子里有一盏红灯亮着，怪侠指着正中立着的一个济颠佛像，对郑一冲说道：“这佛像很有些蹊跷，为什么室如悬磬，单这佛像正中立着呢？”

郑一冲点点头，说声是。怪侠走到佛像面前，对着仔仔细细地相视了一下，说道：“有了。”便将济颠举着蒲扇的一手向下一拉，只听佛像背后咪的一声，地板上开了一个门，望下去黑沉沉的有石级堆砌着。怪侠回顾郑一冲道：“这就是地窖了，机关既破，速速进去，搭救玉娇。”

于是二人大胆从那石级上走下去，里面微有亮光，走得十数步，渐渐明朗，别有一个院落，原来在那地方点着一盏很亮的灯，所以光明。这时候院落里足声杂沓，只见那个胖和尚挺着月牙铲，率领六七个和尚杀将出来。

怪侠大喝一声道：“秃驴，你敢暗夺人家的女子，以为无人知晓的吗？快快奉还。”

胖和尚也骂道：“老头儿，谁叫你们送上门来？我不拿你的女儿，山上强盗也要抢了，倒不如做个人情送与我们的好。”

郑一冲听了，大怒挥剑径取胖和尚。胖和尚舞动月牙铲，便和郑一冲在院落里狠斗。众和尚刀枪棍棒一齐上，想把他们围住。那个使双刀的和尚来战怪侠，怪侠冷笑一声道："和尚既动色心，又开杀戒，今日待老夫来送你们至阿鼻地狱去吧。"

使开宝刀，把那和尚的双刀反枭开去，和尚见怪侠厉害，不敢怠慢，使出死力猛扑，战到七八合，怪侠凑着戒刀，顺势往上削去，只听呛啷一声，那和尚右手的戒刀已削作两截刀头落地。和尚吓了一跳，方欲跳出圈子，怪侠一刀已向他头上斫下。和尚将左手的戒刀向上迎拒，怪侠觑准他戒刀口上则一削，又听呛的一声，那柄戒刀也已削作两截。和尚两手都拿着残缺刀，如何再战，回身就逃。怪侠追上两步，飞起一足，把那和尚踢倒在地，一脚踏住。其余的和尚要来救时，被怪侠扬刀一喝，早已吓得倒退不止。怪侠便将那和尚身上的丝绦解下，夺去和尚手中削坏的戒刀，把他手足紧紧缚住。其余的和尚远远地站着看。怪侠奔向他那边去，他们惊得各自乱窜。

怪侠抓住一个和尚，把刀向他脖子上拦了一拦，便道："你快快实说，方才抢来的李小姐藏在何处，如有虚言，仔细你的头颅，立刻便要不在颈上了。"

和尚只得说道："那女子正在里边房中。"

怪侠把他放下道："那么你快领我进去，快走快走。"

和尚被怪侠威胁之下，只得拔步往里便走。怪侠揪住他的衣领，不让他溜掉，跟着走至里面，见东西列着数室，室门都闭着。和尚走至第三室前，向门上凹进的所在往右边一推，又向上一抬，那门便开了。怪侠跟着他走进去，只见这室内陈设很是华丽，悬着两盏玻璃明灯，锦衾绣榻，照眼生辉。李玉娇恰巧背灯而坐，手足都缚住，不能自由。怪侠喊一声玉娇小姐，玉娇回头见了怪侠，说不出的又悲又喜，双泪如线而下，说道："恩公，你来救我的吗？"

怪侠点点头道："正是，请你不要惊惶。"遂过去解开伊的束缚，恢复了伊的自由。

玉娇又向怪侠拜倒。怪侠把伊扶起道："不消多礼，我们保护不周，致累你多受惊恐，且喜转危为安，足慰老人之心。"

玉娇道："恩公和郑君先后出去杀盗，我方额手称庆，未落虎口，

119

谁知寺内忽然跑出一伙贼秃，把我劫至这里，我想命里总该一死的，便把他们痛骂一顿，誓死不屈。那胖和尚用好言好语来哄骗我，我只是不理会，他奈何我不得，正要发怒时，忽有和尚来报告外边有人窥探，那胖和尚便把我禁闭室中，自去抵抗了。现在恩公来至此间，谅必那些贼秃都被你们除去了。郑君又在哪里？"

怪侠道："那些丑类大半都已歼灭，郑君尚在外边和那胖和尚狠斗，我要紧援救你，所以寻至这里。"

正说着话，郑一冲已仗剑奔入，身上溅着不少血迹，对怪侠说道："那胖和尚的武艺果然不错，战了多时，方才把他刺死，但小子的左臂也受着一些微伤，幸亏不要紧的，自己已包扎好了。老丈已救得李小姐吗？可喜可贺。"

怪侠笑道："侥幸无恙，我们也可放了心。"

玉娇又向郑一冲拜谢，郑一冲笑道："我只顾向前，把李小姐抛在后边，遂致险些儿闹出乱子来，我心中正是万分歉意呢。"

怪侠便请李玉娇跟他们出去，且说道："你放心吧，外面的盗匪也被我们杀退了。"于是怪侠和郑一冲带着捉住的和尚，陪了玉娇缓步出去。玉娇见地下东横西倒的都是死尸，又见那胖和尚倒在一边，半颗头颅已削去了，双手掩着面，不忍观看，又是非常害怕。怪侠走过去见那个被擒的和尚依然抛在那里，怪侠对他看了一眼，说道："你睡在这里吧，到时恐怕有人来放你的。"那和尚口里只是哼着，白着两眼向怪侠睨视。怪侠笑了一笑，扶着玉娇走向原路，摸索至石级边，一步步走上去，但是上面的门却已关上了。怪侠便叫同行的和尚快快开门，那和尚便向右首墙壁上摸着一个螺旋形的东西，转了两下，地穴的门又开了，大家走出去。

走至外面，那骡车夫正伏在墙边等候好音，月光下见怪侠已救了玉娇出来，心中也觉欢喜，忙跑过来向老人家扑地跪下道："老祖宗你真是天神也，和尚都杀光了吗？"

怪侠笑道："你不要管，且随我过来。"

于是大家一齐走回室中，残灯犹明，那盗党仍被缚着横在一边。怪侠请玉娇在座上坐下了，自己和郑一冲也坐下，手中兀自握着兵器，刀光剑气，一室森森。

怪侠先问那和尚道："你们的隆庆寺原是一个藏垢纳污的所在，住持和尚是哪个？胖和尚又是谁？寺中可藏有别的妇女，快快实说。"

那和尚只得说道："胖和尚名唤法雄，就是寺中的住持，精通武艺，性爱女色，自从他主持以来，便在寺中建造起这个秘密的地穴，专诱良家妇女入内供他欢娱。后来因为人家吃了亏，怕来烧香，他们就到四处去拐骗抢夺，无恶不作。那个缚的和尚便是法雄的师弟法弘，助纣为虐，和法雄一样地见色起淫，不怕国法，这个寺院都被他们破坏了。我们慑于淫威，也只有听从他们的命令。现在遇到了能人，法雄伏诛，也是他孽由自作，死不足惜，但是其余的大都无辜，请二位爷宽恕，感德无量。"

怪侠点点头道："你说得也不错，你唤何名，寺中可还有妇女吗？"

和尚又道："小僧名虚竹，寺中尚有四个妇女，都是新近从沧州城里骗来的，分别禁闭在室中，其中有一少女，不堪蹂躏，已奄奄欲毙了。"

怪侠叹道："法雄造孽不浅，玷污佛门，一死不足以抵其辜，还有那个法弘也是饶他不得的。你现在凭着天良说，可能忏悔吗？"

虚竹和尚合十道："阿弥陀佛，小僧自知罪戾，倘蒙不杀，从今以后一定悔改，免得堕入泥潭。"

怪侠道："你能如此，这寺中善后的事我可以交给你办，明日你可到官中去自首，让他们来处置一切，你也不致获罪的。我们要紧赶路，没有空闲工夫留在这里做证人，好在这地穴便是大大的证物。还有那些妇女也要好好送她们回家去的。"

怪侠说到这里，又对郑一冲说道："现在请你在此保护着玉娇小姐，待老夫再至地穴里察看一下。"

郑一冲答应道："老丈请便，此刻小子绝不轻离李小姐身侧了。"

怪侠遂又押着虚竹和尚，重至地穴。虚竹开了各处的门，请怪侠检查，果见每室有一妇女，共四人，其中一个正在卧病，虚竹之言是实。

众妇人见了怪侠，方知老人家是来救她们的，各个拜谢。怪侠安慰她们一番，叫她们安心守候官吏到临，自会分送回家，恶僧已诛，可毋畏惧了。当他回出时，经过法弘身边，法弘仍直僵僵地躺着，恐防他还要挣扎，或再有羽党来救，便又在法弘的脚上刺了一刀，好使法弘受创后不能再动，法弘吃了一刀，呻吟不已。

怪侠还至外面，又把那捉来的盗党解开他的束缚，叫他好好站着，把盗窟的情形讲给他们听。那盗党遂说道："俺们是飞龙山上的弟兄，只因二头领邱占魁今日从沧州回来，说他在路上逢见一个美人儿，十分心爱，意欲夺归山上为压寨夫人，所以跟踪查看动静，后来见你们向这里隆庆寺借宿，他遂走马回山，于夜间纠合大头领长髯王老二及三头领豹子头陀，一同来此劫夺。本不用兴师动众的，但知隆庆寺中的和尚亦擅武艺，不是好欺者流，所以挑选山上的精锐，预备争战。哪里知道和尚没有遇见，反被二位爷爷杀得落花流水，大败而去呢。俺是山上小卒，听他们的驱遣无可奈何。倘蒙爷们替上天好生之德，放俺回去，俺也从此洗手不干了。俺家中还有六旬老母、七岁稚子呢。"

怪侠听了哈哈笑道："你既家有老母妻子，别的事都好干，为何要做强盗呢？我也不来杀你，明日释放你去，望你真果去做一个好人，打家劫舍的事终难免蹈国家的刑网，有什么好结果呢？"盗党连忙跪下叩谢。

怪侠又对郑一冲说道："那蓝痣少年当然二头领子，飞龙山盗贼猖獗，老夫本待和你前去把他们诛掉，现因要紧送护李小姐赴京，姑且饶恕他们一遭吧。"

郑一冲道："今晚他们也已受了挫折，凶暴之气或可稍敛呢，我们也不必再去管他们的事了。"

于是大家坐以待旦，扰攘了一番，转瞬已是天明。怪侠因寺中香司务已逃去了，吩咐骡车夫至厨下去寻找些食物，煮了早饭。大家洗面漱口，拂拭一回，用过早餐。怪侠又向虚竹和尚叮咛一番，释放了那个盗党，然后护持着玉娇离了隆庆寺，坐上骡车，重上征途。

但是刚至沧州时，怪侠因为玉娇昨夜在隆庆寺饱受惊恐，一夜未曾合眼，行路辛苦，恐防损及伊病后新愈的玉体，所以进了沧州城，便拣定一家较大的逆旅投宿，以便晚上大家可以安宿一宵，恢复精神。当他们甫入旅店歇足之时，忽然店外面走进一个汉子来，见了郑一冲纳头便拜。怪侠不由奇异，郑一冲也觉得十分突兀，向他定睛细视之后，遂问道："啊呀，你是郑贵，为什么到这里来呢，家中可有什么事？"

郑贵道："大爷，自从你离家后，王屋山中便有一伙绿林好汉前来盘踞，起初和我们尚能相安无事，后来他们的势力越聚越大，甚至和阳城地方之县令武官勾结一起，真是天高皇帝远，无恶不作。我们堡中人不免惴惴自惧。有一日，他们竟向堡中来借粮，要求我们交出三百担麦子、一百头猪羊。我们因大爷在外，乏人主张，二爷便派人去和他们相商，总算交了一百担麦子、五十头猪羊，保得片时的平安。不料狼子野心，贪得无厌，最近他们又派人来要求，竟于麦子猪羊之外，更要我们郑家堡奉献一千两黄金。因盗贼风闻郑家堡堡民富饶者多，而大爷一家尤其著名，所以有心敲诈。二爷和堡中诸人商量以后，仍送了麦子猪羊，而未奉黄金，他们对此不大满意，扬言要来攻打我们的郑家堡，劫掠财帛。二爷闻得消息，极加防备，一面训练壮丁，修筑堡垒，一面差我们几个人分头出来找寻大爷回家，以谋对付。小的在天津北京四处寻找，不见你大爷的影踪，此刻寻至沧州，天佑郑家堡，竟使小的见到了大爷。请大爷火速回乡去，共筹对付之力，堡中有了大爷，堡民无不乐从的。望大爷快快回去一救郑家堡吧。"

郑一冲听了郑贵的报告，不由怒发冲冠，恨恨地说道："哪里来的狂贼，如此撒泼，我必即日回去，保卫桑梓。"遂叫郑贵便在这店外面小房间里住宿。怪侠闻得郑一冲家乡事，料他不能同赴北京了，本来千里送美，完全是自己的责任，不干他人之事的，只得由他回去。

晚餐时，郑一冲食不下咽，他对怪侠说道："故乡发生不测之事，自己恨不得立刻插翼飞回家去，料想那伙强徒必然很难对付，吾弟勇力差逊于小子，设使不幸而被强徒洗劫，小子怎能对得起桑梓呢？"

怪侠见他忧虑，一时也无话安慰，因为自己若没有玉娇在身边，必须送伊赴京时，也许此时就可答应郑一冲同赴阳城，助他一臂之力。现在一事未了，不能够胡乱允许人家。遂说道："令弟必能对付过去，那些盗贼也无多大能耐，明日你就立即上道回乡去，老朽送李小姐至京后，或能来阳城一行拜望足下，那时倘有困难，老朽或能为鲁仲连第二，代你们排难解纷，息事宁人。"

郑一冲道："老丈倘能如此，那是小子的大幸了。"

晚餐后，大家都觉倦疲，各自安寝，唯郑一冲心中有事，辗转反侧，不能安寐。到得次日早晨，郑一冲携着行装，便和怪侠告别，又向玉娇告辞。玉娇也知道他故乡有事，不能同赴北京，不无怅怅，又因自己在栖霞山患病甚重，命在旦夕，幸得他认得徐医生，请来诊疾，才把自己医愈，不愧黄衫儿一流人物，心中非常感谢他钦佩他的，临歧依依，未免有情。郑一冲说声："姑娘珍重玉体，但望一至京师，早能和令戚见面，有个安身之处，大家快慰。"于是他就带着郑贵回阳城去了。

怪侠在郑一冲去后，他独自护送玉娇入京，好在距离北京已日近一日，路上平安无事。这一天早至北京，便在宣武门内一家招商旅馆住下。过了一宵，怪侠便问玉娇的亲戚住在何处，也便前去通信。玉娇只知万维馨在吏部侍郎王国才衙门里任职，便修了一封书信，大略说自己因在吴下适逢不测之祸，幸遇侠士援救，护送来京，亟欲相见一面，共做良谋，一切详情统容面馨云云。粘贴好了交与怪侠，请怪侠带着这信，先至吏部衙去见万维馨。见面后，务恳维馨即至旅馆中一叙。怪侠当然愿做这个青鸟使者，希望有情人早成眷属。怀中揣着书信，叫玉娇坐在旅舍中静候好音，一团高兴地找到吏部衙门。

清时六部尚书都是大臣，他们的衙门前警卫森严，当然不容许人乱闯乱跑。怪侠撮着笑脸，低首下心地向衙门口探询在衙内可有万维馨这人，衙门前的守卒昂着头，板着脸，一声儿也不答，怪侠再问时反而喝骂。早恼怒了怪侠，握着老拳，正要动手去打那守卒，早有一人在后把他拦腰抱住道："打不得，打不得。"怪侠却不由一怔。

第十七回

消愁无术酒店结新知
告语有人帝都访学士

怪侠因守卒出语不逊，恼怒了他，正要伸拳殴打之际，忽被人背后抱住，自不免心中奇异，回头一看，正是他相识的朋友苏元禄。

怪侠这个人特立独行，忽来忽去，一向漂泊天涯，没有个安定的地方，哪里来的朋友呢？原来怪侠前数年在天津时，旅店中生了一场病，等到病好后，不但资斧都已用完，而且欠了许多店饭钱，一时没有钱去偿付。店主人却朝夕向他逼，絮絮叨叨说了不少话。那时的怪侠真是一钱逼死英雄汉，犹如当年病倒天堂州的隋唐英雄秦琼，况又无马可卖，无铜可当，受尽肮脏的气。他勉强提起了精神走到外边街头，心里自己盘算如何去找些不义之财，可以救济自己的穷困。但是走来走去，一时得不到机会。

时已薄暮，他走过两家酒肆，灯火影里，店堂里坐满了不少酒徒，正在那里挥拳痛饮，酒香肉味扑到他的鼻管里来，他的肚子已饿得透了，格外难受。他知道少停回至旅店时，店主必又要向他索取饭房钱，倘然自己没有银子付他的话，耳里又要听到他的怨言，搬上来的又是残肴剩羹、不堪入口的东西了，所以他很想在外边喝几杯酒，吃了饭，回去睡眠。然而囊空如洗，将什么去沽酒呢？他看了多时，馋涎欲滴，再也忍不住了，顾不得什么，举步走进了一家酒店，见店堂里座位大都已满，只有东边靠墙一个雅洁的座头空着。

怪侠就走到边，正要坐下去时，一个酒保走过来对他瞅了一眼，白着眼睛说道：“老头儿，这个座位不是你坐的。”

怪侠不由一怔，回过脸来问道：“此话怎讲？”

酒保道：“这个座位是有老主顾的，不能让你坐。你要喝酒时到外面柜台边去添一张凳子吧。”说完话，忙走到别的座头上去招呼了。

怪侠这几天受尽小人之气，他听了这话，又向自己身上望了一望，以为自己此时的状态不像有钱之人，所以酒保瞧不起他，不给他坐了，心里顿时一气，又见许多人都对他微笑，也似乎有些看不起他，所以他更是忍不住了，便向那酒座上一屁股坐下身，把手拍着桌子道：“酒保快拿些酒来。”

那酒保见怪侠不听他的话，反而坐下要酒，他又走来向怪侠说道：“你这老头儿，怎么老是缠不清的？我早已和你说过，这座位有老主顾的，你要喝酒到别地方去想法儿，怎么你又坐了下去呢？起来起来。”

怪侠大马金刀般坐着不动，双手向怀里一抱，对酒保冷笑道：“你不要谎骗人家，你说有主顾的，这主顾是谁？为什么此时还没有喝酒呢？”

酒保道：“咦，你这话问得好生无礼！自然有人的，否则我们店里的酒客很多，怎么独空着这座头呢？少停这老主顾自会来的。”

怪侠道：“待他来时，我再让开便了。你快些与我烫酒来，要两个小碟子。”

酒保冷笑一声道：“你这老头儿怎样蛮不讲理，对你说了不能坐，你偏要坐吗？我们不卖酒与你，你又怎么样？”

怪侠圆瞪双眼道：“开了酒店不卖酒，岂有此理，不行不行。”

这时候又有两三酒保闻声走至，大家叫怪侠让开，怪侠愈不肯让，遂有一个人跳过来，伸手要拖怪侠，却被怪侠一抬手，那酒保早已咕咚一声跌出十数步，栽倒在地，口里哼个不已。酒保见此情形，嚷道：“你这老头儿竟敢打人吗？”

怪侠道：“谁让先动手要抓人，我只不过给你们吃些小苦头罢了，要打的尽可上来。”

怪侠说得气往上冲，又把拳头击了一下桌子，桌上一个花瓶跳起数尺高，落下地来，怪侠拈两指抢住，把花瓶只一捻，那花瓶已碎作数片，又说道："你们的头颅撞在我的手里时，管叫你那花瓶一样！"

正在僵持之际，一个酒保向店外一指道："好了，苏爷来了，你该让开哩。"

怪侠跟手向外一看，只见有一个三十多岁的男子，头戴皮帽，身穿重裘，紫糖色的面孔，生得胖胖壮壮，右手提着一支旱烟袋，大踏步地走进店堂，正向这座位走来。那扑倒在地上的酒保，举起手来喊道："啊呀，痛死我也，请苏爷代我做个主张。"

男子便问什么事，又有一个酒保早抢上前来，对他请个安，说道："苏爷这酒座不是你常月包定的吗？苏爷天天要来小店喝酒的，所以小店任何生意好的日子，这个座头总是让给苏爷，不敢卖去了。谁料今天来了这个老头儿，苦苦与我们作对，一定要占这个酒座。我们请他别地方去，他老是不肯，反而出言不逊，动手打人，不知他从哪里来，欺负我们，请苏爷代我们出头，决不要饶了他。"

男子听了这话，双目光向怪侠上下一打量，怪侠兀自气愤愤地坐着，今天他预备和人家闹翻，所以苏爷不苏爷也不管了。那男子熟视有顷，便对怪侠拱拱手道："瞧你老人家不是平常之辈，为什么和这些酒保一般见识，你要坐这座头，我让给你也未为不可。"

怪侠本以为来的那个男子像懂些武术的，说不定要帮助酒保和自己作对，他早已预备一显身手了。今闻那人言语和蔼可亲，态度甚佳，他倒板不起脸来，也就立起说道："我是来喝酒的，这店中生意很好，我没得座头，因见这里有个空座，想要坐下。那些酒保狗眼看人低，向我呵斥，一定不肯让我坐。我说待到定座的客人来时，我再可以让。他们不肯依从，反要来抓我，我遂使他跌了一跤。哪个要来欺负我老头儿时，我却不肯轻易退让的。现在这座头既是你定下的，你来了好好儿和我说话，我若不再让你时，也吃人家说我蛮横无理了，你请坐吧。"说毕，将手一拱，想要让到柜台边去。

但那男子听了怪侠的说话，不住地点头，见他果然要让时，却伸手一拉道："老人家请坐，你说得不错，休要和他们一般见识，倘然没有座头，今晚不妨便在我的酒座上同坐片刻，好在我恰巧没有朋友，何必要一个人白占了这酒座，而使他人向隅呢？请坐请坐。"

那男子一定不肯放怪侠走去，再三请怪侠同坐。怪侠见他态度甚是诚恳，他是一个很爽快的人，也就老实不客气地坐了下来。男子又吩咐酒保道："你们快走开去吧，眼睛要生得亮，不要胡乱得罪人家。做生意招待主顾，总要和和气气，免得自取其辱。现在把我的梨花春快些烫一壶上来吧，我要和这位老人家痛喝数杯哩。"

酒保被男子训斥了数语，只得唯唯称是，跌在地下的也爬起身来，一同退去，店里人也顿时宁静各归座。那男子便在怪侠对面坐下，带着笑脸，向怪侠说道："凭着小子的一双眼睛，已知道你老人家绝不是平常老者，乃是一位江湖间的义士，这个我猜得对吗？今日相逢可谓有幸，请老丈以姓名见示，使小子可以镂诸心版。"说着话，哈哈一笑。

这时酒保早已搬上四个碟子，烫来一壶好酒，把两个酒杯分开在怪侠和那男子面前放下，酒香直透入鼻管里来。怪侠笑道："我们萍水相逢，一见如故，承你殷殷垂询，本当以姓名奉告，只因老朽一向荒唐，毫无建树，在此尘海浊世中东飘西泊，略做些行侠仗义之事，不愿世人知道我这个人。所以自誓不将贱名披露，这要请你原谅的，岂不要笑我行为怪僻吗？江湖上都称我怪侠，那么请你称我怪侠二字亦可。"

男子见怪侠不肯说，也就不敢勉强，拿过酒壶先代怪侠斟上一满杯，然后自己斟了，举杯举声请，怪侠谢了一声，他本来渴欲饮酒，现在对了酒，如何不要喝个畅快，立即举杯痛饮。男子又请怪侠点菜，怪侠道："只要有酒喝就够了，老朽生了好多天的病，今天方才好些，不瞒你说，精美的肴馔长久没有吃到口了，所以无论什么菜都是好的，何必再点呢？"

男子道："老丈病过的吗，怪道双颊略瘦一些，但是精神很好。"

怪侠冷笑道："你说我精神好吗，我自己却觉得精神有些颓唐，所以出来走走，路过酒店，忍不住要喝两杯，叵耐那些酒保肉眼无知，藐视老朽，因此老朽也不甘示弱哩。但是不瞒说，阮囊羞涩，一文莫名，今晚只好叨扰你了。"

男子道："四海之内皆兄弟也，老丈远来是客，小子在此是主，该尽东道之谊。"说罢又代怪侠斟满了一杯。

怪侠喜道："你说话爽快，也是个大丈夫，老朽愿意和你结交朋友。但是我虽没有告诉你的姓名，而你的大号却愿乐闻的。"

男子道："小子姓苏，名元禄，就住在崇义街上，离此不远，少停要请老丈过去一坐，不知老丈可肯宠临？"

怪侠道："一定登门奉教。"

说罢又举起杯子，咕嘟嘟地喝个干，酒保又来添上一壶。苏元禄吩咐了几样菜，酒保继续送上。怪侠狂饮大嚼，吃到有些微醉了，店中别的酒客渐多散去，时已不早，怪侠便对苏元禄说道："今晚既醉且饱，感谢得很，我要告辞了。"

苏元禄道："老丈酒量甚宏，再喝三杯如何？"

怪侠道："不能再喝了。"

苏元禄道："那么请老丈即到舍间去小坐吧。"

怪侠点点头，苏元禄遂和怪侠一齐立起身来，酒保送上洗面巾，苏元禄吩咐"今天一切吃喝的都记在我的账上"，说罢，同着怪侠步出酒店。

那些酒保脸上都露出奇异之色，背地里说道："平日苏大爷不肯让人的，谁不知道他的脾气？今晚见了那老头儿，怎么如此低首下心呢？"

苏元禄陪着怪侠走了一段路，过了一座桥，早到了他的家门。走进门去，院落很是宽敞，苏元禄让怪侠到一间客室中坐定，命下人香茗以进。苏元禄方才告诉怪侠说，他以前习得一二拳术，文墨也粗通，曾在北京某贝子府里充当随身侍从，后因贝子去世，他也回归津门。复因老父弃养，所以在家守丧，没有外出，略积得一些钱财，差堪温饱。生平别无嗜好，唯喜杯中物，故向那家酒店包定长期的酒座，借曲蘖以自遣，又爱结交朋友，酷慕朱家郭解之为人。今日相逢怪侠，愿结苔岑之契。怪侠听苏元禄谈吐亢爽，当然也表示同情，又把自己在旅店里潦倒穷途，受尽揶揄的情形告诉他听。

苏元禄道："困难人所常有，那些小人不识英雄，一味逼迫，真是可恶。小子愿竭绵薄，代老丈清偿店饭银。即请老丈到敝舍下榻小住数日，借此休养病躯，也可使小子时聆教益。"

怪侠道："承君慨助，感谢不忘。苏君你真是一个慷慨好客的朋友，可谓燕赵中杰出之士了。"

两人又谈了一刻话，时已三鼓，怪侠方才告别回寓。店中人见他归来得这般晏，也不去睬他。怪侠自往炕上睡眠。次日清晨，怪侠刚才起身，盥洗后尚没有用早餐，店主人又走来了，对他说道："你老人家停顿小店里的房间已有三十多天，只当初收到你三两银子，早已不够，只因你病着，不能向你索，现在你好了，就该想法付还。小店成本短亏，欠不起的。你总是一个没有，叫人家如何办法？今天起，请你在后面廊下搭一榻子，将就睡宿吧，这房间我们要借给别人家。"

怪侠听了大怒，将桌子一拍道："放你妈的屁，我要少欠你们的钱吗？我要钱时三万五万很容易的，此刻一时短少，你们竟如此逼讨，要想我让出这房间吗？我不受这种闲气的，少停我自会付清一切的账，你不用发急，再啰唆时，休怪我拳头不认识人的啊。"说罢，双目圆睁，握拳作势。

店主人只得说道："好，你老人家欠了人家的店饭钱，不准人讨吗？今日还我，别无话说。如再空言搪塞我明日绝不能再宽待，也不怕你有力气，万事总要讲理的啊。"他说完这话，走出去了。

将近午饭时，酒保正在盼望，苏元禄来了。苏元禄既来，和怪侠略谈数语，从身边摸出一包碎银子，约有五十两光景，双手奉与怪侠，说道："这一些我先赠予老丈偿付房金。"

怪侠接过一看，说道："不消这许多。"

苏元禄道："如有多时，请老丈收着用吧。"

怪侠也就不再客气，便喊店主进来，叫他开上账单，怪侠如数付清，又取五两银子赏给店小二，大家过来称谢。店主明知怪侠认识了有钱的朋友，代他来还的，立刻改变笑容，说了许多好听的话，和前数日冷淡的情形又不同了。

苏元禄遂请怪侠收拾行装，到他家中去住，怪侠行装简单，除了宝刀和弹弓以及几件旧衣服而外，别无他物了。他就带了行李，跟苏元禄去。苏元禄款待甚是周至，朝夕美酒佳肴，毕恭毕敬，又命他的妻子尹氏和儿子小禄出见，如同家人一般。怪侠在他家中一住半月，吃得身体肥壮得多了，每天教些刀法给苏元禄学习，晚上相对饮酒，大谈江湖逸事。后来怪侠有事南下，他就和苏元禄分别。一别之后，迄未见面，想不到今年会在此地重逢，真是巧极。

当时怪侠回头见了他，便道："啊呀，原来是苏君，你抱住我作甚，这些狗头实在可恶，我不打他们，他们更要狐假虎威，欺负他人呢？"

苏元禄凑在怪侠的耳朵上，低声说道："请老丈息怒，这些人固然可恶，但这里是吏部侍郎的衙门，不比平常之处，又是在京城里面，万一闹出乱子，他们报告了九门提督，这事就要吃不消了，所以请老丈不要动手。"

怪侠这才点点头。苏元禄方才放下，又回头对两个守卒说道："这位老人是我的朋友，他初次到京师来，不知道什么，你们休要误会。"

两个守卒见了苏元禄，连忙对他立正了，说道："是苏爷的朋友吗，俺们不知情，请苏爷不要见怪。"

苏元禄也就笑笑。他又向怪侠道："老丈一向在哪里？好久不见，你跑到吏部衙门里来，可有什么事情？"

怪侠道："我此来是为着人家的事，要找寻一个姓万名维馨的，听说他在王侍郎那边任职，所以来此询问。不料守卒非但不肯告诉我，反而出言不逊，所以触动老朽的怒气了。你怎么也在这里？"

苏元禄道："说来话长，我家现在迁至京师，离此不远，且请老丈先到舍间去小坐。至于老丈所要找寻的万维馨，小子也认识此人，待小子缓缓奉告如何？"怪侠听了大喜，连连点头，遂随苏元禄走到了他的家中。

坐定后，苏元禄便告诉怪侠说，自己在前年又至京师，便在这王国才侍郎衙门里充当常侍。王侍郎待他很是优渥，眷属遂跟着迁居于此。问起怪侠近况，怪侠笑道："老朽东飘西泊，南奔北走，仍是这个样子，无善足告。请你快些告诉我万维馨这人现在哪里，老朽急于要去找

131

他哩。”

苏元禄道：“万维馨是个江南才子，他很得王吏部侍郎的器重，在幕府中礼数异等，崭然见头角。王侍郎的笔墨现在都是他一人包办。侍郎衙门里哪个不敬重他？而且他新近又做户部侍郎龚天锡的女婿，红极一时，听说不久要派他出外去做官了。老丈可与此人相识了。”

怪侠听到苏元禄说万维馨做了户部侍郎的东床快婿，不由喊了一声啊呀。苏元禄不知其中底细，忙问道：“老丈怎么样？”

怪侠不肯直说，只说道：“我以为那人尚没有娶妻的，原来他在北方已有家室了。”

苏元禄道：“万维馨娶的是官家之女，新妇容貌甚美，大喜的那日，我们都去道贺的。他家住在头发胡同，新购下的一座巨宅，甚是富丽堂皇，仆从如云。现在他倚了丈人峰，又得王侍郎的青眼，自然是大红大紫了。这人年少翩翩，才貌确乎不凡，听说户部侍郎所以把爱女下嫁，也就是为了他貌如潘安、才如宋玉呢。”苏元禄接连说着，怪侠默然不语。

他心里正在踌躇，苏元禄又去唤他妻子出来拜见，留怪侠在他家中吃饭，怪侠自然也不客气。饭后，苏元禄问他可要到头发胡同去找万维馨，怪侠暗想万维馨在京中娶了富贵人家的女儿，这事就成糟糕。自己不知李玉娇和万的情感究竟如何，可有婚约，然恐万维馨已做了王魁第二，玉娇徒抱痴心而已。事已至此，姑且前去一见，看姓万的如何对答，再作道理吧。

他就对苏元禄道：“承你雅意，我想万维馨处由老朽一人独去便了，不必提起你我相识之事，好在我把事交代了即走的。请你把头发胡同的所在告诉我听便了。”

苏元禄不知怪侠何意，只得把地址说了一遍，指示途径。怪侠道：“感谢盛情，我们明天再见吧。”于是他别了苏元禄，大踏步走至头发胡同去访问万维馨，权作玉娇的青鸟使。

第十八回

侠骨热肠权为青鸟使
镜花水月难作白头吟

　　怪侠照着苏元禄的指示，一径走至头发胡同万维馨住邸门前，只见屋宏宇丽，红地黑书的"万公馆"三字映入他的眼帘。他踏上阶沿，咳了一声嗽，有一个五十多岁门子模样的人坐在墙门里负暄吸烟，见了怪侠，便问一声："你老人家是到哪一家去的？"

　　怪侠道："我是到这里来拜访你家主人翁的，你可知万君在里面吗？"

　　门子又对怪侠上下看了一看说道："我家主人在里面，有客弈棋赋诗。你老人家是谁？要见他可有事情？有名刺没有？"

　　怪侠素来不和官场中人相交，随随便便地来去，有什么大红名片呢，况且他终不肯说出自己的真实姓名，不免顿了一顿，才说道："我嘛，我姓李，是从江南来的，你进去通报一声就是了。说我有要事拜见。"

　　那门子听了怪侠的话，又见他没有名刺，且带着数分江湖上人的气色，遂疑疑惑惑地不肯代他通报，身子动也不动地说道："这个时候我家主人没有空暇，你又没有名刺，改天来见吧。"说完了这话，依旧吸着他的旱烟，若无其事。

　　怪侠起初到五侍郎衙门前去遭受卫兵的白眼，虽经苏元禄劝去，余愤未息，现在赶到万家来，又遇这门子大模大样地不肯代他通报，暗想这些做官人家的司阍者实在可恶，生着两只狗眼，瞧不起旁人，都是一丘之貉，简直是阎王好见，小鬼难当。但是侍郎衙门总算是个朝廷大官，戒备稍严的。至于这万家小子有什么多大的功名，却在此倚着泰山之势，骄奢起来，他家的门子也是这样势利的吗？不给他吃些苦头，料他也不知我是何许人哪。遂走近一步说道："我是有很要紧的事情来见你家主人的，你家主人既在里边，没有外出，你为何不与我通报？"

那门子听了怪侠的话，对他白了一眼，仍旧大马金刀般坐着不动。怪侠见他不理不睬，便上前伸两个指头，在他耳朵上拧着说道："我的话你听得没有，你不是聋子啊。"

怪侠这一拧，也是很轻的，只因门子年已衰老，手下尚算留情，可是那门子怎生禁得起这一拧，早杀猪也似的喊起来道："老人家快快住手，痛……痛……死我了。"

怪侠道："你进去通报不通报？"

门子痛处眼泪落下，皱着眉头说道："通报通报。"

怪侠这才放下手指，又对门子说道："我还没有用力呢，只稍用些气力，连你这颗头颅拧下来也是极易的事。你做司阍的，不肯代人通报，是何道理？"

门子将手去摸着自己的耳朵，口里还是嚷着痛，然而身子已立了起来，又对怪侠看了一眼，说道："那么你老人家姓谁呢，没有姓名叫我怎样进去通报呢？"

怪侠笑了一笑道："你去告诉你家主人，只说苏州姓李的有人来此，他包管晓得。"门子吃了痛苦，踉踉跄跄地进去通报了。

怪侠暗想这种小人非叫尝些苦头不成功的，方才在王吏部侍郎衙门前我早要把那些狗头惩戒一下子了，大概这些人平常时候，狐假虎威，得惯贿赂的，陌生的人不给他们一些好处，他们必要阻挠的，但我却没有别的孝敬，只有一双拳头呢。他这样想着，等够多时，方见那门子回身走将出来，一手遍摸着自己的耳朵，对怪侠说道："我家主人叫你进去见他，请你老人家随我来吧。"

怪侠听说，心里又是一恼，姓万的小子他做了什么大官，派头如此十足，请字也不用一个叫，叫我进去，少停见了他，我也不高兴用什么

134

礼貌了。于是怪侠随着门子，一路走将进去。果然庭院幽深，气象富丽，来到一个小轩里碧纱窗前，门子站定了，向轩中说一声来人已到，只听里面有人唤道："着他进来便是。"

怪侠大踏步跨入轩中，见正中红木炕床上坐着一个少年，头戴一顶獭皮帽儿，身穿蓝色京缎的银鼠袍子，外罩黑缎背心，丰神俊拔，如珠玉润辉，确乎是斯文公子，风流倜傥，谅就是万维馨了。他本来要称呼一声万公子的，但因为听了苏元禄之言，心里老大不高兴，所以踏进轩中，便对那少年微微一揖道："这位就是万维馨君吗？"

万维馨回答道："不敢不敢，你老人家是什么人，可是从江南来的吗，见我有什么事情？"

万维馨因怪侠虽称南方来，而口音却又是北方，所以有些怀疑。怪侠道："万君在京师很得意吗？可忘记苏州的李小姐吗？"

万维馨一听这话，不由神经上受一震动。他起初听了门子的说话，心里已有些忐忑，此刻经怪侠提起了李小姐三个字，连忙向四下看了一看，幸亏没有人，只有门子的影儿远远地站在窗外。遂说一声"老蔡且退"，那门子立刻走开去了。怪侠方知那门子名唤老蔡，大约是姓蔡，年纪大了，加上一个老字哩。老蔡退去后，万维馨又道："请问你老姓甚名谁，缘何和李小姐相识？"

怪侠道："老朽生平没有真姓名的，万君只称我怪侠便了。老朽本和李小姐风马牛无关，只因老朽一向喜欢行侠仗义，济弱扶危，才不辞长途跋涉，护送李小姐来京，与万君重逢，好使老朽卸得仔肩。"

万维馨听了这话，又是一惊，忙说道："李小姐已由怪侠护送至京吗，奇了奇了！"

怪侠听万维馨称奇不已，自然他心中也大大奇异，遂说道："也许万君远在北京，还没有知道李小姐所受的一番惊风骇浪，死里逃生。哈哈，若没有老朽救伊出险时，恐怕伊早已香消玉殒，不能够赶到京都来和万君会面了。"

万维馨把一手摸着自己的额角，双眉微蹙，又低头想了想，抬起头来说道："咦，这事真太奇了，李小姐不是已受明珠十斛之聘，嫁了有

135

钱之人吗？"

怪侠一听这话，把眼一瞪道："好好的李小姐，冰清玉洁，白璧无瑕，嫁什么人呢？万君怎生说出这种话来？"

万维馨道："你这话可真吗？数月前我接到苏州舍戚秦绥之来函说，李小姐已被伊的叔父李二麻子许配与本地的富豪潘兴为妻，当时收到数万的聘金，业已为他人妇了，现在怎么又到北京来呢？"

怪侠听了万维馨的话，也颇觉突兀，便摇手道："万君休信此言，这必是令戚虚造的谣言，和事实是不符合的。你在北京，相隔千里之外，自然不明白个中真相了。"

万维馨道："这事不见得完全子虚乌有的，秦绥之是我的表弟，他的父亲便是李小姐的授业老师，两家时相来往，消息灵通，怎会虚构呢？"

怪侠忍不住说道："万君休要狐疑，待老朽把李小姐所受苦难的经过，告诉你一遍，你若再不相信时，好在李小姐已到北京，你自己去见了伊的面，一问便知的。"

万维馨踌躇了一会儿道："那么请你告诉我听吧。"

怪侠遂把李玉娇如何被伊的叔父李二麻子诱骗游山扫墓，送入小霸王潘兴家中为妾，贪得不义之财，断送侄女幸福，自己如何在枫桥听得消息，夜入潘家，手刃霸王救出玉娇，寄居栖霞山白云庵内，玉娇如何思念成疾，自己如何冒着危险，护送李小姐至京的话，一一告知。满望万维馨一定有怜惜之心，为玉娇扼腕，虽然已知道万维馨此时娶了户部侍郎之女，今非昔比，但假令他和李玉娇有过深情时，一定故剑之思，不能自已的。在普通的友人听了玉娇如此受苦受惊，也要感动，何况彼此有婚姻之约的人呢？

谁知怪侠陈述一番以后，万维馨只是双眉紧蹙，连连摇头，一声儿也不响。怪侠实在忍不住了，又说道："现在李小姐茕茕弱质，无处可依，据伊说和万君关系很深的，故来投奔，万君当然不忘前情，对于这身世飘零、命运多舛的孤女，有以慰藉的，老朽不过权充青鸟使者，来此报个信儿，将李小姐的事情觍缕奉告一下，请万君和李小姐见了面，不难明白一切详情了。"

万维馨仍是不语，露出一面孔尴尬的神情。怪侠不由有些生气，便道："丈夫做事，光明磊落，无不可告人之处。万君既在往日与李小姐很有……"怪侠说到这里，自觉不便说得过于直率，此事总须玉娇自己和他讲的，瞧这个样子，好事多磨，玉娇又没有希望了。遂改口说道："老朽业已将事实奉告，信不信由你。现在李小姐在客寓里，眼巴巴地等候和你一见。老朽本待将伊送至府上，又恐有什么不方便，还是请你前去和她一见吧。"

万维馨忙道："若把李小姐送来此间，这是不甚妥当的，还是我去见伊的好。不瞒你说，我和李小姐相识是在我舅父家里，我舅父就是伊的老师，我们虽曾彼此唱酬过诗，友谊甚深，但我到了北京以后，音信甚稀，后来接到表弟绥之来函，说李小姐已嫁潘兴，真所谓美人已归沙咤利，相隔千里之我，也是没有法想，从此对于玉娇小姐只望伊嫁后光阴幸福多多罢了。想不到义士今有古押衙，有你老人家把伊救出来的，然而……"万维馨说至此，又顿了一顿，把手敲着自己的膝盖骨，说道："多蒙你送伊入京，当然我为着昔日的友谊，要去和伊一见的，但李小姐的身世可怜，叫伊何处归宿呢？"说罢嗟叹不已。

怪侠暗想哎哟，我送李玉娇至京，便是为伊谋归宿的，现在听万维馨这般说法，那真是画饼充饥了。明明是他已有了金枝玉叶的娇妻，遗忘了昔日的意中人了，且看他见了玉娇，如何交代。我左右是个第三者，究竟玉娇以前和他怎样的经过，我也没有知道，姑且约他见面以后，再作道理吧。遂将他们住址告知万维馨，问他今日何时前去一见，万维馨道："今日我事情甚忙，少停还要到王侍郎衙门中去事公干，晚上龚侍郎宴客，邀我相陪，因此没得闲隙抽身前来，只好对不起李小姐了，明天乘暇时我再来拜访吧。烦老人家代我善为转达。"

怪侠听他说今天无暇，明天也没一定，万维馨的心事已有几分猜着了。这件事当然没有结果。但为玉娇的关系，不得不硬逼他一见，遂又道："老朽也有别的要事，急欲离去京都，而李小姐盼望甚殷，千万请你不可迟延。明日上午老朽和李小姐在客寓中恭候驾临，倘万君明天再没有暇时，老朽只得把李小姐送上大门了。"

怪侠说这话，是有意吓吓万维馨的。万维馨果然面上一红，把手摇摇道："这却不必，我明晨准来相见。但我和李小姐始终是友谊关系，李小姐如有需要我相助之处，自当唯力是视，她也所知。这也要请你老人家见谅的。"

怪侠听了这话更是不耐，双眉微蹙，立起身来说道："话已说多了，你们明天见了面详详细细地讲吧。君子做事，对人对己总要仰面而不愧于天，俯首不怍于人。你们是读书人自然知道，老朽是草莽武夫，不知忌讳的。明日再见吧。"怪侠说完这话，立即回身出去。等到万维馨送出小轩时，他早已撒开大步，头也不回地走出大门去了。

怪侠走在路上，心里十分气闷，暗想此番自己所以冒着危险，护送李玉娇到京师来时，无非觉得彼美可怜，救人救彻，满望他们早成良姻，玉娇终身有托，自己的心事也可抛开了。谁知事实与愿望相反，万维馨虽然起初钟情于玉娇而中途变心，高攀了侍郎爱女，岂非弃旧怜新，痴心女子薄情郎，千古如出一辙吗？方才和他谈话时，他的无情于玉娇，已不难觇知了。可怜玉娇还蒙在鼓中呢！唉，我此刻回去，老实告诉伊呢，还是不说破的好呢？倘然说破了，那么玉娇的芳心不知要怎样地破裂，多病多愁之躯如何受得起这个不幸的刺激呢？倘然不即说破，然而到了他们俩会见之时，万维馨一定不能再接受玉娇的了。早晚伊总要经过这一个绝大的打击。唉，玉娇玉娇，怎么你貌美如花命薄如纸，所受的痛苦没有底止呢？怪侠一边走，一边慨叹。

回至逆旅，见玉娇独自坐在房中，支颐遐思。一见怪侠进来，连忙立起娇躯，说道："有劳恩公为小女子代为访问，不知可曾见到维馨这人吗？"

怪侠本待说出实情，然他见了玉娇可怜的模样，却又不忍立即说穿此一幕悲剧，只得说道："见是见到了，但万维馨因有重要公事，所以今天不能来看李小姐，他答应明天早晨来的。"

玉娇听了，心中微觉有些不快，因为万维馨和自己的情谊不可谓不重，临别之时，言犹在耳，今天我千辛万苦到了北京，他听到消息，就应该把什么其他的事都要暂搁，立刻跑到我这里来，给我一个安慰，方见他对我的情意诚恳。即使日间无暇，晚上也可以来一谈，何以须迟至明日呢？但在怪侠面前不好意思说什么，勉抑住不欢的情绪，很不自然地笑了一笑道："多谢恩公代我达到了微意，但不知万公子身体可康健吗？"

怪侠暗想你尚在挂念他的身子呢，倘然直说了时，怕你又要晕厥了。唉，这事怎么办啊？玉娇见怪侠不答，便去茶壶桶边倒了一杯茶，双手奉给怪侠，怪侠谢了一声，接在手里，喝了一口，坐下身来说道："万维馨身体甚佳，瞧他很是得意。李小姐，北方天气太冷，如你娇弱之躯，还是住在南方合意，是不是？"

玉娇听了，不由一怔，遂说道："这却没要紧的，北方虽寒，只要自己保重，深居简出，不受朔风侵袭便好了。小女子只求心地平安，远避恶魔，否则故乡安乐，何必要千里迢迢，烦恩公护送我来京呢？"

怪侠只得点点头，不说什么，玉娇却又向他絮絮地问起万家的情状。怪侠告诉了一些，唯有万维馨和龚侍郎爱女成婚的事却是守口如瓶，始终不忍宣露。

转瞬天色已黑，怪侠和玉娇在客寓中吃过晚餐，因气候甚冷，无所事事，也就各自安寝。

次日早晨，怪侠醒时，见玉娇已是起身，在窗前梳洗，他暗暗叹了一口气。玉娇因为今天和万维馨相会，扫却愁容，振起精神，临镜梳妆，薄施脂粉。好多时没有装饰了，今日一经点染，更显得玉容娇艳，虽嫌微瘦，而秀丽之气扑人眉宇，一望而知是个兰心蕙质的好女儿。怪侠越加代伊扼腕。

早餐后，玉娇吩咐侍役泡好一壶香茗，坐待万维馨到来。怪侠坐在旁边吸旱烟，烟气缕缕。他默默地自念，今日万维馨来时，见了玉娇当作何语，好好儿安慰伊呢，还是把事实告诉伊呢？自己倒要看他用什么手段来对付玉娇了。但自己对于这件事不能不管，也不能全管，且待他们见面谈过以后，见事行事，再谋对付之策。

然而等候至日上三竿，万维馨不见前来，玉娇当然心焦万分，秋水望穿，怪侠也大为忐忑，暗想莫非万维馨因对于这事大有些交代不起，愧见玉娇，所以硬着心肠不来了。哦，他若是不来会见玉娇，难道使我们白跑一趟吗？那么这种无情无义之人，我一定不能饶恕他的了。

玉娇瞧着太阳影子已高，面上顿时露出失望的样子，问怪侠道："恩公，昨天万维馨可是答应今日准来的吗？"

怪侠点点头道："他答应早上来的，李小姐，他若不来时，待老朽送你前去便了。"

玉娇正要再说时，忽见侍役匆匆跑进房来，说道："李小姐，外边有一位姓万的公子，要来请见，你们可有这位亲友吗？"

玉娇闻言，惊喜参半，一招手道："是的是的，你去请他进来便了。"

侍役退出去，一会儿听得履声托托，玉娇的心头如感受电流一样，万维馨正从外面走进房来。

第十九回

登高作序才子声华
入幕相攸侍郎情意

当万维馨初至北京之时，拿了他舅舅的八行书，到吏部衙门里去见王侍郎，跑了两趟，王国才侍郎因有故人的书函，所以就延见的。谈吐之间，王侍郎见万维馨的人品生得潇洒出尘，又吐语大方，卓尔不群，真是翩翩记室之才，陈琳阮瑀之亚，况且又有秦先生一信的衬托，当然睐以青眼，立刻请万维馨在幕府中主持文牍。万维馨便下榻在衙门宾馆里，朝夕勤勉从事，希冀不负王侍郎的知遇之恩，而谋自己前途的发展。王侍郎是爱好文学的人，公退之暇，每喜吟咏，同僚中和他有同嗜的，常到王侍郎邸中饮酒赋诗。幕府中有几个被王侍郎看得起的，有时也一同叨陪末座，随着唱和。

自从万维馨来后，无宴不与。有时王侍郎出去游览，也必命万维馨同行。万维馨生就的诗才，出入李杜，衙官屈宋，每次赋诗，才思无双，同列中没有人能望其项背，王侍郎也自叹勿如。所以大家代他叫了一个别号，唤作江南才子。厕坐贤众，独骋才调，出有微行之戏，入有管弦之欢。此时此景，万维馨另换了一种环境。但他心里有时也要思念到姑苏台畔的李玉娇，虽通鱼雁，而音容暌远，不免兴秋水伊人之感。

时光过得很快，转瞬已是金风玉露，大好秋光。在重九节前，恰好王侍郎的同僚户部侍郎龚天锡在西山新筑好一座别墅，便在碧云寺北面。地方非常幽闃，四周都是山，苍松翠柏，蔽岫连云，山径甚是曲折清幽，怪石森列，如熊如罴，落花沉涧，鸟语似簧。龚侍郎闲时常要到别墅里来小憩，或宴客。别墅中当然有山有池，有亭有阁，是个花园格式，而地形甚高。龚侍郎特择最高之处又造起一座台来，凭轩下瞰，碧云寺正在其下，黄墙高楠隐现林间，西山风景历历在目。台后老柏四五章，蔽翳天日，亭亭如盖。下面还有一个方池，正接着山中的泉水，蜿蜒曲折，沿着幽窦泻入池中，其声又如鸣着琴筑，可以静听。池里又养着许多五色鱼，鳞色斑斓，迎泉而喋，忽沉忽浮，令人有濠上之思，龚侍郎便借苏东坡凌虚台名称他自己的台。重九佳节，文人学士都喜欢登高之举，龚侍郎遂在这天在西山别墅中大会宾客，设宴在凌虚台上，登高赋诗。

王侍郎当然在被邀之列，他便带万维馨一同赴宴。少长咸集在凌虚台上登高望远，真足以游目骋怀。席间由龚侍郎做令官，即席赋诗，行着酒令，以助清兴。王侍郎故意要显万维馨的才能，当众对龚侍郎说道："唐朝时候都督阎公，九月九日在滕王阁大宴群僚，登高吟诗，王勃作了一篇《滕王阁序》，佳句络绎，藻思缤纷，博得宾主称美，才人搁笑，绝妙文章，传之千秋。今日我等蒙龚侍郎天锡寅兄招饮，登高游览，胜友如云，可谓千载难逢的高会，若没有人做一篇文章，岂不太觉寂寞？"

龚侍郎笑道："王侍郎之言是也，安得第二王子安为我一序，亦可使佳话平添，增光园林。"

众人都觉得这篇文章非有绣虎雕龙之才，不能胜任而愉快，不觉面面相觑。于是王侍郎又开口说道："十室之邑，必有忠信，十步之内，必有芳草。今与会诸公，岂无王子安其人，运其椽笔，压倒元白？但请诸公不要客气，既没有自荐的毛遂，待我来一作曹邱吧。"王侍郎说到这里，便指着坐在下首席上的万维馨说道："这一位姓万名维馨，本为江南才子，今在小弟那边幕府里做记室，才华绝代，谅诸位亦尝诵读他所作的诗词而心折的。今天恰在此间，龚侍郎即何妨请他试作一篇《凌虚台序》，大家也可随着右有吟咏，以抒胸怀。"

龚侍郎对万维馨看了一眼，点头说道："万君少年多才，在王侍郎那里可说记室冠军，老朽亦曾读过他作的诗，许为锦绣满腹，后生可

142

畏。王侍郎推荐此人，果然不虚，今日这篇文章就要请万君执笔了。"

万维馨在末座听了王侍郎龚侍郎先后所说的话，受宠若惊，连忙立起身来，向龚王二侍郎各作一揖，又向众人一揖说道："今日小子随王大人至此，叨陪末座，已是非常荣幸，乃蒙二位大人不以羊公之鹤见弃，要命小子做这大文章，小子谫材谫学之徒，何堪当此？初欲避席逃命，以免贻讥大雅，继思二位大人雅意，何能辜负？小子虽然不敏，亦发呕心绞脑，竭我驽钝，以报知己，所以谨遵二位大人之命，大胆尝试，不敢藏拙了。"

龚侍郎道："万君不必谦逊，当仁不让，夜光之珠何必韫椟而藏？请万君速挥彩笔，老朽拭目以待。"说罢，即命左右取笔砚纸墨上来。

万维馨又谢过二位侍郎，左右已将文房四宝送至，端过一张小小的书几，放在席前，又移过一张椅子。维馨举步走将过去坐下时，早有书童代他磨墨，万维馨右手拈毫，左手支颐，默思有顷，提起毛锥子来，嗖嗖地写在纸上。才思无穷，汩汩而来，片刻之间，一篇《凌虚台序》早已一挥而就，约有一千余言，果然太白奇才，倚马可待。他写好了，先恭恭敬敬地走过去，呈给龚侍郎，道："下里巴人之作，徒污楮墨，尚请大人郢正为幸。"

龚侍郎即接过，戴起眼镜，从头展读。他一边读一边只是连连点头，脸上露出笑容。直到他一口气读完这篇文章，不由将头打着转，一手摸着他颔下的短须，啧啧称美道："这真是黄绢幼妇之作，妙绝妙绝！王子安不足独擅其美于先了。王侍郎你快来一读。"

王侍郎闻言，忙走过去接着，读了一遍，便道："果然好极了，辞藻丰富奇丽，行文曲折酣畅，可说汗流藉湜走且僵，我辈为之退避三舍。"

这时座上也有几位翰林院编修和上书房行走，斯文大雅之辈，王侍郎拿给他们去看，且说道："奇文共欣赏，请你们法眼一观。"

大家接到万维馨的文章，先后传观，都觉得锦心绣口，非才子不能为此文，无不钦佩，齐声赞美。且说文章本天成，妙手偶得之，如此妙手，得未曾有，凌虚台因此一文，也可传之千秋了。龚王二侍郎见众人称美，心中更是得意，斟着酒向万维馨道贺。万维馨心里当然有说不出的快活，如膺九锡，如登钧天，如醉醇醴，如梦蝴蝶，连忙谦谢道："小子班门弄斧，邯郸学步，多蒙龚王二侍郎及诸位大人谬加奖饰，更是惭汗交并了。"

众人见龚侍郎王侍郎向万维馨敬酒，自然也都一一晋觞。这天万维馨喝得酩酊大醉，玉山颓倒，王侍郎先把自己的乘舆送他回去。龚侍郎把这篇《凌虚台记》吩咐左右去抄录一过，付之剞劂，分赠同僚。又命人刻在碑上，砌在凌虚台壁间，好使后人登临时得读此文。众人回去纷纷吟咏，而万维馨的才名因此一鸣惊人，传遍京华了。

万维馨既已脱颖而出，颇有些自矜。对于龚王二侍郎则有高山流水之意，自以为生平知音，使青萍结绿，长价于薛卞之门，非常感激的。又想这个喜信不可不报告与江南的李玉娇知道，也好使伊代我喜欢，所以将《凌虚台序》刊印的纸张，附了几首诗修函托人带去。因为玉娇好久没有书函前来，自己非常惦念。那时候邮局尚未设立，音书迟滞难通，玉娇是个守在闺中的女儿，自也难怪伊的，何时候这段姻缘方可成就呢？

有一天，王侍郎把万维馨请到书房里，先唤他起草了一二文稿，又对他说道："明天午刻，龚侍郎请我同你到他家中去持螯赏菊，饮酒赋诗，这是龚侍郎深爱你的才华，专诚邀你，而要我作陪的，你不可不去的。"

万维馨道："小子辱承二位大人的恩遇，如登龙门，感弥肺腑。既有龚侍郎的宠招，小子敢不追随骥尾，一领盛宴？他日全赖二位大人的栽培呢。"又谈了数语，方才退出。

次日万维馨清晨起身，因为自己要到龚吏部家中去赴宴，所以格外修饰。早餐后待理发的前来代他打了一条光滑大辫，然后戴上一顶小帽，帽前嵌钉上一块小方碧玉，临镜照影，自觉紫芝眉宇，春柳风姿，天下乌有美好如陈平而不能取得卿相富贵的吗？又换上了簇新的衣服，然后到幕中去办事，时候已是不早了。同事知道他今日又要随王侍郎去赴户部侍郎龚天锡的宴会，没有一个不既羡且妒。一会儿王吏部已着人来请，万维馨很得意地去见王吏部。王吏部瞧着他的丰姿濯濯，不由暗暗点头。

今天王吏部却坐着马车，和万维馨同去龚侍郎私邸赴宴。到了那边，由下人递进名刺，龚侍郎早大开正门，亲自迎接二人进去。万维馨见邸第宏丽，仆从如云，果然是权贵之家、王侯之门。随着侍郎走至一个小小方厅上，题额是退省堂，四周陈列着百十盆菊花，魏紫姚黄，各呈奇姿，已有几位贵宾在那里了。龚侍郎代万维馨介绍，有两位已在西山凌虚台见过，一共不过五六人。寒暄过后，立即摆上筵席，众人挨次而坐。王侍郎坐了上首的第一席，万维馨既无官职，年纪又轻，自然坐得最后。托上一大盘蟹来，其他来馔也非常精美丰富。大家举杯畅饮，谈起那天万维馨作的《凌虚台序》，龚侍郎赞不绝口，十分揄扬。席间又不免拈了黄菊和紫蟹为题，大家作诗中，当然又是万维馨作得最好，大家甘拜下风。直吃得肴核既尽，杯盘狼藉，方才撤席散宴，诸客先行散去。

万维馨见王侍郎不走，自己也不便告辞。龚侍郎又引王侍郎和万维馨到书斋中去憩坐，左右献上香茗。龚侍郎只把诸子学说春秋大义，和万维馨问答。王侍郎坐在一边吸着鼻烟，态度很是安闲。万维馨有叩斯应，对答如流，缕缕如贯珠。龚侍郎只是点头。隔了一会儿，龚侍郎忽又对二人说道："今日天气很好，小园中秋色尚佳，新有南方朋友送我一对孔雀，甚是美丽，小弟当陪王寅兄和万君同往一览如何？"

王侍郎马上答应道："固所愿也，即请引导。"说着话已立起身来。万维馨只得跟着立起。龚侍郎笑了一笑，遂回身引导二人出去，曲曲折折地走到花园。背后有两个长随很小心地跟着，园丁见主人到来，早已过来打千，站在一旁伺候。万维馨见这园林占地虽不甚广，没有西山别墅那样大，而结构也很幽谧曲折，花木明瑟，楼台重叠，到此徘徊，亦足怡悦心神。渐渐走到那孔雀笼子的前面，长随知道他们是来看孔雀的，立即去搬过三张椅子来放在孔雀笼的前面。龚侍郎和王侍郎一同坐下。龚侍郎又一摆手叫万维馨坐。万维馨是个少年，他站着也毫不吃力，遂说一声"谢大人，小子立着的好"。龚侍郎见他不肯坐，也不勉强，且吸着烟袋和王侍郎谈笑。

万维馨反负着手，在侍郎身边徘徊观赏。只见那笼中的一对孔雀，不大不小，生得细颈隆背，犹如凤凰。自背及尾，皆作圆文，五色相绕，如带千钱，屡屡自头其尾，殊为美丽。王侍郎带笑说道："今天我们福气大不大，只要看这一双孔雀开屏不开屏。"

正说着龚侍郎把手一指道："你们快瞧孔雀开屏了，好看不好看？"

万维馨跟着看时，只见左边的一头孔雀自张其尾，圆如锦轮，辉煌璀璨，美丽夺目。张治道诗："全闪灼而浮光，翠缤纷而极斐。"此语诚不虚了。万维馨正瞧得出神之际，忽听左面高处有莺声燕语，回头一望，才见东边一座高阁，西窗中有三四个丽人，正在凭栏俯瞩，其中一位十八九岁的少女，风鬟雾鬓，杏脸桃腮，穿着绯色的衣裳，遥望去恍如姑射仙子。不由心里怦然一动，知是龚侍郎的眷属，遂不敢作刘桢之平视。王侍郎也抬起头来窥视，龚侍郎却夷然无动。一会儿笑声歇，鬟影杳，西窗间已寂然无人了。龚侍郎也和王侍郎立起身来，走向假山石那边去。万维馨跟着同行，在园中绕了一个圈儿，王侍郎才和龚侍郎告别。

临走时王侍郎又带笑对龚侍郎说道："今日可谓有缘，得见孔雀开屏，但愿雀屏中选，得成佳话。"

万维馨不知他们说的什么意思，也向龚侍郎道谢而别。万维馨归去后，心里很是得意。王公大人假以颜色，不是容易的事，自己到了北京，可称幸运，前途更觉有望，遂又修书三封，托驿站递交他家中及舅氏和李玉娇的，弥以不得李玉娇的来函为念。

又隔了一天，王侍郎忽然请他到书室里坐谈。万维馨不知王侍郎有什么紧要事情和他商议，他见过后，欠身侧坐在一边，说道："小子蒙大人呼唤，不知有何吩咐？"

王侍郎满面笑容地对他说道："我今天有几句家常的话和你谈谈，先要问你在故里可曾和谁家名媛纳彩问名？"

万维馨不防王侍郎说这种话的，不觉口将言而嗫嚅，很难回答，且不明白王侍郎怀的什么意思。

王侍郎又问道："究竟有没有呢？"

万维馨道："启禀大人，小子虽没有和人家正式订婚，在苏州却有一李氏女子，是我舅舅的女弟子，我和伊相识，很有意思。"

王侍郎点点头道："那么你舅氏知道不知道？两家大人可知晓其事？"

万维馨摇头道："舅舅不知道的，两家长也不知情。"

王侍郎哈哈笑道："这个算什么呢？你年少翩翩，千万不要在外有什么艳遇，须知父母之命、媒妁之言，这是不可少的。诗云：'娶妻之如何，必告父母。'那自然是不算数的了。现在有一个很好的机会在此，我要告诉于你，若是你的姻缘，这事不患无成。"

万维馨仍是摸不着头脑，怔了一怔，说道："大人有何赐教，小子愿闻其详。"

王侍郎一边吸着鼻烟，一边带着笑说道："我爽快告诉你吧，龚天锡侍郎有个爱女，闺名雪贞，才貌双全，性行温淑，今年一十有九，尚待字闺中，未嫁如意郎君。因为龚小姐有了伊那样好的容貌和才学，必要嫁一个美如潘安、才如宋玉的丈夫，方可举案齐眉，白头到老，但久久没有伊心目中看得起的人。龚侍郎虽不忍强拂爱女之意，但向平之愿亦早欲得遂。那天你在西山作了一篇《凌虚台序》，龚侍郎十分赏识你的才华，极尽揄扬，因此他很有意要将他的爱女下嫁，相攸得你这个快婿。然和雪贞小姐说了，雪贞小姐很爱慕你的高才，可是伊必欲亲眼一见你的人品，然后可以决定。为了这个关系，那天龚侍郎特地请我陪你一起去赴宴，而众人散后，又叫我陪着你跟他到园中去看孔雀，而让雪贞小姐在东边燃藜阁上饱看你的容貌。哈哈，那个身穿绯衣的丽人，就是龚侍郎的爱女，大概你也见过伊的花容月貌了。这都是龚侍郎安排好的。"

王侍郎说到这里，万维馨已恍然大悟，且惊且喜，王侍郎又道："事后龚侍郎去征询他爱女同意与否，难得那位雪贞小姐垂青于你，便说此事悉凭父母做主，这句话无异表明伊已愿意了。龚侍郎不胜之喜，遂托我来和你说亲，要请你做龚家的坦腹东床。我也很高兴地代你做媒，既然你尚未有室，那雪贞小姐可称得和你璧合珠联，一对金童玉女了。你和龚家订了秦晋之好，这个丈人峰也和你前途很有益处的。你心里仔细想一想，能够答应的，我就代你做主一切，玉成其事。万君万君，你莫要辜负了老夫和龚侍郎的一番好意啊。"

此时万维馨听了王侍郎的话，呆呆地低倒了头，一时觉得不好回答。

第二十回

永夜不成眠思潮难遣
侯门竟缔好韵事争传

　　王侍郎说了一大番的话，见万维馨低倒了头，默然无语，便哈哈笑道："万君，你为什么如丈二豆芽菜老嫩起来了？这是千载难逢的机会，才子淑女，天缔良缘，请你不要辜负了龚侍郎相攸的美意。"

　　万维馨此时实在难以回答，暗想王侍郎的话说得不错，龚雪贞小姐确乎名门淑媛，难得龚侍郎睐以青眼，将来这个丈人峰也是很有势力的，岂可失此良机？然而自己以前在苏州和李玉娇彼爱此慕，山盟海誓，愿毋相忘，今日如何可以弃旧怜新呢？况玉娇待我的情意不可谓薄，伊正在吴下洁身待我，我若抛弃了伊，去和别人订婚，伊一旦知道这个消息岂不要气死，怨恨我太薄幸吗？这事不可不细细斟酌的。但是自己和玉娇相爱之事在王侍郎面前又不能明言其情，所以他踌躇了良久，方才回答道："小子很感谢大人的美意作伐，龚侍郎大人的爱女是玉叶金枝，恐怕福薄才浅如小子高攀不上，齐大非偶呢？"

　　王侍郎捻着胡须笑道："齐大非偶，这是郑公子忽视的话。我未尝不怪他未能结大国以为援，致有日后的失败呢？这种话你不必客气，妄为援引。龚侍郎就是爱慕你的才学，富有不富有，并不在他心上的。况小姐也是知书达礼的人，绝不会恃财而骄，将来一定举案齐眉，相敬如宾。你千万放心，何用顾虑？至于你所说的那个李氏女子，你既没有和伊订婚也没有得到父母的允许，所谓蓬门小家之女，你又何必恋恋于伊呢？我虽没有见过李氏女，而龚侍郎的小姐是见过的，清才丽质绝世罕有，你在那天也已窥见娇容，两两相比，究竟是哪一个好？恐怕外边要像龚侍郎的小姐一般的女子很少吧？鱼与熊掌不可得兼，请你早自决定，快快答应了，待老夫便可去报个喜讯与龚侍郎知晓。"

万维馨被王侍郎再三嬲着，只得说道："大人所说甚是，小子和李氏女也未订婚，自无所谓恋恋。但大人说过的，娶妻如之何，必告父母，古有明训。且待小子修一家书回去，禀明了父母，然后再定夺。大人的盛情美意感谢不忘，请为小子代复龚侍郎，稍缓报命。"

王国才侍郎听万维馨虽要请命家长，而自己尚没有不同意的表示，便知此事十有九成。维馨必要禀告父母后方定，这是大礼，任何人不能反对他的，只有去告龚侍郎稍缓时日吧。他遂点点头说道："你说的也未尝不是，唯照你的说话去回复侍郎，一面请你赶快修家书回去请命，谅尊大人闻得这头姻缘，无有不成之理，只要你善为说辞便了。此间不日有差官司南下，你要叫他带信吗？"

万维馨道："谢大人，小子准托差官携带家书前去便了。"说完了这话，恰巧外面又有客请谒，万维馨立刻告退出来。

这天晚上，万维馨在枕上转了不少念头，思潮如辘轳般上下。想起苏州的李玉娇婷婷倩影，涌现在他的眼前。自己以前在吴王台畔和玉娇诗词唱酬，彼此许为知音，花前细语，虎草清游，我们俩的情爱不可谓不深，有如张生遇到了莺莺小姐一般，虽然在肉体上并没有和她同枕合被，如西厢所谓"蘸着些儿麻上来"，然而我们也曾自誓，我非伊不娶，伊非我不嫁了。今日虽南北两地分隔，而心灵则已合而为一。我到了北京，我何尝有一日忘记伊，伊当然也无日不在思念我呢。将来自然要求诗咏关雎，成就良缘的。然而现在凭空里忽然又有了一位龚小姐，这叫我如何定夺呢？按常理而言，龚小姐的家世是官家名媛，我无间然，龚小姐的容貌是花娇玉媚，我无间然，和玉娇堪称伯仲。至于龚小姐的才学虽然我不甚熟悉，而据王侍郎所言，也非不学无术之辈，侍郎爱女出色当然。难得龚侍郎赏识我这个人，要我做他家的坦腹东床，这自然如王侍郎所说的千载良机，我岂可失之交臂？但是我若纳了龚侍郎的爱女，那么将玉娇置于何地？自己如何对得起伊人的一片爱心？且必使玉娇受到莫大的刺激，也许由此而发生变故，天下人知道了，都将责我不义，笑我贪慕富贵，我将何辞以解呢？

万维馨这样一想，良心发现，觉得万万不可答应这头亲事的，自己还是素富贵行乎富贵，素贫贱行乎贫贱，舍弃龚侍郎的爱女，和玉娇坚守前盟。将来衡门之下，可以栖迟，只要琴瑟和谐，白头到老，贪图什么傥来的利禄呢？隔了一会儿，又想自己远离家乡，不远千里而来，究竟为的是什么，无非想博得些功名，可便显亲扬名，衣锦归乡，一吐寒酸之气罢了。如今虽蒙王侍郎不弃，令我在他幕府中襄助公牍，然而前途尚是渺乎其微，不可揣知，若然一旦做了龚侍郎的爱婿，那么泰山有靠，汲引得人，锦绣前程，宁有涯涘？这个就口的馒头不吞，反系恋在苏州一个弱女子身上，岂非愚拙！他一想到这里，心中又不由怦怦而动，冥思着龚侍郎园里的一幕，珠帘绣户，娇容依稀，热辣辣的几不可遏，良心和情欲交战于中，好似在歧途上徘徊着，向东走呢，还是向西走？行道靡靡，心中摇摇，一时不知所可起来，充满着沉闷和苦痛。

想了好久，觉得这机会是不可错过的，鱼与熊掌不可得兼，我还是答应了龚家的婚姻，求将来的幸福。玉娇那边不妨渐渐和伊冷淡，不和伊通鱼雁，叫伊对我灰了心，不再思念我，这是最好的办法。好在我和伊并未订有婚约，只有我和她两个人知道，我若不理会伊时，伊也告诉不出的，也不怕伊盈盈弱质会迢迢千里地跑到京里来找我啊。他这样一想，一颗心又活动起来了。但是眼睛里确有一种幻觉，好似给他瞧见有一个李玉娇的影儿站在伊的面前，满脸愁容，珠泪涓涓，怨恨他的薄情负义。顿时又使他的良心局促不安起来，辗转反侧，不能成寐。听听更鼓已是三下，两颊如火烧一般，心神不定，要想不去思念，总是这两条道路放在他的面前，要使他抉择。一会儿这样，一会儿那样，好似孤舟漂在迷雾的大海中失去了指南针，不知驶向哪里去求归宿。聪明的万维馨竟一时拿不定主意了，左思右想，直至曙色上窗，他竟全夜失眠，没得宁息。

次日起身，精神十分疲倦，做事也恍恍惚惚的，坐立不安。恰巧在这天下午，他接到他表弟秦绥之的来函，报告一个恶消息，说李玉娇已被其叔李二麻子卖身与本城土豪小霸王潘兴为妻，玉娇亦已屈身相从，美人已归沙咤利，深为可惜。然玉娇绝艳清才，甘为人妾，可谓出人意料，令人齿冷，因以前彼此诗文唱酬故敢渎闻云云。万维馨再也料不到有此事的，他起初大为玉娇惋惜，也好似自己心头失去了一件东西，既而一想在玉娇个人方面计算，似乎是不幸的，可是如今在我身处两难之下，计算起来却又是大幸了。假使玉娇在吴门无恙，洁身待我，我若丢掉了伊，而去和贵族女子订婚，这自然是我大大对不起伊的。现在已被伊叔父卖为人妾，而自己也已屈身降志，跟了他人，那么伊先对不起我，我又何必徒恋恋于伊呢？这岂不是老天有意代我解决了一件难事情，使我可以安心进行龚家的婚事而无所顾虑呢？所以万维馨越想越快活，再不顾玉娇的遭遇不幸了。又想玉娇业已失身于土豪，如花如玉的佳人，这样的归宿似乎可怜，但玉娇自己不知爱惜，他人又何能顾惜呢？所以我虽然有信寄去，伊却杳无来信了。绥之的话必非虚言，我在苏州也曾闻得小霸王潘兴的恶名，而玉娇的叔爷李二麻子真不是个好人，以前我到玉娇家中云叙谈，偶然和他见面，瞧他的情形，对我也很嫉视的。玉娇有了这样一个专交歹人的叔父，自然很危险的，我也没防到这一着呢。唉，玉娇，总是你的红颜命薄，好好一朵鲜花落在魔掌中，今后你不能怨我薄幸了。从这天起，万维馨渐渐地把玉娇淡忘而别作他的新企图了。

约莫隔了半个月，有一次王侍郎和万维馨商量公文的事，在维馨承意奉命之后，将要告退时，王侍郎忽又向他问起可有家书前来，万维馨为要渴望成功起见，不免拉了一个谎，很恭敬地说道："启禀大人，昨日家乡正有便人来京带来家书。双亲的意思本要早遂向平之愿，问我在京中可能物色得佳妇，倘然小子以为合意的，他们无有不允，只希望早早授室，所以他们虽然尚没接小子去的信，然而估料他们对于这头亲事，必无间言的。只不过高攀名门，有辱龚小姐罢了。"

王侍郎哈哈大笑道："那么这头美满的姻缘可以成功，老夫也可早日喝一杯喜酒哩。万君你将来莫要忘记月下老人的功劳啊。"

王侍郎说着话，只是捻须而笑。万维馨连忙欠身谢道："不敢不敢，这是大人们的美意，撮合之德终身不忘，小子将来还要仰赖大人的提携呢。"

王侍郎道："你做了龚侍郎的爱婿，可谓一登龙门，声价十倍，不要说老夫理当推毂，便是将来你的那位丈人峰一定能够多多提拔你的，富贵功名，可操左券，老夫谨为预贺。"

万维馨道："溯源思本，小子终不忘大人的栽培。"

说了这话，他向王侍郎打了一个躬，王侍郎说声："好，既然你这边没有问题，不必等待家书，那我就可去告知龚侍郎，早日文定。你预备听好音吧。"

万维馨又道谢一声，方才退出，心里很是愉快，期待着王侍郎报告好音。那位龚雪珍小姐既然才貌双全，比较了李玉娇，岂不是胜于彼吗？合该自己命宫要交好运，到了北京才名大显，又有官家之女下嫁。在昔司马相如在临邛，得到卓文君的青眼，因之而富，后来又逢杨得意，因之而贵，但卓文君究竟是一个寡妇，卓王孙虽富而无权位，哪里及得到龚侍郎父女呢？杨得意也是个狗监，怎及得到王侍郎？他日我的前程一定如灿烂的鲜花，十分明媚的。万维馨这样想着，便觉得十分快意。

过了三天，王侍郎又唤他进去相见，对他说道："恭喜恭喜，今日你得到好音了。我已和龚侍郎说过，他听得你已应允，自然欣喜。他又是个急性的人，主张不必文定，何妨早行大喜之礼，因为你在京都，两尊大人等远在江南，路途迢迢未必能来主持婚事，所以你可和龚小姐便在京中成婚，将这事详细禀告与尊大人，当然没有问题的。他也知道你孤身作客，旅囊必然不丰，故他愿意赠送奁金十万，另备丰盛的妆奁，且愿将他所在的头发胡同的一座房屋送给你居住。至于家童婢仆，自会送过来的。你若手头缺少时，我也可以借与你，请你不必客气。"

王侍郎说罢，这更是出于万维馨所不料的，便答道："多谢大人恩德，龚大人定欲早日举行婚礼吗？不知他选在何日，小子可来得及举办？"

王侍郎道："下月初二日，相隔不到半个月了，这个似乎太匆促一

153

些，可是俗语说得好，有钱不消周时办，尽够得到。那所头发胡同的宅院明天我可叫人引导你去一看，那边本来住的人家，王侍郎也限期叫他们迁让了。我再可叫人襄助一切，给你一个月假期，你尽力去办吧。缺少金钱，可以向我挪移，我无有不答应的。至于你的双亲面前，不妨先寄一家书去禀知一切，将来如有机会可以南下拜见的。你以为如何？"

万维馨听说龚侍郎已将吉日选定，他更无反对之理，忙道："这样办很好，只是小子太占便宜了。"

王侍郎哈哈大笑道："当然是你的运儿亨通，龚侍郎既富且贵，怎和你一般计较？你做了他的宠婿，将来得到他的好处更是不少。只要你好好地对待那位龚小姐，博得美人欢心，便是报答龚侍郎了。"

万维馨只是唯唯，心里说不出的异常兴奋。他告退出来，喜娱于色，同僚中以为他又得了王侍郎的嘉奖，莫不妒忌他受到侍郎特别的恩宠，哪里知道他更有天大的喜事在后面呢？然而不多几天，这喜讯已传遍于诸同事的耳朵里，大家更是既羡且妒，都说他全仗了子都之美、宋玉之才，博得两位侍郎如此宠异，龚侍郎甚至肯将爱女下嫁，真所谓书中自有黄金屋，书中自有颜如玉了。

万维馨在吏部侍郎衙中请了一个月的假，自有王侍郎手下两个得力的亲信帮助他办理各事，先到头发胡同去看了房屋，龚侍郎在那边也有人照料，所有屋子里大部分家用器具，都由龚侍郎添置，不劳万维馨费心，而且龚小姐的妆奁早已预备好了，不必咄嗟立办，只要到了时候，由龚家发奁过来布置一切，因此万维馨确实省许多心思和财力。

半个月的光阴迅速易过，到了吉期那天，悬灯结彩，一切齐备。龚家的妆奁发过来时，满满放遍了三间屋子。洞房花团锦簇，十色五光，富丽堂皇，照目生缬。万维馨沐浴更衣，做起新郎来，丰姿濯濯，当然更是出色。贺客盈门，车马喧阗，彩舆到时，鼓乐竞奏，新郎新妇由傧相导引，参拜天地，一切繁文缛节不必细表，而这一段风流艳史，在京城里平添不少佳话。

婚后伉俪间自然十分亲爱，如胶似漆。龚雪珍小姐虽然学问比不上玉娇，而温柔美丽足使万维馨心悦诚服，甘隶妆台伺眼波，为不叛的南人。水晶帘下，画眉之乐乐陶陶，他再也想不着苏州的李玉娇了。龚小姐得到这样一个夫婿，也是心满意足。至于岳婿之间更是意味契合，龚侍郎许他明年考试后，可以重重保荐。

万维馨心中非常感激，在温柔乡中安乐度日。怎料到李玉娇竟会不远千里而来，有人护送至京，找到他门上呢！他自然异常惊疑，听了怪侠的一番说话，又和他表弟秦绥之信上的话不同，难道绥之说的话是谎话，有意欺骗吗？但是玉娇被李二麻子骗引到潘家之事，又是有的。也许绥之未明真相，误听流言，然而李玉娇在潘家究竟可曾失身，这也是一个疑问咧。无论如何，罗敷虽未有夫，而使君固已有妇。自己与李玉娇一段姻缘，总是无望的了。伊还要来找寻做什么呢？起初要想不去会晤，然被怪侠一说要送上门来时，他又暗暗发急了。因为此事若被自己的新夫人知晓，定要影响到伉俪间的爱情，又要失去龚侍郎的欢心，还是紧守秘密的好，所以他只得答应怪侠来见玉娇了。

玉娇尚没有知道内中的事，一旦和万维馨相见，万分心酸，胸中正有无限的话要想倾吐，宛如一部二十四史不知从何说起，却不由珠泪滚滚落衣襟。

万维馨见玉娇容貌消瘦了不少，长途跋涉，又不免风尘满面，一种可怜之态不能掩没。回忆以前的情愫，心中很有些不忍，只说："李小姐，你好吗，怎么长途迢迢地赶至京师来？为什么不早先给我一个信呢？"

玉娇虽要说话，喉中却如有物哽住，气塞着说不出话来，不由呜呜咽咽地哭了。这时候怪侠不便在旁边听他们诉述哀情，所以他老人家口里叼着旱烟管，独自悄悄地踅到外面去了。

第二十一回

寥寥数语真意难明
短短一书前盟俱弃

　　怪侠既然走到外边去了，万维馨和李玉娇正好剖白衷情，但玉娇仍是哽塞着喉咙，说不出话来，只是对万维馨呜呜咽咽地啜泣。实在伊所受到的惊恐和酸辛，非片言可尽。赶着数千里的路程，千难万难，方才见到恋人的面，心里说不出的甜酸苦辣，五味俱全。因此见面之后，只是啼泣了。那么万维馨对伊怎样办呢？若是维馨在此时尚没有和龚侍郎爱女结成佳偶，自然他对于玉娇之来欢迎不暇，而要想尽方法地去安慰伊了。可是他现在已变了心肠，所以见了李玉娇，心中一些儿没有愉快，反平添上不少烦恼。早自筹思怎样和玉娇对答，可以使玉娇和自己的关系分离来，自然对于玉娇抱着虚与委蛇态度了。

　　一个人心里想什么，在外面总是掩盖不住的。他开头的几句话已使玉娇怀疑起来了。他对玉娇说道："世妹，你在故乡无恙吗？怎样数千里长途跋涉至此，你不要哭泣，有话不妨对我细说。"

　　玉娇抬起头来，用泪眼向万维馨瞧了一下，说道："维馨兄，我所受的苦楚与惊恐断非三言两语可以倾吐，昨天代表我访问的老侠士难道一句话也没有告诉维馨兄吗？此次虎口余生，跋涉关山，若没有他时，恐怕今日无相见的机会，而我早做孤零的幽魂，饮恨黄泉了。维馨兄，你也知道我们别后我所受的可怖可痛可悲可恨之事，有非盈盈弱质所堪忍受的吗？"玉娇说时，眼泪又从眼眶里溢出来。

维馨细细瞧伊容貌憔悴，大异于昔日了，心里不免也有些凄酸。可是事实上已成僵化，为要维持自己的幸福起见，不得不硬一硬头皮，遂点点头道："世妹的际遇我虽略知一二，然如堕入五里雾中，真令我不明不白。"

玉娇听了这话，又是一怔，便道："维馨兄，你怎样说的？你若要明白，待我细细讲给你听可好？"

维馨道："秦绥之已经来函告诉我了，我就是为了这个不明白。"

玉娇听了，又是一惊，便道："怎么秦绥之有信寄给维馨兄的吗？他怎样说的呢？"

维馨微笑道："他说的话我也不敢告诉你听，恐怕更要伤你的心。总之你所受的困厄，我是十二分表同情的，你长途到此，应该歇歇，多说话恐更要伤神呢。"

玉娇越听越不对了，伊把银牙紧紧一咬，冷笑一声道："秦绥之有信告诉你吗？此人对我不怀好意，一定不说好话。他怎样告诉你的，你为什么不肯告诉我听呢？你今天必要告诉我，否则试想我心里又将怎样的难过呢？"

维馨淡淡地说道："不可说，世妹，你不必详询了。"

玉娇脸上变色，心里异样的难过，又对万维馨说道："你相信他的话吗？我本要把我经过的事告诉你听，如此说来，你有先入之言，一定不以我言为然了。绥之这个人，你大概也知道他是怎样的，萋斐贝锦，谗人之言，维馨兄你千万不能听信的啊。"

万维馨露着一副尴尬的容貌，默然无语。李玉娇满拟见了维馨之面，尽吐胸怀，只因万维馨说了绥之有信通知，又有不可说之言，倒使伊满腹狐疑，不知所可，一阵伤心又不禁抽噎噎地哭起来。

万维馨说道："世妹，你休要悲伤，你所遭逢的事确乎是出人意料的，总之你的叔父太没有良心了。"

玉娇道："我吃的痛苦当然都是叔父害我的，幸有老侠士救我出险，仗义护送，方得重和维馨兄相见。可怜我茕茕弱女，天涯奔走，所亲者只有兄一人了，怜我罪我也在于兄。想到以前我们密约订誓之时，海枯石烂，此情不忘，言犹在耳，今日谅兄绝不致忘记昔日的誓言，而我也唯有希望兄能够安慰我了。否则……"玉娇说到这里，喉中凄哽，一时说不出话来。

伊对维馨说得这样恳切，倘是维馨和伊爱情没有变化时，当然要格外安慰爱护，无奈维馨为了他自己的关系，只得违背了他的良心，用又残酷又冷淡的手段去对付玉娇了。玉娇见他仍是不开口，没奈何又说道："我有一句话要问你，你相信秦绥之的说话呢，还是相信我的说话？"

维馨点点头道："我当然相信世妹的说话，但……"说了一个"但"字，又缩住口不说了。

玉娇也点点头道："还好，你总算还能信我的说话，那么我告诉你一些吧。"遂将自己如何受叔父李二麻子哄骗游山，引入潘家，被小霸王潘兴逼迫，自己如何宁为玉碎，不受侮辱，又如何突来怪侠仗义相救，自己如何病卧栖霞，一命危殆等种种经过，做一很简略的报告。

万维馨一边听一边只是点头，慢吞吞地说道："世妹，你还是不幸中的大幸呢。然而苦了世妹了。"

玉娇道："身受的苦痛虽是深重，这大概是我的命宫磨劫吧，且幸已重和维馨兄晤面，弱女子今后所亲者唯兄一人，兄将怎样安置我呢？请兄告诉我以安我心。"

万维馨最怕玉娇提起这句话，他听了只是将两手频频搓着，说道："世妹放心，我必有安排。今日我还有些公事要办去，恕我不能多留，请你暂寓于此，我明日再来拜访。"

玉娇觉得自己的胸臆尚未完全倾吐，维馨对于自己说的话也不多，可是他已要走了，心中更觉有些不快。伊是温静而有忍耐性的女子，所以忍住许多要说的话不放出口。又对维馨看了一看，见今日的维馨雍容华贵，俨似王孙公子，又和以前的风流名士派有些不同了。居移气，养移体，大概他在京师里很是得意吧？自己和他往日彼此知心，今天我来了，他应该欢喜，为什么他只是露出踌躇之色呢？

玉娇疑虑着，维馨却已站起身子，对玉娇说道："世妹的事我都知道了，我明日再来，请你稍待。实在我有紧要的事，十分歉疚，请妹宽解愁怀，万勿悲伤，以自戕玉体，明天再会。"说罢，又向玉娇点点头，回身走出室去。

玉娇要留也留他不住了，伊也不再说话，只含着眼泪，瞧万维馨的背影走出房去。万维馨走出了房门，又回头看看玉娇痴痴立在那里，秋波含泪，面有忧色，他心里也有些不忍，又说一声"世妹珍重"，硬着头皮走到外边去。

瞧见怪侠正在庭中往来踱蹀，口里叼着旱烟管，见维馨坐不多时已走了，便很不客气地对维馨说道："怎么你已要走啦，李小姐是我送伊来的，你打算怎样安置伊呢？客寓里是可暂而不可久的。"

维馨道："我明天再来，自有办法，一切请你费心照料着李小姐吧。"万维馨说着话，匆匆便往外走。

怪侠瞧着他，又说一声："万公子，你自己应该想一个很好的办法，不要辜负了他人啊。"万维馨也不再答话，一溜烟地走向外边去了。

怪侠提了旱烟袋，走回房中去，只见玉娇呆呆立在桌子边，有如木鸡一般。怪侠便道："李小姐，你不要呆思呆想，万维馨和你说的什么话？"

玉娇道："他没有多说什么，我把自己身历的事体约略告诉了一些，不料在苏州已有我秦老师的儿子名唤绥之的，有信告诉他知道了，可是他也没有说姓秦的怎样告诉他。大概姓秦的必有飞语中伤我的。因此他今日对我说的话很闪烁其词呢。"

怪侠听了，点点头道："李小姐说得不错，那么他可曾将他在京里的情况告诉你一二吗？"

玉娇摇摇头道："没有。他只听我讲话，安慰我的言语也很少，至于他自己的景况却没有提及。恩公，我真不明白他的意思，我赖恩公爱护之力，送我来京，满望见到了他，终身便有归宿。然而今日相见，他对于我的情形，很使我失望。他说有事要紧往别地方去，虽说明天再至，然而照这个样子，恐怕和我赶到京里来的本意大相径庭呢。"

怪侠点点头道："玉娇小姐，你们女孩儿家藏身闺房之内，不知世路险恶，人心鬼蜮。男子的心往往最易变化，朝三暮四，弃旧怜新，而你们把一片真情寄托在人家身上，生死勿渝，谁知得到的结果每多使人失望，所以我劝你对于万维馨也不必过于热望，且看他明日怎样安排你吧。"

怪侠说这话，也恐万维馨必要抛弃玉娇，故预先给伊一个暗示，希望伊不要过分恋恋于万维馨而得到过分的痛苦。玉娇听了怪侠的话心里一动，想到万维馨方才和自己见面的情形，殊为冷淡，又和苏州欢聚的如渴如饥大不相同的。也许是万维馨变了心肠，在外别有所恋，北地胭脂当然必多丽人，万维馨到北京时候也不多，怎样已变了心肠？难道他别有艳遇，忘记了昔日的盟誓？玉娇这样想着，心里更是异样难过，便对怪侠说道："恩公之言不错，痴心女子负心汉，薄幸的男子往往有的。古诗'灯光不到明''上山采蘼芜'，诗人的吟咏都是有感而发，使人最为寒心。万维馨以前在苏州的时候，我相信他是一个斯文有情、知诗守礼之辈，然而他到北京后，我和他鱼雁罕通，不能知道他的底细了。恩公在外边可有所闻吗？尚请赐告。"

怪侠听玉娇问他，很想把这事告诉出来，但因万维馨自己尚未向玉娇宣布，且看他如何处置，可能对得住玉娇，自己不能孟浪胡道，且待以后再说。所以刚要吐露又复忍住，只得还用话安慰玉娇道："李小姐，老朽初到此间，也没有详细知晓，且待老朽再去探问。好在万君既已应许明日再来，他自有办法的，李小姐且请宽待。"

玉娇听怪侠这样说，也不好再问，伊心里总觉得很不愉快，好似胸头一块大石没有搬去。万维馨对于伊究竟有没有变心，至今变成一个闷葫芦，尚未打破。万一他变了心肠，不念旧情，那么自己又将怎样办呢？所以伊这颗心七上八下的如辘轳般不停。

怪侠见这事尚没有好的解决，而且前途还是非常黑暗，恐难免悲惨的结果，有负了自己一片侠义之心，所以他的情绪也是很不愉快，便叫玉娇休憩养息，他自己跑到外边酒店里去喝酒，也不高兴再去访问苏元禄，独自闷喝。一个人喝闷酒最易沉醉，所以他竟醉了。幸亏自己的知觉尚没有失去，付了酒钞，踉踉跄跄地回转旅店。玉娇见怪侠已醉，只叫了他一声恩公，也没多说。天色已黑，怪侠竟到炕上醉睡。玉娇一个人晚餐也吃不下，在灯下支颐默坐，思潮起落不停，充满着悲观。听怪侠在炕上沉醉后说梦话道："你这个小子假充斯文，懂什么道义？只知趋炎附势，弃旧怜新，你若真的不肯这样做时，休怪我立刻拧下你的头颅来。"底下再说的话却含糊不清，一会儿又没声息了。玉娇听着，虽不明了他的意思，却仍是愁上加愁，一些儿得不到安慰。直坐到更深始睡，睡梦中也恍恍惚惚的，如在云雾里，身子异常疲乏。

次日早晨起身，依然梳妆一新，坐候万维馨再来。自意今天他来后，自己必能向他商量一个办法，不能老是这样搁在旅舍里。彼此以前既有口头的婚约，必求能够实践，以定终身。况怪侠数千里护送至此，岂能常常使他麻烦，他也有他的事情，我怎能再缠绕着他呢？怪侠却坐着吸旱烟，他也是等候万维馨再来，早早定一个下落。

然而坐待多时，不见维馨到来。玉娇屡屡看着窗外的日影，渐近午时了，伊心中何等的焦灼，忍不住对怪侠说道："恩公，此刻已近午时，万公子还不见来，莫非他要失约了？唉，本来昨天我瞧他的情形不对，他果然要抛弃我了，否则昨天他就不该说些不相干的话。人心是见异思迁的，难保他不会变心。也许他今天不来和我见面了，那么我将怎样办呢？这完全是出于我意料之外的。唉，恩公，我若徒劳跋涉，非但自己变作失巢之燕，无家可归，且亦何以对得起恩公呢？"

怪侠脸上也像含藏着一团怒气，很沉着地说道："万君若是不来，这个人便是无情无义，老夫一定不肯放过他的。待我吃了午饭，再跑到他门上去找他，不怕他躲到什么地方去，我可以抓他前来。"

玉娇道："他若不愿意来时，硬要他来也是无用的。"说了这话，叹口气，向椅子里一坐，好似四肢无力的样子。

正在这时，只见有一个年轻的下人由店小二引导着，走将进来。到得玉娇的房门口站定，店小二掀门帘，对玉娇说道："李小姐，这一位是万府上差来下书的人。"

玉娇听了，面上不由变化，即刻立起娇躯，说道："怎……怎么万公子没……没有来吗？"

怪侠早已三脚两步走到那下人面前，喝问道："你是万维馨差来的吗，他为什么自己不来？"

下人道："我家万爷差小的至此下书，别的事小的却不知道。"说着话，呈上一封书信，又有一只小小官箱。

怪侠接到手里，把官箱放在桌子上，又将书信转递到玉娇手里，说道："李小姐，姓万的果然不来了，可恶可恶！你且看他的信上写些什么？"

玉娇颤巍巍地伸过纤手，勉强将书信接了过去，先一看信封上写着"面呈李玉娇小姐亲启"数字，旁边又写上"万缄"两字。伊就撕开了信封，抽出两张薛涛笺来，暗暗读着道：

玉娇世妹雅鉴：

　　一别多时，忽又重见，芳容憔悴，莲子心苦，惊风骇浪，备尝之矣。故人闻之，能无恻然？忆昔日分袂，原期白头，彼苍狡狯，命与仇谋。青鸾音沉，梦想徒劳，遽获噩耗，中心彻怛。是邪非邪？何为遘此？命之薄矣，尚何言哉？陌路萧郎，侯门似海，天夺良缘，吾心滋碎。适有王公，雅意为媒，袒腹龙门，丝萝相攀。情非得已，非我忘妹，知我罪我，谅之而已。弱质飘零，孰不怜悯？赖有侠士，护送至京。北地苦寒，非妹所堪，他乡作客，乌得盘桓。不如归去，故里较安，莫念往事，勿抱悲观。妹能如此，我心亦宽。妒花风雨，是何孽因？怜妹困厄，生不逢辰。前约未践，主臣主臣，是何罪过，应怪匪人。程仪五百，微意聊申。风雪归途，尚望自珍。言尽于此，余不多陈。

万维馨再拜

　　玉娇读罢这书，方知万维馨果然变了心肠，与异姓女子联姻，把自己抛弃，反把这事的罪过完全抛在别人身上，而且大有疑心自己业已失身匪人之意。全不想到我是宁为玉碎，不作瓦全的。可知他也不能明了我这个人，轻轻地就这样丢开了。那么自己千辛万苦，跑到京里来做什么呢？我之前途岂非完了吗？真好似有人把伊当头痛击一棒，两耳雷鸣，喊了一声啊呀，立刻晕倒于地。

第二十二回

刻骨痛心红颜叹命薄
赴汤蹈火黄衫侠情深

当李玉娇晕倒于地之际，怪侠在旁连忙赶过去将伊扶起，唤道："李小姐快快醒来，李小姐快快醒来！"又用手把伊的头摇了一下，玉娇方才醒。可是面色已是惨白，朱唇红褪，秋波泪盈，把莲钩在地下一顿道："我李玉娇这般命薄吗？他竟是个薄幸人，他不该写这样一封书来，以前的事都忘记了吗？唉，他的心难道是铁打的、石做的，竟如此硬心，如此冷酷吗？几使我不信人世间有此事的，我可是在这里做梦吗？"玉娇说着话，眼泪如断线珍珠般滴下来，身子摇摇欲倒，又像要晕去的模样。

怪侠连忙扶伊到炕上去坐定，对伊说道："李小姐，你且定心，莫要悲伤，有老朽在此，自有主张。"

那站在旁边的店小二和下人也都瞠目呆视，莫明其所以然。玉娇只是嘤嘤娇啼，气塞胸膛，两手不住地颤动。怪侠取过书信，看了一遍，又去把桌上的官箱打开，瞧见中间封着几卷银子，就是万维馨送与玉娇的五百两程仪了。哼，这小子有了钱，便把钱来打发他人走路吗？他以为施了这点小恩惠，天大的事便可了结吗？怪侠这样想着，又检点箱中，尚有一块手帕和一副翡翠环子。他不明白这是谁的东西，因为书信上没有写明，但玉娇总知道的，所以就取在手里，向玉娇询问。

玉娇一见自己的东西，禁不住又是一阵心酸。自己当初赠予维馨，作为定情的盟物，无非留一个纪念之物，使他睹物思人，念念不忘，维持我们的情爱于不敝，他也把一柄写好字的团扇和他身上所悬的一块碧玉赠予我的，所谓投我以木桃，报之以琼瑶。谁知今日他忽然把这两件东西很无情地掷还我了，他对于我已是完全没有什么情感了，避唯恐不及，所以有此表示，要使我意冷心灰，一切绝望。唉，想不到物犹是也，而人则已变，徒然留下痛的创痕。他创伤了我的心，好似伸着无情的魔手，揪住我的头发，把我摔到万丈深渊里去，粉碎了我的身体，消灭了我灵魂。此后的我，在这世界上还有什么留恋，倒不如跟随父母到泉下去。这变化万端的世上，使我看起来多么伤心，多么仇视。人心是靠不住的，所谓麒莺其貌，鬼蜮其心，越是士君子知书达礼之流，他们的良心越是坏到极点，使人不防的。我今日受着的欺诈手段，却是斯文公子施展的，我一片深心，对着万维馨至于靡他，谁知得到的结果竟是如此，我还有什么话可说吗？玉娇这样想着，伊心里真是万念俱灰，痛恨入骨。女子的心理多抱悲观，容易趋向消极的路上去，所以伊觉得自己已到了山穷水尽的境地，再不想活了。伊低着头只是滚滚落泪，凄然无语。

怪侠见伊没有回答，只见下泪，便猜知这两件东西必是玉娇昔日赠送与万维馨而万维馨掷还的。人之无情，一至于此，伶仃弱质，岂能忍受呢？他心里异常愤怒，知道这事全无希望了，便对玉娇说道："这下人要不要打发他回去？姓万的如此无情无义，禽兽不如，你也不必再眷眷于他了。"

玉娇点头。伊虽想写封回书去责备维馨，然而人家已做了李益第二，往日深情都付流水，即使自己向他严责，徒费空言，无补于事。况且此时自己刚才昏晕过了一阵，全身疲软无力，头脑涔涔作痛，心中怔忡不已，再也没有力气去握那毛锥子，所以伊也没有什么主张，怪侠怎样便怎样了。至于万维馨前次赠给伊的碧玉和团扇，都在苏州装在箱筐里，怪侠没有代她取出，不在身边，否则也要立即掷还他了。

怪侠见玉娇无语，他遂回身对那下人说道："你回去吧，复信也不写了，这官箱里的东西业已收下，但这五百两银子李小姐不愿接受，你可带回去，交给姓万的吧。"怪侠说毕，便将官箱合上，里面的银子动也不动，一只手提了起来，扑的一声，掷在那下人的脚边，说道："拿去吧。"他也明知玉娇万万不肯接受万维馨的程仪的，所以还去。

那下人虽不知其中真相，但瞧了玉娇悲泣的情景以及怪侠的愤怒，也知道这事不十分好。更看怪侠一双眼睛对他圆睁着，须发都竖，一种怒气勃勃的样子，挟着数分威武之态，使人生畏，所以他也不敢说什么话，向地下拾起官箱，回身便走。店小二也跟着出来，不敢询问究竟，自去伺候别的客人了。

下人去后，怪侠又对玉娇看看，只见玉娇泪痕满面，呆呆地坐在炕上，两手反撑着，好似雨打梨花悲不自胜。怪侠心中甚是不忍，一时没有什么话去安慰伊，十分烦闷。想了一想，走过去对玉娇柔声说道："李小姐，我知道你此时心里一定非常悲伤，我也没有什么可以安慰你的话。你恨姓万的小子太薄情吗？哦，李小姐，你果然认错人了，姓万的虽然是个读书人，你佩服他才学无双，倾心于他，以为他也爱你的清才丽质，始终不变。谁知他是个慕势趋炎之辈，弃旧怜新之徒，借着他的诗才，做敲门砖，走上终南捷径，正要求人间的富贵，岂肯顾到你身世可怜的李小姐呢？"

玉娇听怪侠说话，话中有因。伊本来昨天就有些疑心维馨了，所以伊就抬起头来说道："恩公，我自恨空生一双眸子，不识得人，以致受了人家的诡绐。到得今日，我竟是进退狼狈啼笑皆非，不知道怎样做才好。想小女子命宫磨劫无有底止，迭经忧患，死里逃生，幸赖恩公救我出险，护送至京。初拟投止有门，终身有托。谁知人家昧良负心，饷我以闭门之羹，使小女子痛心已极，不愿意再坐在这个污浊的尘世中，受肮脏之气了。不过恩公所加于我的一番深恩大德，小女子今生愧无报答之机，只好结草衔环以报了。望恩公千万原谅。"

玉娇说着，声音颤动得异常，涓涓珠泪仍从伊眼眶里一滴一滴地淌下来。怪侠对玉娇摇摇手说道："李小姐，话何必这样说？你若要轻生，徒然自己丧失了性命，于姓万的无关，这也太软弱了。你的一生，就这样地断送吗？你纵然自己不可惜，叫人家何以为情，很代你深深可惜了。"

玉娇听了这话，更是悲伤，不由呜呜咽咽地啼泣。喉咙里又迸出几句话来道："恩公，你想我受了这个严重的刺激，脆弱的身心怎当得住？所以我也只有一死了。偷生在世，有何乐趣？"

怪侠又叹了一口气说道："你何必这样顿萌厌世之念呢？我虽是一个老头儿，却从来没有想到死。虽然人生总有一死，但要死得值得。你现在死了，姓万的更是快活。而你却枉死黄泉，一生幸福断送，年纪这样轻，容貌这样美，才学这样高，性情这样好，你自己也舍得吗？老朽冒了危险把你从虎穴中搭救出来又犯了千辛万苦，送你至京，也指望你有了归宿，老朽的心事可以放开。现在事情坏到如此，出于意料之外，人家虽然把你遗弃，但老朽却何能眼睁睁地看你死，而自己一走了事呢？"

玉娇哀哀啼泣道："这是我有累恩公，小女子一辈子对不起恩公。小女子心碎肠断，实在不欲再在世间，请恩公不要顾念我这个薄命的人。"

怪侠把足一顿道："啊哟，李小姐，你是聪明的人，为何只怀着死念，不能听老朽之言？依我之意，从今以后，你的心里不要再把姓万的小子萦念着，譬如他已是死了。你今后再要做你的李玉娇，但不是以前的人了，以前种种譬如昨日死，以后种种譬如今日生。你须要忍受着艰辛，忘记了苦痛，自己找求你将来的光明世界。老朽一向救人救彻，必要救助你到底，决不忍半途抛弃了你而去的。你放心吧。我必代你想法。"

玉娇听了这话，心中说不出的悲伤和感激，立刻对着怪侠拜倒于地，说道："小女子是恩公把我救活的，我总听你老人家的教训。但小女子对于万维馨的改变心肠，究竟不知是什么一回事。他信上说的话，似乎很疑心于我，因为有人在里面搬弄是非，诬蔑我不贞。幸此事有恩

167

公在内见证，小女子由恩公在小霸王家里救出，白璧无瑕，一心一意地期待着姓万的。他在北京一切情形都不详悉，如何可以凭着一纸的谰言而轻轻抛弃小女子呢？不知恩公可能再代小女子往万家走一遭，即由恩公做证人，向他申说一遍，好使他到底能够明白其中的是非，而一洗小女子不白之冤。"

怪侠听了玉娇的话，知道玉娇到了此时还在痴心妄想，以为万维馨误信人言，情有可原。唉，可怜可怜，还不如让自己索性把万家小子的暗幕掀开，使伊死心塌地，另想别法吧。于是走前一步，双手把玉娇扶起，叫伊坐了，对伊说道："李小姐，你在昨天大概已把那些事情觍缕奉告他的了，姓万的只是言语支吾，一句真心的话也没有。今天又写这封书信来，你再读一遍吧。你是聪明人，该知道他早已无意于你了。老朽再去又有何用？唉，李小姐，你真是可怜，此时你还蒙蔽在鼓中呢，待老朽清清楚楚告诉你吧。只是劝你不要再加添你的悲痛，你须要自己珍重，不必再恋恋于这个无情无义的坏小子了。"

怪侠说了这话，顿了一顿，便将自己探听明白的事完全吐露出来。玉娇方知万维馨贪慕荣华，已娶龚侍郎的爱女为妻，无怪他要用这冷酷的手段来对付自己了。他当着我的面，怎好直言？所以索性打一个闷葫芦。这时候伊的一颗心更觉非常难过，宛如有人把伊抛入万丈深渊里，再用利刃刺入伊的胸膛。两手撑住在炕上，摇摇欲倒，几乎要晕去的样子。

怪侠又对玉娇说道："痴心女子负心汉，古有是言，今有是人。你受了这个痛苦，当然要痛不欲生。但我早已说过，你今后可以重新做起一个人来，把昔日的事一齐忘掉了吧。无论如何我必要保护你到底的。"

玉娇依然淌着眼泪，说道："小女子若没有恩公教诲，已拼一死，恩公的大德叫我如何图报呢？不过万维馨对我太薄情了，他还有人心吗？"

怪侠点头道："是的。"又回头向门外望了一下，然后说道："确乎这厮太没有良心了，老朽断乎不放过他的。李小姐，你瞧着吧。千万不要悲伤，我要代你……"怪侠说到这里，咬牙有声，沉顿住不说下去了。

玉娇道："我只有仗着恩公代我出一口气了。"玉娇由悲生怨，由怨成恨，也把万维馨十分痛恨，一时不想死了。

伊明白怪侠的用意，含悲忍痛，一任怪侠怎样摆布。遂将桌上放着的翡翠环子摔在地上，裂成数片，又将自己的手帕剪作数块，那封书信也撕作蝴蝶飞了。这虽然都是自己的东西，但业已给维馨藏过，以为已受污了，所以不愿意再行收回，而把来毁坏，可见伊心中怨恨达于极点了。

怪侠瞧着，暗暗点头。于是这天下午，怪侠催着玉娇收拾行装，他把房饭钱付了，带着玉娇即刻动身，来到城外一个小旅店内投宿。晚上怪侠独自喝着酒，玉娇啼痕满面，悲不自胜。伊虽然听了怪侠的话，一时不想自尽，而创巨痛深，怎能使伊忘记这个惨痛的打击？所以晚餐也吃不下，先到炕上去睡。但伊怎能合眼呢，依然流着眼泪，当着怪侠的面不敢哭，脑海里浮起昔日和万维馨往还的情景，及今回忆，徒成悲痛的创痕，不禁怃然。怪侠一边喝酒，一边仰着头，自思自想，暗暗地心中正在安排他的计划。当然凭着他的侠义心肠，又将有一幕惊人的表演了。

次日，怪侠在白天睡觉，高卧炕上，鼾声如雷。玉娇独自坐着，天气很冷，窗外风声怒吼，细雨如丝，室里十分黑暗，玉娇更是愁闷。伊到北京来的热望完全化为乌有，万维馨的一封书重创了伊的芳心，本来无意再活于世，但为怪侠劝住，伊只得勉强跟着怪侠走。自己未尝不感谢这位老侠士肝胆照人，贯彻始终，好心好意地爱护着伊，然而人家是有别的事情要干的，五湖四海，到处逍遥，我是一个弱女子，如何跟着他去做人家的累赘呢？身世困厄，举目无亲，想来想去，这都是我叔父李二麻子害我如此的。怪侠没有将他手刃，这还是他老人家的宽厚呢。然而我经受着那次惊风骇浪之后，到现在没有一日安宁过，所遇的惊恐和忧患，有增无减，极尽人世间的苦楚，而最后的遭遇更是严酷。

从今以后，心已碎裂，虽勉强在世，而敢断定终身没有快乐之日了，又想万维馨枉读圣贤之书，依附赵孟，苟合当世，为了权势的关系，竟狠心肠把我抛弃了，而和别人家联姻。可见他对于我完全是假心肠，并没有真的情爱，即使没有绥之在其间造作萋斐贝锦之言，他也终于要把我遗弃的了。唉！人之所以异于禽兽者几稀。孟夫子的说话是不错的。他既然对我如此无情，我也不值得为他一死。怪侠劝我之言也不错，只是我坐视着万维馨这样弃旧怜新，贪图富贵，心中的怨气如可能消？怪侠既然对我说他自有对付之法，带我至此，那么他老人家必有办法的，绝不会哄骗我，我且耐心等着他吧。玉娇左思右想，愀然不乐，珠泪时时从伊眼眶里落下，心中的痛苦无时或释。

将近晚上，怪侠一觉醒来，从炕上跳起，又吩咐酒保烫酒，煨了一只嫩鸡，切一斤牛肉，买些花生米豆腐干，坐在沿窗桌子边，斟着酒独饮。玉娇坐在一边，悄然无语，怪侠又劝慰伊数语，伊只是点头称是。黄昏时，怪侠酒已半酣，强迫玉娇吃了一些饭。饭后，他就叫玉娇先睡，自己要出外去一遭，少停便见分晓。玉娇早已猜知他老人家将有惊人之作，心里又觉有些害怕，有些担忧。明知万维馨遇到了这一位神龙大侠，一定不能幸免。虽然说他自作自受，然而结果是很悲惨的，又岂自己起初所愿？这样一想，心里又有些恻然，但怪侠已决定主意，自己要阻止他也无效的。况且怪侠此去，全为了伊，自己又怎能反去劝他，不要给他笑我太无勇气吗？

怪侠见伊不语，便笑了一笑道："李小姐，你是菩萨心肠的人，我请你不要忧惧，我要去了。"于是他将外面衣服脱下，整一整里面的短衣，束缚停当，将他携带的一柄宝刀暗藏身边，仍把外衣穿上，大踏步走至外边，把房门带上，下了门帘，一径走去了。

玉娇独自坐着，当然没有心思去睡眠，把一盏孤灯频频剔亮。听听旅店里人声渐静，内外客人都睡了，四下里静悄悄的，只闻更锣之声由远而近。外边朔风一阵阵地吹打着，幸亏雨已在傍晚时停止，否则怪侠将要沾湿身体了。又想万维馨对待自己这样残酷无情，全不顾到他人的可怜情况，只知自己享乐，只见新人笑，不闻旧人哭，今夜他将有意外的遭受，悔之无及了。这种人我去可怜他作甚？一边想一边听，二更三更地过去，伊一些儿不觉倦。直至四更过后，微闻庭中有落叶声，跟着帘钩一响，房门轻轻推开，怪侠已走了进来。

玉娇连忙立起身来迎接道："恩公回来了吗？可曾……"

玉娇还没有问完，怪侠早低声微笑道："李小姐，我冒着这风雨之夜，跑了一趟，总算没有白跑，你瞧着吧，这是什么东西？"说着话，把左手伸起，将一个小小纸包向桌上一掷。那纸包上面，有些血迹鲜红，玉娇看了，不由身体抖将起来。

第二十三回

黑夜惩书生人身借物
长送护弱女异地交兵

这天晚上雨丝虽然停止，而漫天的乌云遮得星斗无光，一阵阵的寒风在空中刮着，发出呼呼的吼声，街道上行人稀少，大都伏在家里烤火取暖，而怪侠却在寒风中大踏步地走向城中去，其行如飞，所以很快地走到了头发胡同万维馨的家门前。

他对着大门相视了一下，只见大门紧闭，人声寂静，知道万家今晚没有什么事，主人早息，所以下人也早把大门关上了。他料想必有后门的，恰巧左首有一条小街，他遂进街内，循着墙垣绕至后面，那里的墙较低，凭着自己的本领可以上去了。他遂把外面的衣服脱下，团了一堆，暗暗放在那边墙隅隐蔽之处，立即一耸身跃上墙垣。听听里面没有什么声息，灯光也很少，他遂施展轻身功夫，飞檐走壁，向里面有灯光的地方走去。瞧见西边有一高楼，楼窗中有灯光向外透出，他料想这必是万维馨夫妇的卧处了。我且去找这个坏小子算账，虽然这事与龚侍郎的女儿无关，但也不可不给伊知道这坏小子不顾人家的死活，我也要不顾他的死活哩。怪侠一边想，一边飞也似的溜到了高楼之前。朝南一排明窗是明瓦嵌玻璃的，中间有一小方玻璃有绯色的窗幔遮着，瞧不到里面。怪侠站定在屋面上，四下一看，没有什么动静，料知这里没有什么能人护卫，不用顾虑，细瞧左边窗上有一块明瓦略有一些罅隙，他就将手指轻轻剥开一小处，用一只眼睛向里面偷窥。恰当窗幔空隙处，所以被他看得清楚。只见万维馨穿着随身便服，坐在围炉旁边，手握一卷，似乎在那里看书。床前妆台畔坐着一位二十许的丽人，花容玉貌，可说和李玉娇一时瑜亮，无分轩轾。身上披着浅色的睡衣，正低着头在那边穿起一串珍珠，不问而知是龚侍郎的爱女，也是万维馨的新妇了。

怪侠瞧着龚雪珍的容仪，暗暗赞叹，无怪万维馨这小子要见异思迁了。这事和龚雪珍本没关系，今晚我若收拾这小子，倒似害了伊，如何是好？怪侠这样想着，反有些踌躇起来。继思凡事难面面顾全，这小子忍心抛弃玉娇，我一定不能饶恕他的，不能顾到龚雪珍了。但不妨稍发慈悲之心，不伤他的性命，便是造化这小子哩。于是他就从腰际抽出那柄宝刀，向窗上只一撬，那扇窗早咔嚓一声掉下来，怪侠一手接住窗子，轻轻放在一边，扑地跳进窗户。

万维馨正瞧得出神，不防外面跳进一个人来，吓了一跳。抬头一看，认得怪侠就是护送李玉娇来京的老叟，曾到此下书的，不由一怔。刚要开口时，怪侠早已奔至他身前，伸手将他的衣领一把揪住，握在手里，宛如老鹰抓小鸡一般。万维馨喊得一声啊哟，怪侠已将宝刀在他的颊上磨了一下，说道："不许声张，再喊时，老夫就请你吃一刀。"

万维馨觉得颊上冰冷的一擦，吓得头颈短了寸许，两肩耸起，一颗脑袋尽往颈子里缩，恨此身不能化为乌龟，倒可以将头缩去，动也不敢动。龚雪珍见了，以为来了飞行大盗，伊是娇怯怯的人，怎受得起这种惊吓，早瘫痪了半截身子倒在一边，话也说不出来。怪侠尚恐伊要呼唤，又把刀向伊一指，说道："不干你事，你休要呼唤，如违我命，悔之不及。"龚雪珍听了更是不敢行动了。

此时怪侠向万维馨诉说道："你这小子可知道我今晚来此的缘由吗？便是要痛责你的罪恶，你当初和李家小姐有了爱情，信誓旦旦，永不相忘。怎样你到了北京，竟忘前誓贪慕虚荣，娶了龚侍郎的女儿为妻，而将玉娇抛弃不顾？可知玉娇是个冰清玉洁的女儿身，伊在故乡，历尽艰险，九死一生，为了你守贞不移，坚如磐石。像这样才德容貌兼全的女子，麟角凤毛，不可多得，若非老夫拔刀不平，援助伊出险时，恐早已香消玉殒，不在人世了。好容易送来京师，访问你，投奔你，希望终身有托，对于你一片痴心，而你不但没有片言只语加以抚慰，表示昔日的相爱，稍安玉人之心，反心硬似铁，掉头不顾，花言巧语，谎骗旧侣，存心毁灭前盟，怜新弃旧，把一封书信，空言唐突，自己好像置身事外，没有关系一般。你想别人家盈盈弱质，千山万水，迢迢长途，从江南到了燕北，所为何来？岂是要你的打发一笔盘缠钱吗？嘿，你这人太无心肝了！我今天倒要看看你的心哩。”

万维馨起初好似觳觫之牛，怜伏不动，一任怪侠诉说，及至听到怪侠说要看看他的心时，他又吓出一身冷汗，颤声说道：“这事要你老人家原谅的，我本无意抛弃玉娇，只因表弟秦绥之来了一函，说玉娇已归沙咤利，所以我方别娶。现在事已如此，无法挽回，请你原谅我的苦衷吧。”

怪侠道：“你岂可听了片面之言，遽尔抛弃？那么你仍是不知道伊人的心。既然你是误会的，现在事已大白，你对于玉娇当如何慰藉，或想补救之道从长计议，方是多情之人。今番你待玉娇太无情了，伊晕倒在旅舍中，屡欲自尽，若无老夫在旁解劝，伊已魂归离恨天。不是你要害死伊一命吗？于心何忍？你不要徒然诿罪于他人，只怪自己心志不坚，心肠太忍。倘然玉娇饮泣于外，而让你逍遥在京，这不是天下不平的事吗？老夫生平喜代打不平，况且玉娇是我送来的，我不能不管此事，所以今夜前来找你说话。”

万维馨道：“那么请你老人家吩咐一声吧，我要是力量能够办到的，都可遵命。”

怪侠冷笑道：“此事也许你永远不能办到了，未敢勉强，只是这口气却不能不出，所以老夫此来想向你告借两件东西。”

万维馨道：“什么都可以，珍珠宝贝悉凭选取。”

怪侠摇摇头道：“那些东西老夫绝不稀罕，我要的东西就在你的身上。因为你没有眼珠子，不识好人；没有耳朵，错听人言。所以要借取你的耳目，带回去给李小姐做个悲痛的纪念。”

万维馨一听这话，面如灰色，连忙哀求。龚雪珍在旁听怪侠要取伊丈夫的耳目，心里也异常发急，不由向怪侠跪倒地上，请他饶恕。怪侠又对万维馨说道：“老夫本来把你杀却，只因看在你妻子面上，所以姑宥一命。现在更因你妻子的求请，特别减轻只取你一耳一目，使你不至全废，以后还是秉着良心，好好儿地做人吧。"

怪侠说了好多时候的话，不敢逗留，立刻将刀轻轻地在万维馨左耳上一削，一只左耳已落了下来，又把刀向他右眼只一剜，一只眼睛已血淋淋地堕下。万维馨已痛得晕了过去，怪侠把他抛在楼板上，又见龚雪珍也已惊骇得昏厥在一旁，他还恐怕伊醒后要呼喊，找得一根丝带，将二人缚在一起，口里都塞了一些棉花，又用布把万维馨的两种重伤扎缚好，止住流血，然后向抽屉里取得一块大帕子，拾起地上的一耳一目，包裹在帕子里，握在手掌中，跳出楼来。又把那扇窗依然倚在那里，掩蔽得若无其事一般，方才施展飞行功夫，出了万家。穿好长衣，跑至城墙边，扒上城墙，用绳子系在城墙上垂下城去，且无人知觉，一径回到寓中。把这两样东西打开来给玉娇看，好使伊一泄怨气。

但是玉娇目睹着万维馨的耳朵和眼睛，几乎失声而呼。伊一方面感谢怪侠仗义为伊复仇，一方面又觉得有些不忍，遂向怪侠称谢道："多蒙恩公代我泄恨复仇，十分感激。万维馨也是孽由自作，只好怪他自己太薄情了。"

怪侠哈哈笑道："这样处置，在我看来，算是最轻的呢。从今以后，看他还能够自负风流美貌，坐拥娇妻吗？玉娇小姐，你可以完全把他忘掉吧。料想这案情明日必要揭穿，好在我们早在城外，容易脱身。一等东方白时，我们便可动身离开这里了。"

玉娇点点头道："恩公说得不错，但小女子已是有家归不得了。此来满拟倚仗恩公之力，和那薄情人相见以后，终身可以有托，谁知苍狗白云，变幻莫测，一至于斯！小女子虽赖恩公护持安慰，已将自经沟渎之见除去，然而脆弱的心不堪受此深重的打击，今后对于这无情的人世，心冷意灰，几如槁木，还想到哪里去借鹪鹩一枝之寄呢？不如拜恩把我送回栖霞山白云庵去。那边的修真老尼也是一位尘海奇人，待我很好的，我也听过伊讲佛经，只因以前尘心未除，绮障难消，所以格不相入，望道未至。现在小女子这个不祥之身，几如天地之间一赘疣，故愿回至庵中去一心学佛，以忏今生了。不过又要有劳恩公跋涉一番，待小女子结草衔环以报吧。"

怪侠听了玉娇之言，又借着暗淡的灯光，向李玉娇的面上仔细相视了一下，叹口气说道："李小姐何出此言，似你这样的绮年玉貌，前途方长，虽然时运不济，迭遭挫折，然而空门中岂是你归宿之地？你自己纵不爱惜，老朽却不忍你的一生幸福便如此断送了。待老朽带着你同行，徐徐代你设法，谋个安身所在，你千万不要灰心。"

玉娇听了，自然格外感激，又说道："恩公如此待我，可谓生死人而肉白骨，既不嫌携带小女子同行为累赘，那么天涯海角，小女子一辈子跟着恩公走了。"

怪侠点点头道："我带你到一个地方去，就是山西阳城郑家堡。"

玉娇道："莫不是那位郑一冲侠士的住处吗？"

怪侠道："是的，老朽本允许他送你到了京师之后，要到他那里去一聚的，那天在沧州城里遇见他家仆人郑贵前来报说，那边王屋山中有绿林好汉，和他们作对，所以一冲匆匆归去。老朽放心不下，也许他有需我相助之处，故想带你同去一行，兼游晋省风景。"

玉娇听了，顿时好似有一个少年豪侠，英姿飒爽地站在伊的面前，不置可否，低倒头好似沉思一般。这时候听得旅店后面喔喔喔一声鸣啼，怪侠便对玉娇说道："你预备梳洗吧，我们动身，越早越妙，走漏了风声，反有许多不便。"

玉娇不敢怠慢，好在伊没有睡眠，略事装束，天色已明。怪侠早把万维馨的耳朵和眼睛收拾了，藏在炕底里。便去唤起店伙打了脸水来，怪侠和玉娇盥洗已毕，立刻付去店账，雇了一辆骡车上道，赶奔保定府去。

晚上打尖时，听人传说北京城里出了一件奇案，就是龚侍郎的爱婿姓万的被人夜间混入私邸割去一耳剜去一目，家中资财，一无损失，明明是有私怨报复。现在姓万的正在医治中，性命虽可无恙，然恐终身残疾难愈了。九门提督已下通缉令，在城内外大肆搜索，听说凶手是一老翁呢。

怪侠和玉娇听了，心里自然明白。玉娇很惴惴不安，怪侠自悔因要数说万维馨，所以未蒙面目，行踪不免难以深藏，遂匿伏房中不出。他自己一人虽不恐惧，却因有玉娇在一起，在在需自己保护，不得不格外谨慎一些。

过了一夜，次日又另雇了一辆骡车和一头牲口动身。他自己骑着牲口，随在车后保护，宛似关云长千里走单骑。这样昼行夜宿，仆仆风尘向前赶路。幸喜途中没有遇到岔儿，各处亦无阻滞，渐渐地已至王屋山麓。

仰望王屋山脉雄峻而绵延，山谷窅深，林木丛密，果然是强梁者出没之所。他向附近居民问询阳城去处，绕着王屋山麓来至阳城，又探询郑家堡，始知自己走错了方向，那郑家堡虽在阳城县属境，但和阳城相距甚远，而贴近王屋山的西峰，不得不重又走回。

这时候红日冲山，天色将暮，王屋山峰上好像罩了一重烈雾，朔风吹动林木，发出呼呼之声，天气十分寒冷。怪侠心里很是焦躁，自思今晚若然赶不到郑家堡，在这里前不着村后不着店，到哪里去借宿呢？便是折回阳城，也已无及，况此处山势险恶，强盗盘踞，倘有盗匪出劫，为要保护玉娇，也是很不方便的。遂催促骡车夫快快赶路。车声甸甸，绕过了一个山嘴，忽听山背后鼓声和呐喊声交作，像是那边有厮杀一般。怪侠听了，心中未免忐忑，便叫骡夫快把车辆推入道旁树林中去，以防不测。他又叮咛玉娇伏在车中，不要惊慌，又叫骡车夫好好看守着车子，休得露面。他自己两腿将牲口一夹，跑上山冈去一瞧究竟。

当他跑上山冈时，只见山坡下有百数十人，像是民团模样的，杀得弃甲曳兵而走，旗帜都倒乱了。背后有一大队绿林健儿，个个健壮，手中各举兵刃，敲动战鼓，在后追来，喊杀之声震动山谷。有一个盗魁座下一匹青马，乱鬃绕颈，相貌凶恶，身躯也十分伟硕。手里高举一柄九狮大刀，跃马紧追着一个少年。那少年座下一头白马，拖着长枪，正自落荒而走。盗魁的马很快，刹那间已追至少年马后，喊声如雷，一刀向少年后腰劈去。那少年只得回马架格，两人在山坡下刀来枪往地狠斗着。盗势浩大，把那少年围在核心，民团想要返救，都被盗匪拦住，地下早已倒着几个尸体。

怪侠瞧那少年的形状，酷肖郑一冲，暗想：一冲难道正和王屋山盗对抗吗？他的本领也不错，为何如此不济？再看那少年枪法已乱，力气不足，而那盗魁精神抖擞，愈战愈勇，一柄刀闪闪霍霍地十分厉害。少年已至十分危急之时，怪侠瞧在眼里，再也忍不住作壁上观了，连忙从腰里抽出宝刀，并将弹弓子预备好，将牲口的缰绳一抖，立刻从山冈上冲下去，大喝道："狗盗休要逞能，看老夫来取你的性命！"此时的怪侠真如飞将军从天而下了。

第二十四回

匹马解围老当益壮
小桥遮路樵竟多能

当怪侠冲下山冈的时候，那少年忽然马失前蹄，一个翻身，跌倒地上，那虬髯的盗魁心中大喜，哈哈大笑。刚要挥刀下砍时，怪侠早已驰至他的身旁，叱咤一声，那盗魁再也不防此时此地半腰里杀出一个程咬金来的，只得丢了那少年来战怪侠。怪侠岂肯示弱，将手中一口宝刀使得龙飞凤舞般和那盗魁酣斗。盗魁见来人年纪虽老，手中宝刀不老，未可轻侮，也就将九狮大刀闪闪霍霍地向怪侠进攻。两人斗了五十多合，不分胜负。此时那少年早从地上爬起，重又跨上战鞍，知道怪侠是来救他的，心里异常安慰，勇气顿时倍增，挺着长枪去和匪党交锋。

怪侠见盗魁骁勇，自己不能取胜，心里又惦念着背后的玉娇，不耐久战。便虚晃一刀，将牲口一碰，佯作败退，盗魁不知是诈，恃勇追赶，忽听弓弦响处，有一颗小小铁弹正向他面门飞来。盗魁将头一低，让过这一弹，不防第二弹续至，正打中他的肩头，险些儿跌下马来。他吃了这一弹，心中一吓，肩头也非常疼痛，连忙回马逃遁。怪侠回身追杀，驱散群盗，群盗见盗魁受伤，赶紧保护着他们的头领向东北方退去。

少年收齐败残的民团，过来向怪侠拜谢。怪侠细瞧这少年的面貌形态活像郑一冲，但身子略胖一些，却不是一冲本身。少年对怪侠带着笑说道："方才小子被那厮逼迫得紧，马失前蹄，性命危在俄顷之间，却蒙仁丈到此拔刀相助，反败为胜，感何如之？可知仁丈是江湖门的英豪前辈，小子不揣冒昧，愿闻姓名，俾小子铭诸心版，永矢勿忘。"

怪侠掀髯笑道："老夫生平不把名氏示人，你只称我为怪侠便了。"

那少年听了怪侠两字，又对怪侠面上仔细瞧了一眼，露出惊奇的神色，问道："那么仁丈就是家兄所说的神龙大侠吗？"

怪侠点点头道："令兄是谁，莫非就是郑家堡的郑一冲？"

少年颔首答道："正是，家兄就是和仁丈邂逅异地的郑一冲，小子一成，是他的兄弟。他归乡后常常提起仁丈本领高强，义气深重。小子景慕非常，天天在这里盼望仁丈来临。却不料今番天使仁丈到此，救了小子的性命，感激不浅，真是令人喜出望外的。"

怪侠道："令兄在哪里？老夫此来本是专诚奉谒，也不料遇见你们这一场厮杀，令兄为什么不和那盗魁对垒呢？"

郑一成听了这话，猛喊一声："啊哟，我哥哥正被盗魁围在堡前，我们须要快快去援助他。"

怪侠道："你哥哥也被盗匪困住吗？好，你快领我去救他出围。"

于是郑一成和众团丁连忙引着怪侠向西南面赶去，渐渐听得喊杀之声，望见远远地田野上正有一大伙儿盗匪围着厮杀。郑一成指着说道："我哥哥被围于此，小子救他不得，还仗仁丈相助。"

怪侠道："我与你各率一半团丁从左右两角上冲杀进去，只要搅乱了他们的阵势，便可救出令兄了。"于是怪侠、郑一成分开两路杀进去。怪侠圆睁双目，银髯倒竖，向那边冲杀进去，刀如游龙，群盗纷纷向旁退避，不是东仆便是西跌，被他杀开一条血路进去。只见有两个大盗各骑着烈马，手中举着兵刃，纠缠住一个白马少年，走马灯般厮杀。那少年便是郑一冲，手里舞着双剑，正在拼命狠斗。怪侠过去向一个使戟的大盗一刀劈去，那盗见民团有人援助，回转马头，舞开画戟，和怪侠斗住。郑一冲见是怪侠，这一喜真是非同小可，他本做困兽之斗，势甚危险，此时精神立刻大振，挥剑反攻，同时右面角上喊声大起，盗党披靡，郑一成挺枪跃马，杀入阵来。两边一搅，盗党声势陡杀，集合徒众，往东边退去。

郑氏弟兄见盗匪已退，也不追赶，便会合着自己部下，已死伤了五分之一。郑一冲忙上前向怪侠声谢，且说："沧州一别，梦寐萦之，不识仁丈今日被哪阵风吹到这里，救了小子的重围，李家小姐在京师无恙吗，可曾遇见姓万的？"

怪侠被他这句话提醒了，忙说道："哎哟，我只顾厮杀，忘记了李小姐。伊尚藏在树林里，万一遇了败退的盗匪，这岂非又是羊入虎口吗？"说着话，忙勒转线缰紧奔。

郑氏兄弟见怪侠这种发急的样子，也不及细问，且自带了二十多骑跟随同去。其余的团丁由一人率领着，叫他们先回堡去休息。郑氏兄弟紧跟着怪侠，奔向那边山冈边去。暮色笼罩之下，山色已渐渐暝黑，寒风呼呼地吹得更是凄厉苦寒，山冈下还倒着已死的盗骸，血肉狼藉，七横八竖，情状很是凄惨。怪侠越过山冈，跑入林子里去，只叫得一声苦，哪里还有玉娇和骡车夫等的影踪呢？怪侠在牲口背上把手拍着他自己的大腿，露出很沮丧的神色来，很急躁地说道："这个如何得了？我把李小姐从千里外送到这里，煞非容易，怎么一会儿丢失了呢？唉，我自己也交代不过了！必是被那些方才溃退的盗匪顺手牵羊劫了去哩，如何是好？"

怪侠正在发急，郑一冲心里也在狐疑，这位老人家不是特地把李玉娇小姐送到京师去的吗？怎么又不惮跋涉送伊来此呢？更有些不明白了。但也不得立即询问，只问道："李小姐一人在林中吗？"

怪侠道："还有一个骡车夫相伴，他们大概一起被掳了去，不知那些狗盗逃得可远，我们追向哪里去？"

郑一成道："从这里向东北方走是直达王屋山的大道，我们追上去吧。"

怪侠道："很好，烦贤昆仲领路，无论如何我必要把玉娇救出虎穴的。李小姐是受不起惊吓的人，几次三番绝处逢生，谁料到了这里又突被盗匪掳去呢？"

于是怪侠随着郑氏昆仲向东北大道上追去，拐了两个弯，不见有什么盗匪踪迹。王屋山巅已被暮霭罩没，面目已依稀不可辨识，天上一阵阵归鸦在寒风中聒噪，怪侠的心里几如热锅上的蚂蚁，自悔只顾救人，忘记了玉娇，未免有疏忽之咎。郑氏兄弟也代怪侠发着急，并且明白和他们也一半关系的。

郑一成当先跃马引路，跑了二百里，前面一条小溪，溪上有一顶木桥，很窄的，桥上似乎有一个人蹲在那边，不知做什么。郑一成因为自己的马跑得飞快，恐防误端了乡民，便高声喊道："呔，前面桥上的人快些闪开一边，马来了。"一边说，他的坐马已跑在桥下，背后还跟着两个骑快马。怪侠和郑一冲正在他们的后面，也瞧见桥上有人，不让时一定要给马群撞倒的。

但说也奇怪，桥面上的人好似聋子一般，没有听得呼喝之声，依然蹲着做他的事。郑一成的马跑发了性，一时休想收得住，那马也不管桥上有人无人，一直冲上小桥。郑一成以为此人性命休矣，自己要紧救李家小姐，再也不能顾及了，谁知自己的马撞在那人身前时，那人忽然立起身，不慌不忙，觑准马头，将左手向外一推，说声不要走，那马立刻倒了二三步，宛如遇着了铜墙铁壁一般奔腾不上。郑一成身子突然一震，也险些儿倾翻。背后二三匹坐骑跟着旋风也似的到了桥上，那人照样将左臂一拦，三匹马一齐往后倒退，有一人早从马鞍上滚落下桥。

郑一成不禁大为奇异，再一看那站在桥上的乡人，乃是一个樵夫，约莫有三十多岁，头上挽一个推髻，身穿黑布棉袄，足踏草履，手里拿了一柄光亮的樵斧，面色黝黑，双目很有威光。郑一成被他这么一拦，自己太失了面子，便把手中枪指着他呵责道："你这樵子立在桥上，不肯让路，做什么？莫非你就是盗党？"

樵夫哈哈笑道："我在桥上磨我的斧头，与你们毫不相干，谁叫你们马不停蹄地来冲撞我，幸亏撞的是我，倘然换了别人时，不要被你们端成肉饼吗？我没有惩戒你们，还是你们的便宜呢？"

郑一成见这樵夫大模大样地站在桥上不肯让他们赶路，反而叽叽咕咕地教训人家，虽然瞧他手臂的力量很好，然而究竟是个樵夫，不见得有何能力，所以他心里有些着恼，重又拍马向前，将手中枪一摆，向樵夫腿上刺去。樵夫便说一声"你要动手吗，怕你的不是好汉"。立刻把樵斧往下一拦，铛的一声，将枪挡开一边，还手一斧照准马头砍下。

郑一成只得将马一拉，依旧退到桥下，背后郑一冲和怪侠亦已赶至。郑一成便指着樵夫告诉他哥哥听说："这樵夫好生无礼，在桥上拦住，不放这里人过去，故意寻事，必是盗党一流之人。"

郑一冲怪侠在后也望见一成冲不上桥，不明白这樵夫果为何许人。一冲要紧去救玉娇，刻不容缓，不暇细察，听了他兄弟的说话，便道："我们有这许多人，难道怕一个樵夫吗，管他是不是盗党，待我去收拾他也好。"

郑一冲一边瞧着樵夫直挺挺立在桥上，威风凛凛，知道自己骑了马也冲不上去的，不如和他步战吧，立刻跳下马来，使开双剑，杀到桥上去。那樵夫见郑一冲来势猛烈，也就虎吼一声，把樵斧迎着双剑，和郑一冲在桥上彼此猛扑。怪侠在后瞧着，觉得那樵夫的一柄樵斧上下翻飞，使得鬼出神没，和郑一冲的双剑混合成一团，银光呼呼地有风雨之声，真是劲敌。便知这樵夫一定不是寻常负薪者，但自己正急于要追寻玉娇，岂可给他拦住过路，误了要事呢？所以他也跳下牲口，挺起宝刀，要想去帮助郑一冲时，忽然对面桥下又跑来一个人，高声大呼："您老来了，很好，大家不要打吧。"

怪侠定睛一看，来的就是自己雇用的骡车夫，这真好像在昏黑中发现了一颗明星，马上跑过去迎住那骡车夫问道："李小姐在哪里，快说快说，没有被盗匪掳去吗？"

骡车夫摇摇头道："没有没有，请您老可问这位樵夫。"

怪侠这才略安心神，回过去将宝刀向二人中间一分道："你们休要厮杀，凡事有个着落，闹什么意气？看来老夫来代你们解围。"

樵夫初见郑一冲剑法高强，后闻怪侠声明如洪钟，精神矍铄，知道都是有来历的人，也就趁势落篷，收住樵斧，退后一步，说道："方才我在桥上磨快了斧头，准备抵御敌人。不料你们的马冲上桥来，险些儿将我撞倒，所以我拦了一下，你们就和我动手，我自然也不肯示弱哩。"

怪侠不及和那樵夫说别的话，马上指着那骡车夫，对樵夫说道："这骡车夫便是我们雇用的人，送一位小姐到此的，现在忽然失踪，所以要发急寻找。骡车夫叫我问你，你必然知晓的，快快告诉我们，只要

183

你不是盗党，万事全休。"

樵夫哈哈笑道："你们看我像个强盗吗？我在这里樵薪十余年，侍奉老母，啜菽饮水，安分守己地做个良民，哪里敢做强盗？但强盗也休想沾及我的一草一木。你们放心，那位李家小姐正在我的茅庐中，方才是我上山采柴，听得喊杀之声，又见马蹄杂沓，尘土大起，盗匪从这里败退下去，我恐怕老母要受惊吓，所以打从林子里穿出去，急欲回家安慰老母，恰见一辆骡车歇在林中，那位李家小姐躲在车厢里，惶急得很，那时候盗匪正败向这边来，我知道伊是从远方来此的，问起伊的姓氏，愿意保护伊，遂把伊送到我家中去暂避盗锋，好在舍间相距不过多的。我征询得李小姐同意后，而实行护送，斗胆留下，又恐盗匪中或有不肖之辈，要来骚扰，因此到这五里桥上来，磨快了樵斧，预备抵挡一阵，为着这桥是孔道上冲要所在，贼匪若来时，必要经过此桥的，你们这伙人莫不是郑家堡的民团，刚才和贼匪交锋过的吗？"

怪侠便指着郑氏昆仲说道："这两位就是郑家堡民团的领袖郑一冲一成贤昆仲。方才他们督率民团和贼匪交战时，恰逢老夫护送李小姐在此访问，所以将李小姐藏在林中，自己前去解围，不料顾彼失此，回来时不见了李小姐，如何不发急，以为已陷贼手，所以向前紧追，想去援助。现在既有下落，可使老夫放心了。你虽是个樵夫，却有如此高强的武术，大约是古时武吉之流，难得难得，能不能将姓氏垂告呢？"

樵夫点点头道："小子姓韩名侃，一向在此做个樵夫，山野粗陋，惭愧得很。久闻郑氏贤昆仲是此间俊士，只是未识荆州，今日相见，幸甚幸甚。"

郑一冲一成听韩侃谈吐不俗，必然是隐于樵者，格外敬重。相见后，韩侃便引导他们到他的茅庐中去，骡车夫随着同行。怪侠因玉娇已有下落，未陷盗党之手，心头宽松不少，只是张开嘴笑。韩侃见怪侠老当益壮，仪表不俗，手里又握着宝刀，估料他也是一位老英雄，便向他叩询姓名，怪侠仰天笑道："老夫在江湖上浪荡数十年，一向没有姓名的，因我很不愿意把我的姓名留在这龌龊世界上，人家都以我为奇怪，所以称我怪侠。"

郑一冲在旁插口道："这位怪侠，行侠仗义，是前辈英雄，浊世神龙，当世罕有的。"

韩侃点点头道："那么小子失敬多多了。"

众人一路行去，见前面一带松林，林下隐隐有几间屋舍，面山而筑，地方幽静，门前停着一辆骡车，韩侃指着说道："那边就是蜗居了，请你们先下马，放了军器，然后待小子引道前去，否则恐怕吓了我老母。"

郑一冲听韩侃如此说，知他又是一位孝子，心里愈加敬佩，便叫部下一齐停止在这里，不必同去。他和怪侠以及他兄弟一成，都下了马，藏过军器，跟着韩侃走去。韩侃把斧头揹在肩上，嘴里唱着山歌，大踏步当先走着。

到了草庐前，有一个十四五岁的丫头正赶着几头羊在上棚去，见了韩侃，带着笑问道："大爷，盗匪没有来吗？"

韩侃道："是的，老太太可在客堂里？"

丫头点点头。韩侃陪着众人，从两扇开着的柴扉中走进去，乃是一个很宽敞的庭院，有两株合抱不拢的大树，正中客堂里有一位七十多岁的白发老妇和一个女子对坐谈话。怪侠一见那女子，知道玉娇无恙，更是快慰。

韩侃踏进去带笑说道："母亲，我回来了，外面没有什么盗匪，你放心吧。左右有孩儿在此，还怕那些狗盗不成？但是我却陪得几位朋友来了。"

那老妇笑嘻嘻地说道："侃儿有什么贵客到此呢？这位李小姐性情生得真好，我和伊谈谈很讨人欢喜的。儿啊，伊活像你已死的姐姐，见了伊，便要使人想起了。"

玉娇见怪侠、一冲等莅临，芳心喜悦，立起行礼。怪侠见过韩侃的老母，带笑说道："李小姐，你在这里很好，但又把老夫吓了一跳哩。那边盗匪正和郑氏昆仲喋血大战，老夫前去解了围，回来接你，谁知人和车辆已不在林中，急得老夫走投无路，立即向前追寻。遇见这位韩壮士，方知你暂避于此。幸而是一场虚惊，否则老夫不要前功尽弃吗？"

玉娇微笑称谢。

　　韩侃去和小丫头送上香茗，请大家坐。怪侠不欲搅扰人家，因天色已晚，要紧把玉娇送入堡中去和郑氏弟兄欢叙。郑一冲心中却非常敬爱韩侃，向韩侃询问家世，韩侃道："小子的先父以前曾为兖州总兵，后因得罪满人去职，自誓再不欲为他人奴隶，受异族之封，故挈我母子二人隐居于此，把武艺教授于我，而紧嘱我千万不要出去做官，后来先父故世后，我遂以樵为隐，在此王屋山下避世野居，待母晨夕。王屋山上的盗匪有和我相识的，几次邀我入伙，我坚决回绝，岂肯玷污了清白的身体？与木石居，与鹿豕游，优游一生便得了。"

　　郑一冲道："原来是将门之子，失敬得很。"一冲还要和韩侃谈下去，只因怪侠催着要走，遂对韩侃说道："韩君确是一位俊杰，今天因有事在身，匆匆未能多谈，改日再来拜访。"

　　韩侃见他们要走，他也不留，遂对怪侠说道："小子将这位小姐仍交与老英雄了，伊很像我的姐姐，倘能再见，极表欢迎的。"遂送众人出门。

　　玉娇过去辞别老妇，韩侃的母亲握着伊的手，很见依依。怪侠扶着玉娇上车，遂和韩侃告别，走过去坐上战马，会合着部下，一同回归郑家堡去。

　　这时天色已黑，怪侠见堡垒建筑坚固，堡前放着哨卒，堡上插满旗帜，有许多民团在那里守望，戒备甚严，见郑氏弟兄回来，一齐敬礼。郑氏弟兄陪同怪侠等进了堡门，引导在自己家里，好一座高大的房屋，端的是个素封之家，郑氏弟兄把怪侠让在客厅上坐，又送玉娇到内室去休息。郑一冲虽未有室，而一成在家乡已有妻子，又有一位年老的姑母，在里面招待这位远道而来的江南小姐，那地方的人见了江南人甚是稀罕，更兼玉娇生得艳丽，因此一宅中的人都来观看。外面郑氏弟兄设宴为怪侠洗尘，点上四盏明灯，席前又起两支臂膊粗的绛蜡，灯红酒绿，谈吐风生。

　　怪侠饮着酒，先把玉娇不幸被弃的事告知一冲。郑一冲起初听得怒火直冒，为玉娇大抱不平，后闻怪侠如何处置了万维馨，便拍手称快

186

道："仁丈真是快人快事，这种无情无义的恶人小子，不可不有仁丈这般侠义风骨的人物去惩警他，否则弱女子冤抑无告，不将使人疑心天道渺茫吗？"

怪侠既把玉娇的事情讲过，便喝了一杯酒，向郑一冲问起这里郑家堡的事，郑一冲道："那王屋山的剧盗果然厉害，今天这一仗也是险些儿覆没在他们手里，幸亏仁丈来此救助，这真是天佑我也。仁仗若不嫌絮烦，待小子觍缕奉告。"

怪侠点点头道："我正要一听。"

于是郑一冲敬了怪侠一杯酒，方才将郑家堡如何与匪盗构衅的事直告，盗跖横行，官吏阘茸，又平添人不少感慨。

第二十五回

冤狱才成将军做寇
战云乍展侠士回乡

　　王屋山形势峻险而幽深，悬崖峭壁之间，往往只容一人匍匐而行，偶一失足，碎骨粉身，群林密集之间，又多虎狼窟穴，因此平常的人只到山麓平坦之处，不敢冒险深入，除掉几个有胆力的樵子，入山较深，可说绝少有人敢越雷池一步了。可是不知在哪一年，有一伙亡命无赖之徒，逃至山上，啸聚徒众，干起杀人越货的事来，从此远近人民都知山上有了盗匪，彼此相戒，裹足不前。但这也不过癣疥之患，星星之火，不难扑灭。无如地方上的官吏，都是些阘茸无能之辈，只知枉法害民，不管外边事情，以至激起了阳城城里一件官逼民反的案件，更加助长了盗匪的势焰。

　　因为那阳城令姓鲁，名绍昌，是个捐官出身，到任后一味刮削民脂民膏，弄得人民怨声载道，要想到府里去控告他时，山西的巡抚恰巧是鲁绍昌的男亲家，鲁绍昌有了这个泰山长城之靠，有谁敢奈何他半点儿呢？自从王屋山有了盗匪，乡民到城里呼告，要请鲁绍昌去剿除，以便行旅而安闾阎。但鲁绍昌始终没有派遣一兵前去惊动王屋山一草一木，且反借口巩固城防，添募壮丁，县里缺少经费，邀聚了城中许多有名的富户大贾以及绅士们，在县衙里吃一顿酒席，强逼各人签字，捐出一笔经费来，以补库藏的空虚。

　　大家都知道这又是鲁绍昌借题目做文章，捐了众人的钱去饱肥他一己的私囊，其实县库里并不缺乏，这几年又都是丰收，不过巨细款项，恐都被鲁绍昌一人搜刮而去罢了，不然他在东城的私邸，何以造得富丽堂皇，在阳城可称巨擘呢？众绅士虽知他的谲诈，但怕他的势力，没有人敢和他支吾。座中却有一人冷笑着，不肯签字，这人年纪已有四旬开外，身躯伟硕，相貌英武，颔下一部虬髯，蓬蓬松松地更显出他的威猛，身上却穿得十分朴素，头戴一顶獭皮帽子。鲁绍昌认得他就是退职闲居的索守仁参将，家道也很富有的。

原来索守仁是阳城的土著，自幼便喜欢驰马使剑，学习武艺，从过不少武术家，学得一身好武术。后来经大名府总兵的提携，出外去从戎立功，由裨将而升至游击而守备而参将，很不容易了。但因他性烈如火，不畏强悍，有一次竟和满洲的大吏争功而发生龃龉，为了他跟随大军出塞，俘得数酋，立下了大功，自以为可得朝廷赏功赐爵，谁知被上司冒了去，所以他不服气，竟和上峰争论，满洲人的势力在那时是不可侮的，汉人终于要吃他们的亏，索守仁又怎逃此例？不但得不到功劳，反而记了一次大过，罚俸半年，他怎忍受得住，立刻挂冠辞职，不再愿意为异族效劳了。回到阳城后，种田灌园，暂戢雄心。他的长子国威，弓马娴熟，善使画戟，常常出外打猎，练习筋骨，不愧将门之子，绰有乃父遗风。这遭鲁绍昌邀集士绅，索守仁也在被邀之列。人家都仳仳倪倪，委屈忍受。他是一向知道鲁绍昌的贪婪，心中十分鄙夷，常思惩警他一下，只是为了韬晦的关系，不犯到他的身上，也不欲多事。现在他见鲁绍昌有了盗匪，不去剿除，反而借此搜刮民脂，他哪里答应？

鲁绍昌见他不肯签字，便问道："人家都已答应，独有你索老将军不赞成，究竟是什么意思呢？"

索守仁又冷笑一声道："我有什么意思？县太爷不去实行剿盗，反要我们大家捐输，未曾为民兴利除害，反而剥削人民的钱财，这又是什么意思呢？我闻县太爷官囊丰富，自己拿些家财出来也就够了，况且地方上连年大熟，赋收甚丰，库藏不虞匮乏，何又多此一举？拆穿了说，这岂非类于掊克吗？难道是为民父母者所出的仁政吗？"

索守仁这几句话说得声色俱厉，旁坐的人皆为惊骇，有些人也暗暗称快，代表了他们所要说的。唯有鲁绍昌却是意外的，听到索守仁的话，句句是快刀一般刺入他的心坎，恶羞之心，人皆有之，当着众绅士的面，他如何不惭愧，所以恼羞成怒，忍不住对索守仁说道："你不赞成也罢，反倒造出种种飞语谰言来污蔑我，这又是什么道理？难道本县所拟的巩固城防，添募壮丁，不是为民兴利除害吗？太藐视本县了。"

索守仁大嚷道："你这贪官，实不在我眼里，还要说什么兴利除害，真是大言不惭，无耻之尤了！"

鲁绍昌听索守仁骂他贪官，又羞又怒，拍着桌子说道："你左右是个退职的将军，竟如此耀武扬威，欺侮地方官吗？国家自有法律，你休要甘心叛逆。"

索守仁也跳起来道："你说什么叛逆不叛逆，我是堂堂正正、清清白白的大丈夫，不怕你这贪官污吏，看你怎样奈何我？"

二人这样闹翻了脸，幸亏旁边的绅士善言解劝，竟变得不欢而散。鲁绍昌被索守仁如此侮辱了一回，他如何肯吃这个亏，遂和几个幕僚商议想出一条恶毒的计策来，要倾陷索守仁。有一天县中捕役在城外捉到一个小喽啰，审问之下，那小喽啰招出是从王屋山来，奉了山上头领的命令，秘密下书与城中故参将索守仁的，当即抄出书信存案，书中大意是说王屋山上的头领要向阳城借粮，得索守仁之助，许为内应，故约期动手，索守仁暗开城门，里应外合，要请索守仁示复。这原是鲁绍昌故设的阴谋，那喽啰也是到外边去买来的，书信也是假造的，这样可使索守仁有口莫辩，有冤莫白，置之死地而后快。所以鲁绍昌如临大敌一般出动全衙捕役，以及城中兵士，一齐掩到索家去，把索家前后门团团围住，赶进里面，不问老幼，一体擒拿。索守仁正在家中，所以连他的妻子女儿等一起被捕，一共七人，单单少了一个长子国威，这天恰巧出城去探访亲戚未返，因此侥幸漏网。

索守仁起初不知被逮之因，及至县衙，那鲁绍昌居然高坐堂皇，办理盗案，叫那个假扮的小喽啰在旁边实招口供，此时索守仁已为阶下之囚，被人诬攀，愤不可遏，他就把鲁绍昌痛骂一番，且斥责那个诬攀之人。但三木之下，何求不得？结果送入牢狱，备文上报，说索守仁在家蓄心谋叛，勾结王屋山盗匪，图劫县城，有人和书信为证，当处死刑，以惩奸宄。一面行文各处，捉拿索国威到案。那索国威正从亲戚家里回来，行至城外，忽见一个马夫慌慌张张地跑过来，一拉国威的衣襟，叫声大爷慢走。这马夫是他平日常雇用他喂马的，住在索家附近。国威不知何事，便和那马夫走至僻静之处，问他何事如此惊慌。马夫将索守仁被捕的事约略告诉一遍，且说衙中捕役已在各处兜拿，叫国威速自逃生。索国威听了，又惊又怒，一时没得办法，再要问时，前面已有人来，他们二人只得分开，各走各路。

索国威明知这是鲁绍昌有意陷害，自己在他势力范围之内，抵抗不得，且逃了性命要紧。古有灭门令尹，鲁绍昌就是这一类了。索国威离了阳城，不知投奔哪里去才好。方才那家亲戚处，他也不敢再去，恐防连累了人家。可是自己身边又无盘缠，如何出外？况且父亲等众家人一齐被逮，性命恐将不保，天可怜的自己没有落网，那么不可不想法去援救。所以他左思右想，进退狼狈，昏昏然地走向王屋山下经过，恰逢山上盗匪出劫行客，见他身上衣服丽都，像个公子哥儿，当他是头肥羊，所以拦住他，不放他走，这却恼怒了索国威。他的心中暗暗都是你们这些毛贼在此落草，以致被那贪官借口诬陷，害得我一家人离散，老父性命尚在不可知之数，现在却要来抢劫我吗？这真是飞蛾扑火，自来送死了。他仗着自己本领高强，单身一人，赤手空拳，迎上前去。

盗匪见他一个人，是只孤羊，并不放在心上，立刻把他围住动手，索国威觑准一个手拿花枪的盗匪，一个箭步蹿过去，使个旋风落叶式，飞起一脚，把那盗匪踢倒在地，很迅快地将那支花枪抢到手中，轻轻一摆，早有碗口大的枪花。两个盗匪挺起兵刃，杀上来时，被他一枪一个，都扎倒在地。众盗见他如此厉害，呐一声喊，想以多取胜，谁知使开花枪，立成一道银光，上下左右，尽护着自己的身躯，别人休想近得他半步，反被他左一挑，右一拨地，又刺伤了几个盗匪。众盗杀他不过，只得纷纷逃窜上山。索国威杀得性起，不肯放松，独自闯入虎穴，跟着杀上山去。盗魁花面虎昝天雷在山寨里，闻得这个消息，不由大惊，想这单身孤客一定是位英雄好汉，不然如何敢独自一人杀上山来呢？连忙挟了他的常用的铁枪，带领儿郎们出去接战。正逢索国威从危崖边一步步跑上山头，两人就在山崖之下狠斗。

索国威知是盗魁，所以放出平身本领去应付。两个人两条枪各蛟龙飞舞，耀得人眼花缭乱，站在旁边观看的儿郎都缩颈吐舌，连说厉害。战了一百合以下，昝天雷杀得两臂酸麻，枪法渐渐散乱，明知再斗下去，定要失败，便虚晃一枪，跳出圈子，对索国威说道："好汉，我们不要再战了，俺情愿认输，佩服你的本领比我高强，真是一位少年英雄。俺这把交椅情愿让与你坐，请你做我们的首领吧。"

索国威听了此话，不由叹口气说道："你要叫我做你们的首领吗，却不知我们好好的人家便为了你们这一伙盗匪而受祸了。"

昝天雷不由一怔道："好汉，俺不明白你这话了。"

索国威遂将自己姓名，以及他父亲被阳城县鲁绍昌陷害的事，告诉一遍，且说我为了此事，正若无路可奔，你们还要来劫我，难怪我要和你们拼命的。昝天雷丢了手中铁枪拱拱手道："原来好汉是索老英雄的公子，闻名久矣，无怪武艺高强，非俺们敌手。现在索老英雄既被贪官陷害，若无人去援救，万一遭了毒手，岂不可惜？俺们情愿悉起山寨人马，听公子调遣，齐去阳城，救护索老英雄出狱，即请公子入寨商议办法。"

索国威见昝天雷说得非常直爽，而又诚恳，遂点点头表示同意。昝天雷遂迎接索国威到山寨里坐定，设宴招待，并叫几个大头目相陪，昝天雷又说索老英雄是阳城有名的人物，俺们一向知道，因此也不敢来犯，便宜了那姓鲁的狗官。现在既然那狗官陷害索老英雄，俺们便可定一日期，到阳城去劫狱，顺便劫掠一下，补助山寨的缺乏了。

索国威为要援救父亲，只得赞成。便商定后天下山动手，先派几个精细的儿郎，假扮商人的模样，混进城中去，探明索守仁和眷属监禁的所在，从中接应。到了后天，昝天雷和一百儿郎又下山去，在薄暮时入城。索国威却率儿郎百人，在城门口接应。昝天雷进了城，动起手来，早有预伏在里面的儿郎接应一起，引导着，打开牢狱，救了索守仁一家，又到县衙里去找鲁绍昌时，鲁绍昌早已逃匿，昝天雷不敢耽搁，掳掠了一番，杀出城去。索国威在城外动手攻打，两边会合，回到王屋山。

索守仁起初也莫明缘由，及见他的儿子更是奇怪，忙向国威询问，索国威将详情奉禀。咎天雷上前拜倒道："俺一向敬慕老英雄的威名，闻得老英雄被贪官陷害，故来相救，今幸老英雄已脱缧绁之厄，来此山上，俺情愿请老英雄做山寨之主，全山儿郎愿听驱遣，尚望老英雄不弃微陋为幸。"

索守仁叹口气道："生不逢辰，黄钟毁弃，致为竖子所欺。多蒙咎义士援助，自是感谢，但这么一来，事情已闹大了，反而证实我和王屋山咎义士确有勾结的嫌疑，任何人不能不相信了。"

索国威道："父亲被奸贼构陷，孩儿方寸已乱，只要救得父亲出狱，什么也不顾了。现在的时代，奸人当道，义士屈辱，既不容我们做良民，何妨暂时隐身草莽呢？"

索守仁道："也罢，我就在这山上存身吧。"

咎天雷大喜，于是就请索守仁为大头领。索守仁遂叫咎天雷为二头领，索国威做了三头领，整顿山寨。索守仁以故将军而为新寨主，这真合着古人的话，为丛驱雀者，鹯也。若没有鲁绍昌这种贪官逼迫，索守仁怎肯做绿林英雄呢？

至于阳城城里出了这桩大案件，鲁绍昌未遭毒手，自己暗称侥幸，但不料弄假成真，索守仁竟被王屋山的盗匪劫了去。遂具文禀告省中大吏，他自己知道索守仁既然真的和盗匪勾结，将来必然再来报仇，阳城岌岌可危，自己很不愿再在阳城做官，以免受不测之祸。把重金运动了大吏，所以仅受革职的处分，离去阳城。好在他官囊早已丰富，暂去故里韬晦些时，不久自可重得官职。省里因为王屋山盗匪猖獗，曾有一度派遣一员守备，率领五六百官兵前来征剿，反被索守仁父子杀得大败，损折了许多士卒，以后遂不敢再来触犯王屋山一草一木，泄泄沓沓，视若无观了。而阳城的武官也反和山上通款，以求安宁。

索守仁遂在王屋山称霸一方，四处亡命都来归附，人数日多，势力日大。粮食和钱财方面自然缺少，便向四围各乡村勒派，他们久闻郑家堡殷富，需索亦大。然而郑家堡里的乡民与众不同，民风比较他处强悍一些，少年多喜崇尚游侠之风，而郑氏弟兄尤为此中巨擘。然郑一冲在外游历，没有知道家乡的事，而他的兄弟一成，其性烈侠，和一冲仿佛，不堪王屋山的需索，他素嫉山上匪势的猖狂，只因一冲在外，堡中力量亦不甚充足，故不敢去捋虎须。无奈索守仁、咎天雷等垂涎村中殷富，向郑家堡勒索无度，郑一成如何忍受得下？一面托词婉拒，只出麦子和猪羊，一面遣郑贵赶到天津一带去找他的哥哥回乡，图商御侮之计。在他哥哥没有回里之前，对于王屋山上用缓兵的方法延迟下去，迄未解决。直至郑一冲回转里门，得知这个消息，他就主张以为不可。一方面直截了当地差人向王屋山回绝，麦子可以酌量交付，唯款项分文不能接济，当然这是有意和盗匪反抗，一方面遂聚集村中壮丁，晓以大义，愿自任保卫桑梓之责，凡愿跟随他弟兄保护村堡力抗盗匪者的都在纸上书诺，众乡民慷慨重诺的约有七百人。郑氏弟兄异常欣喜，遂又督率壮丁，修筑堡垒，整理武器，并赶造弓矢，堵塞小径，以防王屋山的盗匪要来攻打。

那索守仁父子和咎天雷见郑家堡回音强硬到底，不肯如数纳款，显有敌视之意，又探得郑一冲业已自外赶归，增修堡垒，大做准备，不免激怒了他们。想想郑氏弟兄都是少年后辈，有什么了不得的本领，倘然宽容过去，别的都不势将效尤，自己山寨反因此失去了威信，这是万万不能默尔而息的事。立即再差一员得力的喽啰下书到郑家堡去，限他们三天之内定要缴出银子，三日不能至五日，五日后，山上便要老实不客气来攻打郑家堡踏为平地。书去后，郑氏弟兄置之不理，并无答复。索守仁是急性的人，再也忍耐不住了，要想亲自下山去攻打郑家堡，被咎天雷拦住，说道："杀鸡焉用牛刀，有事弟子服其劳，区区郑氏弟兄，又何能为，何劳老项雄自己出马？俺愿和三头领去活捉郑氏弟兄，献手堂前。"索守仁听咎天雷说得雄壮，就派咎天雷和索国威二人率领四百喽啰，下山去攻郑家堡。

咎天雷率领二百儿郎为前锋，昼夜疾赶，想乘其不防，杀入堡中，索国威引儿郎二百压后。谁知郑氏早已有了准备，暗暗埋伏，静待盗匪到来。咎天雷坐下黑马，手握长枪，众儿郎各挟兵刃火种，在黄昏时悄悄掩至堡前，见郑家堡的堡墙上面只有稀疏的人影走动，并无防备的模样，不由大喜，以为有隙可乘，立刻下令冲杀。众儿郎亮起火把，呐喊一声，跟着咎天雷一齐攻进堡门。堡门口只有十数个乡勇，如何抵敌得住？被咎天雷等一搅就散。盗匪趁机冲进郑家堡，正要放火劫掳，却不料堡里一声号炮，杀出一大队乡勇来堵住咎天雷等去路，而堡外也有一大队乡勇从林子里杀出，截断咎天雷等的归途。灯火如龙，刀枪耀眼，把咎天雷等一伙盗匪团团围住。这是出人意料的，咎天雷等如何不惊慌失色呢！

第二十六回

山遥水远千里奔波
虎斗龙争两军喋血

咎天雷到了这个时候，不得不做困兽之斗，向部下的儿郎大声说道："你们不要畏惧，料这些乡勇又有何用，我们快快用力抵御，三头领在后便至了。"

众儿郎听了咎天雷的命令，个个奋勇争先，作殊死战，咎天雷也挺枪跃马，找人厮杀。只见对面堡内乡勇队里飞也似的滚出四面红灯，簇拥着一个英俊少年，胯下白马，手横双剑，奔向咎天雷面前喝道："狂寇敢来侵犯我们郑家堡，管叫你们今天来时有门，去时无路。"

咎天雷怒问道："你是何人，这样口出大言。"

少年冷笑一声道："我就是这里的郑一冲，有我们郑家兄弟在此，决不令鼠辈蹂躏我堡的。"说罢，一剑已向咎天雷马头砍下。咎天雷将枪拦住也就还手一枪，觑准郑一冲面门刺去，咎天雷的枪尖刚到一冲面前时，郑一冲左手宝剑已格住了咎天雷的铁枪，二人狠斗起来。背后乡勇掩杀已近，当先一位少年舞枪面前，正是郑一成，大叫"寇盗不要走，吃我一枪！"咎天雷和郑一冲交手已觉有些不敌，现在又加上了郑一成，他自然更难对付。郑氏弟兄两面夹攻，把他困在核心，冲杀不出，部下儿郎们也已伤亡殆半，幸亏背后火把大明，喊杀声声，索国威已率儿郎杀至。郑一成回身去敌索国威时，咎天雷方才乘机向一冲虚晃一枪，把马一拎，跳出圈子，冲出围困，对索国威说道："今晚形势不佳，我们快快回山去吧。"

索国威眼瞧着乡勇势盛，自知今夕凶多吉少，咎天雷既欲逃遁，自己亦无心恋战，三十六着走为上着，所以他也就不去和郑一成决斗，掩护着残众，往王屋山退去。

郑氏弟兄追杀一阵，获得胜利而回。大家佩服郑一冲调度有方，战斗得力，以致寇盗无隙可入，因此更增加了各人的勇气，愿听驱遣，捍卫桑梓，郑一冲也把酒肉犒赏众乡勇。检点死者只有二人，受伤的也不过五六人。天明后把堡内外贼尸掘土埋葬。派出巡逻队，严密保守村庄，以防寇盗再来复仇。

一冲对他的兄弟一成说道："这次盗寇中计，是他们太看轻了我们的郑家堡，轻进寡谋，故蹈失败。我虽因探听明白而用了这条小小计策，得胜了他们，然闻他们的大头领索守仁，本是有名的宿将，骁勇绝伦，他们遭了这个败绩未必即肯干休，必然要大举来犯，严重的局势正在后面，不可不防。我们正要聚精会神，悉力以御，免得遭他们的毒手。"

一成道："哥哥说得不错，待他们再来时我们却不要出战，只把寨堡守住，以逸待劳。他们攻了数天，其势必然懈怠，然后我们出击，或可以少胜多。"

一冲道："这个也好，总之血战还在后面，我们须十二分地兢兢业业，保守这个堡呢。"

所以郑家堡虽然击败了一次盗寇，却仍是朝夕操练，积极防守。好在这时候田事早毕，收获甚丰，堡中粮草积储甚多，足够一年之食，尽管坐吃也是无妨。军器也还充足，只是弓箭尚少，幸有一部分乡民不会出战的，日夜在那里赶制，有备无患。

过了好多日子，却不见王屋山的寇盗来攻。郑一冲派遣探子暗暗前往那边去探听消息，见山上群盗没有什么动静，一冲、一成也不免有些狐疑，难道山上寇盗畏惧乡勇的厉害，就此不敢再来，恐怕天下没有这种便宜的事吧。

原来那晚咎天雷和索国威二人遭受着乡勇的袭击以后，败至山上，报告给索守仁听，咎天雷更是惶恐惭愧，自言罪过。索守仁听了，有些惊骇，便说道："郑家堡乡勇如此厉害吗？郑氏弟兄果非庸才，未可轻视。但我们须要维持自己的威信，一定要把这郑家堡踏为平地，才可使人知道王屋山终究是不可侮的。所以过了明天，待老夫自己出马去，一雪这个败北的羞辱吧。"遂叫他儿子和咎天雷都去休息。

谁知到了次日，索守仁忽然害起寒热病来，一连数天，不能痊愈，偃息在床，因此进攻郑家堡的事也在无形耽搁下来了。这一天索国威正坐在外边堂上和咎天雷闲谈。他因父病未愈，不免心里有些烦闷。忽然山下喽啰上来报告说，有一位关外来的大汉要见大头领，索国威不知是谁，便命儿郎请上山头，他和咎天雷坐着守候客人到临。

一会儿来宾已到，索国威下阶相迎，见是一位四旬左右的关东大汉，相貌十分雄伟，却不认识他是何人。那大汉也不认得索国威，长揖后，开口便问索老英雄在哪里。索国威遂答道："家父现方卧病在床，请问足下尊姓大名，从何方而来，有什么事见教，不妨对我说便了。"

大汉忙道："啊呀，原来你就是索老英雄的公郎，咱很失敬了。"又向索国威深深一揖，先请教索国威的雅篆，索国威告诉了他，又代咎天雷介绍过。

彼此坐定，大汉说道："咱姓濮，名忠润，本是关东人氏，幼习武艺，曾隶索老英雄麾下为裨将。索老英雄待咱很好，咱一辈子感激他老人家知遇之恩，在他职解之时，咱也跟着一同丢职不干。索老英雄回乡，咱也返乡去省亲。但咱时时刻刻要思念旧主，屡欲到阳城来拜访。今番咱特地从关外到此，且有一件要事要奉告索老英雄，所以不远千里而来。谁知跑到阳城，访问索老英雄时，大家都有些奇讶之色，后来有一个商人告诉咱说索老英雄因受贪官污吏压迫，已在王屋山上落草了。这是多么令人扼腕之事啊。咱遂又跑到山上来拜见索老英雄，怎么又恰逢病魔缠绕呢？"

索国威听说这位濮忠润就是他父亲昔日的部将，遂说道："小有违和，尚可见客，待我来引你进去一见也好。你请稍坐，我先去告禀一声。"于是索国威叫咎天雷陪坐，自己跑至里边去禀知他的父亲。

索守仁听说是濮忠润前来，记得是以前很垂青的部下，自己告休多时，难得他眷怀故主，从数千里外跑来，不可多得，自己虽然有病，也不可不容他一见，遂点点头道："原来是他来了，很好，你去引他进来见我吧。"索国威答应一声，立即跑至外面，和濮忠润说了，便与咎天雷一同引导他进去。

濮忠润恭恭敬敬地走至病榻之前，说道："参将大人在上，末将濮忠润拜见。"一边说，一边屈膝行礼。

索守仁瞧着濮忠润，一摆手说道："不必多礼，忠润，你且请坐，你在关外怎样到了此的？"

濮忠润谢了一声，在旁边一张椅子上只沾着半个屁股坐下，叉手说道："启禀大人……"

他刚要继续说下去时，索守仁早向他摇摇手说道："忠润，你当知道现在的索守仁已是绿林中的人物，并非当时朝廷命吏，你又何必做这种称呼，令人怪刺耳的。我们当此都是弟兄，有福同享，有难同当，你只称我一声大头领便得了何必还要称呼大人？"

濮忠润也是十分爽快的人，他听了这几句话，便改口说道："大头领听禀，末将……"他说出了"末将"两字，忙又缩转去说道："咱和大头领分别已久，今天到此，一则请安，二则还有一件事奉告。"

索守仁道："很好，什么事？"

濮忠润又说道："咱这几年在关外三省以及蒙古一带地方东奔西走，很遇见几个草莽豪侠，他们很有志向要起来推翻满清，重兴汉族，在那热河的东北隅，那边有一座朱古岛山，险峻异常，山上有一伙人聚义而居，其中有一位英雄，复姓东方的，武艺十分了得，他们立志要驱逐异族，建起革命旗帜，暗中打发弟兄到关内各省去征求同志，厚植势力，以兴汉灭满为口号。咱前次到那边去，经人介绍和他相见，一谈数日，果然是位敢作敢为的大侠。他也待咱很好，问咱可有朋友同道志合的可以介绍相识，彼此一同组织革命的军队，以便在他日揭竿起义，共图大业。咱遂说起参将的为人，他们也十分羡慕，遂叫咱来报告一声，最好要请参将到那边去一会。"濮忠润连说两声参将，不由又笑起来了。

索守仁点点头道："天下有这种人，真合我的意思，我倒很想去见见。"

濮忠润见索守仁表示赞成，格外兴奋地说道："咱素知大头领虽然曾事清廷，然而和满人意气很不投合，以前挂冠辞职，退隐田园，也是为了这个关系，所以咱很高兴把这消息奉禀。倘然大头领肯到那边去走走，这是最好的事了。"

索守仁道："我是由衷之言，很愿前往，且待我病愈后，把此间的事料理清楚，然后一同动身。"遂叫索国威好好款待，留在山寨里畅叙数天。

濮忠润因索守仁尚在病中，未敢喋喋多言，劳渎精神，便告退出去。自有索国威和咎天雷相伴，设宴洗尘，颇不寂寞。

过了数日，索守仁病体已是痊愈，出室相见。他就对濮忠润说道："此间我还有一件事必须了去，方可相随同往一游。恰逢你到此，正可助我一臂之力。"

濮忠润叩询何事。索守仁便将山上和郑家堡的纠纷告诉他听，且说无论如何，为自己声威计，不得不和郑家两个小子去厮拼一下。濮忠润道："很好，咱也愿供驱策，破了郑家堡再说。"

于是索守仁决定后天去攻郑家堡，这次他要和乡勇明枪交战，并不夜袭。他自率儿子索国威和濮忠润，领儿郎四百名为前队，而咎天雷率领百人为后队，在后策应。大队人马杀奔郑家堡而来。

早有人报知郑氏昆仲。一冲忙和一成督领众乡勇，登堡守御。只见平原上一彪人马翻翻滚滚地冲至堡前，旌旗影里有三匹马冲出阵来，直至堡墙下，大呼"郑家小子快来纳命"。一冲往下看时，见正中一头马上坐着一个虬髯老者，手横九狮大刀，精神抖擞，老当益壮，左边乃是索国威，右边又是一个关东大汉，坐下黄骠马，倒提方天画戟，威风凛凛。料他们此次前来，一定要报前番败衄之辱。

一成遂对他哥哥说道："你看王屋山小寇盗之势甚盛，锐气难当，不如以静制动，坚守不出，休去理睬他们。"

郑一冲道："你的话虽然说得不错，但我素闻索守仁武艺高强，可惜沦为寇盗，待我先去和他交手一下，试试他的本领。倘果骁勇，不妨

200

听从弟言，深沟高垒，勿与之战。若然徒有虚名，我们何不爽爽快快地把他们驱走呢？"

一成听他哥哥如此说，也只好从命，遂又说道："那么你出战时我代你压阵，一切须要小心。"

一冲道："我自懂得。"

他遂率二百乡勇，披挂了，当先一马冲出堡门，一成在后压阵。索守仁见乡勇出战，在前的正是一个英俊少年，手握双剑，料知是郑氏弟兄，便把马一拍，迎上来说道："你是谁？料你等小小村庄有何实力，胆敢和我山上弟兄对抗！今日我特来问罪，有何话说？"

郑一冲冷笑一声道："我姓郑名一冲，为此村之主，你们盘踞王屋山，打家劫舍，盗跖之流，为地方之害，官军没有能力，任你等猖獗，我村已有供给你们，而你们又百般需索，因此我们不能忍受你们的压迫了。你就是索守仁吗？我想你本来是一位干城之选的良将，为什么甘心为盗，没落至于如此？"

郑一冲的话未说完，索守仁触动了心事，长叹一声道："你懂得什么，我岂是甘为绿林之徒，你先得怪一班贪官污吏，莫太轻视人家。今日我到此间是要和你决一雌雄，不必喋喋多言。"说罢，将手中大刀迅速地向郑一冲头上砍下。一冲舞剑迎住，刀光剑影，两人狠斗起来。索守仁果然猛勇，一柄刀使得变化倏忽，矫如游龙。幸亏郑一冲本领毕竟不弱，两把剑尽够对付得住。但是郑一成在后边眼瞧着敌人厉害，恐防他哥哥有失，自己想要上前助战，又恐他哥哥不快，正在踌躇之际，对面阵上濮忠润早挺戟跃马，前来助索守仁双战郑一冲。一冲并无惧怯，挥剑力敌。听得自己那边鸣金声，他遂双剑向外一扫，回马退走。索守仁和濮忠润并马追赶，郑一成待到了哥哥入城时，率众放箭，因此索守仁等只得略略后退。郑氏昆仲乘机退入堡内。

一会儿寇盗已来攻堡，一冲指挥乡民，放下矢石，极力守御。索守仁攻了一会儿，不得便宜，遂叫儿郎们暂行休息，在堡外扎起二十多个营寨来，预备作长围久困之计，把运粮搬械之事全交给笞天雷任其职责。

郑氏兄弟明知索守仁等必要踏破郑家堡，方才回山，所以也用全堡精神紧守此堡。索守仁天天来攻打，无奈堡上守得严密如铁桶一般，无隙可乘，一连数天，徒然损折些人马。于是他想出一个计策来，引诱堡中人出战，就是假作撤退，而令索国威濮忠润二人伏兵在后面林子里，等到乡勇出追时，半途截击，务要覆灭乡勇，方快其意。

　　那天郑氏弟兄正在城堡守御，见今日寇盗攻城的很少，似乎很有懊意，到下午，盗众忽然拔寨后退，一成遂对一冲说道："今日果然寇盗撤远了，也许他们有后顾之虞，或是久战气懈了。"

　　一冲道："莫非有诈？"

　　一成道："哥哥不观这几天盗寇猛攻我堡，除了死战而外，有什么妙计良谋吗？哥哥，不要太看重他们，倘然不追，岂非坐失机会吗？"

　　一冲被一成这么一说，决定追杀了。他就把五百乡勇分为两队出道，一成自告奋勇，愿领前队，一冲在后领后队，扑通扑通放起三声号炮，开了堡门，向前紧追。郑一成在前面遥望王屋山的寇盗正在前面不远处缓缓撤退，他就奋勇追去。看看将近那里，怎料林子里左右杀出两队儿郎，把他和后面隔开了。索守仁此时回马来战，一成和他酣战多时，力气不敌，只得落荒而走，幸亏怪侠送玉娇到来，遂把他救了，而又援助一冲出险。此次追杀，郑氏弟兄不免鲁莽一些，以致险些儿遭逢覆败。所以二人深感怪侠援助之恩，设宴洗尘，把郑家堡和王屋山如何挑衅的经过告诉老人家知道，且要求他在此相助，务要前去将王屋山的寇盗铲除，以安间阎。怪侠自然一口答应，和他们商议如何进攻王屋山，扑灭索守仁等一干人，少不得又有一场剧烈的厮杀。

第二十七回

险地骤临民兵攻剧盗
草庐重显大义激樵夫

怪侠既然应许了郑氏弟兄，帮助他们同去扑灭王屋山的盗匪，为阳城附近各村乡民解除威胁，当然要积极地出力。隔了一日，检点乡民，挑选勇力能战的四百人，由郑氏弟兄率领出发，其余的留守村堡。至于李玉娇奔波风尘之后，娇躯疲乏，且在郑家养息，军吏之事当然不用伊与闻的。

怪侠和郑氏弟兄各骑战马，率乡勇赶至王屋山。只见那王屋山山势险峻异常，未敢轻进，已见山头上有旌旗移动，知道山上的盗匪早有准备了。郑一冲立即吩咐众乡勇休要轻进，山中地势曲折，路径幽深，且待他们来厮杀，在山下一字儿排开阵势等候。郑一冲一成弟兄二人左右分开，让怪侠居中，怪侠手挟宝刀，背荷弹弓。他自己暗想一生惯做行侠仗义之事，但是行踪飘忽，使人不易捉摸，且不肯将庐山真面目示人，想不到现在阳城竟和王屋山土匪列阵对垒，明枪交战，这也是自己很少如此做的了。这批乡勇阵里擂起战鼓，鼓声咚咚，响震山谷。

山头上也杀下一彪人马，当先一盗，跃马直驰，手挺方天画戟，乃是濮忠润。因为郑家村乡勇杀来时，山上索守仁等早已闻得消息，他们在前天攻打郑家村时，诱敌之计，本可成功，不料凭空杀来一位老翁，异常勇武，反致自己失败，臂上吃了一弹子，损折了些儿郎。事后大家聚谈很为惊诧，不知那老翁果为何许人，必是江湖上有名的老辈英雄，和郑氏弟兄夙有关系，故来相助。

索守仁更是气愤，觉得这是可耻的，方拟倾山寨儿郎再去和郑家村拼一上下，而郑氏弟兄却已杀到山下来了。他勃然大怒，对咎天雷等说道："郑氏弟兄本是我们手下败将，现在得了人家的援助，狂妄大胆，反来进攻我们的山头，实在欺人太甚！"

索国威也说道："是而可忍孰不可忍，他们既来送死，我们当然迎战。儿愿任前锋，虽死不恨。"

濮忠润道："那天仓促间被那老翁所乘，今日咱们可以合力把他除去。"

咎天雷道："我倒不信那老翁有怎样厉害的本领，今番待我下山去和他战一百回合，看我斩了他。"

濮忠润道："还是让咱先去，咱若不胜，三头领再可出马。"

索守仁见大家都愿出战，遂点点头道："你们没有畏怯之心，这是很好的事，那么听我的命令行事吧。"大家说好，于是索守仁叫濮忠润率二百儿郎下山迎战，自己和索国威在后接应，另叫咎天雷率领一百五十名弓弩手，埋伏在山口狭道两旁的山壁上。倘然我们不胜，退上山头，乡勇必要乘胜杀上来，抢我们的山寨，这条狭径是必由之路，他们来时，便可赏他一阵乱箭，叫他们识得厉害，山寨可保无恙。咎天雷自然遵照索守仁的命令去行事。

濮忠润首先冲下山冈，见乡勇已列阵而待，军容甚是齐整，而且那个老头儿也和郑氏弟兄立马在一起。他既然在索守仁等面前讨了出战之令，他也不管三七二十一的，只向乡勇阵上冲来。郑一冲见他来势凶猛，便舞动双剑，纵马迎战。众乡勇也各挥兵刃，和盗党狠斗。怪侠和一成却勒住缰绳，还不曾动手，也因一冲的双剑白光飞舞，仅够敌得住濮忠润的画戟。这时索守仁父子已杀出山口，见濮忠润战郑一冲不下，索守仁早挥动手中九狮大刀过来助战，此时怪侠再也忍不住，摆动宝刀拍马而前，大喝"草寇休要乱动！"

索守仁认得怪侠，也大怒道："前日不慎败于你手，今日我要和你拼个死活了。"

怪侠哈哈笑道："悯不畏死之徒，教你识得我的厉害。"将宝刀使个独劈华山势，向索守仁头上砍去。索守仁将九狮大刀一起，拦住怪侠的刀，还手一刀，扫向怪侠马头。怪侠把马一拎，让过这一刀，又是一刀刺去。索守仁早已收回大刀，往下扫荡，怪侠手里拿的是短刀，当然和大刀相形见绌，因为战场之上，马背之上，都是利于长大的军器，不比黑夜飞行，暗室之中短兵接触，所以索守仁的大刀使开了，上下一片刀光，将怪侠裹住。幸亏怪侠是有高深本领人，任凭索守仁的刀法怎样厉害，他总抵得住，游刃有余，一些儿也不觉费力。索国威舞枪助战，这边郑一成上前迎住。三对儿厮杀一阵，索守仁虽勇，终敌不过怪侠的一柄宝刀，他心里暗想要用真实本领取胜是很难了，不如诱之来追，用箭射死他们，遂虚晃一刀，回马败走。

濮忠润本也战不过郑一冲，累得浑身是汗，一见索守仁已败退，遂不敢恋战，口里说一声"好小子真厉害，咱走了，你休要来追"，跟着同退。两人一走，索国威和众儿郎自然也随着一齐败退。

郑一冲心里满拟乘胜去抢他们的山头，所以下令追赶。他一马当先，背后跟着怪侠和一成以及众乡勇，大声呐喊，追入山口去。盗匪奔得快，转瞬之间只见旗帜的影儿，不见人马。因为山路很是曲折，左盘右旋，林木很多，怪侠瞧着这山势，心中未免有些迟疑，觉得不妙，要叫郑氏弟兄不必穷追，且在山下扎营寨，探听明白路径，然后再行进兵。但看看郑一冲的马早已飞快地到了一座悬崖之侧。那边山径更是仄险，怪侠在背后马上连忙大声呼唤道："郑君留心，且慢轻进。"

郑一冲的马已驰至崖下，七八个乡勇跟着同进。听了怪侠在后呼唤，一冲猛醒，忙将缰绳收住。马蹄刚停，两边崖上一声梆子响，许多乱箭如雨一般地射下。一冲连忙舞开双剑，将箭纷纷拨落，可是坐下马已中了一箭，立刻倒地。怪侠赶紧过去，跳下马，一面将刀急舞，护住了自己身体，一面救起一冲退后去。可是七八个乡勇已有一半中箭而倒。郑一冲虽然跌了一跤，赖有怪侠抢救，没有受伤。一成也上前掩护让众人退下。山崖上的箭向乡勇方面不绝地放射，此时众乡勇只有后退。怪侠恐防索守仁等乘机反攻，重又上马，横刀殿后，缓缓而行，但也没有山上盗匪杀出。

他们退了一里多路，重又整顿部队，一冲幸未受伤。他谢了怪侠援助之德，又说道："想不到盗寇果有埋伏。幸有仁丈精细提醒，否则全队人马深入其地后，那就不堪设想了。"

怪侠道："此山形势险恶，不明地理的人难以进攻，否则就要吃亏。还是引他们出战，可以用力歼灭。"

一冲道："仁丈之言不错，我们今日战败狂寇，且在此扎下了营寨，明日再行进攻。"

于是他们在王屋山下择定地势，扎了十数个营寨，怪侠居中，一冲在左，一成在右，各个插起旗帜，立下暗号，互相呼应，互相戒备，营外满布鹿角，夜间轮番击柝，以防寇盗劫营。但是索守仁等自知不敌，哪里再敢来劫营呢？

到了次日，一冲听了怪侠之言，再去山下挑战，大呼"王屋山盗寇索守仁快来纳命"。想要激怒索氏父子，然而山上静悄悄地不见有一个盗匪下来交战。郑氏弟兄因为昨晚吃了亏，不敢冒险深入，也就收众而退。晚上郑氏弟兄陪着怪侠在帐中饮酒，商量如何攻山之策。忽山谷里锣鸣鼓响，以为山上盗寇前来劫营了，大家连忙持械上马，出营迎战。但不见有一人一骑，因在黑夜里更不敢入山，待了良久没有影响，遂仍回帐喝酒。刚才将酒杯握在手中，而山谷里鼓声又鸣，郑氏弟兄大为惊异，又要出帐应战，怪侠却托着酒杯，对他们摇摇手，带笑说道："二位昆仲休要睬他，这是盗寇故作疑兵之计，实在他们并没有意出来厮杀，不过借此扰乱人心，疲我们的精神。我们若然闻声惊扰，反中其计，不如镇静自安，休去理会，他们绝不会来的。"

一冲点点头道："仁丈说得是，然而我们若能表示有备无患，也使他们不敢正眼小觑。"遂叫他兄弟一成领着二百乡勇，在外边巡逻，其余的人照常安息。自己仍伴着怪侠在帐中饮酒，喝了两杯，果然金鼓的声音又停了。一冲对怪侠说道："小子以为盗寇遭了败，此山自可一鼓而下，所以兴师动众来攻这王屋山，希望斩草除根，以安闾阎。不料盗匪依然勇悍倔强，山势又是峻险难攻，我不进去，他不出来，这样相持下去，我们的心必将懈怠，他们反可随时乘隙袭击，倒给他们占了便宜。况且我们也不知山上积聚是否充足，倘然他们已有一年半年的粮食，我们势不能困毙他们。所以我们总是利用速战速决，相持绝非所宜。不知仁丈可有什么良计教我？"

怪侠喝了一口酒，将手捋着银髯，沉思有顷，方才说道："据老夫看来，必须有人去做个里应外合，方可破得这个王屋山，否则奋勇轻进，冒险性太大了。"

一冲踌躇着说道："此间有谁人可以进山去卧底呢，这不是容易之事，必先得盗寇的信任，然后可以行事。"

怪侠微笑道："老夫倒想起有一个人可用了。"

郑一冲大喜道："此人是谁？请仁丈快快赐知。"

怪侠道："就是那天在桥上相逢的樵夫韩侃，他不是说过曾和王屋山上的头领相识，几次要劝他入伙而他不肯答应吗，他对于王屋山的途径以及山上情形，一定比较我们来得熟悉。若得此人前去山中卧底，王屋山不难破了。"

一冲点点头道："小子倒怎的忘怀了，幸亏仁丈提醒。韩侃的武艺非常高强，我们倘能得到他允许去做里应外合的事，自然再不怕山势怎样的险恶。只不知他和山上哪一个头领相识，能不能应许我们这个请求？"

怪侠道："此人看来很重义气，也许起初不肯答应这事，但我们若把大义去激动他，也许有数分希望。"

一冲欣然道："那么即请仁丈明日陪同小子往那边去走一遭如何？"

怪侠笑笑道："你要我同去，理当奉陪。"

一冲心里高兴，只顾将酒敬给怪侠吃，自己因为山上鼓声时起时止，不敢多喝。怪侠却泰然无事地举觥痛饮。将至三更时候，怪侠已醉了，一冲扶他去睡后，自己挂上宝剑，拉上外面的皮袍，出营去替代一成。直至天明，山上鼓声完全静寂，果然应了怪侠之言，没有一个盗寇出战，明明是有意扰乱他们的心了。一冲急欲往访韩侃，他把这计划告知了一成，一成也以为然。于是一冲待怪侠起身后，陪着用过早餐，吩咐他兄弟好好守在此间，料盗寇也未必出战。他和怪侠不带一人，只乘坐两匹马，离了营寨，悄悄地跑向五里桥边去访问韩侃。

怪侠是不识路径的，让郑一冲在前引导。行行重行行，跑了十数里路，已到五里桥。一冲想起前天韩侃持斧立在桥上的情景，恍然如在目前。二人过了桥，前边就是松林了，绕过林子，已至韩侃之家。恰见韩侃背着巨斧，开门出走，二人连忙勒住马，跳下马来，上前相见。韩侃瞧见他们前来，哈哈笑道："郑君和老英雄这次再临蓬庐，有何见教？李家小姐可好吗？"

一冲道："很好，伊很感谢韩君相助之德咧，今天我们来此拜访，兼有一事要和你商量一下。"

韩侃点点头道："小子不去采柴了，请二位入内小坐吧。"遂招待二人走进门去。

一冲把马拴在树上，随着入内，韩侃把门关上，招待至客堂中坐。韩侃的老母正在织布，一见二人，也含笑起立，二人上前叫应了，韩侃的老母因儿子有客，她遂退避到里面去。韩侃请二人上坐，放去巨斧，自己去倒了两杯香茗上来，又把旱烟筒敬与怪侠。他自己坐在下首，两手按膝，带笑向一冲问道："你们郑家堡必平安无事，王屋山上可再来骚扰吗？"

郑一冲便将自己部属乡勇进攻王屋山以及盗寇死守不出等事，一一告知。韩侃侧着耳朵听，不说一句话。一冲又道："愚弟兄赖有老英雄相助，不惧盗寇如何猖狂，但因山路崎岖峻险，曲曲折折，令人不明途径，以致不敢深入，克奏犁庭之功，这是我们引为大大的缺憾。老英雄昨晚对我说最好要有一位俊杰之士，相助我们制胜顽敌，就是入山去卧底，里应外合，可以成功。所以我们想起韩君英武绝伦，罕有人敌，本和山上盗寇有些相识，倘蒙赐助，允许去做这艰险的工作，那么愚兄弟幸甚，郑家堡全村人民幸甚。"郑一冲说了这话，叉着双手，静候他的回答。

韩侃听一冲要叫他去山中卧底，他就摇着头说道："承蒙郑君看得起我，要叫我去做这事，当然小子愿效犬马之劳，可是小子闭门养晦，老母在堂，只知啜菽饮水，侍奉膝下而已，为了这个关系，不能以身许

208

人，恕我未能从命，不胜惶恐之至。"

郑一冲听韩侃拒绝他的请求，不觉面露尴尬之色，双目向怪侠望了一望，意思要叫怪侠相助他讲话，劝韩侃务要应许去走一遭。怪侠自觉也有开口的必要，遂对韩侃笑了一笑，说道："韩君孝亲之心自是可嘉，但万事有守经达权的不同。譬如韩君在此闭门养亲，承欢膝下，这是守经，但一个人生在天地间，赋有七尺之躯，也不能独善其身，和其他的人丝毫没有关系的。古人有尽忠即是尽孝之说，《孝经》云：'夫孝者于事亲，中于事君，终于立身。'就是我人理当尽其所能，出来干一番事业，为国立功，或是为地方出力，总是要求有益于他人的，方不负天生我材，也不负父母抚养成人。现在王屋山盗寇杀人越货，为地方大患，郑君昆仲当然不让，仗义而起，保卫桑梓，扫除大患，这是人类应尽之义务。所以老夫不远千里而来，虽无乡党情谊，亦不忍袖手旁观。无奈此山形势险恶，一时难以进攻，故欲依赖韩君之力。韩君虽有老母，然为了大义，也不应坐视不管，况且你进山去做这事，老夫且自有安排，绝不至于使你过于蹈险的，何不慨然出任呢？否则人家不谅你的，反要说韩君以老母推托，胆小如鼠，不敢出去呢。"

怪侠这样说，末后数语无非是有意激动韩侃罢了，所以一冲很迫切地等候韩侃的回答。

第二十八回

孤身卧底忽做鲁连
千里护娇愿为月老

韩侃听了怪侠的话，低头想了一会儿，遂对他们说道："这位老英雄的说话未尝不是，小子为了大义起见，理当出去走一遭，可是我还有苦衷，诸位倘能原谅而允许我的请求，那就是小子的大幸了。"

郑一冲道："韩君能够允许我们的相请，愚兄弟不胜感激之至，有什么见教，我们自然遵命。"

韩侃道："小子家中只有这一位老母相依为命，实在跬步不能离开。现在我若离去，老母无人陪伴，倘有不测，小子不孝之罪，终身莫赎。故要求在我离家之前，先要将我母亲送入郑家堡，使伊安心住下，不蹈危险。"

韩侃的话还没有说完，一冲早抢着说道："这个何消说得？当然是愚兄弟应尽之事，我等当迎接老太太到堡中去安居，以免韩君牵挂，可有什么别的吩咐？"

韩侃把手搔了一下头发道："还有一件事，就是小子和山上的咎天雷本是相识，蒙他待我很好，他虽是个盗寇，然而为人慷慨仗义的，尚是一条好汉，将来你们破山时，可否赦免他的性命，不要加以伤害，放他逃生。"

一冲笑笑道："这个我们也可以遵命，我们本不喜欢多杀，此次和他们交手也是被动的，起先他们要来劫掠我们的村堡，为自卫计，不得不和他们拼一下子，不过为要安靖地方起见，所以要把山上盗寇肃清。

210

咎天雷既然有韩君代他说情，我们一定不把他杀害，以全韩君友谊。"

怪侠在旁听他们问答，捋着银髯笑道："既然郑君都已答应，韩君一定能够入山卧底去了。你入山时只说被我处乡民骚扰，掳了老太太去，所以你投奔他们，请他们相助夺回，不愁他们不入彀呢。他们倘然深信不疑，韩君便可代他们划策，劝他们别派人马在夜间从间道夺取郑家堡，断绝我们的后路。他们若是肯听的话，韩君便可自告奋勇，下山挑战，我们这里佯作接战，那么韩君便可乘机通信，将话写在纸上，搓成一个小团，抛到我们马前来，我们便可得知详情了。若是他们不能听从韩君这条计策，那请韩君也给我们一个信，就可约定日期，我们在黑夜中进攻王屋山，韩君在内做里应，放火惊乱他们的人心，再在要隘处道引我们人马上山，彼此以红灯为号，不致有误。"

韩侃听了说道："老英雄计策高妙，小子一准照此行事，不负所托。"

郑氏弟兄听怪侠所说的两条计策果然很好，只要韩侃前去相机行事，王屋山朝晚可以攻下，地方早得安谧之日了。一冲便说道："仗老英雄划策，韩君大力相助，愚兄弟何幸如此？现在要请韩君预备预备，我们马上去端整一辆大车前来迎接老太太到堡中去了。"

韩侃点头道："很好，你们去后，我可以向老母亲说明。我母亲知道我的武艺还算不错，必能放心许我前去的。"

怪侠对一冲说道："老夫不必多此一行了，守在这里，等候贤昆仲再来吧。"

郑氏弟兄答应一声，他们俩立刻告别了怪侠和韩侃，跨上坐骑，加鞭疾驰，奔回郑家堡去。进了堡，立即去拉出一辆大车，驾上一头骡子，叫一个御者驾着，跟他们一起跑回韩家去。到得韩侃家中，见韩侃正和怪侠坐在客堂里谈话，状甚安闲，郑一冲上前问道："韩君已和老太太说妥吗？"

韩侃点头道："已谈妥了，家母准让我前去。我们现在可以送家母回去了，这里可以门上加了锁，不怕贼来的。寒舍四徒壁立，没有什么可取之物啊。"

于是韩侃遂到里面去，请了他老太太出来，带上两只箱子和两个大包裹，先把箱子等送上车子，然后扶他的母亲坐入车厢，由郑氏弟兄护送赴堡。

韩侃临行时对怪侠说道："我听了老英雄的计划，前去卧底，他们也许要疑心我很孝顺母亲的，为什么不出死力保护，又被他人掳去呢？"

韩侃说了这话，面上露出踌躇之色。怪侠觉得韩侃太老实而不会欺人了，又说道："韩君不妨造个诳言，说你方出外采樵，所以没有防到，本欲单身到堡中去，恐怕孤掌难鸣，故入山投奔的，这样他们便不会疑心你了。"

韩侃哈哈笑道："承老英雄指教，我就去了。我母亲即托郑君好好照顾吧。"说着话又走至驿车前面，一掀车门帘说道："母亲，你放心前去，儿去了。"他就拿着樵斧，又和怪侠一冲一成等说声再见，撒开大步，向前去了。

郑氏弟兄和怪侠一同跨上马，保护韩侃的母亲，送至堡内，请韩侃的母亲住在郑家，叫玉娇陪伴着。他们三人又离了郑家堡，来至营中，专候韩侃入山后的佳音。隔了一天，果然听得山上锣鸣鼓响，盗寇杀下山来。怪侠知是韩侃要取信于盗寇笤天雷等，所以出战。遂叫一冲接战，自己和一成压阵出营，列成阵势，只见对面盗寇也已列阵，当先一位大汉，戴着皮帽子，身上也披了战铠，手中握着一柄大斧，正是韩侃。背后有索守仁父子代他压着阵。郑一冲遂挺剑跃马而出，假意喝道："盗寇今天敢来送死吗？"

韩侃也故意大声骂道："你们这些假仁假义的乡勇，竟乘我不防，掳我的老母亲去，是何道理？现在我已到山上来落草，和你等决一死战。若不放还我的母亲，我一定要踏平你们的郑家堡。"

郑一冲又假意说道："你要想放还你家老娘吗，你快把山上狗盗缚了送过来，才可释放。我早知你是和山上盗匪相通的，果然不虚。"

韩侃又道："姓郑的休要狂妄，看来取你的性命。"说罢，举起大斧向一冲头上劈来。一冲舞剑迎住。二人假意狠斗至六十多合，一冲虚晃一剑，回马遁逃，却不向自己阵上奔，反落荒而走。韩侃拍马追去。

索守仁恐韩侃有失，立即出马接应。怪侠一马上前，挥刀迎住，索国威挺枪冲过来，一成舞剑拦住。大家捉对儿厮杀，一冲走了一段路，回过头来看看唯有韩侃一人紧追着他，已离两军阵地，便拨转马头假作厮杀，韩侃便丢过一个纸团，一冲顺手一捞，接在手里，又把马掉转方向，奔回自己阵上来。韩侃依然紧紧追赶。怪侠见韩侃追一冲过来，知道他们已通过消息，今日目的并不在阵上决胜负，须让韩侃逞一些威风，以固盗寇之意，于是他就丢下索守仁，假作援救一冲，过去接住韩侃厮杀。韩侃只是把大斧猛斫，索守仁见韩侃果然骁勇，便立马亲战。怪侠和韩侃斗了数十合，怪侠假作力乏，回马败退。一成丢了索国威，一同败退下去。索守仁大喜，指挥众儿郎一同掩杀。一冲命乡勇放箭，一阵乱箭，王屋山盗寇不敢穷追。索守仁见今日已是得胜，便收众回山。

郑氏弟兄等回营后，一冲从他身边取出韩侃的纸团，拆开来和怪侠一成同阅。韩侃本是个粗人，上面的字写得十分潦草，怪侠低低念着道：

> 今日晚上侃将同索守仁父子率众偷袭村庄，请伏兵堡前林中，俟我等过得一半后出击。我当倒戈，索氏父子可擒也。山中路途峻险，尤勿轻易进兵，咎天雷等擒之易耳。

三人看了这纸团上的写的话，莫不欣喜，知道韩侃卧底已成功了一半，今日阵上厮杀，大家败于他手，可使盗寇佩服韩侃有骁勇，而肯和他同出夜袭，这计策可行了。

于是怪侠等待到天晚时，令众乡勇早吃了晚餐，大家预备兵器绳索听令。此间营寨中只留数十人留守，其余的乡勇都随三人悄悄地回至堡前，分三处埋伏。一成伏堡前范家坟后，击其首；一冲掩藏林子里，击其中心；怪侠埋伏后面麦田间，袭其后，阻住他们的退路。决心要生擒索氏父子，以寒贼势，而破山寨。谁知待至三更后，寒风呼呼，大地沉沉，不见有一个盗寇的影踪，各人心里都很惊讶，至四鼓仍不见来，堡前静悄悄的没有动静。再守了一会儿，天空已现鱼肚色，转瞬就要天明了。一冲实在忍不住，遂出来会合着怪侠一成，大家都称奇怪，韩侃的纸团上明写着如此的，怎样不见前来，莫非索守仁父子改变方针吗？今日阵上一些儿破绽没有露出，难道盗寇已识破秘密而不从韩侃之议吗？那么韩侃反有危险了。但此事没有他人知晓，盗寇何从而得消息，大家猜度一番，想不出个所以，只得在晨光熹微中收兵回营。一面造饭，一面派人注意着山上的动静。

郑氏弟兄和怪侠吃过早饭，心里终是怙惙，刚要去向山头挑战，以窥盗寇情形，探子忽报山上隐隐有人马下来。郑氏弟兄便和怪侠率领乡勇，整队出营，预备厮杀。只见对面有十数骑驰驾而来，一冲用目仔细向前瞧看，为首一匹马上坐着的正是韩侃，背后是咎天雷，此时连怪侠等一齐惊疑莫名，如堕五里雾中。

一冲只得跃马向前，假意喝问道："昨日被你们占了便宜，今日再要来厮杀吗？"

韩侃笑嘻嘻地高声说道："郑君，今番不必厮杀了，我们都是朋友。"

怪侠一冲等听了此语，更是惊奇，却不知怎样回答。韩侃又伸手向后一招道："咎兄快来见见这位郑一冲君。"

咎天雷一马上前，向一冲点头为礼，一冲始终不明白是什么一回事。韩侃不是入山去卧底的吗，怎样当着人面，介绍我和盗寇相识呢？一成以为韩侃变了心肠，恐防有诈，纵马上前，喊一声"哥哥留心暗算"，韩侃见郑氏弟兄狐疑的形色，便又笑了一笑，立刻和咎天雷跳下马来，背后坐骑也跟着，一齐下鞍大家立定着，态度很是和平。

怪侠也上前察看众人的动静。韩侃又对怪侠说道："老英雄，昨晚失约，小子非常抱歉，今日同他们前来，是愿做鲁仲连，调解两边的战事。事先没有告知，难怪诸位要猜疑了。"

怪侠道："韩君变更宗旨，要做调人吗？很好。"

韩侃道："此事尚须细谈，请容许小子和咎天雷到营中剖陈其间的经过如何？"

一冲此时方有一半明白，遂点头答应道："韩君既如此说，请随我等到营中去谈吧。"

于是郑氏弟兄和怪侠等都下了马，陪着韩侃咎天雷等一同到自己的营帐中去坐谈。乡勇等都列队在营前等候命令。

韩侃坐定后，对怪侠等说道："现在咎天雷君也已明白此事，我们不妨直言无隐，小子自奉命入山卧底，见了这位咎君，把老英雄叮嘱我的话告诉了他，他果然深信不疑，介绍我和索守仁父子等相见，商量如何击退乡勇之事。我在晚上就献计要来袭击郑家堡，他们都赞成的。次日我就自告奋勇，要和你们决斗，索氏父子遂陪我出战。我乘机暗递了消息，回山以后，他们把我夸赞得了不得，决定要在晚上出发了。他们请我大喝其酒，谈谈彼此的心事和未来的志愿，小子方知索氏父子本是名将，受了地方灭门令尹的摧残，不得已在山上落草的。那濮忠润又讲起他在热河朱古岛山所遇见的革命英雄东方氏如何发展他们的雄图，以便在他日揭竿起义，为汉族争自由。索守仁且说他们本欲结束了对郑家堡的战事，预备投到那边去共图大业了，现在被围山头，所以格外焦躁。小子听了他们的说话，知道他们尚是有为的草莽豪杰，并非真的杀人不眨眼的大盗，因此小子心里忽然又改变起来了，觉得我若谎骗了他们，而将他们杀害，或是擒捉，未免煮鹤焚琴，太属无情，那么如何是好呢？遂先用话试探了他们，然后决定开诚布公，对他们直言我的来意。小子自问此举太冒险了，然想我以至诚待人，也许他们反会因此而感动，肯从我言的，于是小子就将大义告诫他们，劝他们和你们释嫌修好，免得彼此妄动干戈，杀伤无辜。自己愿做鲁仲连，并担保你们诸位一定肯听小子的话而不再攻打山寨的，所以今天一早我就同咎君跑来见你们，把这事禀告一个明白了，你们也要说我傻子无能吗？请老英雄和郑君昆仲接受小子的请求，允许和他们讲和吧。"

郑氏弟兄听了真的觉得韩侃的行为十分奇特，怪侠却抚掌称快道："韩君干得妙极了，既然山上的人肯抛弃绿林生涯而别有大志，这是老夫深深赞许的，我们自然也不肯苦苦逼迫的。"

郑一冲也说道："这次两边交手，起初也是山上先向我们开始的，得罢休时且罢休，我们只求地方安宁，郑家堡不受外来的侵犯就是了。"

咎天雷道："我们听了韩君的说话，自知以前对于地方不免有罪过，十分忏悔，故愿将此七尺之躯去图革命事业，以赎罪过。今日特地跟韩君到此，一则负荆请罪，二则请求讲和，两边各停止兵戎，谅众位杰士相信韩君的说话，也能见谅我们一片真诚的啊。"

一冲道："当然可以释嫌修好，如蒙不弃，即请韩君返山，代邀索氏父子等同至敝处堡中一叙如何？"

咎天雷道："辱承相邀，我们理当来赔罪的。"

一冲连说不敢不敢，韩侃道："很好，我们既已彼此言明，就请郑君等先行退兵，小子和咎君回山去，当即邀同索氏父子等来堡中一叙，我也真的要迎老母回家去呢。"说着话哈哈大笑。

于是他们约定后，韩侃和咎天雷辞别了怪侠和郑氏昆仲，先行回去。怪侠对郑氏兄弟说道："韩侃真是妙人，难怪他昨夜不来了。"

一成道："这真令人万万想不到的。"

一冲道："古人云：至诚而不动者未之有也。韩侃能够拿诚心去待人，所以盗寇也感化了。我们自愧不如哩。"

怪侠捻髯笑道："这么一来，免得大家杀伤，索氏父子武艺精通，也非平凡之辈，他日若能别建一番事业，胜于为盗多多了。老夫希望他们早早离开这王屋山呢。"

三人谈了一会儿，一冲遂下令众乡勇拔营撤退，众乡勇不明其故，只得遵令，大家整队徐徐回归郑家堡。既回堡中，一冲遂将撤退的理由公布出来，大家无不惊异，纷纷议论。玉娇在大家听得这个消息也觉出乎意料呢。

次日韩侃果然同索氏父子、咎天雷、濮忠润等到郑家堡来拜访。大家相见后，十分快活，前嫌尽释。郑一冲设宴款待，大家推怪侠上坐，其次便是索守仁、韩侃、咎天雷、索国威、濮忠润挨次坐着，郑氏弟兄在下首相陪。席间索守仁又将自己要率儿郎前往朱古岛山的志愿申说一遍，怪侠、一冲等都赞成其说。怪侠又劝勉他们数语。索守仁向怪侠问起身世，怪侠却笑而不答。众人也不便再问。酒阑人散，索守仁等告辞回山，要请怪侠郑氏弟兄于次日到山上去一叙，以便答宴。怪侠等自然也答应。索氏父子、咎天雷、濮忠润遂告辞而去。一冲等送出堡门，方才分手，这真叫作不打不成相识了。

韩侃喝得醉醺醺地去拜见母亲，韩侃的母亲便问道："你这遭已得胜回来了吗？"

韩侃就将入山劝和的事禀告一遍。韩侃的母亲念一声阿弥陀佛，点点头说道："谢天谢地，这样办法不伤一人，两边都对得起，好儿子，亏你这主意。"

韩侃听了母亲称赞，更是欢喜。这晚韩侃住在郑家，晚上一冲一成又打开了一大坛美酒，准备下羊羔肥肉，和韩侃陪伴怪侠喝酒。因为王屋山的事情已有解决，各人心里都是欣喜，一杯杯地畅饮，喝得酩酊大醉而入睡乡。

次日一早，索守仁已叫咎天雷来迎接郑氏弟兄上山去欢叙。一冲、一成遂和怪侠韩侃预备了一些礼物，并白银五百两，带去赠送与山上众儿郎。跨骏马，随韩侃前往。

马入山口时，一冲等俯视峻巅陡峭，怪石嶙峋，正中一条弯弯曲曲的羊肠小径，上通山头，一处处都有树木曲折幽深，转折处都有儿郎们把守着，见他们经过时，一齐站正了身子行礼，一冲暗暗点头，自思这山势果然险峻，我若胡乱冒险攻打，一定要大大吃亏的了。得到山头，索氏父子和濮忠润都来迎接他们入寨，在聚义厅坐定。

壁垒森严，军容肃穆。怪侠见了，称赞索守仁果然不愧将才。咎天雷让众人坐定后，略谈一会儿，郑一冲便将带来的礼物及银子赠给索守仁，说是犒赏众儿郎此行的程仪，索守仁称谢后收下。咎天雷又陪众人到山上各处去游览。怪侠和韩侃郑氏弟兄振衣千仞高处，俯瞰群山跪伏，白云荡漾，阳城县在西南，宛如一个小小方卦，端的雄峻，无怪要被绿林之徒占据称霸了。

徘徊多时，始回至厅上。索守仁早命儿郎们摆上筵席，大家入席痛饮。索守仁告诉怪侠说，他们已准备十日后可以动身，路上分作三批起行，扮作客商模样，到热河的顺德集合。索守仁和濮忠润为第一拨，索国威第二拨，咎天雷第三拨，如此方可避免官吏的耳目，稳妥无虞。动身之前，预备将山寨纵火烧却，免得他处强徒前来盘踞。

一冲点头道："如此甚好，我等希望诸位他日为我汉族争自由，求光荣。"

四人在山上盘桓至晚，方才告别。索守仁等送下山来，一冲又对他们说道："十日后诸位动身之时，愚弟兄再恭送。"索守仁连说不敢。

当怪侠等回到堡中，隔了一天，韩侃也奉了老母，辞别郑氏弟兄回到他自己茅庐中去。郑氏弟兄谢了他相助之德，又送不少礼物与韩侃，他也老实不客气地照单全收，仍用骡车载送他老母而去。这里郑氏弟兄把壮丁暂时散去，但约定每月逢到朔望，仍要照常检阅，训练军事，庶几巩固堡务，有备无患。

一冲归后，历碌了一番，自然要在家中安守多时，遂陪着怪侠天天喝酒，常在醉乡中消遣光阴。到得索守仁等动身的那天，一冲、一成和怪侠跨着马去送别。但他们行近山下时，早见山上烈焰腾空，黑烟滚滚，山寨已着了火。索守仁父子和咎天雷、濮忠润率领众儿郎乔扮商人，将军械货物暗暗包扎好，装在车辆上，正向官道出发。一见怪侠和郑氏弟兄前来送行，脸上都露出欢笑之色。一冲又向他们说了数句珍重的话，索守仁称谢不止。郑氏弟兄和怪侠跟随他们，送了数里路，方才挥手判袂，不无恋恋之意。

怪侠回至郑家堡，就去看李玉娇，请伊到客房中去谈话。玉娇休息了多日，精神渐见良好。见面后怪侠叫伊坐了，对伊说道："老朽跋涉千里，把你送至这里，难得郑氏弟兄好客情深，足可依附。现在王屋山事已告结束，老朽又要海阔天空，走向别处去了。李小姐，我代你想想，伶仃弱质，尽早要求个归宿才好。当初我把你送到北京去，原想救人救彻，希望你们的姻缘可以成就，岂知万维馨慕荣趋炎，弃旧怜新，别娶龚侍郎之女，狠心将你撇却。老朽对这种薄幸男子饶他不得，所以少加惩创，使他以后再也不能风流自赏了。同时又因你意志颓丧，毫无归宿，遂想到这里的郑家堡，把你送到这里来了。老朽敬重你淑美贞烈，心里十分舍不得丢了你而走。"

218

怪侠说到这里，玉娇低倒了头，眼眶中已忍不住落下珠泪。怪侠又说道："现在我要和你商量，因为你的终身必须有个归宿，故要代你做一个月老，介绍一位豪杰之士，和你缔结良姻，不知你可能同意？"

玉娇听了怪侠的话，不由一怔，低声说道："恩公有何吩咐？"

怪侠道："此间的郑一冲果然是少年英雄，老朽和他交游，觉得莽莽风尘，如此君的英俊多才，干练持重，不可多得。闻他已届授室之年，而中馈犹虚，因为他选择很苛，少所许可。昨晚老朽曾向他无意之中试探过，知他并不想做鳏鱼以终老，唯要求德容双全的女子为好逑，所以老朽愿意代你们二人撮合。李小姐，才子已不足恃，劝你还是嫁给英雄吧。像一冲这样英侠少年，将来一定能够爱护你到底的。你若能表示同意，那么你得了一个较好的归宿，老朽也可放心托胆远走他方了。李小姐，你的意思究竟如何，请你直言吧。"

玉娇听了这一夕话，心中非常感激。文人无行，薄情寡义，伊自从给万维馨加了很深的刺激，已对司马相如一派的才子觉得可憎了，反觉江湖豪杰行侠仗义，言信行果，诚有足为。而见郑氏弟兄所作所为的，宛如古时游侠传中的人物，本已钦佩，现在怪侠愿为月老，要代伊玉成姻缘，自己并没有什么不愿意，遂答道："小女子漂泊天涯，命途多舛，幸赖恩公仗义矜怜，一再救护，不辞千里迢迢，送我到此，欲求一枝之栖，小女子有生之日，都是恩公所赐。恩公有命，自无异言，但恐郑君英俊之才，而小女子以蒲柳之姿，不堪侍奉巾栉罢了。"

怪侠听玉娇已有允意，自己的话还算顺利，心中十分快活。捻髯笑道："李小姐能够允诺，郑君自然乐意的，从此老朽的心事也可放开一边了。愿你们白头偕老，长享甜蜜的光阴，他日庶几不忘老朽的一片美意了。"说罢又是哈哈大笑。

玉娇此时也有些娇羞了。又谈了一刻闲话，玉娇告辞回房。怪侠便去了一冲说明他的意思，一冲也是出于意外的。他对于这位多才多貌的江南佳人，心里早有爱心之意，只因玉娇已有了万维馨才子式的配偶，他也不敢妄想，谁知天公故意曲曲折折地会使自己和玉娇有姻缘的希望，他如何不快活，又如何不感谢怪侠为媒的大德呢？马上一口答应。

怪侠要紧把这事办去，自己方可远离，遂和一冲商量过后，马上选定吉日良辰，要代二人成婚。因为玉娇作客他乡，又无一个家人，所以不需伊去办什么妆奁，一切都由一冲代办，忙得一冲发昏。布置起一间华丽的洞房，这个风声传出去，大家都很喜欢，要来喝一杯喜酒。因为月老是要成双的，所以又挽出韩侃来。

到了喜期的那天，郑府里上上下下，喜气洋洋，悬灯结彩，鼓乐悠扬。韩侃侍奉他的老母也来吃喜酒。一切婚礼都照当地的风俗，新郎新妇参拜天地后送入洞房，大家来看看一双新人，果然郎是英雄，女是佳丽，匹配得过。喜筵上怪侠和韩侃举起大觥来对饮，大家都喝得陶醉。至于新人的风光旖旎，自然也是柔情如水，蜜意似云，李玉娇自己做梦也想不到有今日，真是世事难料了。

婚后第三天，韩侃已去，怪侠要向郑氏弟兄告别，对一冲说道："老朽漂泊已惯，不耐闷坐，到此已有多时，且喜玉娇已有归宿，郑君当能始终爱护，不负老朽之意，所以老朽即日就要告别了。"

一冲道："老丈的美意，小子终身不忘，像我这样无才无德的草野鄙夫，能得李小姐为佳妇，可谓幸运，岂敢二心？但老丈难得到此，且请再住旬日，然后待小子送行。"

一成也苦苦挽留。怪侠道："那么我且稍缓再说，今夜我们多喝一些酒可好？"

一冲道："很好。"

这夜一冲、一成陪伴怪侠喝酒。怪侠喝至半醉，对一冲说道："我倦欲眠了，这酒且留下以后再喝吧。"

一冲当然不敢勉强，弟兄俩扶着怪侠，送他到客房里安寝。等到明日上午，一冲因为怪侠不惯闷坐，想陪怪侠出去射猎，但不见怪侠之面，问问家人，也说老人没有出来用早餐，一冲遂和一成跑至客室门前，见房门尚紧闭着，以为怪侠醉卧未醒，然而昨夕的酒尚未喝得尽量，怎么如此烂醉呢，是从来没有过的啊？遂伸手上前去叩门，二人接连把门敲得如擂鼓一般地响，只不见里面有何动静。一冲心里更觉奇讶，遂把门撬开了，走进去瞧瞧炕上并无怪侠的影踪，再一看壁上的宝刀也已没有。

一成惊呼道："咦，怪侠到哪里去呢?"

一冲道："哎哟，他老人家明明恐怕我们要苦留他，所以走了。"

一成一眼瞧去时，又见墙上题着"再会"两个笔迹潦草的字，二人方知怪侠果然走了。

他真的要走时，他人也坚留不住。何以这样不别而行呢? 真是奇突! 室中门窗都是照常关闭，却只有梁间一根椽子旁有些破裂，屋瓦虽仍盖好，可是以一成的眼光看去，便知他老人家是这里出去的了。真是奇怪，放着正门天窗不走，偏偏临去时玩这个耐人寻味的玩意儿，令人可念。二人又走到外面厩中去看时，怪侠的那匹坐骑也已不见踪影，当然是被他骑着去了。

家人们也都奇讶，一冲进去告知了玉娇。玉娇芳心惊奇，叹息道："他老人家这样一去，不知何日可以再见? 我受了他这样的深恩厚德，一些儿没有报答，真是惭愧之至。他老人家的高风义气，使人一辈子忘不了的。只可惜不知老人家的姓名是谁，以前的事迹都茫然未晓，这未尝不是缺憾，耿耿此心，所不能已的。"

然而郑一冲对于怪侠的身世也是丝毫莫知，因他老人家始终守口如瓶，讳莫如深，一些儿也没有吐露过，叫人家如何猜测得出呢? 这无异神龙见首不见尾了! 二人没奈何只有仰首咨嗟，徒深神往。真是:

江湖奔走，义侠心胸。首尾难见，浊世神龙。

侠骨恩仇记

第一回

人面兽心白昼奸污
锄强诛暴夜半飞头

　　古时有两句话，叫作一饭之德不忘，睚眦之怨必报。有人以为报德是应当的，报怨是不应当的。然而，怨毒藏在人心，不报不能发泄。齐誓复五世之仇，越不忘城下之耻。大丈夫恩怨分明，当报即报。若然靦颜事仇，甘心为虏，这种人真像陈叔宝，全无心肝，天下最可耻的弱虫了。不过，睚眦两字似乎说得过分些，如果两边没有什么不共戴天的大仇，也犯不着牺牲一切，操什么同室的干戈，去荼毒生灵啊。自古以来，恩仇最分明的要推那些草野游侠，太史公作《游侠列传》，将一班侠客烘染得有声有色，人家读了，没有不拍案称快的。你道人家为什么要推重游侠呢？这也有一层缘故。

　　大凡不平的心，人人都有。可惜上面有了强暴的压力，虽有冤屈，无从告诉。旁观的人势力不敌，也只好袖手不问，浩然长叹罢了。这时那些任侠的英雄好汉，忠肝义胆，与众不同，见了不平的事情，却一定不肯放过。又情愿蹈火赴汤，舍生忘死，去理直他，报复他。所以"侠以武犯禁"，古人有这句成语。若使政治光明，刑不滥用，非法的事不容于社会，那么国民大家不受什么冤屈，即使有什么冤屈，自有法律保护他，也用不着游侠来越俎代庖。到了这个时候，虽有游侠，要看作乱民了。哪里还有人去敬重他呢？现在世风浇薄，人心更坏。有强权而无公理。政治黑暗，社会腐败，司法不能独立，含冤负屈的事没一天没有。并且国仇未报，庆父未去，不知道茫茫神州还有一二黄衫儿出来，做快人快意的事么？著者作此书时，很有这个感想。现在闲话少说，且提起那个毛锥子来，把许多英雄侠客可歌可泣的事迹，来介绍给读者快睹吧。

却说曹州城外，有一条很长的官道，南北往来行客都要打从此道经过。路中有一个邮亭，可让走路人在内休息一会儿。不过中间十分污秽，没有人去打扫。几个石凳也是东倒西歪的，四面墙壁剥落，少许光鲜处又有人题上几首诗词，但是似通非通，绝没有什么佳作。也有人胡乱涂着某年某月某日某某人过此，满目肮脏，不值识者一笑。那亭外种着几株柳树，当那春日，条条柳丝在风中飘拂着，很牵动行人的乡思。远望冈岭起伏，草木行列，倒也有些风景。

有一天下午，老天忽然要起阵雨，四处墨也似的乌云一齐拥起来，狂风大作，卷得尘土迷天，草木乱舞，四面山色一齐暝黑。云端里一闪一闪的电光，像条条金蛇，耀得人头晕目眩。雷声隆隆，大雨即刻要下。这个当儿，在官道上走的人都向那个小亭奔来，起先奔进一个乡人，年纪很老，带着一个十八九岁的小姑娘，粗有几分姿色。穿着一身紫花布的短衫裤，耳上悬有金环，梳着光光的头，像是乡下女儿打扮上城里去后回来的。匆匆忙忙走到里面，在一条石凳上坐下，只是喘息。不多一刻，外面又跑进二三个乡人，奔得他们只是揩汗不止。那时雷声越响，天色愈黑，大雨已倾盆而下。檐溜飞瀑，好像银龙掠影。远望出去，烟雨迷茫，一片是水，几株柳树尽被着狂风急雨击打得摇摇不停。少停，霹雳一声，山谷震动，有一团烈火降向西南方去，把邮亭里几个人吓得跳起来，一齐嚷道："又有什么人在那里起黑良心了？"

说也奇怪，霹雳落地以后，云势渐松，透出光明，雨点也渐渐小了。众乡人回头一看，却见邮亭后面又多了一个避雨的人。那人是个老翁，年纪约有六旬光景，两鬓已白，颔下飘着一部花白长髯。身穿青纱长衫，戴着斗笠。双目炯炯，含有威风。并且精神矍铄，活像京戏《八蜡庙》中的老英雄褚彪。众人都很疑讶，因为他们都不见有这人进来躲雨，到底怎样来的呢？乌云涌上来黑暗时候，似乎看见有一条黑影飞进亭来，众人都以为是什么飞鸟，难道便是这个老翁么？但见他蹲在地下，一声儿也不响，各人只好闷在肚里，不好多问。

就中有一个乡人见了起先的老乡人，便道："周老爹，你和你家女儿到城里去烧香的么？"

老乡人答道："咦，你是李大么？恕我老眼生花，不曾看见你。我今天因为小女到观音庵去还愿，所以伴她进城的。不料回到这里，遇着阵雨了。你也进城回来么？"

李大道："是的，你家女儿倒生得这般标致，以后我劝你少带她去城里吧。"

周老爹瞪着两眼问道："此话怎讲？"

李大道："老爹有所不知，城中现在有个姓袁的恶霸，名叫如龙，很有些膂力，并会武艺。他哥哥是山西提督，很有权势。本在他哥哥手下做事，因为酒醉杀死了人，他哥哥替他脱了罪名，教他回家代管家业。哪知他到了家乡，倚势欺人，又和那些官吏串通一气，家里养了十几个家将，常常领着出来街头闲逛。怒目扬眉，谁敢去撩拨他们？有时看见有貌美的妇女，便要利诱势逼，抢到他手。虽有人吃了苦头，去县里告他，怎奈县官也见他惧怕，常置之不理。所以他的威势一天大一天，差不多要做这里的小皇帝了。你的女儿幸亏不曾被他瞧见，否则你是一个乡老儿，怎敌得过他？恐怕来得去不得呢。"

周老爹道："呀，有这样事么？国家的法律要它何用呢？"

李大听了，将嘴一噘道："法律么？这是只好威吓小百姓，至于那些有势有财的大户人家，法律便奈何他们不得了。除非是老天雷轰，才可以给那辈恶人警诫一些。今天的霹雳，也算厉害，我但愿雷公有眼睛，一个霹雳把他打死。因为近来他犯着一件惨无人道的事呢，地方上人虽然不服，要想处他的罪，无如他在各衙门里早已买通，死的一没有苦主，二没有财势，三没有旁人敢抱不平，代他起诉，看来也只好白死了。可怜可怜，说起这件事来，人人都要痛恨的。"

周老爹道："雨还没停，请你趁此空儿讲给我们听听可好？"

李大道："讲我是可讲的，但是你听了千万别到城中去乱说，以致闯出祸殃来。"

227

周老爹道："谁敢到城里去胡说呢？请你放心。"

李大遂道："这是我听一个朋友讲的。他开爿饼店，在崇长街上死者的对门，所以格外晓得详细。原来他的对门住着一家姓王的，只有夫妇二人和一个小姑娘。人家虽然低微，姑嫂都生得花朵儿似的，非常美丽。去年王家男人死了，只剩下她们二人，茕茕相对，十分贫苦。幸她们都会做活计，靠着各人十个指头，尽可过活。

"这一天将近晚上，合巧有事，她们姑嫂俩稍有空闲，便立在门外闲瞧。我的朋友也正在做饼，忽然袁如龙带着几个家将，喝得醉醺醺的，打从巷口走来。一眼瞧见了她们，如龙便眯着一双色眼，笑嘻嘻地回顾下人道：'这一对雌儿倒不错，不知是怎样人家的。'

"一个家丁抢着说：'老爷，这家并没有男人的，一个是孀妇，一个便是她小姑娘。老爷若然欢喜她们，不怕她们不来奉承。'

"那时王家姑嫂二人见了这一群人，看着自己交头接耳，知道不是好意，便回身进去，扑的将门关了。不防如龙色胆包天，竟去叩门。王家少妇出来开时，如龙早和众人一拥而进，吩咐两个家将把住前门，不许谁人进门。我的朋友还听得王家妇人喊救的声音，但是不敢怎样，只好袖手不管。眼看着他们进去，把那两个孤弱的女人蹂躏。然而心里很是不平。隔了良久，但见如龙和许多下人一哄而去了。

"我的朋友知道事情不妙，遂去喊聚着左右邻舍，一齐入内查看。走到王家妇人的卧房门前，眼中触着一物，众人都掩面害怕起来。原来见那妇人早已被人一刀刺死，横在地板上，鲜血直流，衣服都红了。这时天色已黑，众人大着胆，点了灯，走进房去。听得后房有呻吟的声音，奔到里面细细一瞧，见这位很美丽的小姑娘裸卧在床上，下身血迹狼藉，已是奄奄一息了。

"他们遂问她怎样弄到如此，可怜她泪流满面，勉强挣着道：'我的嫂嫂见有人来叩门，便去开看，不防许多贼子蜂拥而入，把我和嫂嫂一齐围住。我们以为来了强盗，吓得什么似的，齐说我家是穷苦小民，没有钱财，只求饶命。有一个长身的却把我们拖进卧房，叫我们好好陪他欢娱。嫂嫂才知道他们要来玷污我们的，便一口回绝，苦求他们出去。那贼仗着人多，要来用强。我吓得缩作一团，但我嫂嫂发了急，在桌上抢着一把剪刀，照准为首的那贼飞去，偏被他侧身让过。他遂大怒骂道："你们不识抬举，敢这要抵抗我袁二爷么？"遂拾起那把剪刀，奔过去把我嫂嫂一剪刺倒，又在她胸口上重重戳了几下，鲜红的血直淌出来，我见了惊慌失声，高声呼救命。他奔到我身边，用手将我的嘴掩住，又唤两个气力很大的男子，把我揪住，拥到床上。可怜我无力抵抗，竟被他白白糟蹋。我恨极了，在他臂上咬了一口，他大骂不已，更命几个下人上来，轮流行奸。后来他们都去了，这袁贼害得我这般光景，我也不想活了。嫂嫂又被他杀死，要请诸位乡邻代我们伸冤。我们死后总当感激。'

"众人听了她一番话，有的气愤填胸，有的仰天叹息，都把话来安慰她。一面退出，商议办法。我的朋友说：'这件事是袁如龙做的，怎样对付？'

"大家听了袁如龙三个字，不觉面面相觑，只好先去报告官府再说。县官晓得了，便派一个地保来看尸，预备明日相验。不料这夜王家姑娘又自缢而死了。明天县官到来查验一番，终没有人敢说是袁家做的。县官肚里早已觉得，只说是哪里来的强盗抢劫不成，遂把人强奸杀死。然而这件事是道理上说不过去的。袁如龙却去贿通了一众官吏，便把这事含糊搁起。曹州人民也是敢怒而不敢言，无可奈何。好在别人家中事，不关着他们自己身上的痛痒，不过白死了两个妇女。所以我劝你周老爹不要带你的女儿进城，免得落在他眼里，横祸便飞到你身上来了。现在的世界，只有强横霸道的人可以过日子了。"

周老爹听了这话，不住地摇头叹息，说道："可怜，可怜。但愿这种恶人阎罗王早早把他收去，少贻害世人。"

李大的同伴搭话道："阎罗王也怕凶的，偏不肯去收那些恶人。除非是出个武松、石秀们这般英雄好汉，才可以出来代打不平，出出受冤屈人的气，使那些恶人知道厉害。"

周老爹的女儿听着，眼中不由落泪，也将手帕去批抹。那时雨点已停，黑云往东边散去，血红的太阳又从云端里显射出来，映得天上一片一片的云红的红，青的青，宛如一幅山水画，好看得很。路上的水将要退干了，周老爹等众人也叹了口气道："天要近晚了，这一阵雨下得好爽快，风凉得很，我们就此回去吧。"遂都离了邮亭，匆匆归去。

这时邮亭里只剩着那个老翁，兀自蹲着，好像想什么。隔了一刻，忽地立起身来，长啸一声，四野响应，树上一群小鸟也闻声惊散。老翁虎眼圆睁，用手捋着他的长髯，自言自语道："白昼行奸，擅杀无辜。天下哪有这种残酷的事情，地方官竟置之不理，甘心和凶手通气，焉能为民父母？曹州地方，许多人民，难道没有一个主持公道的人，出来替那两个冤死的妇女昭雪，反而坐视那凶手逍遥法外，肆行荼毒，真正惭愧极了。老夫不知道此事也罢了，今番听得了，倒要去探听一个明白，好代她们复仇，并且为地方除去一害。虽然我这几年来教孙读书，种竹栽花，不喜多管闲事，此番却饶他不过。犯法不犯法我都不管，锄强诛暴四个字，便是我终身行事的宗旨。好在我手中的宝刀也有好几年不曾喝着人血，想它必然干渴得很，少不得要请它出来，饱饮贼子的血了。"说罢，撒开大步，出了邮亭，往东走去。

列位看了我所写老翁说的话，决然料想老翁是个义侠一流人物。不错，讲起他的以前历史来，可是很长。我把来略表一下。

这老翁姓张名嫉时，自幼学得一身好武艺，在绿林中称霸十年，也曾劫牢反狱，杀官破城。但他从来不肯妄戮一个无辜的小民。慷慨好义，疾恶如仇。因为他常用一口七星宝刀，是汉时造的，所向无敌，江湖上都称他叫单刀老张。老张二字，在北五省很有名气，以后洗手弃业，便住到曹州来。不过手头没有多钱，种种田，栽栽桑，自食其力。他在绿林时娶过一个妻子，早已死去，只剩下一个儿子，名叫世英。老张把武艺传授给他。世英长时，便代人家保镖。起初靠着老张面子，很称顺利，后来老张退隐已久，后辈出世，便不顾了。有一次，世英到山陕一带地方去，一连几个月不曾回转。老张望儿心焦，世英的妻子也非常担忧。哪知世英为人杀死了。老张听得这个消息，不胜悲痛，便出去四面探访，一无下落。不知仇人到底是哪一个，惘惘归家，他的媳妇又生病故世了。只剩下一对孙男孙女。孙女名奇英，孙男名士杰，还在童龀之年。幸喜二人聪颖异常，体力亦不弱。老张闲时常把武艺教授他两个，居然日有进步。老张欢喜得了不得，暮年无聊，借此稍慰。家中用着一个长工和一个女佣，帮理家事。老张也要出去喝酒，酒醉回来，和两个孙男女闲谈取笑。奇英和士杰早失怙恃，也都依依膝下，十分孝顺。

这天老张归去，因为在邮亭里听了李大说的一件事，心中很为不平，一刻不能忘怀，面上露着愤怒的神色。奇英走到老张膝前，娇声问道："祖爹今日为何不快？敢是有人得罪你么？"

老张勉强笑道："没有什么，我不过有所感触罢了。你们两人念的书可背得出么？"

奇英和士杰都道："背得出的。"

奇英遂背了一段《孝经》，士杰也背了几句《孟子》，很是流利，还解时也能进而。老张很觉快活，和他们吃了晚饭，讲些武侠故事给他们姐弟听，然后上床安寝。明早起来，惦念着这事，早餐后教了他们一段书和一套刀法，便对家人说道："今天我又要进城去，略有事情，恐怕夜里也不回转，你们不要等我，家中诸事，各自当心，我过一夜便要回家的。"

说罢，便暗暗带上那口宝刀，迈步进城。到一座茶馆里坐定，喝了几口香茗，便将这事问起茶博士来。茶博士不敢多说，只说道："事情是有的，不过谁是凶手，我们不敢说定，你老别多说，若给外面人听得了，要吃官司捉去的。"

老张知道他胆小，不肯实说，笑了一笑，付去茶钞。觉得腹中有些饥饿，又往饭店里，吃过午饭，慢慢踱到那地方去。果然见这人前对门有个饼店，他遂故意去买些饼吃，向店主问起那被害人家事来。店主悄悄地说道："这事我是亲眼目睹，委实可怜。凶手是个有权势的人，我们也只好付之一叹罢了。"

老张道："如此说来，你们都是怯虫。要是给我看见时，必要出首告他一告。"

店主道："老丈你不晓得，官官相护，他们都是暗通声气、朋比为奸的。你一个没有势力的人去告他，无非自投罗网自吃苦，所以无人敢说。"

老张道："那凶手莫不是袁如龙么？"

店主连忙对他摇手道："老丈快不要说，休得害人，不是玩的。"

老张道："我早已晓得了，不必瞒我。你可知道袁家住处在哪里？"

店主道："在郡庙前，老丈若要找他，千万别说着我。"

老张笑道："你且放心，我必不敢找他的。"遂离了饼店，走向郡庙前来。

见袁贼的住宅很是高大，门前还立着几个家将，歪戴着帽子，正在调戏一个使女。老张见了，不免生气，暂且忍住，悄悄趄到后门，看看围墙不十分高，心中暗喜。且去找家酒店，博个痛饮。转过二三条巷，见有一座酒肆，老张跨将进去，拣了一个沿窗的座位坐下。这时已近下午，太阳渐渐下去，一片蝉声在林间噪个不住。酒肆中的院落早将凉棚扯起，老张披襟纳凉，觉着一阵一阵凉风透来，十分爽快。院落里摆着一架荷花缸，红裳翠盖，亦清亦香，老张啧啧道好。早有酒保上来问菜，老张点了几样可口的菜和两斤酒，不多时，酒保奉上菜肴，烫上酒来。老张见酒杯很小，便喊酒保："将大碗来，谁耐烦一滴一滴地喝去？"

酒保答应是，遂即换上一只青花酒杯，又高又大，老张倒下酒来便喝，不多时二斤酒早已罄净，又喊酒保再添二斤酒来，煮一只鸡。酒保答应，少停，酒和鸡一齐端上，老张撕着鸡大嚼大喝，何消片刻，二斤酒又已喝完，再喊酒保添上二斤。那时已是黄昏，酒保暗暗惊道："莫小觑这老头儿，怎地量大？喝了四斤酒颜色也不动一些。"便再烫上酒去，看看壶中又干，只顾喊酒保烫酒，并吩咐将桌儿搬到院落中去喝。酒保口里叽咕着道："这样热天，尽顾温酒，累得人家没工夫乘凉了。我也没见过这般尽量喝得下的酒鬼。"

却被老张听得，陡地将桌子一拍道："你这厮说什么？我喝酒有我的酒量，要喝几斤便喝几斤，有的是银子，半个钱也不少付你的。你这厮睁大了眼睛，看看人家是谁，休要啰里啰唆，惹人生气。"

酒保听得他巨雷般的声音，早吓得不敢声响，只好听他吩咐，便把桌子搬到院落里，再烫上二斤酒来。这样老张尽管喝了又添，约莫喝到十斤左右，时候不早，酒也喝够了，便立起来，到柜上付了酒钞。

出得店门，街上已是昏黑，行人稀少。凭着夜眼飞奔袁家而来，到得后门口，将身一蹿，早到里面，听听没有什么动静，老张蹑足走去，见东边三间屋内有些灯光，过去一看，乃是厨房。里面正有人声谈话，还在那里烧什么。老张立定了，侧耳静听，只听有一个年老的说道："时候也不早了，他们乘乘凉却又想起酒来了。人家晦气，累得挨在灶下受热。"

又有一个年轻的答道："那是新娶的四姨太太想出来的主意。这两天老爷正被她迷得落了魂似的，连她放出来的屁也算香了。今夜她和老爸正在荷花厅上纳凉呢。"

老的又道："我在背后和你老实说了吧。我家这位老爷可算是色中饿鬼，见一个喜欢一个。讨了几个姨太太还不算，仍要出去强奸民女。前天那崇长街上的姑嫂两个，可算死得惨了。明明是老爷做的，反而推说什么强盗行劫，岂不想强盗要去抢这贫贱人家做什么？真是掩人耳目罢了。可怜她们俩冤沉海底，白丢性命。"

说到这里，老张听得背后脚步声响，连忙躲在暗中，听那来人走近厨房门前喊道："菜好了没有？老爷等得心焦了。"

里面答道："好了好了。"

早有一个人忙着捧出一盘菜来，跟了那人便走。老张也轻轻跟在后面，一路转弯抹角，走到荷花厅后，见厅前灯光明亮，坐着一桌的人。莺莺燕燕，都是少年妇女。正中坐一个伟男子，赤着膊，背后有一个下人替他打扇。他的膝上还坐着一个年轻貌美的妖姬，撒娇撒痴地和伟男子说笑。

老张一想，那个伟男子稳是袁贼，其余都是他的姨太太和家人了。不管他，我且杀他一个爽快，出出我气。便亮出那柄宝刀来，一个箭步蹿到厅中。那时菜肴刚上，众人瞥见一条黑影像飞燕般进来，一个银髯老翁立在席前，手中还握着一口明晃晃的宝刀，一齐大吃一惊。袁贼也陡地一呆，正要询问。只听老张喝道："好袁贼，崇长街上犯了血案，还在这里逍遥！我今特来取你的狗命。"扬刀扑奔过去。

袁贼忙把膝上的四姨太太推开，跳在一旁。不防四姨太太正被他推到老张刀下，白光一起，蟒首已落，四姨太太的尸首倒在地上。袁贼又惊又怒，大喊家将捉人，自己先举起一只椅子来抵御老张。老张腾身而进，一刀刺去，袁贼将椅架住，只顾后退。老张喝一声"哪里走"，把刀向袁贼下三路扫去，那时袁贼早从家将手里接过一把刀来，竟和老张猛斗。老张等他刀来时，将七星宝刀望上一削，只听玱的一声，刀头已断。老张哈哈大笑，袁贼心中一慌，早被老张直钻进去，一刀正搠在他胸前，鲜血直流，跌倒在地。老张又是一刀，割下头来。吓得家将们四面乱逃，老张杀得性起，排头儿杀过去。不问男女，一个个手起刀落，人头滚滚。杀死了十余人，早有一二个人溜逃出去。老张遂从死尸身上撕了一块布，把袁贼头颅包好，提在手里。暗想一不做二不休，我索性到县衙去，把这贪官杀死，使那些做官的知道警诫。便当下跳出袁宅，飞奔县衙而去。

这条路是熟的，一霎时已到衙前，跳将进去，寻到了县官上房。这时天热，上房的窗有两扇开着，望将进去，眼见县官正和他夫人睡熟在一张杨妃榻上。老张暗骂：好县官，待我来送你归阴吧。蹿进房去，一刀早把县官的头割下，把来包在一起，轻轻跳出。可笑那位夫人还跟着一个无头死尸睡着，一些儿不觉。若到天明醒时，不知要怎样吃惊呢。这且按下不提。

却说老张出得县衙，忽听吹号响，街上有一队兵马走去，喊着"快捉强盗"。老张恍然大悟，原来袁家有人去通报了城守营，派兵来捕捉自己了。好老张，他也并不惊恐，施展飞行术奔向城门去，从旁边民房接了脚，跳上城墙，把两颗人头解出来，悬在城楼上，然后跳下城墙，一路奔回家中，天已大明，轻轻掩到房中，脱去血衣，略睡一刻，便即起身。

奇英等起来，见老张却在房里，一齐问道："祖爹几时回家的？"

老张道："昨夜归来时候不早，故此不曾惊动你们。你们睡得好熟

234

啊。"说罢照常做事，奇英等也并不疑心，因为老张有几次这样神不知鬼不觉回来的。

这天老张向城里去的人打听，知道两件事早已发露。城守营领兵在城里捉强盗，捉了一夜，连强盗的影踪也没有见，天亮时却见袁如龙和县令的头挂在城楼上。现在正要各处搜捕凶手，但是曹州人背后都在称快呢。老张听了，不觉好笑。

然而过了一天，已有人探访到城外乡村里来，风声很紧。老张犯了这事，有些胆寒。因为自己虽然不怕，却不忍连累两个孙男孙女，遂暗暗把这事告诉奇英姐弟。奇英急道："天下没有不破的事情，若然官中疑惑起祖爹来时怎好？"

老张也恐下人们生疑，并且自己那天在饼店和酒馆处露过面，有些不妥，遂道："我们不妨丢了曹州出走，趁此我也要四处去寻你们爹爹的仇人呢。"

奇英道："我们走到哪里去？"

老张沉吟一刻，忽然想起一位惊天动地的老英雄来，遂答道："我们且投奔一个朋友处去，暂且托足。我虽年老，却不患风尘奔波呢。"

即日收拾些细软，辞去下人，带了奇英、士杰，雇了一辆驴车，暗里北上。这一去引出许多奇事异闻来。

正是：

　　剑胆箫心，写出人间义侠；

　　刀光血雨，杀尽天下强豪。

欲知老张所说的老英雄究竟是谁，请看下回。

第二回

老英雄深山比剑
小姑娘大道夺镖

单刀老张所想着的大英雄，乃是河北有名的剑侠，此人复姓司马，名天游，别号云中龙。精通剑术，是武当山灵武老祖第三个得意门徒。年纪已有五旬开外，初常在蒙藏一带行侠义的事情，居庸关外遐迩闻名。后来他闭门韬晦，从事垦荒，招了不少游民来种田耕地。因他管理得法，十年以后，地土大熟，那些农人也都成家立业，所以本来一大块荒凉的地方，被他兴盛起来。周围千百亩田地，住着数百户人家，一样也有小市面，便起名叫作云龙庄。司马天游在庄内除去留心农事以外，便种竹栽花，读书下棋，享那清闲之乐，家庭之福。

他有一个孙女，今年才十六岁，生得美丽非常，天资又很聪敏伶俐，司马天游的儿子早已生痨瘵病故世了，更把她钟爱非常，题名秀芳，将生平武艺悉心教授与她。秀芳一心练习，故而年纪虽小，功夫已是不浅。天游又把珍藏着的一口青霜剑传给她，斩金剁玉，锋利无匹。秀芳还有一种绝技，因她日常无事，常拾取砖石抛击飞鸟，后来被她练熟了，她便收取鹅卵石来做防身暗器。但是天游却不赞成，他以为英雄豪杰不得已而和人战斗，总须光明磊落，何必用暗器伤人呢？所以秀芳也不敢使用。可是秀芳武艺虽精，文字却不高深。因她一大半的工夫都用在驰马试剑上了。

前几年，天游的老师灵武老祖曾有一个大聚会，是为他门下许多门徒联络感情起见的，差人到云龙庄来，嘱他必要到会，故此天游将庄上

236

事托付他人，如言前往。到得山上，瞻顾风景，回想少年时在此习艺，恍如一梦。今日面对青山即依依，花草也像不忘帮人。人世间沧桑几变，而山中峰峦如旧，溪涧长流，反觉人间扰扰，不及此处一片土较为干净。将来云龙庄事业，托付得人，我必要随祖师爷归隐于此，潜心修道。

他正在感叹时，忽见山峰左侧蹿出两条硕大无朋、形态狰狞的白狗来，在前面的嘴里衔着一狼，后面的和它抢吃，一霎时把那狼吃得精光。天游知道他的大师兄到了，果然岭上长啸一声，两狗都返奔过去，一个长髯过腹、精神矍铄的老叟飞身而下，背上还背着一个葫芦，很有些道貌仙风。天游忙上前行礼道："师兄请了，小弟在此。"

此老叟一见天游，便哈哈大笑，赶前握手道："多时未见，贤弟一向康健？此次祖师聚会，我们难得重逢。"

两人说着话，走进山去，两狗奔在前面开路。原来那老叟是灵武祖师的大徒弟，人家都叫他知几山人，又号神剑侠。所学剑术高出天游之上，但他一心修道，不肯妄杀一人。已将世事看得透彻，故常到深山大泽中去采药炼丹，借此修补。手下有两条狗，周身纯白，毛色如霜，爪牙锐利，勇猛无匹，度山越岭奔走如飞，什么厉害的虎豹它们都不怕，反要去搏噬的。所以知几山人常常在荒山中小睡片刻，两狗看守在侧，十分稳妥，倒好像他的护卫一样。此刻前来聚会，两狗自然也跟他同来。

当下两人走了好些路，只见琳宫璇宇，金阙绣桷，灵武祖师所住的玉皇宫已到了，门前早已有人迎接，知几山人把两只狗交给了守门的，然后同天游徐徐进去，走过了许多殿廊，才到灵武祖师修道的室中。见那灵武祖师苍颜白发，仙风道骨，额下长须色白如银，穿着杏黄道袍，端坐在道床上。两人连忙上前拜倒，灵武祖师把手一摆，请他们起来，坐在一旁。两人都请安问好，祖师也问问他们近况，两人恭恭敬敬地作答，祖师点头称善，便说："你们二师兄和五师妹等昨天都已赶到，你们可要到外面去坐坐，和他们叙谈么？后天便要开会，你们都是我的高徒，资格最老。我很欢喜你们在外做事光明，不坏我武当门风，真是难得。"

二人听说，连称不敢，便退到外面。见二师兄郑天隐和玉琪五师妹还有一个少年正在场上走着梅花桩玩，天游笑道："这个玩意儿我也好久不弄了。"说罢，一跃上桩，喊道："诸位同门，天游来了。"

天隐和玉琪等回头看见他们两人，便一齐飞奔过来，大家跃下梅花桩，握手叙谈，说了许多契阔的话。天隐又介绍少年和两人相见，方知这少年姓韩，单名晟，别号江南小侠。精通水性，乃是灵武祖师最近得意的门徒。韩晟知道他们两人是老前辈，也很敬重。和他们一起闲谈外间事情，夜来都住在客房中。

到得开会那天，众门徒大都到齐，共有一十四人。灵武祖师便请他们挨次坐下，自己首先发言道："我在此山修道，本来无意问世。欲传道术，遂收门徒。但我却取很严，我不肯滥收一人，故此先后仅收有一十四位。虽然人数不多，我心中很觉欢喜。因为你们在外都能行侠尚义，不违背我的教训。不过你们在此学习时候，时间不是相同，因此同在一家门下，彼此却还不认识。今天聚会，要使大家认识，敦睦情谊。将来同气连枝，发扬我道，才不负我的一片苦心。还有一事要提醒你们，近得各方面报告，知道少林派徒党日众，有好些人在外面持技逞能，要向我们挑衅。但愿我们宅心谦恭，凡事忍耐，不去理会他们。切不可妄事杀戮，获罪于天。若至必不得已时，也须适可而止。这是我今天要告诫你们的。今请你们一一上来，各将近况报告给诸同门听。"

灵武祖师说罢，遂坐在正中坛上一张椅子内，接着知几山人、郑天隐、司马天游等一个个上去报告。这一来大家都熟悉各人的历史了。其余诸人的姓名在这部书上没有什么关系，我也不来详细报告。

且讲天游在山上聚了几天会，又听灵武祖师讲些炼气之术，等到散会后，众剑客都分头回家，他遂向祖师告别，和郑天隐下山一起走。天隐是在岭南一带称霸的。年纪虽比天游轻，剑术却略胜一筹。天游遂问他岭南民风如何，武术如何，谈谈说说，很有趣味。天隐这番要到登州去，所以和他一同。经过太行山时，天色近晚，两人遂投向一个小逆旅先住下，打两斤酒喝着。谈天中无意却听店内一人传说道："近来太行山上每天到黄昏时候，常发出白光两道，好似电光般闪闪地在天空中旋转若飞，不知是怎样一回事。昨有猎人王某，素称大胆的，带了军器上山窥探，却被白光削去了一头头发，连打几个寒噤，逃下山来。想是妖魔作法了。你们想奇怪不奇怪？"

两人听了，心里已有几分明白，天游便悄悄对天隐说道："这又不知哪一个在山上玩那话儿了。"

天隐笑答道："断不是我们同宗，想是少林中人。停一刻我们且看看这光气再说。"

等到晚饭过后，恰巧两人所住的上房朝北有两扇板窗，正向着山坡。天隐把窗推开，见凉月一钩，星斗满天，照见那高峰危壁黑沉沉的，夹着一片树头，森然可怖。天游笑道："好山景，怎么那话儿不见呢？"

正说时，瞥见两道白光如流星般从山峦飞上天空，打一个旋转，光芒四射。一刹那间，往来飞舞，忽东忽西，忽上忽下，好似在那里刺击一般。天隐点点头道："莫小觑他，足有二十年功夫了。"

天游年纪虽老，好奇之心不减少年，遂拍着天隐肩头道："我们何不上去看看，到底哪里来的人物？"

天隐颔首赞成，两人遂寂寂无声地跃出窗外，疾驰上山。不多一刻工夫，早到山上，已近白光所在。觉得寒气逼人，幸亏两人都是剑侠老辈，抵挡得住。便掩在林中看时，见前面一片平地上，月光下面照见有两个和尚对面立着，朝外的约有四旬左右年纪，穿着黄色衲衣，身躯伟岸，相貌凶恶。朝里的不过二十多岁，却很瘦小。那两道白光便是两口宝剑，被他们各人用手指着，在空中你攻我撩，光华耀目。天游等看不多时，却被和尚知觉，各将手指微转，两条白光遂向林中落下。天游急了，把口一张，只见有白光一团，飞上空中，把两剑格住。这是天游炼气的功夫所致。论他的剑术虽比较他两位师兄稍觉浅些，然而已可算在上乘里头了。那时和尚们知道也有对手到了，忙各把剑收转，发出洪钟般的声音喝道："来者谁人？快快出见。"

两人不得已，一跃出林。年长的和尚又道："出家人在此练剑，你

239

们潜来窥探，到底是何种人物？"

天游道："我们都是武当山灵武祖师门下的剑侠，我名司马天游是也。"

和尚闻言，哈哈大笑道："原来是武当小丑到了。我们都是少林门下，老衲名智觉，他名智明。常闻你家剑术高妙，今夜相见，情愿比试一下，不知你们有没有胆量答应么？"

天游见他出言不逊，也答道："谁怕你来？比比何妨！"

智觉、智明遂各纵身飞剑，向他头上盘旋欲下。天游仍吐出白光，和他们击刺。一共三条白光，在空中纵横冲突，兔起鹘落，战了好多时，不分胜负。忽见背后发出两道青光，夭矫如龙，刺入白光里面。说也奇怪，那智觉智明两道白光都被青光裹住，渐渐压将下来。他们一看情势不好，急忙收转宝剑，回身便跑。原来郑天隐在旁看得不耐烦，生恐天游有失，故飞剑相助。智觉、智明的剑术还不高明，若不退走，必受损伤。所以只好溜之大吉了。这一去直到后来三侠大闹凤凰庄，再要出世。因为他们都是峨眉山少林寺大净禅师的弟子，此番回去，自然更要用功习练，预备将来雪耻。

且说天游等胜了敌人，也自下山，回到店中，讲起少林争胜之事，天游很悔多此一举，将来反结个怨在外面。天隐却深憾少林骄横，正好乘此机会折服他们，所以很觉自慰。

次日，二人付了旅资，上前赶路。直到山东分界，天隐方才和天游握手告别，自向东去。天游离了天隐，很觉寂寞。有一天薄暮时候，走近冀州城南广野间一条官道，却没有半个行人，自己肩上横了一根铁棒，棒头系个包裹，向前迈步走着，忽听身后马铃响，正要回头看时，早见一个精神饱满的老翁，跨着一黄骠马，如飞地从他身旁擦过，跑向前面去了。天游暗想，我常听得人讲江湖上有位老侠客，名叫单刀老张，莫非即是此人？不免等我去试试他看。遂施展陆地飞行术，从间道抄到要中，见老翁的马正奔向前来，天游便放下包裹，将铁棒一横，跳出林子，拦住马头，不放走过。那马上的老翁见了勃然大怒，跳下马来，从背上拔出刀来喝道："前面何人，敢拦老夫的去路？"

天游拈须笑道："我们都是老年人，且比较一个上下看。你若得胜，让你走过。"

说罢，将手中铁棒打来，那老翁将身一偏，举刀往上一迎，只听玱的一声，天游的铁棒早削作两段。老翁将刀一指道："非吾敌人，饶你去吧。"

正要上马，只见天游发出一道白光，好似银龙腾空一般，老翁知道遇了剑仙了，急将宝刀舞紧，也变成一团白光。可是敌人的白光非常锐利，手中刀法稍懈，白光已乘隙而进，穿至咽喉。老翁正闭目待死，却不见动静，睁开眼来，白光已不见了。天游对他哈哈笑道："有惊老兄了。"

老翁很觉惭愧，将刀插出，把手一拱道："足下剑术高明，非弟所敌，不胜拜服。愿闻姓名。"

天游道："不敢不敢，小弟复姓司马，草字天游。现住居庸关外云龙庄。"

老翁答道："久闻大名，失敬之至。"

天游也问他名姓，方知他真是单刀老张。原来那时老张正有事赴奉，路过此处，恰和天游相遇，却被天游一试便着。本来天游也没有伤人之意，所以早将剑丸收回。此刻惺惺相惜，十分倾慕。天游便走入林中，取出包裹，老张牵了马，一同且谈且走。走到前面寻找宿处住下，饮酒畅谈，从此萍水相逢，结成知己。老张因有事在身，立即告别，天游回到庄上，把聚会及路中的事告诉他孙女秀芳时，秀芳才有十一岁，听着很是有趣，说道："都是祖爹不肯带孙女一起到山上去，不然，好让孙女广广眼界，也可显显本领。"

天游笑道："天下有本领的人多哩，像你这样左右不过一个丫角小女儿，也好讲什么本领么？"

秀芳见她祖父笑她年小艺浅，背后很觉不快，一个人独自转念道，世上有名的大英雄，他们武艺也是从学练中得来的，只要功夫深，铁杵磨成针。天下岂有不会成功的事么？此后我须要用功习练，将来本领高了，看祖父怎样说法？并且女子也是一样的人，怎见得不能胜过男子呢？遂天天精心练剑，以及飞行术、空手入白刃等，无不学习。几年以后，武术大进，很想试试她的本领，只苦没有机会。只好到山中去打打猎。

有一天，她独自跨了马打猎回转，却见山下大道上有一辆一辆的车子，向南过去，满载着金银物件。车上插着大旗，上书"河南戴俊"。有一群武士簇拥着车辆。秀芳暗想，哪里来的镖客这样大意？以前有许多保镖者，经过都要放下旗子，到我祖父庄上打个招呼，这算宾主有礼，让他们好好过去。今天那厮无礼，待我来闹一下吧。想定主意遂把马一拍，驰下山坡。见为首一个壮士，头戴青巾，身穿灰布大袍，骑下一匹白马，手中挺着两根狼牙棒，想是镖师戴俊了。便去当头拦住，喝道："无礼的镖客，快快留下镖银。"

那戴俊乃是少年英雄，精通武艺，自做镖师后，也有几年在外，略有小名。此次保某王公镖，经过云龙庄，并非不知这里有位老英雄云中龙其人，只因他想司马天游近年隐居庄中，专务垦殖，毫不留心外面诸事，所以他轻懈了，只派人送了一张名刺去，行近这里，未将镖旗放下，闹出这个岔子。这也因为秀芳小姑娘要显本领的缘故，所以前来干涉。当下戴俊一眼看见马上跑来一位小小姑娘，不过十五六岁光景，好像来抢镖银的。他哪里放在心上？暗想这种乳臭未干的小女儿家，也要来和人家争短长，可谓胆大妄为，等我来给她一个厉害尝尝。便把马一拎，对准秀芳马头一棒打来，说道："去了吧。"

哪知秀芳将手中青霜剑使一个顺水推舟式，向上一迎，只听一声响亮，戴俊右手的棒早削去半段，不觉哇呀呀乱叫，再把左手的狼牙棒向秀芳腿部打来，又被秀芳把剑往下一削，那棒也变作两段了。戴俊心中大惊，正要退下，他同来的武士要想以多胜寡，一齐举起兵器，把秀芳围在垓心。秀芳大喜，便藏好宝剑，跳下马来，空着两手，左指右挥地打入阵中，将众人军械渐渐夺去。众人急切不能近上她身，都说"好厉害"。戴俊知是空手入白刃法，不料今天遇见劲敌。正想挥众速退，却见那边马铃响处，一老翁横着短刀飞奔前来，跳下坐骑大喊："镖客休要惊慌，我来助你。"

秀芳正战得酣畅，见凭空跑来一个老人家，一想先下手为强，拔出宝剑向他刺去。老翁急忙将刀往上一削，只听玱琅琅一声，火星四迸，吓得两人收转刀剑，各各查看。不知是谁损伤？那老翁又是何人？请看下回。

第三回

云龙庄儿女欢聚
飞豹寨侠义结交

当时二人各各收转刀剑，定神一看，都没损伤，不由精神倍增，奋勇厮斗，足足战了一刻钟，不分胜负。忽见后面奔来一个老英雄，急忙忙地喊道："秀儿，不要惊慌，我来也。"

秀芳闻声，回头见是祖父，便把剑一晃，退至侧边。天游一个箭步蹿将过来，喝道："何事争斗？"

那老翁把刀一摆，正要开言，却见天游走近，不觉哈哈笑道："司马先生，不认得小弟么？"

天游也细细一瞧，忙作揖道："来者是张兄么？失敬了。"

原来这老翁便是单刀老张，他同孙儿女正来投奔天游，凑巧走到庄外，闻前面有喊杀之声，遂登高眺望，见有一女子在那里劫饷银，把许多保护的人都打败了。他本来也保过镖，自然爱护同道，遂拔刀相助，却不料这女子便是天游的掌珠。

当时二人见面，略道契阔后，天游便请戴俊过来说道："小女无知，有惊公子等，幸未杀害一人。今请公等运饷前去可也。"

戴俊见是云中龙，连忙拜谢不迭，又向老张及秀芳致谢，然后众人押着车子，辞别而去。天游要请老张到庄里细谈，老张道："我还有两个孙儿女在后面哩。"说时，只见后面推来一辆骡车，里面跳出一对小男女，正是奇英和士杰，大叫道："祖爹，可把强盗打退么？"

老张笑道："不要胡说，这是你家叔父司马天游，快来见礼。"

两人一齐拜倒，天游见两人相貌生得甚好，十分赞美。也唤秀芳过来说道："你也来见见张伯父。"

秀芳正叉腰在后细看，听见天游吩咐，也走上拜见老张和奇英士杰。相见后，一同到得天游家中。天游忙命庄丁宰猪杀鸡，料理肴馔，和老张饮酒畅叙。一面命秀芳引两人入内，去见秀芳的母亲。秀芳有了同伴，十分高兴，三个人一见便熟，走到内室去了。

这里天游和老张对饮，老张便把自己如何归隐曹州，后来如何因王家姑嫂被袁如龙杀害，不觉动了义愤之心，夜入袁家杀死如龙，又去杀死某县令。恐怕曹州安身不得，故此前来投奔。想兄长处必能容纳，将来孙儿女两个要长住在庄上，自己却要出外，找寻他长子的仇人。天游满口应承，安慰他一番，又说道："现在世事纷乱，朝纲颠倒。不平之事，何处没有？眼见天下必有大变，吾辈也救不了许多人，正可浩叹。"

两人且说且谈，直到黄昏，正是酒逢知己千杯少，喝得十分早已。却见秀芳、奇英、士杰等笑嘻嘻地走将出来，秀芳对天游道："爹爹，我已和两位弟妹吃过晚饭，他们远道辛苦，要早些安睡的。"

天游道："不错。"便命下人把客房开了，一切床帐本常预备好的，便教士杰和老张住在中间，秀芳却要奇英和她同睡到楼上去。奇英答应了，便告辞入内，这里老张候士杰睡了，再和天游谈了一刻，也各入室安寝。

自此老张住在天游庄上，很觉萧闲，无事看天游如何督理农人耕田，觉得上下很是融洽，绝无苛待或违拗之事，十分佩服天游的能力。还有奇英和士杰常和秀芳一起游玩，他们庄里本有个操场，预备庄丁演练武艺用的。一天，秀芳和奇英、士杰三个人来到操场上闲走，秀芳忽然问道："听说弟妹等也谙武术，不妨今日大家试试。"

奇英笑道："我们的功夫尚浅，哪里及得姐姐？焉敢班门弄斧。"

秀芳佯嗔道："你们又要挖苦人了。老实说，我们的武艺实在都不好算数。像我祖爹的大师兄知几山人，才可算有本领了。他的剑术已修炼得近仙道，无人可敌。记得祖爹对我讲起他一件事来，我终不忘记。原来有一年，知几山人到西藏去，遇着一个番僧活佛，是少林派人，要

245

和他比试剑术。请他到他们寺里去。那寺里共有六七十名番僧，都是学剑的。知几山人回绝不去，并非怕惧，因为他不喜残杀。若一比试，不免发生流血之事。哪知番僧疑他是怯，定要他去，否则要教知几山人在他们寺前磕三个响头，算是甘心认输。知几山人只好带了他身边两条白狗，冒险到他寺中。走近大殿院落，见团团几十个番僧已把他围住，那两条白狗早想奋勇搏噬，却被知几山人喝住。番僧见了他便说：'难得老英雄光临，我等愿以宝剑百口相敬。'说罢，一道白光已射到知几山人顶上。山人不慌不忙，等那白光下来时，才听哗啦啦一声响亮，有一团细小如线的红光从他口里吐出，直刺向白光。那白光渐渐消灭。这是他老人家练熟的最上剑术，大概剑术愈高，他练的剑愈小愈精。若到纯粹时，只有气没有形了。当时番僧大惊，又发出两道白光，但见红光刚一转动，那白光早退落下去了。一群番僧还想以多取胜，各各取出宝剑，六七十道白光夭矫飞舞，耀得眼花缭乱。若是别的剑客早已送去性命，但是山人并不放在心上，将手微指，小小红光在许多白光中穿射，所过之处，白光便消。不多一刻，白光只有六七道了。番僧知道不好，要想逃走。那红光早已到他身旁，略绕一转，番僧的两耳已不翼而飞，吓得跌倒在地。山人本无意伤他一命，不料他手下两条白狗已扑上去，施展它们的爪牙，把他咬成几段。其余番僧急忙逃去。山人微微叹了一口气，才收转剑，带了白狗走了。闻说番僧有一个师兄叫独臂头陀，本领还要高强，他知道师弟被害后，一心要想报仇。只是山人却不被他轻易找到，并且他也自觉敌不过山人了。"

秀芳讲毕，两人听得津津有味，士杰跳起来道："我怎能拜了知几山人做师父，也可懂得剑术，便心满意足了。"

秀芳道："我爹爹虽不及山人精妙，然而已在上乘。你们要学剑术，将来可先向我爹爹讨教。"

奇英道："这要请姐姐去说，我们明天便学好么？"

秀芳笑道："你们平常武艺先要学习过了，然后才可学剑术。"

士杰答道："若说武艺虽不算好，可也去得。"

秀芳道："既然如此，请先试给我看看。"

士杰此时不再谦虚，便脱去长衣，到厅里捧出几件兵器说道："我们大家来玩玩可好？"

自己拣了一根三截连环棍，跳在场中，舞了几路，果然棍法纯熟，又换了双刀，舞起六十四路花刀来，但见上下左右一片刀光，不见人影。秀芳拍掌叫好。士杰舞到紧时，忽地收住，抱刀而立，面色不变。秀芳拍着奇英的肩笑道："妹妹，你也试一下子。"

奇英点点头，拣了一口剑，也使开解数，飞舞起来，良久才停，两人都说："我们已献过丑了，现在要请姐姐赐教了。"

秀芳笑了一笑，把佩挂的宝剑摘下，当胸一横，使个蜻蜓点水式，徐徐舞动。越舞越紧，但见白光一道，穿东掠西，树上枝叶纷纷落下，融了一歇，两人都觉眼前白光一耀，秀芳已不见影踪。士杰喊道："秀姐，在哪里啊？"

只听得操场西首杨柳树上有娇声答道："我在这里呢。"

两人方见秀芳立在柳树梢上，真不愧身轻如燕。随即跳将下来，拍手大笑。两人都说："姐姐好本领，远非我等所及。"

秀芳又道："我还有一种本领，索性做给你们看。"便教二人各拿刀剑向她进刺，自己可以空手取胜。

奇英道："我们不敢动手，倘伤了姐姐，如何是好？"

秀芳道："死了不教你们偿命可好？你们不要蝎蝎螫螫的，这般胆小。料你们的刀剑未必能近得我身。"

奇英和士杰听她如此夸口，也有些不服。一个使刀，一个使剑，向秀芳左右进攻。奇英还说："弟弟留神，不要伤了姐姐。"却不防秀芳舒展粉臂，摆动纤掌，不消几个回合，轻轻把两人兵器都夺到她手中去了。两人一齐大惊，伏地拜倒，都说："姐姐真天人也。"

秀芳带笑将他们扶起道："这叫作空手入白刃，也是爹爹传给我的。你们要学，我可尽力教授，将来你们反能胜过我也未可知。"

奇英、士杰听说，心中很是快乐。自此三个人常聚在操场中练武。奇英等有秀芳指导，又有天游、老张也时常讲些给他们听，故而武术进步甚快。

住了一两个月，老张却要出外寻找仇人，并且到各处走走。天游苦留不住，奇英和士杰虽也不舍得祖爹远离，无如老张主意已经打定，临时将二人重重拜托天游，略说了几句劝勉的话，竟飘然而去。天游一为老张面上，二则自己仅一孙女，没有孙儿，故把两人看得如家人一般。士杰要学剑术，天游也慢慢教他。自然在云龙庄安心度日，且按下慢表。

却说老张离了这里，径向南方山海关一带而行。一路晓行夜宿，苦不知道仇人在哪里。在外奔走逾年，暗想如此找寻，恐怕踏破铁鞋也不能寻到。当初我长子死时，也是听人传说仇人姓甚名谁并不知道，现今又隔几年，更觉渺茫，总要向人探听明白才好。江湖上有个千里飞行江长林，此人曾和我儿有些交情。前在江南胡家庄曾一遇见，听说他住在武胜关附近，不如先去访他问问，可否知道，然后再定行止。心中筹算已定，遂取道河南，赶奔武胜关。

一天傍晚，走近金鸡山下，那山正在归德东北，山势险恶。上有一个飞豹寨，内有强人盘踞，十分厉害，官军也奈何他们不得。但老张并不在意，一心要多赶路，单身前行，走了一里多路，见小径曲折，树木丛蔽，正是一个伏莽所在。老张正匆匆走着，忽听林子里呼哨一声，老张知道有强人来了，遂收步停止，只见左首跳出十几个强人，都用白布包头，手里拿着刀枪。为首一个肥矮汉子，面目丑陋，一身皂衣，横着两柄蘸金短斧，正像《水浒传》里的黑旋风李逵模样。大叫道："行客一人前来，可是奸细？说得明白放你过去。"

老张笑道："算是奸细你便怎样？"

那黑汉嚷道："若是奸细，须得砍下你这驴头。"

老张大怒，拔出宝刀说道："强寇焉敢无礼！等我来送你归阴。"

黑汉大吼一声，使动双斧，扑将上来。老张将刀迎住，本待去削，只因老张觉得那斧沉重非凡，生恐有损宝刀，故此将刀上下飞舞，要想乘间取胜。无如黑汉蛮勇异常，杀了好多时，越战越酣。那时山顶上又有窸窣声起，一盗瘦长身躯，从空跳下。剑光霍霍，刺向老张咽喉。老张将刀一削，只听玱琅琅连响几声，各把兵器收转一看，都没损伤。老张知道今天遇着劲敌，不得不打叠精神，和两个强人厮拼。那两人一左一右，把老张围住，酣斗不休。

看看天已近晚，忽见从喽啰喊道："黄爷到了。"便有一个老叟，银髯白发，挺着一根杆棒，如飞而至。大喝道："来人休得猖狂，老夫来也。"

老张不防强人越杀越多，心中十分惊慌。暗说不好，寡不敌众，我要死于此地了。那老叟赶来，正要将棒把老张摔筋斗时，不觉仔细看了老张一眼，便叫道："两位弟兄住手。"

那两人听说，各各跳出圈子。老张亦有些惊疑。见那老翁把棒收转，向他拱拱手道："张兄久违了。"

老张仔细上瞧他，似乎也有些认识，只得作揖问道："足下何人？小弟记不起了。"

老翁哈哈笑道："某乃铁棒黄九也。自在胡家庄和老兄相聚，今已十年，容颜易老，无怪不相认识。幸弟目力不错，想未有误。"

老张才想起在胡家庄聚宴时，铁棒黄九乃是个中健将，江长林正是他的外甥。遂答道："原来是黄兄，何幸相逢！为何在此山做这绿林生涯？"

黄九叹道："说来话长，且请老兄到山寨里细谈如何？"

老张慨然应允，黄九又介绍那两人相见，方知黑汉便是大斧子朱旋风，瘦长的名叫飞来燕何声。他有一口宝剑，名叫苍璧，是魏文帝时代宝物，故此和老张的宝刀相遇，不分强弱。

当下老张随众人上山，见两旁山峰壁立，中峙一关，正是飞豹寨的头门。那飞豹寨四周有山壁围住，形势雄壮，正合防守。到得寨里，黄九便在厅上摆起酒宴，请老张入座。老张便把自己的事迹略述一番，然后问他们落草的缘故。黄九答道："我与满人有杀父之仇，不可不报。并且满人入关以来，擅作威福，把大好中原弄得疮痍满目。我等汉人觍颜事仇，是可忍孰不可忍！故我结合了许多同志，借此山做根据地。养精蓄锐，将来要推翻满清，便是我们的志愿。我们并不打劫旅客，今日不知如何和老兄开起衅来？"

朱旋风便大嚷道："我本来问这位老英雄是不是奸细，不料他出言不逊，我自然要动手了。你们不要怪我鲁莽。"

众人听说，一齐好笑。老张道："这也因为兄弟误认剪径的强梁，有心要试他一试，所以杀将起来。"

黄九道："我们平日这里巡山的事，本是小甥江长林担任的，今天他适出去了，故而请朱君暂代，否则……"

老张一听江长林三字，便不等他话说完，忙道："原来千里飞行江长林君也在这里么？"

黄九道："小甥乃是被我请来的。他对于侦探消息一事，很是有用。"

老张道："他和我长子世英很要好的。我不知我儿子的仇人是谁，倒要请问他可曾知悉。"

何声接口道："他今夜便要还来的，少停可以相见。"

老张听了十分欢喜，且谈且饮，兴致淋漓。约近二更时分，忽听庭前微有风声，有一个皂衣壮士轻轻跳下。朱旋风喊道："江兄弟回来了。"

那人走进厅来，精神饱满，眼中闪闪有光，一见老张，便上前行礼道："张老英雄为何在此？你老人家一向好？"

老张也起身和他相见，告诉他来此之故。江长林便入座喝了几杯酒，先把他的公事报告了黄九。老张忙问起他儿子的仇人。江长林叹道："我同令郎很有交情，他为人杀后，我很为悲痛，他的仇人我虽不知详细，却听得有人说过，未尝无因。但是说起这个仇人，大大厉害。"

众人都道："究竟是个什么人？"

江长林又喝了一杯酒，方才将那人姓名吐露出来。这一说有分教：龙争虎斗，莲花岭边变作大战场；剑气刀光，凤凰庄中安排陷人阵。

欲知后事如何，请看下回。

第四回

传神拳三战称霸
争意气一怒杀友

上回书中讲到老张找寻儿子的仇人，路过飞豹寨，遇见江长林要向他问个明白，幸喜江长林知道这事，便喝了一杯酒说道："我本来也一无所知，凑巧几年前到山西去做一趟买卖，遇见一位朋友，姓郎名希岳，武艺尚好，性情慷慨，专喜结交。我和他聚了半个月，十分投契。才知道他在陕西灵宝县大树村鲁家做教师，我问他陕西可有什么英雄，他道：'怎么没有？敝主人便可算得。他的武艺远非我们能敌，可惜行为有些不光明罢了。'

"我惊问道：'是谁呀？你家主人既是有本领的，怎么还请你做教师？'

"他道：'他请我去教他家的庄丁罢了。我的老人家同他父亲是结拜弟兄，现在我没处吃饭，便住在他家里尽些义务。'

"我急问道：'别的不要讲，究竟你家主人姓甚名谁？'

"他道：'这人名叫鲁飞雄，现年三十多岁，在潼关一带，没有一个不知道他的声名的。马上马下十八般武艺件件精通。又得异人传授剑术，便是凭着他两条铁臂，也无人对手的。但是他前几年曾经吃醉了酒，和一个友人名叫张世英的翻脸。那张世英也是北道有名的镖师，和他交手，不及十合，即被他用拳打死，以后把那人死尸暗暗埋讫，免得人家说他不义气。'

"我才知道张兄死在鲁飞雄手里的，深为可惜。但我后来也知道鲁

251

飞雄的名气，他专和武当门下作对。因为他的老师是少林嫡派哩。"

老张听罢，便道："我不管鲁飞雄本领怎样高强，我这条老命须得和他拼一拼。"

黄九道："既是老兄志在复仇，舍甥不妨相伴同行。最好先去会会那位郎希岳，然后再设法报仇，未为不可。"

江长林道："张老英雄若然要我同去，不敢推辞。"

老张遂决定后日和江长林同去，作书的却要趁此当儿，把那鲁飞雄一生的历史先叙个清楚。

原来鲁飞雄的父亲本是著名的拳师，历代秘传着几套神拳，常能出奇制胜，无人能及。鲁飞雄小时候天生一副神力，几百斤的石锁他都能举起玩弄，如无其事。他父亲遂监督着他练拳术及刀枪器械，悉心教授。更喜飞雄一教便会，有时常化出解数来，连他父亲也很佩服。常说他儿子年纪虽小，本领不小。他自己现在已老，若是父子交起手来，说不定要败在他手里的。

有一天村里两头水牛斗起来，人人都不敢去解围。飞雄听得这个消息，独自飞奔到水牛相斗的所在，见两头又蛮又大的水牛，都是目睛突出，挺起牛角奋力乱搠，好像发狂一般。许多乡民在四周远远地瞧看，只不敢走拢近去。他便大喊一声奔过去，伸出两条胳膊，轻轻地只一分，两头水牛早被分开各边，只是水牛怒气未息，见有人来，便不约而同地一齐挺起头角，向飞雄身上撞去。众乡民见了，知道这一下难于抵挡，都代飞雄捏一把汗。哪知飞雄右手早握住一头水牛的头角，说声"去吧"，那水牛早被他一翻，抛出一丈多远。又伸出左手，将那一条水牛的角也轻轻握住，直压下去。那水牛不觉跟着他手，蹲伏在地，一些儿不能动弹了。两旁的人不觉大声喝彩，都说大树村里出了大力士了，从此鲁飞雄渐渐为人注意，他也格外用心习练。

但是少年好勇，不免有些夸口，每当西坠时候，常和村中一班少年和庄丁在空地上弄拳使棒。有几个少年要试试他的能为，便结合了几十个孔武有力的人，大家拿着棍棒和飞雄对打，飞雄起转动一条齐眉棍，上下翻飞，直打得他们落花流水，抱头而逃。这一来却惊动了邻近一位好汉，此人名叫魏刚，年方二十余岁，武艺娴熟，喜打不平。曾有乡人入山采柴，为虎所害，他只身入山，三拳两脚把那猛虎打死，拖将回来。人人见了莫不咋舌大惊，称他做打虎将。世居魏家寨，离大树村不过二十多里路远。村中居民大半是魏姓。他在里面可算一位领袖。现在听人传说大树村里鲁飞雄怎生厉害，他倒有些不服。遂和几个寨里的拳师赶到大树村来，要和鲁飞雄比个上下。

飞雄也知道魏家寨的魏刚是位少年英雄，心里暗想，他虽然打过猛虎，但凭着我鲁飞雄的几路拳脚，恐怕他也不能够招架。两人遂在鲁家草场上拱手相见，飞雄见魏刚穿着青色长衣，脚蹬快靴，十分英俊，骨骼劲伟，便问道："魏兄此来有何见教？"

魏刚把手一拱道："小弟听得足下拳术精通，此间毫无敌手，所以特地前来请教。"

飞雄的父亲生恐儿子有失，他抢过来说道："小儿只是胡乱学拳，哪里能和人家较量长短呢？还请魏兄见谅。可惜老朽年已衰迈，不然，倒可和魏兄走个几合。"

魏刚一听此话，哈哈笑道："老英雄何必这般客气？你们鲁家拳是外面很有名声的，我此来也不过要试试令郎的能为如何，谁胜谁败也说不定。老英雄何其言之怯也？"

飞雄本来一心想和魏刚交手，今听他这话，不觉大嚷道："很好，请你试试我的拳脚便了。"说罢脱下长衣，跳将过来。飞雄的父亲也阻止不住，只好立在旁边观看。一群乡人四面围拢住，大家都望飞雄得胜，可使大树村人面上都有光彩。

那时魏刚也扎束停当，说道："我们先比力，慢比拳，可好？"

飞雄答道："随你点戏。"

魏刚一眼瞧见场上有两只很大的石狮子，约莫每只有三百斤重，乃是鲁家立在那里镇压风水的，便道："我先来玩一下子看。"

遂撩起双袖，走到东边一个石狮子面前，身子一蹲，先将右手把石狮子轻轻一摇，然后托将起来。魏刚带来的人早高声喝彩，只见他又走到西首一只石狮子面前，伸出左手，也把狮子托在手中，两手高擎过顶，徐徐在场上走着。惊得那大树村人都说："好气力啊，莫怪他两拳头便把老虎打死了。"

魏刚走了三转，却把一对石狮子放在场后，换了方向，带笑说道："对不起，请你们去放好吧。"

飞雄瞄着，一声不响走过去，施展双手，把两只石狮子一齐拎在手中，走上几步，忽地向空一抛，有三丈多高，向他头上直跌下来，好如泰山压顶。众乡人都替他危险。只听飞雄喝一声"不要走"，一手一个，把那石狮子挟在两胁下面，回到原处，轻轻放下，好像弄的纸扎狮子一般。那时大树村人春雷般喝起彩来。魏刚见了，也不觉吃惊。便到场中使一个金鸡独立式，喊道："请来比拳吧。"

飞雄便跳过去，向他一拳打去，魏刚向左一让，乘势一脚要踢飞雄臀部，飞雄早已防备，伸开左臂，用一个银龙探海式，来抓魏刚手腕，却好魏刚也眼明手快，收转脚又是一拳，向他顶上打来。两个人一来一往，如穿花蛱蝶般打了十来合。忽然见魏刚分开飞雄臂膊，乘势一拳已打到飞雄胸前。不知怎样飞雄一跳早掩到魏刚身后，一抬腿说声"去吧"，魏刚早跌出一丈多远，爬都爬不起。大树村人一齐拍手大笑，都喊"今天打虎将被人打倒了"。魏刚手下众人无可如何，只好含羞忍辱，背着魏刚回去。魏刚受了这场挫折，十分惭愧，养好伤处，立刻出去，寻师学艺，打算再来雪耻。可是鲁飞雄的名气，早惊动了北方一带豪杰。他父亲深虑名声一大，便有种种危险，不得不防。叮嘱飞雄处处留心。飞雄少年气盛，不以为意。他以为名气越大，越能显出他的本领来。

一天，有一个尼姑到大树村来募化，在飞雄门前席地而坐，敲得木鱼震天价响。一众庄丁都说只有和尚化缘，没看见尼姑这样募化的，赶她走路。尼姑睬也不睬。一个庄丁喝道："你知道这里是什么所在？识趣的快快滚开，若触犯我家少爷时，你也不够他喷一口唾沫。"

尼姑哈哈笑道："你们不化钱罢了，得罪出家人是何道理？你家少爷纵有天大本领，我也不怕。"

便走过去，坐在鲁家大门的阶沿上，敲着木鱼。看的人渐多了，那

254

庄丁见尼姑如此倔强，便走过去要用脚踢开她的木鱼。谁知尼姑将木鱼槌轻轻一撩，庄丁早已一个筋斗跌出门去，躺在地上，只是哼痛。几个庄丁看了大怒，一齐奔过去，抓住尼姑，用手便打。尼姑也不招架，挺着身子尽打。却见那些庄丁打了几下，不知怎的都倒在地上喊痛。正在这时，早有人报知鲁飞雄。飞雄忙大踏步走出去，一看这个情景，知道来者不善，善者不来，便先把那些庄丁扶起，在他们背上捏了一下，说道："这算什么事，太不中用了。"那些庄丁便一些儿不觉痛苦，退在一旁。

飞雄又向尼姑道："你是哪里来的，在我门上卖弄本事？"

尼姑也徐徐立起身来，问道："你是鲁飞雄么？特来向你化缘。我这种化缘是很特别的。凡化缘的人出钱便罢，不出钱便要和他打一场，你若怕打，可出一千银子，我也去了。"

飞雄怒道："不用多说，与我去吧。"

走上去照准尼姑一脚，哪知尼姑身手便捷，等飞雄右脚来时，将身一弯，乘势捉住飞雄的脚向怀里便拖，说时迟那时快，飞雄知道不妙，左脚又起，正踢中尼姑右肩。尼姑哎呀一声，向后直退出去，手里早已放松。飞雄也一个筋斗跌在地上。只见那尼姑面色已变，收了木鱼蒲团，匆匆走了。

飞雄早立起来说："好危险啊，我的脚已被尼姑握住，若是给她一拖，我还有命么？幸亏我急用这个连环双飞脚，出其不意，脱去危险。虽然一跌，没有损伤。但那尼姑已经给我踢伤血海，没有命活了。"

于是飞雄着意教授庄丁，提倡尚武，使他们都要精通武艺。他说生在这种乱世，若不会些武艺，不能保护自己的性命。最好使全村乡人都来学习，将来这个乡村不怕外人欺侮。便请了几个老师，帮他教授。郎希岳便在这时到临。

一天，村上又来一个大汉，身长九尺开外，虎背熊腰，声若洪钟，要和鲁飞雄比武。飞雄自然不肯拒绝的。约在场中交手，四围旁观的人也不少。飞雄和那大汉立在场中，一长一小，相形见绌。又看那大汉露出两只又粗又大的臂膊来，上面筋肉坟起，两个拳头如铁锤一般，捏得格格地响。不知飞雄可敌得过他。但见一霎时，两个人已经开始交手，那大汉拳脚齐飞，勇不可当。大有捶碎黄鹤、踢翻鹦鹉的气概。飞雄却腾挪跳闪，仗着身子玲珑，只是躲避。那大汉用尽气力，却打不着他半下，恨得双眉剔起，两目睁圆。又打了几个来回，大汉使一个黑虎偷心，一拳照正飞雄胸前打来，飞雄却一翻身，跳到大汉背后，正想用脚来踢，却被大汉跳转身，一把抓住，将飞雄提过去，双手向上一抛。郎希岳等在旁看见，都说不好了，今天飞雄的性命难保。要想上前来救，那大汉也预备飞雄跌下时，可以伸手接住，把他一撕两半，出口鸟气。忽见飞雄在上面一侧身，竟像旋风落叶般从大汉顶上直蹿下去。只听大汉狂叫一声，仰后倒地，飞雄却安然无恙地立在大汉旁边。众人走近一看，见大汉顶门已破，脑浆迸裂，鲜血四冒，直合僵僵地横在地上，口里只是出气，已是一命呜呼了。

飞雄笑道："这大汉真是厉害，凭我这般气力，万难近身，险些着了他的道儿。他既要下毒手，我也不客气了。"

众人都说："这是大爷的神拳难当，那厮虽然厉害，怎么防备得到？"

遂将大汉草草埋了，也不知道他是哪路人物。不过飞雄三战三胜，神拳的名气四海传播。便有一班人来羡慕人，和他结交。他也想出外走走，便立了镖局，代人保镖。端的远近各处无人侵犯。那时单刀老张的儿子张世英也在北道保镖，便和他认识。世英有一种点穴的绝技，飞雄要想请教请教，遂把世英邀请到大树村，每日和他讨论拳术。世英久闻鲁家的秘传神拳，也想从飞雄学习一二。飞雄哪里肯传授，只是含糊答应。后来世英知道他推托不肯，自己也就不肯再教飞雄了。然而飞雄早已学会，因此二人渐渐不睦。

一天，飞雄和庄中老师及徒弟们饮酒，世英也在座上。飞雄喝得醉了，讲起自己如何三战称霸，不免有些高傲自夸，众人也都一味恭维他。世英心里不觉有些不自在，冷笑说道："老兄的本领果然不小，但是泰山之上有天，沧海之下有地。天下英雄甚多，像老兄这种人也未必没有，只是老兄缘浅不曾遇见罢了。"

飞雄怒道："谁说不曾遇见？像你这般本事也不在我鲁飞雄眼里啊。"

世英闻言，也勃然大怒，将桌子一拍，顿时穿了个大窟窿。立起来指着飞雄喝道："你说这话未免欺人。我倒不怕你这神拳，来来来，和你较量一下。"

飞雄也已跳起来道："你要送死么？好好，送你去见阎王便了。"

众人劝解不住，吓得只好闪在一边。也有人忙奔到里面，去告诉飞雄的父亲，哪知他们已动起手来。世英使个燕子穿帘式，一蹿蹿到飞雄腋下，要用手来点他穴道。飞雄忙往旁边闪开，还手一拳，世英将身乘势往右一蹲，飞起左脚来踢飞雄手腕，飞雄早已收转拳头，使个饿虎擒羊，要抓世英。世英急向半空一蹿，倒身落下，两拳敲向飞雄头顶。飞雄却不避让，觑定世英拳头下来时，把头一侧，双足齐飞，正踢中世英小腹，跌下地来。那时飞雄的父亲走出来喝道："雄儿，不要动手。"

众人扶起世英看时，世英腹已洞穿，大肠滚出，眼见不活了。飞雄的父亲见事已如此，只把飞雄埋怨了几句。飞雄余怒未息，兀自不服。飞雄的父亲又没法把死尸灭迹，吩咐众人休得声张出去，免得人来报仇，说他儿子逞勇杀人。等到明朝，飞雄也有些懊悔，然而事已过去，也就谨守秘密。不防郎希岳知道这事，无意中遇见江长林，曾把这事说出去了。遂使老张知悉原因，引起下文几场恶战。可见得无论什么人做什么事，终有泄露的一天，这且慢慢再表。

却说一天下午，飞雄还在操场上教庄丁们练武，自己一时高兴，使了一路长枪，正在使得起劲，众人都喝起彩来。忽听操场东边人丛中有人大声说道："喝什么鸟彩？这种武艺只好欺骗外行，说穿时一钱不值。真是可笑！"

鲁飞雄听了这话，不由心中一愣，忙将长枪收住，要找寻说话的人。

欲知说话的究竟是个什么人物，请看下回。

第五回

少林僧新收门下
打虎将物色名师

鲁飞雄正拈着一条长枪使得起劲时，不防斜刺里有人说他歹话，遂停住枪忙问是谁说的。只见人丛中走进一个老和尚来，身穿一件褐色布衲，面目渺小，身材瘦削，望过去活像一个饿鬼，手里还拈着一串念珠。合掌行礼道："阿弥陀佛，出家人路过此间，巧遇诸公在此演武。适才尊驾一路长枪，众口称赞，但是依老衲看来，不见有什么好处，故而忍不住喊了出来。这话是我说的，我不敢赖。"

飞雄把枪一指道："我的枪法既然入不了你的法眼，想是你的武艺比我好了？我倒要和你一决雌雄。"

众人本恨那个和尚来煞风景，又见他这样瘦小，又是年老，怎是飞雄的对手？只消飞雄轻轻一枪，便怕不搠个对穿。不约而同地齐声说道："鲁大官人，快给他尝些苦头。他不去念经拜佛，来此撒野，恐是活得不耐烦了。"

却听和尚带笑说道："我不愿和尊驾动手，万一伤了鲁大官人，如何是好？"

飞雄怒道："你又要假仁假义，两下里比到武时，杀死了也不要偿命。敢是你自问不能和人家较量么？谁叫你来说这些大话？"

和尚道："也好，我只不伤你便了。"

飞雄听说，愈加发火。大声道："快到架上却取武器。"

和尚便去场旁柳树上折了一根细小的树枝，对飞雄说道："这根树

258

枝也就够了，用不着什么兵器。"

鲁飞雄气得三尸神爆，七窍生烟，等和尚立定时，便把长枪一抖，那枪花足有车辆般大，耀眼生花。奔过去唰的一枪刺向和尚咽喉，恨不得把他戳个透明窟窿。哪知和尚等枪来时，轻轻把头一偏，闪了过去。枪尖却从他头旁擦过。飞雄恶狠狠地收转枪头，又是一枪，照准和尚胸腹刺去。和尚忽地把身子向下一伏，直躺在地上，飞雄又刺了个空。忙回转枪向和尚光头上便刺，这一枪暗想稳稳把他刺死了。不防和尚把树枝向枪上一撩，说声"去吧"，那枪向外直飞出去，抛有三丈多远。飞雄手里也觉着一震，向前一冲，不由扑地倒地。那和尚却早已一翻身立将起来，笑道："如何？"众人过去拾起那枪看时，早已变成曲尺形。不信那和尚倒有这般气力。

飞雄也已跳起，面上不由微红，心里兀自不服，便高声喊道："贼秃，休要逞能，这恐是你练习的惯技，何足为奇？你敢与我比拳么？"

和尚道："你要比什么便比什么，只怕你又要输的。"

众乡民心里都想，飞雄的拳术功夫已深，任你能耐大的人都败在他手里，合该和尚晦气了。独是飞雄的父亲究竟阅历已深，知道那和尚必有大大的来头，自己儿子好勇斗狠，却不是他的对手。又生恐飞雄要受伤，便走上去说道："大师父绝非常人，万望手下留情，宽恕小儿则个。"

和尚笑着答道："你是鲁大官人的父亲么？请你放心，我绝不有害令郎的。只要他佩服我便了。"

飞雄见父亲代他讨情，心里更是愤怒。飞步过去，照准和尚当胸便是一拳。哪知和尚毫不避让，挺起胸膛，好像恭候飞雄拳到。飞雄一拳正打在和尚，这一拳他是用尽几百斤气力，要把和尚一拳打死。不料自己觉得拳头打在和尚身上，好似打的败絮，柔软非常，一些儿气力都用不出。刚要收转时，那拳好像钢铁遇着磁石一般，紧紧吸在和尚胸前，休想动弹。一霎时自己觉得周身无力，酸麻异常。早被和尚将他一把拖起，像捉小鸡般向他笑道："你的神拳到哪里去了？暂且饶你一下吧。"

遂把他轻轻放下地来，在他手臂上揉了一揉，飞雄立刻回复原状，扑地向和尚跪倒道："恕我肉眼无知，妄自逞能，冒犯师父。幸蒙师父宽宏大度，手下留情。情愿拜投门下，求师父指教。不知可肯收我这不肖弟子么？"

和尚便把他挽起，道："孺子可教，老衲此来，亦欲传授衣钵。像你已有根底，若能受教，一定可成大器。"

飞雄父子听了，都欢喜不迭。便请和尚传授武艺。和尚道："你普通的技艺都已学会，也很精通，只是未臻上乘。我现在再将剑术传授给你，方称无敌。我本嵩山大净禅师的门徒，名虎虎僧，是少林嫡派。因为近来武当派势力日盛，所以我出来云游四海，传授弟子。难得有你这种本事，将来一定可以和我少林出气。以后如遇武当派人，却要认是你的仇敌。切不可和他们亲近。"

飞雄连声答应，自此虎虎僧住在凤凰庄，悉心教授飞雄两三年后，飞雄学得一身好本事。虎虎僧便要带他出去走走，好和少林派中人多得相识。飞雄把庄事托付了父亲和郎希岳，又把镖局取消，自己跟着虎虎僧走东到西，着实认识了许多同门。

一天，走到浔阳江边，虎虎僧和他借宿在城外宝林寺里。飞雄恰因闲着无事，便一人出来走走，到江边一处酒楼坐下，喝着酒，看看野景，很是有趣。觉得肴馔也很可口，喝到壶中酒干时，便喊店家添酒，一碗一碗地喝个痛快淋漓。约莫吃了六七斤酒，付了酒资，踉踉跄跄地出了酒楼，在浔阳江边散步。那时天将近晚，市人弦管嗷嘈，十分热闹，江中也停着不少渔舟。飞雄一路走去，带着酒意，凑巧前面有一个少年，穿着蓝绸夹衫，正立在江边，和一个渔人讲话。飞雄看着野景走过去，一不留心撞在少年肩上，险些把少年一个倒栽葱跌下江去，幸亏少年也是有来历的，所以支持得住。但那少年回过头来喝道："什么人走路走到你家老爷身上来了？敢是没有眼乌珠的么？"

飞雄已是吃醉，也立定说道："你骂谁？"

少年怒道："我就骂你，你没有睁开眼睛么？"

飞雄接口也喝道："没有眼睛的怎样？"

少年道："若触恼我时，我可把你挖出来。"

飞雄闻言勃然大怒，跳过去说道："你挖你挖！"

少年施展右手五指，使个五鬼敲门，真的来挖飞雄眼睛。飞雄怎肯饶让？便把头一低，顺手一拳，打向少年胸口。少年也闪身跳过，飞起左脚照准飞雄扫去。飞雄忙将两脚点一点，凭空跳起，使个饿虎扑羊式，来抓少年。少年口喊一声"不好"，早被飞雄擒住，高高举起，正要想望江里抛去，不防少年将两手合着，在飞雄耳边击了一掌，飞雄便觉得震耳欲聋，一阵头晕眼花，手里放松。少年顺势跳下地来，飞雄又惊又怒，大喝一声道："你这厮逃到哪里去？"赶将过来。

少年却回身跳在一只渔船上，说道："你敢来么？"

飞雄跟着耸身一跃，刚跳至船头，忽然少年把双脚一点，那渔船便船底朝天地翻在江心，飞雄自然也跌下水去。可是他不谙水性，勉强挣扎起来，那时少年在水中把飞雄一把揪住，直浸下去，说道："你这厮酒已吃够了，请你吃些水醒醒吧。"

飞雄止不住咕嘟嘟地喝了几口水，一些儿用不出气力，尽着少年把他玩弄。不多时，已是半死半活了，少年才把他双手托起，踏着水面走上岸来。上面看的人一齐喝声彩。那时人丛中有个头陀，头戴金箍，身披皂直裰，脚踏蒲鞋，右肩平平的如刀削一般，原来右臂已没得了。也挤出来观看。少年把飞雄放下，在他腹上捺了数下，吐出许多水来，才恢复原状，酒也醒了。少年便指着道："你喝醉了酒，不该乱得罪人家。我稍给你些薄惩，看你也是好汉，饶你去吧。"

飞雄觉得身子十分疲倦，兀自厉声问道："不知你姓甚名谁？今日吃你暗算，日后总要图报。"

少年哈哈笑道："江南小侠，姓韩名晟的便是我。"

道言未讫，那个头陀早走出来，合掌说道："阿弥陀佛，官人有了本领，便不应把外人欺侮。他是不谙水性，自然给你得胜了。我倒要领教一番。"

韩晟见头陀走近，细细看便知道他是少林派中人，心里暗想，少林中有个独臂头陀，四海闻名，莫非便是他么？遂问道："来者莫非少林门下独臂头陀么？"

头陀答道："不敢相欺，只我便是。"

飞雄在旁听得独臂头陀前来，不觉大喜，上前行礼道："原来是师伯到了。我的师父也在此间。"

独臂头陀也惊讶道："你是谁人？你的师父名叫什么？"

飞雄道："弟子姓鲁，名飞雄。师父便是虎虎僧。"

独臂头陀道："你便是陕西的鲁飞雄么？你拜了虎虎僧为师，自然也是少林门下。你也知道那给你吃苦的便是武当派人么？待我与你报仇雪耻。"

韩晟本在浔阳口边管理渔业，他很不愿将自己完全本领显出来，去惊世骇俗。今天遇着劲敌，少不得要恶斗一番。然而浔阳江头岂是战场？遂向头陀说道："我不和你在这里较量。我们可约个地方去。"

飞雄接口道："今夜你可到城外宝林寺来么？"

韩晟道："很好，我准来会你们便了。"遂穿上长衣，和一个渔人去了。

飞雄便请独臂头陀到那里去会见师父，头陀点点头，跟着便走。一群瞧热闹的人也四散开了。

且说飞雄领着头陀到得宝林寺，见虎虎僧正和当家的谈话。原来那当家的名叫道悦，也是虎虎僧的弟子。当时虎虎僧遇见了独臂头陀，两下行礼，甚是快慰。四个坐定后，略道寒暄，虎虎僧道："师兄本在西藏，怎么忽到江南？"

独臂头陀道："你不知道哈佛死了么？"

虎虎僧道："哈佛好好在铜佛寺，怎样死的？"

独臂头陀叹口气道："我住在那里约莫半年，一天出去到山里采药，炼我的夺镖。不料后来回到寺里，才知道他和武当派的知几山人比剑，就此丧了一命。我知道知几山人是武当派中最有本领的人，可恨他手下无情，杀死哈佛，明明和我们少林作对。因此我离了西藏，特来中原找他，将来遇见时，我要代哈佛报仇。现在这里也有一个武当派人，是叫小侠韩晟的。适才我在江边遇见，飞雄被他在水里暗算，然而这样取胜真算不武，我们约他到此交手。今夜大概要来的。"

道悦道："韩晟么？他一向在这里耀武扬威。我自问本事敌不得过他，只好让他出头。今天有了师父师伯们，哪怕他不败在我们手里！"

四人说了一刻话，天色已黑，小沙弥掌上灯来，道悦正要命厨下安排素筵，虎虎僧笑道："我这位师兄是个吃肉和尚。自从出了少林寺，一向要吃荤腥的。你们这里如有火腿鸡鸭，可以烧给他吃。"

道悦答应一声是，遂吩咐厨房预备精美的荤菜，又端出一坛陈酒，请独臂头陀畅饮。酒肴上来时，头陀一连吃了两只鸡，一只鸭，两斤肉，五斤酒。道悦和飞雄看得呆了，暗想这些东西真不少啊，怎么一起吃得下的？

虎虎僧见时候不早，遂命撤去酒席，四个人蹲在暗中静守。独臂头陀手里还拿一只煮熟的鸡，一头撕一头吃。将近三更时候，只听庭中一阵风声，一个黑影跳将下来，正是韩晟来了。飞雄首先抢出去，掣出宝剑，化成白光一道，刺向韩晟。韩晟也取宝剑，却化成两条细小的白光，滚东滚西，把飞雄的剑绕住。虎虎僧生恐飞雄有失，大吼一声，跳出屋来，从口里吐出两个剑丸，光耀如银，敌住韩晟的双剑。飞雄见师父前来，自己便收转剑，退在一旁，看两人格斗。好久还不分胜负，忽听泼剌剌一声，一道黄光从里面飞出，粗长如带，射向白光中蜿蜒回舞，好像一条黄龙，勇不可当。韩晟暗想，今天众寡不敌，况且独臂头陀又非寻常之辈，自己犯不着枉送性命，遂把双剑转了一转，忽地退下去。飞身一跃，出了围墙，急忙奔逃。回头一看，见敌人并不追赶，方安心回去。

独臂头陀见韩晟逃走，哈哈大笑，收转宝剑，也不追赶。对虎虎僧道："此番也给他知道我们的大字。"飞雄更是快活，各人遂分头安寝。

明天独臂头陀便要先走，归去时对飞雄说道："你们如有患难要我来时，可通信河南牛头山上野草坪的樵夫曹义山。他是我的门下，我常到那里去采药。他也知道我的去处的。"

飞雄记好了，独臂头陀去后，虎虎僧要去山西鬼堡，探访秦氏兄弟。飞雄自然跟着同去。他跟秦氏兄弟谈得十分知己。原来那秦氏兄弟共有五人，都有高大的本领。将来要有一番热闹的厮杀，这里暂且按下慢表。

却说打虎将魏刚自受了飞雄一场挫辱之后，把家事托付了结义弟兄李健，立志出外寻师。走了许多地方，只不曾遇见什么英雄好汉，听人传说湖南回雁山东永安村里有个著名拳师，姓路名大东，威震一方，他便专程去拜访。到得永安村，和路大东见面，见大东果然生得身躯硕大，相貌魁梧。魏刚说了许多倾倒诚意，觉得大东对他有些倨傲，他要试试大东的真本领，请大东教他拳法。大东只当他是个本领浅薄的人，便使了一路拳头给他看。魏刚看了暗暗好笑，自言自语道："算我晦气，千里迢迢到此寻师，却遇着这样一个人物！照这种拳头，只好我来教教他。现在那些拳师都是徒有虚名，可叹可叹。"

大东见魏刚面上有些不佩服的样子，口里又不知叽咕的什么，遂问道："你是否要拜我为师？"

魏刚冷笑道："我本是要来拜投你门下的，现在不知怎样，我的一双拳头不答应起来了。"

大东听说，不由一愣，便道："这话怎讲？难道你看不起我么？"

魏刚道："不敢相欺，像尊驾这种拳头，实在不能请教。"

大东不由气往上冲，怒目说道："既然如此，少不得要比较一下，看你可肯佩服。"

魏刚道："我若输了，情愿拜你为师。"

两个人遂脱下长衣，去到外面空地上，各立门户，拳来脚往，打了几路。只听吆喝一声，大东早被魏刚一脚踢翻。大东本有许多徒弟在旁观看，今见大东倒地，含羞带愧地来扶起大东，却见大东直僵僵地挺着不动，下部流出血来。方知被魏刚跌碎肾囊，一命呜呼了。众人大叫一声："不好，路师父被人家伤害，不要放走那人！"

魏刚见闹出了人命，暗想三十六着，走为上着。丢了长衣，回身便跑。众人一齐抢了枪棒，上前追赶。魏刚只是飞步奔逃，逃了二三里，背后追的人还是不舍。看看已到回雁山下，那山山势十分陡峭，天已薄暮，魏刚不管好歹，爬向山上，只拣没人处跑。这样走了许多路，背后不见人了。魏刚坐在一块大石上，稍息片刻。天已变黑，看看四面高峰危壁，怪石崭岈。他正在半山，仰面看着上面，黑压压地高和天齐，真不愧回雁之名。只是自己孤身到荒山中去，哪里投宿呢？又想，路大东那厮本事实在不济，怎样被我一脚便踢死了？如今只好翻上山去再说。

遂立起身来，再往上走。他不认得路径，只顾摸索。越走越觉险阻，正在踌躇难行，忽见侧峰上面远远有一线灯光，不觉心里大喜，鼓起勇气，攀藤附葛地走上去。才见小小一带黄墙，乃是一个尼庵。叫一声苦也，我是男子，怎能到里面去投宿呢？又看那灯光从里面射出来，隐隐有木鱼声音。魏刚却跳上墙头，飞越进去。见里头有一间小院落，有一个老年尼姑在那里敲着木鱼念经，旁边坐着一个二十多岁的女子，十分美丽。手里正拈着几根绣花针，细细拂拭，放进一个锦囊里去。魏刚暗想道：深山中有这样艳丽的青年女子，倒很奇怪。刚要转步，忽觉呼的一声，有一样绝小的东西向他飞来，急闪不迭，正中后腿。觉得痛彻骨髓，大叫一声，跌下墙来。那少女飞身跳出院落，指着魏刚喝道："你这厮是什么人？来此窥探作甚？速速实言，否则性命难保。"

魏刚方知遇见了异人了，忙说道："我是陕西魏家寨的魏刚，因为比拳输给了人家，前出来搜访名师。听得这里有个路大东，名气很大，特地来此求教。不料他有名无实，和我交手时被我不留心一脚踢死了。他们追我，我才逃到山上，要想投宿，故到此探看，并无歹意。请姑娘宽恕。"

那女郎听了便道："这话真的么？"

魏刚道："如有欺骗，将来没得好死。"

女郎笑了一笑，便走过来，在身边取出一个铁钳，在魏刚大腿上钳出那件东西，原来是一支小小绣花针。女郎又用手捺了两捺，魏刚才觉止痛，立起身来，向女郎拜倒道："姑娘绝非常人，我魏刚愿做弟子，不知姑娘可能答应？"

女郎道："你且起来，到里面再说。"

魏刚便跟女郎入内。老尼姑见了魏刚，便道："好一条汉子，你今翻也遇见厉害的人了？"

魏刚只说是是，女郎便请魏刚坐下，对他说道："我便是武当门下玉琪姑娘，这老尼也是我的同道。别看她年老，她的本领也不小啊。"

老尼听说，指着玉琪说道："姑娘莫取笑人家了，我是不算会什么武艺的。"

玉琪仍接下去说道："我常在这里修养。近来因为少林派在外面专寻我们作对，不得不留心防备。今夜我把那绣花针整理一番，这是我用的暗器，人家中着，其痛非常，不过没有毒的，所以可救。我闻屋上微有声响，略一顾视，方知外面有人，遂顺手发了一针。既然你非歹人，便在这里住下一宵，明天可自去吧。"

魏刚道："弟子久慕武当剑术，难得遇着姑娘，一定要拜师学道。万望姑娘怜我愚钝，不吝指教。"

玉琪叹道："我本来不收弟子的，今见你这样热诚，暂且破格收一遭了。"

魏刚见玉琪应许，不由大喜，连忙行礼，口称师父。从此魏刚住在回雁山上，从玉琪演艺。玉琪命他采药练剑，悉心指导。魏刚本是有根底的，因此进步非常之快。三年过后，魏刚学已有成，恰值玉琪也要出外一走，魏刚便辞别了玉琪，回到魏家寨来，准备再和飞雄比武，洗涤前耻。不料他刚进寨中，只见众乡民看见了他，拥上前把他抱住，一齐痛哭起来，弄得魏刚莫名其妙。

要知魏家寨人民为何见了魏刚痛哭，请看下回。

第六回

急公义奋勇护魏家
报私仇舍身入虎穴

打虎将魏刚见众人抱住他大哭，好像丈二长的和尚摸不着头脑，忙问"怎的怎的"。众人都道："求寨长代我们报这切齿之仇。大树村上的鲁飞雄把我们寨里人杀死了一百多个，受伤的更不计其数，好不可怜啊！"

魏刚听了，心里不由一愣。又问李健在哪里，众人道："李健左足已断，现下卧息在家里。"

魏刚便奔到自己家中，先和家人相见了，略说得几句话，众人早候在门外，听他回音。他忙出来说道："众位弟兄父老，我是魏家寨的人，被人家这样杀伤，好像是我自己受的痛苦一样。我既回来，务必去报仇雪恨。但这不是所能的，我也不知其中底细，且待我去见了李健再说。三天后，我总有回话，请诸君回去静候吧。"

众人听了，都很快活，也四散回去了。魏刚便走到李健家里，见李健将白布包着左腿，横在榻上，一见魏刚前来，霍地坐起身说道："魏大哥几时回来的？一去三年，想必学已有成？"

魏刚点首坐下，便把自己如何从玉琪学习剑术的事，简略告诉他听。李健拍手道："好了，魏大哥回来，这仇报得成了。"

魏刚道："莫不是鲁飞雄欺负我们么？"

李健惊道："敢是大哥已知道了么？"

魏刚道："不过因为我回家时众乡民抱住我大哭，尽说大树村人把我们乡民杀害，只是我还不知道起衅的缘由，特地来问你。"

李健恨恨说道："这事讲起来我真要气死。去年秋间我们寨里人有几个去莲花岭上打猎，大哥早知道这莲花岭是大树村和这里魏家寨的生产之地。岭东属他们，岭西便是我们的辖地。这一天我们乡人追一只鹿，将近岭东，发了一枪，那鹿中弹狂奔几步，倒在地上，却已在岭东区域，乡人遂过去取鹿。不料有几个大树村的拳师拦住不许，说岭东是他们的区域，那鹿既已到了岭东，我等便无权取物。我们不服，说道：'鹿是追到此间的，我们在岭西早已开枪，照理是可以拿的。'

"无如他们一定不肯，反用力来驱逐我们。众人更加不服，内中有一个猎人，是住在寨前的何四，朝他们放了一枪，凑巧鲁飞雄的父亲在后跑过来，想是来解围的。正中在头脑上，就此死了。他们遂把何四连一个猎人捉去，其余的逃回寨中。我得了这个消息，忙和几个父老赶到大树村去。有一个拳师是鲁飞雄的徒弟，名叫汪大强，出来见我们。我便代我们乡人道歉，声明开枪是因防护自己而误中他人的，所要取的鹿是在岭西打，逃至岭东的，并不违背规矩，请他们原谅。将何四等放回。

"不料汪大强冷笑一声道：'你们太说得容易了，我们庄主和众弟兄正在岭上查看出产，亲眼看见你们越岭行猎，还要狡赖什么？你们的猎人也太强横了。'

"我答道：'这事还要请你调查明白，那鹿中弹而倒的地方，不过离岭东十几步路，这可见得明明是逃到岭东的，怎说越界行猎？'

"他睁圆眼睛说道：'你们魏家寨人屡次到我们岭东来打猎的，这次我们照理干涉，你们又放火枪，竟敢将我们庄主轰死。想是你们因为前次和我们比输了，借此报仇么？'

"我见他说话只恃蛮理，便问何四等何在，他道：'不瞒老兄说，他们两人已被我们开膛破肚，祭了庄主了。'

"说罢，早见庄丁将两个死尸抬出，血淋淋地也做了人家牺牲。我那时不由大怒，便对他说道：'好，你们私害人命，一味逞凶，此事放他不过，我回去后再来和你们理论便了。'

"他道：'什么都不怕，等到少主人回来时，还要把你们魏家寨蹈为平地。'

"我便气愤愤地回转，和你两位族弟魏浩、魏深商量，如何对付。合寨的乡人动了公愤，誓要和大树村的人见个高低。我便写了一封信去，叫他们如何赔罪，否则约定日期，两边人在莲花岭下决一胜负。他们回信也情愿决战，我便和魏浩、魏深把众猎户及会打的寨民分了三队，赶去和他们决斗。我等众人都是奋不顾身，一齐冲杀上去，这一役大树村人竟被我们打败。我们这边死了一人，伤了五六人，他们却死了三人，伤了十多人。从此两处人民已结下深仇。

"我生防鲁飞雄回村后，必然要来报此深仇，遂督着寨民在寨外筑起一带碉楼，以便防守。少停大哥去看看筑得可好？"

魏刚道："我已约略看见，很是坚固。但是后来怎样打败的？"

那时魏浩、魏深也已起来，见了魏刚，不胜之喜。李健又道："他们打败后，便派人四出，去寻飞雄回来。到今年春间，飞雄果然回家，知道他的父亲被这里猎户轰死，便放声大哭，立誓要来报仇。我因为飞雄不是好惹的，忙写信教人送去，把这件事详细地解释他听，我的意思是何四等已被他们弄死，总算已报了仇，况此事还是他们太强暴，我们情愿讲和。谁知飞雄竟把送信的人也监押起来，隔了几天，领了大队乡民，要来扑灭我这魏家寨。大哥想想，此时弟等如何忍得？也就召集了寨人出去迎敌。我生恐万一战败时被他们冲进寨，岂不要大受损害，便请魏浩兄弟领了一百名猎户守城，好在魏浩兄弟的连珠火枪很是厉害。当时两边乡民在莲花岭下混斗起来，怎奈飞雄那厮竟用剑术。我这一根棍子虽然敌得百十人，怎奈他白光到处，人头乱落。耀得人家眼都难睁。我忙命众人速退，不料我的左腿已被飞雄一剑斩下，我痛得晕过去了。魏深兄弟把我救起，一齐退回碉楼。飞雄果然率领乡人乘胜追到寨前，幸亏魏浩兄弟和众猎户死命据守，一阵猎枪，才把大树村人击退。飞雄右臂也受有微伤，恨恨而去。

"事后调查，方知这里寨民死了一百十七个，受伤的人也有二百多，几乎全军覆没。这场怨恨何时得雪？一向因为无力再战，只好用心防守，从事休养。我又探听得飞雄恐怕我们去复仇，也已照我们办法，筑起三座碉楼，凤凰庄里又暗暗做下埋伏机关，一面又去请他的少林同党。因此小弟十分忧虑，恐怕非但这仇报不成，而且我魏家寨的前途也是十分危险。大哥又不知云游何处，难得今天回来，总要请大哥去干了。"

魏刚听了李健说的话，不觉怒愤填胸，剔起双眉，大声说道："大树村人这般无理，明明有意欺凌我们魏家寨人民了。飞雄那厮既会剑术，也不应对于那些无辜乡民妄肆杀戮。不料少林门中人这样暴戾恣睢，仇视外人的。我是魏家寨人，保卫桑梓义不容辞。纵然他那里怎样厉害，我却要去捋一捋虎须，出出这口怨气。"

李健道："大哥若去决斗，守寨之事我可负责。我虽然伤了一足，行走不便，但是一切调度，情愿尽力。"

魏刚点头道好，遂和魏深、魏浩等出了李健家门，又去四围巡视一周。众乡民知道魏刚回来，大家跟来跟去，十分欢迎。魏刚叫他们暂守秘密，不要使大树村人晓得。一面命人去下战书，仍是李健出面，约定后天在莲花岭边再斗。

飞雄等接到魏家寨战书，哈哈大笑，说道："败军之将，敢再来讨死么？"

只有郎希岳说道："他们大败之后，一直不敢出头，忽然请战，必有什么缘故。"

汪大强道："郎兄太多虑了。他们输了，一心要复仇。这次想他们养息了好久，又要送死来哩。"

飞雄遂命郎希岳留守，把大树村人分作两队，命汪大强领前队，自领后队声援，预备到那日争斗。这里魏刚也把寨中少壮乡民分成三队，命魏深领了一队乡民先去讨战，只许败不许胜，专诱敌人追赶。自己和魏浩各率一队，埋伏中途树木里，等大树村人追来时，便出截杀。其余的人都跟李健守寨。部署既定，魏家寨人无不摩拳擦掌，一心复仇。

到那天早晨饱餐讫，魏深便先率领乡人赶到莲花岭下，隔了一歇，喊声大起，大树村的先锋队已杀到，汪大强舞着一支长枪，耀武扬威地当先冲上，大喊道："魏家寨人不怕死的到老爷面前领枪。"

魏深挥众伴与厮斗，不多时便望后败走。汪大强领着乡人追杀上来，追了一里多路，有人报称前面林子里恐有埋伏，大强不以为意，傲然说道："便是真的有埋伏，也怕他什么？快快追上去，今天要杀进他寨里，杀个畅快，谁叫他们来讨死。"

飞步上前，早追到林子边，忽听一声呐喊，树木左右冲出两队寨民，把大树村人截作两段，拼命拦杀，勇不可当。汪大强方知中计，吩咐手下速退。却见树梢上飞下一个人来，把他拦住去路。那人正在壮年，用蓝布包头，剑眉虎眼，满面杀气，手中横着明晃晃的宝剑，吃喝一声，却是打虎将魏刚。汪大强不防魏刚到此，吃了一惊，知道不是他的对手，要想逃走，却被魏刚一剑劈去，飞去半个头颅，倒地而死。大树村人吓得纷纷返奔，魏深也领了乡民回身杀转，一时打倒了数十人。

大树村后援队幸已赶到，早有人报给飞雄知道。飞雄大怒，遂飞身而出，阻住魏家寨的追兵。魏家寨一众人见飞雄前来，曾经吃过他的苦头的，都停住脚步，让魏刚出去迎敌。飞雄一见魏刚，微微冷笑道："你也回来么？我知道你在武当门下学艺，今天倒要试试你的本领。"

魏刚正欲数说他的罪恶，早见一道白光滚到身前，也就不敢怠慢，使剑迎住。但见白光两道，往来飞舞，分不出人影来。此时两边乡民都呆呆地分立着观看，个个目瞪口呆，忘却争斗了。魏刚和飞雄斗了一刻，魏刚却有些退步，白光渐渐低落。魏深、魏浩生恐有失，便上来协助。飞雄手下人也掩杀前来，两边混战一场。正在胜负难决之际，忽听一声虎吼，跳进两个和尚来。当先的年纪已老，身材瘦削，吐出两个银丸，把魏刚的剑围住，随后的很是肥胖，两袖卷起，露出又粗又黑的手腕，使动两柄戒刀，把这边魏家寨的人砍瓜切菜般乱杀。魏浩大怒，把连珠枪拼命开放，但见弹如穿珠，黑烟四射。大树村人见火枪惧怕，不敢冲击。魏浩才吩咐寨民陆续后退。那时魏刚已抵敌不住，落荒而逃。飞雄不舍，紧紧赶去。魏氏兄弟也顾不得救助魏刚，只好督率众人速速退回。幸喜那边并不是纪律之师，没有将领也不追赶，让魏家寨人遁去。

且说魏刚一路奔逃，飞雄在后追赶，两人风驰电掣地奔了十多里，魏刚却仗着步行飞速，尽向前奔。只见前面山坡下转出三个人来，一个是老者，戴着斗笠，精神饱满，颔下花白长髯，飘拂在两旁，那两个都是少年，一个风姿英俊，好像武生模样，一个皂衣皂帽，面庞尖瘦，睁着两个滴溜溜的眼珠，好似京戏《盗御马》里的朱光祖。那老者见魏刚飞跑，忙问何事。魏刚道："我给人家打败了，才逃的。"

　　老者哈哈笑道："不要紧，有我们在此，且不要走，看我来抵挡一阵。"

　　那时飞雄也已追到，风姿英俊的少年向前一看，便道："原来是你？"

　　说罢跳将过去，飞雄看见少年，也喝道："冤家路狭，又来作甚？"

　　少年笑道："特来找你舞剑。"

　　飞雄便和少年酣战起来，两道剑光来往缭绕，霍霍地耀人眼睛。魏刚也使剑助战，那老人在背上鲨皮鞘里拔出一把宝刀，打一个旋风，光华闪闪，飞身杀入围里。还有那个皂衣少年，也从腰里取出两柄镔铁李么拐，向空一跳，滴溜溜地转将下来，双拐打向飞雄头上。飞雄却没见过这种斗法，饶他剑术高强，此时单身一人，众寡不敌，忙将剑光四下一扫，跳出圈子。三十六着，走为上着了。

　　魏刚见飞雄逃走，便收剑停住，向三人感谢救助之恩。老者便问何事决斗，魏刚将前后事情约略告诉。老者大嚷道："那厮原来便是鲁飞雄么？唉，我早知道时，一定不放他走。"

　　魏刚不知就里，忙问老者等姓名，原来老者便是单刀老张。那穿皂衣的却是千里飞行江长林，还有那个首先迎战的少年不是别人，便是武当门下江南小侠韩晟。所以他认得鲁飞雄了。单刀老张一心想报儿仇，在飞豹山寨里探出仇人的下落，便约了江长林一路赶来，凑巧韩晟也到关中去，在一家旅店中遇见。韩晟本和老张等不相识，后来交谈一刻，方知都是同道，久闻声名而未得见面的英雄。老张又把复仇的话告诉韩晟，韩晟愿跟他们同去找寻，三人遂一路走到此间。

　　老张当面错过仇人，恨恨不已。魏刚和韩晟更是表示亲热，便请三人一起到他寨里去，三人都答应了，遂跟魏刚走回魏家寨来。早有魏浩和十几个寨民擎着猎枪，迎向上前。本来他们弟兄二人收众退回，眼见魏刚被飞雄追去，很觉放心不下，魏浩合出来探寻。今见魏刚安危无恙，还同了老少三人，一齐回来，十分快活。

魏刚进得寨中，忙请三人坐定，魏氏弟兄上前一一相见，还有李健撑着木杖一拐一拐地走来。魏刚都介绍了，便问这里损失如何。李健道："还好，受伤的有三十几个，死了十多人。"

魏深道："此次我们照了大哥计划进攻，居然获胜。那个汪大强也死在大哥剑下，后来飞雄赶到，我们同他混战，还不分上下，叵耐蓦地里杀来两个和尚，我们遂抵敌不住，反胜为败了。"

魏浩道："那个口吐剑丸的一定是飞雄的师父虎虎僧。在少林门下十分了不得的。至于那个胖和尚，也是他的徒弟，叫什么道悦。我前年在浔阳江边和他们交过一次手。还有一个独臂头陀，剑术更是高强，不知道他也要来不来。"

魏刚道："他们若加入少林派人的助手，我们魏家寨的仇一世报不成了。"

韩晟道："这也不难。你我既是同门，有难同当，岂能袖手旁观？只是我的本领还属有限，除非去请我们几位师兄前来，何惧少林凶横？"

魏刚道："那么请师叔明天快出去想法，不知道我的师父现在哪里，我也要到回雁峰去问问看。"

韩晟道："有我去了，你也不必再往，包管和你的师父们一同来帮助便了。"

老张忍不住道："魏刚，那厮究竟怎样的厉害？依我看来不过如是，我却等不得你们去请张请李，明天便要去会会他，替我儿子报仇。"

江长林抢着说道："我们宁可小心些，待我明天先去寻找郎希岳，探明了底细再议。"

魏刚也道："老英雄倘要报仇，还是约定日期再去决斗。否则单身前往，他们防备很严，并且虎虎僧等不是寻常之辈，难免有危险发生。"

老张性子素急，听他们说话太看轻自己了，便掀髯笑道："老夫一口单刀在江湖上东闯西走了几十年，所遇的能人不知多少，难道惧怕那些后生小子么？我不管少林不少林，却要前去得分。你们魏家寨人既是打不过他们，现在帮手未来，何苦再去决战？那大树村究竟不是龙潭虎穴，便是龙潭虎穴老夫也要前去一试。我却等不得你们去请救兵了。"

众人见老张说出这些话来，只当他是气愤之言，便支吾开去，谈别的话。至夜，魏刚端整酒筵，接待他们。老张喝了几杯酒，先去睡了。到了次日，韩晟辞别众人，去请武当同人了。江长林也改扮了到大树村去寻访郎希岳，魏刚等去抚恤乡民，商量防守事宜，只剩老张一人，在寨里闲游。他暗暗在一个乡民那里探明白大树村的路径，牢记在心，直到晚上，江长林也已回转，告诉老张说他已和姓郎的见过，据云庄里有种种埋伏，外人不易进去。这几天飞雄因为遇见了韩晟等三人，生恐有人来行刺，防备很严。虎虎僧也在那里，故而老英雄不如暂耐几天，待我慢慢向他探明白了，再作计较。老张听了笑笑，也不多说。

这夜江长林和老张同住在一间客房里，长林睡到天明，一觉醒来，却见老张床上空着，不知老张到哪里去了，不觉吓了一跳，急忙披衣下床，出去找寻。魏刚闻声出来，也去庄前庄后寻觅，不见影踪。

江长林把脚一顿道："唉，敢是他瞒着我们到凤凰庄上去找鲁飞雄了。"

魏刚道："张老英雄前天说话有些不满意，或者他负气一人前去，也未可知。但是那边怎样厉害，岂可轻入虎穴？"

两个人面面相觑，又等了好些时候。魏刚道："这时候张老英雄还不回来，恐怕凶多吉少呢。"

江长林叹着气道："他千里迢迢来此复仇，若是又去断送了性命，岂不可怜？我是陪他来此的，现在叫我一人如何是好。"

魏刚道："若然老英雄有三长两短，我们必要为他复仇。总之，我和鲁飞雄是势不两立了。"

江长林道："今天待我再去向郎希岳处一探，或可知道一二。此人不十分赞成飞雄，又非少林嫡派，将来劝他归入，我们倒可得一臂之力。"

魏刚点点头，江长林遂吃了早餐，扑奔大树村去。他假称是郎希岳的亲戚，和他相见了。问他昨夜庄中可有什么事情，郎希岳道："有的。昨夜三更时候，听说忽来一个刺客，此人是个老叟，本领并不低微。起初误触警铃，被庄主飞雄知道，急忙鸣起锣来，四面搜捕。那老叟杀了几个庄丁，却被虎虎僧飞剑逼住。他回身逃去，不料刚出庄外，误中滚板，跌在坑里。那坑正在庄河前，坑底是河，很深的。四面是水，外通大河，一跌下去，包管昏昏淹死。所以现在防守更严了。"

江长林听说，回到魏家寨，一一告诉魏刚，两人同时淌了几滴眼泪，想这位老英雄从此长逝了。江长林道："我听老张说他有两个孙男女，借住在居庸关外云龙庄上，我只好赶到那边去报个信，总算我的责任。我们将来大家合力报仇，也使老张死后瞑目。"

魏刚点头称是，隔了一天，江长林便动身向云龙庄来。这一去又引出许多奇事异闻。

欲知究竟，请看下回。

第七回

春郊驰猎英气虎虎
小园赏月情话依依

作书的现在一管笔却要先将云龙庄上众儿女说说。奇英、士杰姐弟两个自从祖父走后，他们住在庄中，有秀芳做伴，很不寂寞，反觉比较以前住在曹州时快乐多了。秀芳年纪虽比他们稍大，但是她的性情依旧天真烂漫。她总以读书为苦，只爱玩弄武器，故而在文字上却落在两人之后。这两年来，三人的武术进步非常之快，而且士杰和秀芳耳鬓厮磨，另有一种说不出的爱慕。秀芳常要他讲《红楼梦》里的黛玉，士杰看了书都讲给她听，只恨自己身为男子，不能和她们同居一房，时刻不离。

恰值春雨连绵，三人课余之暇，没事消遣，闷闷地坐在屋里猜谜为戏。士杰赋性聪颖，回回被他猜着，秀芳遂说："我们可来捉迷藏，谁拈着阄儿谁捉。"恰巧士杰拈着，奇英遂取手帕将他两目扎紧，让他追捕。秀芳和奇英两个伶俐非凡，等他左边来时，便蹿到右边，右边来时又蹿到左边。忽前忽后，忽伏忽起，因为她们都会纵跳术，所以这样捉迷藏不比寻常儿戏，煞是好看。

士杰东奔西走地捉了好一刻，不曾捉着，好不焦躁。他便静心细听风声，好在一个人走动时，任你怎样轻重，总有声息的。不多时，他听得有人掩到西边，遂蹿过去，伸手一抓，正抓着秀芳背心。秀芳一闪身让过，却不曾被他抓着。拍手大笑，更是起劲。跳到士杰背后说道："我在这里啊。"士杰回身捉时，秀芳又跳到他背后说道："我在这里

276

啊。"士杰扎着眼睛，不敢乱跳乱奔，生恐自己撞痛。后来听秀芳声音在左边，便用个声东击西法，假向右边虚张声势，却反转身向左边冲来。秀芳不防，来不及躲让，早被士杰扯住衣襟。秀芳还想用力挣脱，士杰也尽力一拖，只听哗啦啦一声，跟着哗哒一声，原来秀芳的衣襟怎当得二人用力挣拽，早裂去半爿。秀芳用力过猛，也忍不住跌下地去。士杰连忙扯去手帕，奇英也笑着赶过来，一齐把秀芳扶起。

秀芳本有孩子气，现在觉得两股有些疼痛，身上新做的一件花缎袄子已撕去一大块，又不好责打士杰，一阵懊恨，不禁低下头去，眼眶里隐隐含着泪珠。

奇英问道："姐姐可曾跌痛？"

秀芳道："我股上掼痛了。"

士杰十分过意不去，上前去代秀芳抚摸。秀芳又羞又恨，将手把他一推道："谁要你来讨好？"赌着气走进去了。

奇英也跟进去，用话安慰。只剩士杰一人呆呆立在外边，顿足叹道："得罪了秀姐，如何是好？她的脾气很大，一时挽回不转。真是乐极生悲了，早知如此，我何不放了她，反使她欢喜。现在我又不好进去劝她，让她责打几下，我也情愿。却剩我一个人孤零零的，好不难受啊。"

士杰十分怪恨自己，这夜他又托奇英进去劝解，到得明天早上，他候着秀芳出来，赶上前带着笑脸说道："秀姐早啊。"哪知秀芳板着面孔，睬也不睬。士杰真是哑子吃黄连，说不出的苦处。

等到夜里，他踅进后院，跳到秀芳楼房上，伏在瓦楞上细听，却听秀芳正和他姐姐讲话。不多一歇，他姐姐到隔壁房里去睡觉了。他又等了一刻，撬开窗户，飞身进去。此时秀芳已脱了衣服，上床安寝。忽听有人从窗里进来，忙打了一个鲤鱼翻身式，跳下床来，灯光之下，却见士杰立在房中。秀芳便倒转头坐在床沿上，一声儿不响。

士杰向她作揖道："昨天的事是我不好，请秀姐原谅。"

秀芳只好开口道："深更半夜，你到我的闺房里来作甚？不要怪我要去告诉祖爹的。"

士杰不由向她跪下道："我是十分敬爱秀姐的，现在为了这些小事，秀姐便不来睬我，叫我孤零零的，好不忧闷。我自知得罪了秀姐，请秀姐把我痛打一顿，出出你的气，便打死我也情愿的。"

秀芳听士杰如此诚恳，恨气早消，本来这事两人都是不防的，如何单怪士杰？便道："既然如此，我也饶你了。"便用手将他扶起。

士杰大喜，感谢不迭。秀芳道："你且去吧，有话明天再说。此时你在我房里，被人看见不要说歹话么？"

士杰应声是，便依旧从窗里出去。秀芳把窗关好，也就安寝。暗想士杰这人真有些痴，我不睬他，他硬要来求我，这是什么意思啊？只是我未免太摆架子了。想了一番，蒙眬睡去。忽听屋上隐隐有人走过，其声绝细，忙凝神再听，却见士杰又从窗里跃进。秀芳方推开锦被坐起，道："杰弟你又来此作甚？"

士杰笑嘻嘻地对她说道："我来讲《红楼梦》给你听，好不好？"

秀芳最爱听《红楼梦》，此时拍拍床沿，请士杰坐下，讲给她听。士杰讲了一段，秀芳倚在床栏上，身上只穿得一件粉红小衣，支着香颐，睡眼惺忪地听得正是出神，士杰却要去了。秀芳正在情窦初开的时候，不知不觉地伸出粉臂，把士杰拖住，说道："好弟弟，不要去，再讲一段林黛玉和宝玉赌了气，后来怎样？"

士杰道："时候不早，我要去睡了。你若再要讲时，可肯让我睡在你这里么？"

秀芳不好答应，又舍不得他去，低着头不响。士杰便上来解她衣襟，说道："秀姐，我真爱你，今夜与你同睡吧。"

秀芳又觉发急，要想推阻，不知怎样平日很大的气力，现在一丝没有了，任凭士杰宽衣解带，把她搂在怀中。秀芳只进出一句声音道："千万使不得。"猛可里一声喊醒了，摩挲睡眼，见罗帐低垂，残灯半明，房里静悄悄的，哪里有士杰的影子。

隔壁奇英也已惊醒，问道："姐姐什么千万使不得？"

秀芳答道："我梦魇哩，现在醒了。"

说罢，奇英也不响了。秀芳却痴痴然默想梦中情形，心里不觉热烘烘的，真是未免有情，谁能遣此？翻来覆去只是睡不着，挨到天明，方始闭目睡去。这一睡直到十点钟才醒，起来盥漱毕，也不到书房中去，身体觉得有些慵懒，且到后面场上去打几路拳法。午饭时和奇英、士杰等见面，士杰问道："姐姐为何不出来读书？"

秀芳道："今天我睡迟了，故而赖学半天，你们不要笑我。"又对着士杰端详一番。

士杰也不知道今天何以秀芳向他紧瞧，又见秀芳樱唇微启，好像要说什么似的，良久才向他道："杰弟昨夜曾做过什么梦么？"

士杰答道："我倒记不清了。姐姐问它作甚？"

秀芳被士杰回问，不好回答，又想起梦里情景，不觉面上泛起两朵红云来。

奇英也问道："昨夜我蒙眬中听见姐姐喊声'千万使不得'，声音甚响，是不是梦魇？"

秀芳不好说出实话，只得说道："我梦见一个人要把我推下河去，所以急喊'千万使不得'。"

士杰笑道："假如真的，你喊'千万使不得'也没用。"说得三人都笑了。

这样过去，时光很快，转瞬已到清明。馆中先生因为家中有事，请假半月，还乡去了。在这当儿，云中龙便把剑术细细教授他们。秀芳不觉动了猎兴，遂和奇英、士杰姐弟约定，后来到黄牛山里去射猎。奇英、士杰听说，都十分高兴。

到了那天，秀芳预先禀明了祖爹，要去山中射猎。云中龙点头应允，只教他们一切谨慎些，不要过分冒险。秀芳遂和奇英等齐齐戎装窄袖，带上弓箭和利剑，一齐到外面厩中去拣坐骑。马夫见秀芳走至，便笑眯眯地首先牵出一匹红鬃桃花马来，那马身有点点红毛，形如桃花，两眼圆睁，真是一匹好马。秀芳便指着那马对士杰两人说道："这马日行千里，跑时稳而且快，不过一般人都控制它不住。乃是某镖师赠给我祖爹的，现在养得益发肥了。前次我曾和祖爹骑过一次，好生了得。今天我必要去畅跑一趟，方称我心。"

279

奇英和士杰看了都说好马。秀芳又请两人到厩中去看坐骑。士杰选了一匹黑马,奇英因为不大惯骑,便要一匹黄骠老马。三个人各各跨上马鞍,秀芳第一,士杰第二,奇英第三,三匹马跑出云龙庄来,不多时已到黄牛山下。其时正在三月天气,虽在北地,也已开得花红草绿,一片锦绣,点缀着春郊风景。蔚蓝的天空,荡着几片轻淡的白云,和风拂面,肌骨都觉舒畅。三人将马缰一拎,渐渐跑上山来。奇英早有些面红力乏,三人便跳下马,把马拴在树上,拣一块草地,席地而坐。士杰把带来的干粮分给两人吃。秀芳也把水壶去溪边舀水喝。但见那匹红鬃桃花马踏着蹄子,时时昂首扬鬃,迎风长嘶。秀芳叹道:"马啊,我晓得你久羁厩中,未出驰驱。闷气得很了。少停待我来与你跑一下子,让你也可开开心,好么?"说得奇英等都笑了。秀芳却不顾,却踱向林子里去。

那里天空中忽有一只鹰盘旋往来,士杰张开弓,搭上箭,向上嗖的一箭射去,那鹰见有箭来,不慌不忙地将翅向下一扫,那箭便滑过去了。士杰大怒,再放第二支箭,只见那鹰好似着了伤般敛翼落下。士杰笑道:"饶你狡悍,也吃我射到了。"

秀芳早从林里跑出来说道:"杰弟不要夸口,这是我打下的。"

士杰道:"奇了,明明是我放第二支箭射将下来的,怎说不是我射下,是你打下的呢?"

秀芳道:"不必多争,我且同你去看。"

两个人遂手挽手地过去,拾起鹰来一看,方知士杰的第二支箭早又被鹰卷在翅里,但见那鹰的头上却打穿了,鲜血直流。明明是中的秀芳的飞石。奇英也赶过来察看,只说道:"姐姐的眼功果然厉害。"

秀芳微微笑了一笑,士杰却有些抱惭。猛可里林子中泼刺刺地跑出一只野獐来,见那边有人,便回身逃跑。士杰拔出宝剑追过去,一剑刺死,拖了转来。说道:"鹰虽射不中,倒被我得着一獐了。"

于是奇英和秀芳一路前去搜寻,不多时,也猎着些走兔飞鸟。秀芳道:"我们没有打得大大的东西,回去也叫他们说笑。不如再往上去寻寻看,最好能遇见鹿,那是很值钱的。"

士杰道："姐姐再要上去时，那些马却不能走了。"

奇英道："我不去，代你们在此看马可好？"

秀芳笑道："不敢有劳奇妹，我可同你前去，请杰弟不要去吧。"

士杰摇手道："不，我要去的。"

奇英遂立意在此守候，那时约已过午，秀芳和士杰便再爬上去。秀芳要试试士杰，便放出本领，尽向上蹿。不料士杰紧紧跟在后面，一步不懈。一霎时已翻过不少峰头。秀芳立停在一块大石上，回头对士杰说道："杰弟的飞行功夫进步很快，不输于我了。"

士杰听见秀芳赞他，很是得意。两人并肩立着，望下看时，但见危峰巉岩，都在足下。有几片浮云遮蔽着，天风泠泠，吹在身上，大有飘飘欲仙之概。两人贪观山景，一同坐在石上，忘记了打猎那回事了。本来那山中常被云龙庄里众猎户在此搜射，没有什么大的猛兽了。看看时候不早，两人又射得些狐狸獐兔，一齐背着走下山来。

回到原处，见奇英正和一个老尼在那里讲话，那老尼见他们前来，便和奇英点点头，说声再会，向山下走去。其行如飞，倏忽不见。三人都很为惊讶。秀芳便问奇英："你如何认得这老尼？"

奇英道："我自你们去后，不敢乱走，使了一回剑，正睡在石上休憩，却见那老尼走来。那老尼看见三匹马，又见我一人在此，也很奇怪，走来问我，我便老实告诉她。她说她是天台山上观音庵里的妙真，和叔祖云中龙也有一面之缘。和我略说得几句，恰好你们回来，她就走了。"

秀芳道："看她情景倒像一个有本领的。我们回去一问祖爹便知道了。"

士杰道："我们回去吧。"

秀芳道："好的。"

三人遂去树边牵过马来，把獐兔等类均匀带着，跨马缓缓而下。无意中错走了方向。及到山下，见前面一条平坦大路，两旁夹种着柳树，如入绿荫丛中，好不有趣。秀芳喜道："呀，我们都走到柳树驿来了。好一条官道，我要跑一趟马试试。"

奇英道："我不要跑。"

秀芳道："那么我一个人也会跑的，你们先回去吧。"

士杰不放心让秀芳独去驰骋，却要同跑。秀芳笑道："恐怕你这马赶不上我的。"

士杰道："赶得上赶不上且不要去管他，等我也来试一下子。不然，吃你们笑须眉无人了。"

秀芳很高兴地喊道："也罢，奇妹先请回去，我们……"

奇英忙道："只是我不认识路径怎好？"

秀芳笑道："不要紧的，你可一直前走。走完这柳树的大道，便有一个小山坡，却不要再向前去，可右手转弯，再一直走，便到云龙庄了。"

说罢，遂将马上驮的东西都交给奇英，士杰也把好的交给奇英，其余的都抛去了。两人跳下马来，把马肚束好，拍拍马背，坐将上去。秀芳把马缰一拎，两腿一夹，说道："请你跟我来吧。"那红鬃桃花马便放开四个马蹄，泼剌剌地向前直跑。

士杰也将马加上一鞭，追向前去。跑了一里多路，不料那匹桃花马跑发了性，愈奔愈快，像发狂一般冲向前去。秀芳收不住，只好且让它跑。一霎时风驰电掣般把士杰的马抛在背后，看不见了。士杰发着急，把马尽打，打得那马直跳起来。饶你怎样快法，总追不上那桃花马。一口气跑了七八里，看看天色已薄暮，晚风凄然，士杰的马已跑得白沫喷溅，奔不动了。但是秀芳的影踪却从何处寻呢？士杰又惊又忧，想不出个办法。却见前面走来一个樵夫，挑着一担山柴，士杰把马勒住问道："你可曾见有一个年轻女子，骑着马过去么？"

樵夫道："有的，我在前面山坡下打柴，半点钟前却见有一匹红点子的马狂奔而过，马上伏着一个小小姑娘，想是收不住那马了。但是在我面前掠影一般地快，再有本事的人也无从设法，恐怕要跑出祸殃来了。"

士杰听了，十分着急。不管那马跑得动跑不动，加上两鞭，那马吃着痛，只好拼命前跑。看看天色已黑，一片荒野中，却到何处找寻？自己一想，这里道路不熟，不如回去告诉了叔祖，可以派人四出探寻，但愿她在途上不要出什么岔子。遂兜转马头，回到云龙庄来。

刚到庄口，见五六个庄丁一齐点着灯笼火把，飞奔而至。士杰问道："你们出来作甚？"

庄丁们看见士杰，都说："好了，我们特来找你的。现在一同回去吧。"

士杰不知底细，便问道："你们可见小姐么？"

一个庄丁道："小姐恰已回家，因为不见你回来，大家不放心，庄主故派我们出来找寻的。"

士杰听了，不明白。到得庄前，跳下马命人牵去，自己三步并作两步地奔进庄里，见厅上明灯辉煌，云中龙和奇英、秀芳等都坐在那里。士杰上前见了天游，便问秀芳道："这桃花马好快，姐姐想是收它不住，跑得无影无踪。我没命地追赶，终追不上。十分发急，正想回来告诉叔祖，再作道理。怎么你已先我回来了呢？"

秀芳笑道："可恶那马发足了脾气，只是咆哮狂奔，再也控制不住。我只好伏在马背上，听它冲去，快得真像腾云。我非常惊惶，跑了二十多里，不知怎样远兜远转的，却跑到庄后来了。那马此时好像熟识的，忽然渐渐停住，我遂得安危回家。也算运气，险的送掉性命。但见奇英妹妹虽已早转，却只有你一人不见回来，我想要是去追我的，祖爹知道你路途不熟，便差人来寻，幸喜你也无恙归来，我也心中安慰了。"

云中龙早把秀芳埋怨一翻，便吩咐手下人把这匹桃花马好生看守，不得让人乱骑。秀芳便把猎物分给众人。后来向云中龙问起天台山上的老尼来，方知老尼也是非常了得的人物，真是四海之大，何处没有异人？不过常人遇着也不识得罢了。

有话便长，无话即短，转瞬之间，又已由春而夏，由夏而秋。到得中秋节的那一夜，真是良宵佳节，人人欣赏。凑巧云中龙有事出外未归，奇英发了一个寒热，虽已稍愈，却卧在房里避风不出。秀芳仍是很高兴地特地在抹黑一座凉亭里，供着香糕水果等物，来斋月宫。一面命人摆上酒菜，和士杰陪着她母亲饮酒。秀芳的母亲一目业已失明，做人

283

很好说话，事事任着秀芳自由。当时喝了两杯酒，便面红耳赤地吃不下了。坐得一歇，先回房去。只剩了秀芳和士杰对饮着。两个使女名春兰、秋菊的，站在旁边伺候，秀芳喝了几杯酒，玉容微酡，抬头看那天空中一轮明月，好似烂银盘一般，银光下泄，满园景物都似浸在月色中，便对士杰说道："今夜的月亮真是又圆满又光明，好似嫦娥展着笑脸向人浅笑。我们也该心里欢喜，才不辜负了她。"

说罢，举起酒壶来代士杰斟酒。士杰喝了一杯，也还敬一杯，却对着明月叹道："我爹爹为仇人所杀，至今未明真相。祖父出外也有一年多了，没有音信回来。他老人家出外跋涉奔波，我却坐在人家享福，大仇不知何年得报，或者让我出去寻得仇人，也算不负此生。"

秀芳不防士杰说出这些话来，便安慰他道："杰弟，请你不必忧愁。现在你年纪还轻，若是伯祖报仇不成，我誓必帮你达到目的。有志者事竟成，只要用心，何必多虑？今夜我与你且痛饮一番，不要说起那些令人不快的话，省得肚子里吃了酒，又要不适意。"

士杰见秀芳聘请优爽，心里不觉快慰得很，遂和她细讲中秋逸事。秀芳酒量虽好，至此已有醉意，还是只顾要酒，忙得两个使女侍奉不迭。士杰却喝不下了，遂说道："我们喝得很多，姐姐有些小醉，我也不能再喝了。不如让她们撤去吧。"

秀芳道："你说我醉？我自觉没醉，再喝些可好？"

士杰恳求道："姐姐的确没醉，但是小弟喝你不过，饶了我吧。"

秀芳笑了一笑，命春兰撤去酒筵，自己和士杰携着手走出亭来。在园中步月。明月在天，人影在地，草里虫声唧唧，似奏着音乐一般。秀芳忽然对士杰说道："我又要讲《红楼梦》了。据你讲大观园中才貌双全的女子着实不少，为什么宝玉偏爱上黛玉，黛玉也专恋着宝玉呢？"

士杰笑道："这是因为他们俩爱情深挚的缘故，所以大家心目中只有一个人了。"

秀芳立定了，好似转念头般，忽而低低问道："爱情是什么东西？为何被他们独得占去？"

士杰道："爱情是人人有的，因为人非草木，孰能无情？只要彼此真心相爱，便是有情。"

秀芳道："那么我一向很爱你的，为什么我们不觉有爱情呢？"

士杰听说，心里一动，不好回答，只对秀芳笑了一笑，却把手紧紧握着秀芳的纤腕，表示很亲爱的样子。

秀芳道："我说宝玉总是无情，为什么他后来又娶宝钗呢？"

士杰道："这不是宝玉的意思，所以宝玉也就出家去了。"

秀芳叹道："好好一对伴侣，弄得这样结果，岂非情场惨剧？假如我做黛玉，一定不肯这样示弱于人，遇有阻难，我只要把三尺龙泉和他拼一拼。"

士杰笑道："姐姐是个侠女，不像黛玉那般娇怯身躯，多病善哭的人，自然还怕谁来？"

秀芳说得起劲了，也自许是个女豪杰，要和士杰比剑。士杰大惊道："我自知不是姐姐对手，怎敢比试？万一失手送了性命，岂不冤哉枉也？"

秀芳笑道："未必一定输的。我们只要手下留心好了。"

士杰知道秀芳有些醉意，一定不肯依从。秀芳道："你枉自做了男子，这样胆怯？将来怎好和人交手？也罢，你若不敢比试，只要对我赔一个礼。"

士杰便对秀芳深深一揖道："甘拜下风，姐姐是天人，我敢和姐姐较量么？"

那时月影西斜，夜阑人静。春兰过来轻轻问道："小姐，夜深露重，可要回房去么？"

秀芳叱道："谁要你们来献殷勤？你们贪睡，可先去睡觉好了。"

春兰连声喏喏地闪过一旁。秀芳和士杰齐坐在葡萄架下的石凳上，士杰看着明月，口里不觉吟道："举头望明月，低头思故乡。"

秀芳听了，便道："你想什么故乡？敢是故乡有什么林黛玉在那里么？"

士杰急道："姐姐不要冤人。我在家乡小小年纪，有什么林黛玉认识？不过我总是依人篱下，望月兴怀，难免思乡之念，脱口而出。"

285

秀芳道："杰弟，你在这里，我们可有什么待你不好？你故乡又无亲人，为什么还要想它？"

士杰道："我们姐弟在这里度过了两年，常蒙叔祖顾念友谊，好意照拂。还有姐姐，也拿真心相待。我心中说不出的感激。请姐姐不要多疑。不过人生聚散无常，我年纪渐大，总要出去做一番事业，衣锦归乡，才不负人家教养一番。可是我和姐姐现在虽能聚在一起，将来也难预料。因此发生一种感想，姐姐你以为如何？"

秀芳听说，不由呆了一呆，半晌说道："我难道不好跟你同走么？"

士杰道："这恐不能的。姐姐将来不要出嫁么？况且你是一个女子，也不好和我永远在一起。以后年纪越大，更不能像今朝这样亲近了。"

秀芳眼皮微红，很用力地说道："我立誓不嫁了。我要和你们姐弟俩永远同居。"

士杰年纪虽轻，食色总是天性。此时鼓着勇气抵向秀芳耳畔，低低说道："除非你将来和我做夫妻，姐姐可肯应允么？"

秀芳又想起那夜的梦来，不觉低下头来，似羞似娇，把头靠向士杰肩上。士杰便趁势把她抱在怀里，一连在她粉颊上亲了几下。秀芳倚在士杰怀里，软绵绵的，周身勇力都不知哪里去了，惺忪着两眼，甜甜蜜蜜地领略她出世十八年来还是第一次尝着的爱情滋味。士杰拥着秀芳，心里快乐得如登乐园一般，只觉今宵是他有生以来第一快活的日子。那时多情的明月也娟娟地照着他们，好似庆贺他们情场成功一般。

不料乐极生悲，中秋节过了几天，忽然江长林到来，告诉老张如何在外身亡消息。奇英和士杰一齐放声痛哭。真是：才庆情场歌凯旋，又来噩耗伤人心。

欲知后事如何，请看下回。

第八回

闻噩耗负气独行
为婚事丧心自杀

千里飞行江长林为报老张死耗，一路跋山涉水，戴月披星，赶到云龙庄来，却值云中龙还是在中秋节前出去后，还未回家。所以他便和士杰见面。士杰本不相识，只道是云中龙面上的人，不意江长林把老张如何在金鸡岭向他探悉仇人，如何一同赶往陕西，又如何遇见魏刚，原原本本从头细诉，直说到老张深夜独入虎穴，一去不返，他去大树村探悉老张报仇不成，被人害死，自己特来报信的话。士杰听罢，放声大哭道："可怜我祖父一世英雄，死于竖子之手。此仇不报非人也。"

遂去告知奇英，奇英更是伤心痛哭，秀芳也是不胜悲凄。一同出来，会见江长林，长林用话安慰道："你们不要悲哭，于事无济。我们和令祖都是至好。现在正邀请武当能人前去复仇，谅可获胜。"

士杰恨恨道："我必要亲手杀此贼子，以报两世之仇。"

长林不知他们都精武艺，遂说道："鲁飞雄是少林健者，那边精通剑术的人很多，说句老实话，你们还是年轻，暂且忍耐为妙。"

士杰冷笑道："鲁飞雄又不是个三头六臂的人，怕他作甚？我张家的仇还是张家人去报。便是报不成死在他们手里，也是情愿。好恶贼，我与他势不两立。"

说至此，怒气冲天，将手掌向桌上一拍，只听哗啦一声，那只又大又厚的红木方桌早分作两半。

奇英道："弟弟不要愤怒，人家桌子都被你伤坏了。我们且听江叔父把所在告诉给我们听，然后再作道理。"

　　江长林那时也知道士杰并不是没本领的，很为惊奇。便一是一二是二地把途径说明，请他们先到了魏家寨，再去报仇。免得孤掌难鸣。他因云中龙不在庄，说罢便告辞去了。这里三个人坐下商议，依着士杰主见，最好明天便要动身。奇英自然也主张复仇的，不过她要稍缓。只有秀芳既不舍得士杰离开，又不好不让他去报仇，便说："此事最好等祖爹归家后，经祖爹许可，然后请他老人家一同前去，方为稳妥，否则士杰弟弟年纪还轻，本领不算十分精妙。孤身前去，地理不熟，万一再蹈覆辙，如何是好？"

　　士杰听秀芳说话虽是有理，然而他报仇心切，万难久待。又知道云中龙是远适岭南，一时万难回来的。自己要报仇便去报好了，何必依赖他人？少年时盛气虎牙，大都只顾一时，没有多虑的。无如说来说去，秀芳一定不放他去，士杰负着气，也不多说。

　　这夜他回到房里，打定主意，把几件衣服扎好一个包裹里，只苦没有盘缠，怎能出外？后来一想我既然有些本领，何不一路取之贪官奸商身上？也不好说不义。便写了三封信，一封信给云中龙，谢他数年教养之恩，并言此去复仇，若能成功，必当再来拜见，以图报答。一封信给奇英，是说兄弟为报祖父及父亲之仇，自愿冒着危险前去和仇人拼命，幸而获胜，那是如天之福，否则命丧虎穴，还望姐姐设法复仇。第三封信是给秀芳的，写得最长。大意为我们二人爱情甚深，自不忍立刻分别，以伤姐心。但两世深仇不可不报，一时迫不及待，何能多虑？不别而行，并非有意抛弃吾姐，还望原谅。若能奏凯而归，定践前言。不然亦不忍说了，请她千万保重玉体，不要为他思虑。三封信整整地放在桌上，又想起了老张，不觉潸然泪下。暗暗祝告道：祖父，你为要报我父亲的仇，冒了万险，千里前去，不幸失足身死，好不可怜。现在你的孙儿要去复仇，愿你阴魂有知，一路呵护，使我成功才好。祝罢在床上睡了片刻，忽听远近鸡啼，东方渐渐发白，不敢怠慢，便背上包裹，轻轻开了后窗，从屋上去了。

　　奇英也因哭念祖父，一夜不曾好睡。她的意思要望云中龙回家，请他同去。不料早晨起床后，和秀芳走到外面，不见士杰出来。赶到他的寝室看时，见双门紧闭，寂静无声。忙打进去一看，不见影踪，一齐大惊。奇英忽见桌上有三封信放着，连忙和秀芳拿了拆开一看，才晓得士杰已一人独去了。两人都顿足说道："怎好怎好？他一人前去，或是发生危险，张家一脉单传，岂不要就此完了么？"

秀芳更是发急道："唉，他便是要去，也该和我们仔细商量一下，怎么这样冒失？不是我看轻他说，他的武艺出及得伯祖么？伯祖前去，尚且敌不过，何况他呢？真是当局者迷，也不想想啊。"

奇英急得双泪流下，连说："那么怎好？"

秀芳定了定神，才说道："我祖爹一时也未必回来，我们不如一齐瞒着众人，索性同去。想杰弟走得不远，务必想法追他回来。否则我们可先他赶到魏家寨，也好阻止他不过，或是合并前去。要死一同死。"

奇英道："此计虽好，只是我们都是女流，千里迢迢，也难前去。"

秀芳急于要追士杰，便道："我们怕什么？天下事若望难的一方面想，便跬步难行了。现在追赶杰弟要紧，别的且不要多虑。"

奇英没法，只好依着秀芳，两人一同收拾收拾，带了盘费，也在这夜悄悄地奔离了云龙庄。后来秀芳的母亲和庄中主事的知道了，十分发急，连忙四出追着，并无下落。秀芳的母亲想念女儿，镇日价哭泣，众人也是没法。且等云中龙回来，再作道理。

却说士杰负气独行，白天奔了四五十里路，在一家镇上客寓里住下，计算身边只藏着几两银子，不够几天用场，必须做他一次。遂等到夜深时，开了房后窗户，一跃而出，一路蹿房越脊过去，走在屋面上，如履平地，没有一些儿声息。过了十几家，见有一家高墙撞墙住，他想高厅大厦都是富人住的，大约这家可以下得手了。将身一纵，越过高墙，早到里面。楼房上听听，里面人声寂寂，只有打更声音，一记一记地越敲越近。他大着胆子，飞步走去，见东边一间楼房里隐隐有些灯光，便走到那里，使一个倒挂帘式，把两足钩住屋檐，望窗里看时，凑巧朝南一排窗都是明瓦嵌玻璃的，一眼看进去，见房里靠床一张方台上点着盏玻璃灯，台边坐着一个四十岁的男人，身躯肥胖，真像大腹贾一样，嘴边微有胡须，两手正在检点银两，大包小包地放在一只铁箱里去。台上有几包银子，还不曾点过。士杰遂抽了一块瓦片，将剑柄撬开窗户，顺手一瓦，向灯飞去。那人正听见窗响，抬起头来看时，不防乒乓一声，玻璃灯早打得粉碎，全室顿时黑暗。那时士杰早已一个箭步蹿进里面，在台上摸着一包又大又重的银子，拿了便走，不管那人后来怎样，如飞地回到旅店。

仍从原处进房，一些儿没有风声。在灯下解开一看，足有一百两纹银，心中甚喜。但想我这行为类乎盗窃，终不是正大光明的，被人知道了，岂不笑话？继而一想，这班富商大贾，所有的钱财本多是横了良心得来的，我今取了他一些也不要紧。况且我也是不得已而动手的，又未伤害他，不可同寻常盗贼一概而论。想到这里，觉得很说得出，便藏了银两，倒头便睡。次日一早起身，付了旅费，一路探听路径，望陕西省去。

这天走到孟县城外，觉得腹中有些饥饿，看见路旁有一座小小酒店，便进去放下包裹，拣了座头，唤酒保打一斤酒来，拿上些可口的小菜。他酒量本不好的，不过借此消遣。拿着酒杯徐饮，却见靠里一张小桌上，坐着一个少年，形容瘦削，十分憔悴。但是憔悴中清丽的风姿尚存，还可见得他本来的翩翩美好。身穿一件缎子的棉袍，坐在那里喝酒，不住地唉声叹气，口里还叽叽咕咕地好像吟着"佳人已属沙咤利，义士今无古押衙"。好似心里有极悲伤的事情，没人帮助一般。士杰年轻，好奇心胜，很注意着他，见那少年喝得有些醉了，那时自己饭也用罢，兀自挨延着不走。忽见少年霍地立起身来，去到柜上付了酒钞，跟跟跄跄地出去了。士杰随即也去会罢酒钞，紧跟随少年后面，看他哪里去。

少年一些儿不觉，渐渐行到冷僻地方，前面一带清溪，有几株大树栽在旁边，但是落叶萧萧，枝干渐秃，一派萧瑟的秋气，触目凄凉。那少年立停在溪边，对着小溪长长地叹了一口气。士杰也轻轻立定了，只见他抬起头来说道："天啊，既然我们二人不能成就良缘，为什么偏偏使我邂逅在先，失意在后，陷我到绝地呢？唉，芙仙芙仙，你既为人占去，生死不保，我却无力救你，只好先你而死了。死而有知，当来护你。"说罢，撩起衣裳，向溪中要跳。

说时迟那时快，士杰一个箭步早跳将过去，把他拦腰轻轻抱住，说道："死不得。"

那少年正要延迟，不防有人来救，睁眼一看，见是一个十六七岁的少年，便把手一推道："我自己情愿寻死，谁要你来多管闲事？救了我不谢你的，快走开。"

士杰笑道："千错万错，救人不错。你怪我么？我偏不放你死。"

少年要想挣脱，却被士杰一手抓住，半步都不能动。少年酒醉了，不觉放声哭道："芙妹啊，谁料我寻死时也会有哪里来的恶人，前来欺负我。难道死不成了么？"

士杰道："你不要哭，有什么烦难事情，可同我老实说。我便是古押衙，当助你一臂之力。"

少年那时已看出他是酒店里吃酒的人，不知何故，特地跟来救他，又说出这种话来，谅是有些来历的。况且自己被他轻轻擒住，一些儿也动不得，他的腕力可知。遂止住哭道："此话当真么？"

士杰道："自然是真的。"

少年道："这里不是谈话之所。此去不多路，有座圆通寺，内中住持的是我相识，不妨请到那边细细奉告。"

士杰道："好。"

少年遂领了士杰望南走去，果见一带黄墙，有一座寺院在那里。少年遂和士杰双双走进寺院去，早有香师父等含笑相接，说道："张少爷今日怎的有空到此？"

士杰听了，暗想那少年倒和我同姓哩。少年点头道："大和尚在里面么？"

一个香师父道："正在大雄宝殿做功课。"

少年道："很好，不必去惊动他。我要借一间地方，和我朋友谈心。藏经阁后的小方厅可有空么？"

香师父答道："空着，空着。"

少年遂和士杰转弯抹角地走到一间方厅上，收拾得很是清雅，正中供着一尊金身佛像，两旁挂些名人对联。两人遂向炕床上坐定，香师父送上茶来，少年对他说道："请你不必伺候，寺中事忙，你可去吧。"

香师父遂即退出，少年先向士杰作揖道："请教尊姓？"

士杰道："我姓张，名士杰。和你同姓，是从关外来的，至于为着什么事，你且不必问他。我却先要问你自杀的缘故。你的大名是什么？"

少年叹口气道："草字良济，世居此间，但是讲起我的伤心事来，很长很长，不嫌絮烦，待我慢慢奉告。"士杰大喜，静坐着听他说话。

原来张良济是本地一个绅士名叫张远的次子，才貌俱美，弱冠时青得一衿。张远非常钟爱。但他喜欢研究古文诗词，鄙薄时文，因此乡试不中。回来后他更诗酒自放，以唐六如第二自居，自赏风流，还不曾娶过妻室。只因他誓必得才貌双全的女子。一时女流竟难入选。

适逢清明节，城中赛会，士女如云，热闹非常。良济和几个友人在一家茶楼上啜茗看会，其时会还不曾到来，良济靠在窗上闲瞧，只见街道中摩肩擦背，人来人往，高声喊"会来了"，其实是造谣哄人。这样也不止一次。后来人越聚越多，会也将近来了。良济忽见对面店铺中有许多妇女立着等看，内中有一个十八九岁的少女，发光可鉴，梳着堕马髻，头上插一支玉搔头，轻红拂脸，凝翠画眉，身穿淡湖夹襦，下着蜜色轻罗小袴，蛮腰间微露紫纹丝带，双趺如钩，踏着一双粉红花须锦鞋，瘦小可爱。在人丛真像凤立鸡群，天仙化人。把良济看得呆了，真是蓦地里遇见五百年风流孽冤，早已魂灵儿飞去半天。看了一刻，只不见那少女抬起头来。良济遂抓了几粒瓜子，向少女抛去，正掷中少女粉颊。少女不防，一面忙将手帕向脸上揩拭，一面抬起头来和良济正照个着。良济喝一声彩，友人们也和着说笑。那少女见是一个风流美少年来调戏她，遂看了一眼，低下头去不作声。

此时锣声喤喤，会已来了。执事拥挤，人马杂沓，许多高跷扮着荡湖船、三娘教子、武松杀嫂等在街上走着，良济无心看会，一双眼睛紧紧地瞧住少女。不多一歇，少女侧转脸，有意无意地向良济横波一顾，却见良济正对她看，不觉面上一红，嫣然微笑，又侧转脸去。此时良济更是如醉如痴，恨不得过去向少女一能款曲。想等会过完时可以上前一探方踪，不料挨到会完时，两边看客大喊一声，都散将过去。良济急忙下楼，却挤在人里，挣扎不出。好容易挤得出来，哪知余香犹在，伊人已杳，少女早不在那边了。

良济十分懊恼，回到家里，闭着眼兀自痴想。依稀有一倩影立在面前，那眼波眉黛历历可忆，待飏下教人怎飏？拼着两脚，到明天四面街上去走，巴望或可遇见。但是走了几天，踏破鞋子，哪里寻得着呢？

这样过了一两个月，终不能忘怀。一天，他从友人处回家，正是夕阳衔山的时候，他穿着一件罗纺长衫，摇着纨扇，慢慢地在街上踱着，忽见那边黑墙门旁阶石上，立着一个女郎。身穿粉红纱衫，风姿绰约，像出水芙蕖，不觉心里一动，走近一看，心里更是说不出的快活。原来那女郎不是别人，正是他求之不得的心上人儿。那女郎也看见良济，依稀相识，含情脉脉，妙目微盼。旁边还立有一个年近五旬的妇人，忽对良济喊道："张家二少爷，你从哪里来啊？"

良济被这一喊，才看见这妇人是他家前年用过的陈妈。适间只注意那女郎，却不曾看见她。便立住脚步，答道："我从城外来，你现在可是在这里帮忙么？"

那女郎见良济和老妈子讲话，便对良济笑了一笑，走进去了。良济两眼直送她进去，神魂若失。陈妈早已瞧科几分，便走近几步，笑嘻嘻地低声说道："我现在此处帮做，那进去的是我家小姐。少爷你看她标致么？"

良济被她一语提醒，眉头一皱，计上心来。便笑道："这是你家小姐么？真好相貌。不知这是何等人家？"

陈妈道："我同你那边去细讲吧。"遂引着良济走进一条隐僻的小弄里，对他说道："这家姓朱，小姐闺名芙仙。今年只有十八岁，还没订过婚。只有一个娘亲，现和她舅舅到山东去索债，家中无人，我本在那里做过几年的，很相熟识，所以唤我来陪伴小姐。我一直想像小姐这样美貌，若和二少爷做对时，那才是好夫妻。不过我不敢来做媒，恐怕你家老爸不答应。因为她家本是衙门中隶胥出身，不像你家是世代官

293

香，我哪里敢来怠慢呢?"

良济听着这话，呆呆不响。陈妈笑道："话虽如此说，少爷若然爱上了她，好在她家没有第二人。在老身一人身上，可以代你们撮合。明天晚上，少爷可大着胆前来叩门，老身当引你进去。万事有我，不愁不成功。只要少爷事成后谢谢我罢了。"

良济听说大喜，忙向身边摸出五两银子，递给陈妈道："这些些先送你买东西吃，以后我当重重地谢你。"

陈妈欢天喜地地受了，说道："我要进去哩，少爷一准明天晚上来吧。"遂回身去了。

良济很得意地回到家中，书也不看，乱想明天晚上的事。夜里睡在床上，梦里也弄得七颠八倒。明天起身后，只望太阳快快落山，好让他去早赴佳期。直挨到下午五六点钟，便上下打扮得一新，托言去赴友人宴会，悄悄走到那个地方，已是掌灯时候。把门敲了两下，陈妈早出来开门，笑道："少爷来了么? 小姐正在楼上。你且不要声张，随我来便了。"

良济走进去，只见里面是三开间的院落，灯光点得很亮，收拾得也很洁净。左首一间房里发出一种娇滴滴的声音问道："陈妈，外边什么人敲门?"

陈妈带笑答道："有一个佳客，特来拜见小姐。"

说罢，和良济一齐跨进房去。只见房中装饰清雅，沿窗摆一张书桌，两边也挂些书画对联，靠里安一张雕花大床，床前一张妆台，台上点着一盏明灯。那芙仙小姐正立在妆台边，见良济进来，不觉又惊又喜，低下头立在一边。

陈妈道："小姐不要见怪，这是本城张家二少爷，平日很有才名。因为思慕小姐，托我引见。小姐昨夜问起我的，便是他。现在来了，请小姐不必惊慌。"

良济便上去深深一揖，芙仙忙躲向床后去，被陈妈一把拖出来，说道："好小姐，不要这样羞涩。二少爷是斯文公子，见见不要紧的。"

芙仙无奈，过去坐在床沿，只是不响。陈妈道："你们且在此谈话，我去厨下预备夜饭。"

良济等陈妈去后，便把自己如何在赛会时一见之后，万分相思，到处寻访芳踪，苦不能见。直到昨天无意遇着，这是天意。请姑娘不要不睬。芙仙听他说话诚恳，不觉心里一动，本来她在看会时回转后，一直记念着那掷瓜子的美少年，难得今日他惠然肯来，有何不愿？不过因为母亲外出，家中忽来生人，若和他相识时，将来一旦为母亲或外人知道，如何是好？

良济好像知道她的意思一般，便说："今番的事，只有陈妈知道，谅她一定不肯声张，小姐不必疑虑。"

芙仙听说，心中稍安，含羞带愧地勉强敷衍了几句。良济坐在书桌旁，见桌上有一本习字簿，拿起一看，乃是芙仙日常写的功课。临的洛神词，笔姿娟秀，恰像她的人一样。良济知她通翰墨，更是欢喜，和她讲起书法来。那时陈妈饭早煮好，端整在中间桌上，请两人去吃。芙仙不肯和良济同食，腼腼腆腆地吃了半碗饭，进房去了。陈妈向良济努努嘴，良济笑笑，便跟进房去。

芙仙无奈，说道："多蒙相爱，很以为幸。但是瓜田李下，嫌疑不可不避。夜深了，请回府去吧。"

良济对她笑笑，坐着不动。忽然陈妈过来，呀的一声把房门反扣上了。芙仙要喊时，外面陈妈早把灯吹熄，一声也不回答，不知掩到哪里去了。以后的事情，也就不问可知。

此后良济常常前去私会，有时教芙仙作诗，芙仙天资聪颖，都能领悟。曾代良济写一便面，尽是蝇头小楷，字字学卫夫人簪花格，细妙无伦。良济把来藏好，非常珍贵。

一天，良济走去和芙仙闲谈，芙仙很忧愁地拿出一封信来说道："这是我舅舅的家信，不多几天，我母亲要回来了。回家之后，你自然不能再来。只是我的清白身体被你玷污了，你应该代我想法。"

良济道："这个问题前天我和陈妈商量过。她许我等你母亲回家时和我做媒，将来能成夫妇。我一心爱你，你还怕什么？"

芙仙笑道："这是最好的了。不知你家可要我么？"

良济道："待我先去和母亲央求，定要成功的。"

不料后来芙仙的母亲回来之后，良济不敢前去，只托陈妈致意。事不凑巧，本城有个富翁徐子允，也看中了芙仙，要娶她做妾。托人向芙仙的舅舅说项。她舅舅是个贪财乌龟，便和芙仙的母亲一说，芙仙的母亲只要有钱，也情愿的。便讨价一千两银子。这事给芙仙知道，心里着急非凡，催陈妈速速进行。陈妈便向芙仙的母亲说起张家二公子一心要娶芙仙为嫡室，问她可肯应允。芙仙的母亲道："他们如要我女儿，我别的不管，也要他家送一千两银子财礼，谁先答应尽谁。"

陈妈去告知良济，良济便和母亲说明。不料张夫人却嫌芙仙是小家儿女，不能对亲。给他父亲知道了，更是拍案大骂，说他行为荒荡，一定不许。良济自己也没有一千两银子，便是有了一千两银子，家人也断乎不能答应。只急得他寝食难安，无计可施。芙仙听了这个消息，只是饮泣，陈妈也想不出妙法来。后来徐家那边已答应了，肯出一千两银子，芙仙的舅舅做中人，人洋两交，择定后日要娶芙仙去。芙仙放声大哭，在她母亲面前表示不情愿。她母亲哪里肯依，反疑心她有暧昧的事情。

三天的光阴很快，芙仙早被徐家送来一顶小轿，把她活活逼抬去。所以这天良济希望已绝，不愿再活在世间，一个人到酒店中去喝酒，喝个痛快，然后走到溪边，要想投水。也是他不得已而走这末路，不料被士杰遇见，把他救住。

当时士杰听良济细话苦衷，说到伤心处两泪簌簌流下，不觉动了侠义心肠，对良济大声说道："张兄且请放心，为了这事何苦自杀？难道死的以外没有别法可寻么？凭着小弟之力，务必使你们破镜重圆，得成伉俪。"

良济连忙拜谢，说道："足下定是一位英雄，可能救出芙仙，鄙人终身感恩不尽。"

不知士杰有何方法，补这缺陷？请看下回。

第九回

黄衫儿慷慨好义
紫衣女缠绵多情

　　却说张士杰答应代良济设法救出芙仙，良济拜谢不迭，问他有何妙策。士杰笑道："你爱家庭和爱芙仙哪样厉害？"

　　良济道："芙仙便是我的性命，没有芙仙我也不能活了，自然比较是爱芙仙。不过我是文弱书生，一无抵抗能力。况且侯门如海，也难见她的面。全仗足下大力。如何想法？"

　　士杰道："文人只仗一支笔，在纸上要怎样便怎样。若真的遇着患难，便没用了。可怜啊，幸亏我不是一个文人。"

　　良济听他这话，心里暗想，倒也未必见得，你莫小觑这支笔，只要它有灵时，真可以旋乾转坤，安邦定国。不过不敢和士杰置辩，连称是是。士杰又问良济家住何处及徐宅所在，良济一一告诉他。士杰点头道："请问城里有什么僻静地方？"

　　良济想了一想，说道："城南莲花桥边有个汪氏废园，里面很大，一向没有人住。一到夜间，那边行人绝迹，很是冷静。"

　　士杰道："甚好。今天夜里你可早些去那里等候，我保你珠还合浦。只听击掌三下，便可出见。"

　　良济不胜感激，那时住持的早散了功课走来，士杰便立起身来道："你们在此地谈一刻吧，我有事先去了。"

　　良济要送，士杰拦住道："这倒不必。"又向住持的作了个揖，住持的忙合掌还礼，士杰早大踏步走出去了。

却说士杰出得寺门，一看时候已是不早，便一路进城，先寻到徐宅门前，见朱户高墙，果然是个富贵之家。悄悄向四周一看，都是高墙拥护着，旁边一条小巷，是徐宅后门。近墙有一棵柏树，团团翠盖，十分高大。士杰记在心内。再到张良济住处一探，却没有徐宅华丽，不过墙门间里插着许多行牌，官派十足。那时天已晚了，士杰没有歇足处，便去住下一家旅馆，喊了几样饭菜，吃饭了在床上闭目养神。等到将近三更时候，便扎束好了，轻轻把窗推开，跳到外面，再把窗关好，一翻身蹿上屋檐，认定方向，一刹那间已到徐宅门前，便寻到那株柏树，缘树而上，坐在树枝上，听听里面并无动静，又从树跳到高墙，扑奔中屋而来。

见一排五开间的窗户，只有二处露些灯光，不知芙仙在哪一处。忽听第三间楼房里有人说话，士杰忙跳过去，伏下静听。中有一个妇人声音说道："人家既是不情愿，更逼她作甚？你的爹爹年纪虽老，却这样贪恋女色，真是老悖透了。我又做不动他的主怎好？"

说罢又有一个少女恨恨地答道："那女子来后只是哭泣，不肯从他。适才二姨去劝过，也不成。爹爹又想用药酒灌醉她，无奈她不肯。现在听说爹爹和二姨一齐到里面去用强了。那女子容貌很好，无怪爹爹着了魔一般，必要弄她到手。"

士杰听到这里，大吃一惊，无暇再听，忙立起身跑到后楼，见一间楼房里灯光很亮，隐隐有女子哭泣的声音。他发急了，不管三七二十一地打开窗户，跳将进去。却见一个有胡须的老翁和一个妖冶的少妇，正在拷打一个美貌女郎。那女子抗拒不过，大哭大骂。士杰跳过去，先将老翁一把擒住。两人不防窗上飞进一个人来，疑是强盗，吓了一跳。少妇便要逃走，却被士杰飞起一脚，扑通地踢倒在地。一脚轻轻踏住，拔出剑来，在他们面上晃了一晃，喝道："不许开口。"徐翁只喊得"啊呀"两字，吓得魂灵出窍，只说"大王饶命"。士杰笑道："你们放心，我不要你们的命。"便在他们身上解下带子，将两人手中扎在一起，喝令跪在楼板上，又把衣服撕了两块，塞在两人口里。此时两人好像活死人一般，瞪着四只眼睛，只好看士杰行事。

芙仙本在求死不得十分危险的时候，心里好像刀割一般苦痛难受，忽见有一个少年飞行侠，前来搭救。暗叫一声天幸，也不顾什么羞惭，扑地双膝跪倒，拜谢救命之恩。

士杰道："事不宜迟，我来救你出去。张家二公子在附近等着你呢。"

芙仙听说，心里十分稀奇。士杰又指着徐老头儿说道："看你这般年纪，倒还色心不死，人家是个十七八岁的好女子，怎肯嫁你满嘴胡须的老头儿？你靠着财势用强更逼，若是我迟来一步，人家好好的身体被你奸污了。我现在也不杀你，只教你以后当心些。我今带她去了，不许你出寻，也不许你图赖什么人家。如若违背我言，我可知道的。管教你们头颅不保。不要后悔。"

说罢，在身边取出一条长白布，是他预备下的，把芙仙腰里缚住，然后将身蹲下，吩咐芙仙伏在他背上，将白布兜转自己胸前，打个蜻蜓结，将身顿一顿，觉很结实，倏地一跳，早已蹿到楼外，一翻身上了楼房，飞奔出去。吓得芙仙紧闭双目，两手钩住士杰，把头伏在士杰肩上，听他跳上跳下，像腾云一般，走了许多路，忽然跳下来，方才停住。

芙仙睁开眼来一看，乃是一座广大的园林，月光皎洁，照得亭台楼阁都很清楚。士杰早把布带解去，让芙仙立到地上。芙仙颤声问道："请问恩公，这是什么所在？"

士杰道："这是汪氏园内，你且少待，我喊他出见便了。"

遂把手掌拍了三下，只听那边小亭里窸窸窣窣的声音，走出一个人来。芙仙怀着鬼胎，月光下向来人细瞧，果是良济，不觉喜出望外，纵身投入良济怀里，低低哭道："我好苦啊！再不想会见你的面了。莫不是在梦里么？"

良济也落下眼泪，把芙仙抱住，坐在一块太湖石上说道："芙仙，不要这样悲伤。现在我们遇见了，侠客把你救得出来，不再落在奸人手里了。"说罢指着士杰道："他就是今世的黄衫儿，我们可向叩谢。"

士杰正叉手立在旁边，目睹二人恩爱缠绵的光景，不觉陡地想起秀芳来，不知道她在云龙庄上如何记念自己呢？及见两人又要向他拜谢，忙摇手道："这倒不必。你们且在此谈话，我还有事不曾干呢。"说罢一耸身早已不见。二人不胜惊讶，暗称神明保佑，遂细谈别后的苦况。

士杰出得园门，再寻到良济家里。那时张家许多人都已深入睡乡。士杰找到良济父母的卧室，挖开屋砖，飞身下去，在一只皮箱里拿了三百两银子，几件贵重的首饰，然后回到旅馆来，一无人知，便取二钱银子放在桌上，算是给房饭钱的。背上他的包裹，飞身即出。重又赶至汪氏园里。良济和芙仙正在谈起以后怎样办法，忽觉眼前一个黑影一晃，士杰早立在旁边。

二人一齐立起来说道："恩公来了。"

士杰道："请你们不要叫我恩公，听了怪难受的。我们不妨兄嫂称呼。"又笑道，"我情愿做你们的弟弟。"

二人连说"不敢不敢"，士杰便拿出银子和首饰，交给良济收下。良济惊道："我等蒙英雄搭救性命，已是万幸，怎敢再受这贵重东西？"

士杰哈哈笑道："这些就是你家之物，我特地前去代你取来的，不必客气。现在你们两人不必住在此地，少不得要投身他乡。若是没有资财，怎样过活？所以我取来给你们使用的。"

两人忙拜谢道："英雄真是救人救到底了。这样厚恩叫我们如何报答？"

士杰笑了一笑，见天色渐渐发亮，便道："我们最好赶早出城。徐家发现了便难出走。"

二人同声称是，再等一刻，约莫城门已开，三人便赶紧奔路，走出城门，幸喜无人疑心，又走了二三里路，士杰要和他们分手。良济、芙仙都觉得和他依依难舍，士杰道："你们可到江南去小住，寻个枝栖。以后若思念我时，可到居庸关云龙庄司马先生家探视，但我也不知道……"说到那时，忽然收住，不说下去了。良济等无奈，只得和士杰洒泪而别。

士杰见他们去后，一个人踽踽奔路，想想这事本和我无关，只因一时好义，费了一夜工夫，居然使他们月缺重圆，成全好事。谅良济以后不再有"义士今无古押衙"的感叹了。但是我为了报仇的事，丢下我亲爱的秀芳，一人远行，不知她见了我信时怎样难过？唉，秀芳秀芳，总是我辜负了你的深情。便愿此去报得冤仇回来，当和你谢罪，请你宽恕。又想到姐弟二人，一向相依为命，现在也和他姐姐奇英分离，谅他们一定是十分惦念我，但此事也出于没法啊。他一路走一路想，万般伤感。

走了几天，早到太行山下，贪赶路程，错过宿头，心里越慌，走的路越不对。便见高峰插天，大树成林，没有一个人影可以问信。迷在山中，天色将黑，待走到哪里去？正在为难的时候，忽听铃声自远而近，东边山路中跑出一头花驴，上面坐着一个二十多岁的女子，浑身衣裙都是紫色。虽然身躯娇小，很有英气。见了士杰便将手中鞭子一指道："你这少年，呆立在此做什么？"

士杰答道："我迷失路了。"

女子笑道："既然不认得路，不如跟我去可好？"

士杰道："为什么要跟你去？"

女子将驴停住，跳下来走到士杰面前，把士杰相了一相，说道："你是什么人？我看你小小年纪，走这深山中来，胆也很大。此地强人很多，不怕送掉性命么？"

士杰见她这种情形，不觉怒道："我姓张名士杰。凭你什么强人我也能对付他。若是惧怕，我也不出来了。"

女子道："想你也会些武艺的，别的不要讲，你可跟我走吧。"

士杰骂道："不识羞的贱货，跟你去作甚？快些给我滚开，不然把你一剑两断。"

女子冷笑道："你今天遇了我紫衣女，由不得你耀武扬威，还是劝你好好跟我前去，包你开心。"

士杰大怒，拔出剑来向女子当胸一剑刺去，女子不慌不忙，将左手鞭子架住士杰的剑，右手从怀中掏出一件东西来向士杰抛去。士杰躲闪不及，早被套住。原来这女子练就的缚虎索，索端有三个软皮圈，圈上都包钢绳，任你快的刀剑也割不断。能伸能缩，一被套着，休想逃走。

那时女子将中绳紧紧一收，用力一拽，喝声"来吧"，士杰早身不由主跌在她脚前。

紫衣女哈哈笑道："你可知道我的厉害么？请你家去再说。"

便夺去他的宝剑，把他手足一齐缚住，横在驴子背上，又将士杰的包裹也拿了，跨上花驴，鞭影一挥，向前飞跑过去。

不多时已到一个所在，紫衣女下了花驴，轻轻向门上敲了两下，便有一个雏婢出来开门道："姑姑回来了？"

紫衣女把士杰的包裹交给她道："你先拿了，把我的花驴牵入屋里，关好厦门，别的你不要管。"

雏婢答应声"是"，紫衣女遂把士杰挟在腰里，转弯抹角地走到一间卧房，里面点着四盏紫纱灯，很是明亮。房中装饰像是富家闺阃，牙床锦帐，斑斓夺目。并且有一阵非兰非麝的香味，送入鼻管，使人心迷神醉。也有一个婢女守在房内，见紫衣女进来，照样叫应了。紫衣女问她道："那个仍旧这样么？"

婢女答道："不曾变动。"

紫衣女道："很好，你且到厨下喊阮妈妈，端整精美的酒菜来，我要和人吃喝。"

婢女应声去了。紫衣女遂把士杰放在沿窗一张湘妃榻上。这天气候觉得有些燠热，紫衣女把外衣脱去，解去套裙，只见她里面穿着一色白缎短衫裤，上面都绣着一颗一颗的紫葡萄，鲜艳动人。底下金莲窄窄，瘦不盈握。却是世间尤物。过来对士杰说道："你今被擒，可服我么？"

士杰本怀着一肚皮的闷气，愤然说道："暗器伤人，何足为奇？我怎肯服你？"

紫衣女笑道："随你服不服，你今到此，便是我家人了。"说罢将士杰松了捆绑，请他坐下。

士杰道："你这妖妇有何恶意，快快直说。你既放我，我要去的。"

紫衣女笑道："我是美意，不知道你能够领受么？我今请你到此，要和你同床合被，永远快活。"

士杰听了跳起来道："谁要领受你这种美意？好贱人，看拳！"

说罢一拳向她胸口打来。紫衣女侧身让过，乘势飞起一足，士杰正抢过来，要想出房，却被她一脚踢倒。紫衣女过去，一脚踏住，抡起拳来说道："有你这样不识抬举的人么？我今送你归阴便了。"一拳对他面上直打下去。

　　士杰两目一闭，只听她打死。不料紫衣女拳到士杰面部，早缩住了，在士杰面部上摸了一摸，反把他双手扶起，笑道："好人，我怎的肯打死你呢？"

　　士杰让她扶起时，趁势一脚要踢紫衣女腹部，却被紫衣女两腿一夹，把他的脚夹住，陡觉非常麻木，全身无力，动也不好动。

　　紫衣女道："早防你有这一着。我这样对待你，你有心要反对我，却是为何？现在可肯服我么？"

　　士杰一想，这贼人本领恁般大，我倒敌不过她，不如假作服了，再寻机会逃走。便道："服了服了。"

　　紫衣女听他肯服，十分快活，便放松了，请他在中间一只百灵台旁坐下，婢女早移上灯来，紫衣女又向士杰道："你的本领也还不错。不知你是哪里来的？"

　　士杰大声道："我是云龙庄云中龙的义子，你知道他老人家的厉害么？"

　　紫衣女道："任他厉害，与我何干？劝你还是安心住在这里，我和你做一对好夫妻吧。"

　　那时酒肴皆已摆上，紫衣女从抽屉里取出两只西洋花的玻璃杯来，斟上玫瑰色的好酒，和士杰对酌。士杰想要灌醉她，一杯一杯地敬她吃。紫衣女一一喝了，看着士杰笑道："我看你两眼四边打转，恐怕不怀好意。我再明明白白地对你说吧，不论什么人，饶他本领大，到了这里，插翅也飞不出。屋子上下四面都防备得周到，我手下许多婢女，没有一个不精武艺的，你便是要走也走不脱的。"

　　士杰听了这话，心里不觉一惊，勉强镇定着。只见紫衣女已喝得微有醉意，面上起了一层薄晕，眉尖微露春色，益显得娇艳欲滴。吩咐侍婢撤去酒席，端上洗面水来，和士杰洗面盥口。然后喊侍婢都退出去，把门扑地关上。

士杰见此情形，局促不安，暗想：我士杰是个大丈夫，断不愿和那淫妇做什么苟且的事。况且我心上已有秀芳姐，凭你什么人总不能改变我的心肠。想定主意，往旁边椅上一坐，尽让紫衣女百般勾引，士杰终像铁石铸就一般，没有效果。

那时已是三更时分，紫衣女叹道："像你这般少年，真是铁石心肠，难道是鲁男子么？既然如此，我也何必相强？"说罢，便回身向床后取出一根绳索，说道："对你不起，只好有屈你了。"把士杰手足都缚住，搁在榻上。再把一条棉被代他盖好，然后叹了一口气，一个人独自睡到牙床上去。

士杰知道她没有害己之意，也就坦然睡着。直到天明，紫衣女穿衣下床，见士杰兀自睡着，不去惊动他，自己便开了窗，坐在妆台边梳洗妆饰。士杰醒转来，见紫衣女晓妆已毕，斜转星眸，对他笑道："我却不舍得苦你，只是你也未免太辜负人家美意了。"便过来把士杰解开索缚，搀着士杰的手，走出房门，和士杰同吃早饭。

士杰留心四下察看，见屋宇宽大，四面都是高墙，并且门户很多，一时也认不得出路。屋中没有男仆，婢女却很多，看上去都是有些本事的。他心里暗想，这家到底不知是怎样的，为什么只有一个女主人呢？住在深山里头，却是为何？

紫衣女吃完早饭，又引士杰到一间书房里说道："你可在此看书，不要乱走。倘若不听我言，送了性命莫怪。"说罢，姗姗地去了。

士杰坐在室中闷得很，只想逃走，又是无法脱险。见桌上有许多书放着，要想拿来解闷，不料翻开一看，都是些淫秽的小书，士杰哪里要看？随手抛开。立起身来，在室中走来走去，再也忍耐不过，走到书房门口，看看四下无人，遂不顾危险，悄悄掩将出来。见屋上都有软网盖着，不能上去。且回东边回廊处走去。走了几个转弯，忽听得前面莺声呖呖，有人前来。士杰急切没个躲身处，见右面几间小屋空着，遂推门进去躲避，不觉打了一个寒噤。

原来屋中堆着七八口棺材，腥气触鼻，不知道内中死的什么人。墙边草席上横着一个病人，已是奄奄一息，三分像人，七分像鬼了。来人已在屋前，士杰不动，等到足声远了，遂到病人身边，见那病人也是一个少年，两眼无光，去死不远，口里还微微哼着。士杰不觉代他十分可怜，轻轻问道："你怎样来此？病到这般田地，谁把你搁在这里的？"

病人喘着答道："我前月路过山下，被那紫衣女劫我到此。天天嬲我欢娱，我一时糊涂，顺从了她。不料精力日耗，一病至此。她见我不能活了，便叫婢女丢我在这里，你不看见那些棺木么？里面都是死在异乡的冤鬼。你莫非也是个中人么？我是与鬼为邻，命在旦夕了。"说罢，唏嘘不止。

士杰听了十分难过，便返身出来，暗想：我要谋脱身，必先杀此妖娃，除去一害。不如今夜虚与委蛇，乘间刺死她，方才快意。遂悄悄地回到原处，幸喜无人知觉。

到了晚上，紫衣女早走来问他道："你主意打定么？"

士杰笑道："我以前不识好意，现在我情愿和你要好了。"

紫衣女笑道："这才是聪明人了。不然你过不到明天哩。"

遂和士杰走到房间里对坐饮酒。士杰一眼看见壁上挂着一口宝剑，便是他自己的。心里默想，最好趁她睡着时把她一剑两段，方无一失。紫衣女不知他的用意，殷勤进酒，要和士杰喝合欢杯。士杰只好听她，饮了几巡，紫衣女便命婢女收拾出去。士杰请紫衣女先睡，紫衣女笑着，不肯动身。士杰觉她吹气如兰，媚态可人，心中不觉动摇起来，几乎不能自持，暗说：不好，这贱人魔力不小，我难免失身。要想就此结果她的性命，怎奈无隙可乘。况且紫衣女的本领高强，不是好欺的。便道："我们快睡吧。"遂一同直立，趁紫衣女向里解衣时，急忙跳过去，接了壁上的宝剑，拔出来便向紫衣女刺去。紫衣女早已觉得，倏地向旁边一跳，让过士杰的剑。士杰一剑刺空，有些心慌，忙踏进一步，又是一剑劈去。紫衣女将身子一蹲，使个裙里单飞，踢中士杰手腕。这一下她有心要伤士杰，所以士杰只觉痛彻骨髓，手里一松，当啷啷宝剑落在地上。紫衣女乘手拾起，士杰还想逃走，早紫衣女一把拖过去，掼在榻上，用一脚踏住士杰胸脯，玉容生嗔，眉含杀气，扬起宝剑，指着士杰说道："你这人口是心非，全无情义。人家痴心待你，你却一意要杀我，也太没良心了。既然你愿意送死，我便把你结果了吧。"

说到那时，但见白光一闪，红雨四溅。不知士杰性命如何，请看下回。

第十回

脱虎穴幸来神剑侠
探鬼堡巧遇玉面郎

士杰被擒住，无力抵挡，闭目待死。但当举剑下砍时，忽然白光一道，从窗隙中射进，声如裂帛，紫衣女应声而仆。士杰张开眼来，只见一位白发银髯的老人站在他的面前，白光早不见了。士杰知是来了异人，忙一骨碌跳下榻时，那个紫衣女横在地上，早已身首异处，香消玉殒了。遂向老人扑地跪倒道："晚辈身陷虎穴，险遭不测，多蒙老丈前来援助，感德不忘。"

老人微笑将士杰扶起，说道："我也并非专来救你的，何容拜谢？且跟我出去吧。"

两人遂从窗户中飞身上房。士杰见屋上有网，不好行走。老人遂轻轻把他挟在胁下，踏着网走去，其行如飞。一霎时出了围墙，御风而奔，早已到得山下。老人遂立定脚步，放下士杰。士杰暗想，这种飞行功夫生平却不曾见过，简直比飞还快了，好厉害啊。我遇着这样异人，一定不放过他，总要拜他为师，学习些绝技才好。

士杰正在转念，忽听林子里泼剌剌地冲出两条白狗来，高大凶猛，迥异寻常，目光睒睒，好像要咬人的样子。把士杰左右围住，向他身上乱嗅。吓得士杰倒躲不迭。老人喝道："快住，不要胡闹。"

那两狗好似听着命令，果然停在旁边，只是摇尾摆头，不再来逼。士杰恍然想起前在云龙庄秀芳姐姐曾告诉我神剑侠知几山人手下养有两条白犬，常随山人来往，如护兵一般。这样说来，我今夜遇见的必是知

307

几山人了。遂向老人重又拜下道："老丈莫非是知几山人么？"

老人拈髯笑道："奇了，你怎样知我是知几山人？"

士杰便把自己的出身来历略述一遍，老人道："原来我们都是一家人。这里不是谈话之所，我们且回到白云观中去再讲。"

士杰道："白云观便在这里么？"

老人笑道："远了，是在青云镇。离此大约百数十里。但这些路程我看也不过咫尺罢了。你虽能飞行术，万难赶得上我，不如仍由我带你走吧。"

遂又把士杰挟住，飞步前行。两狗也如飞地追在后面，士杰闭了眼，只听耳畔呼呼风声，不多时，早到白云观前。

那白云观的住持名叫玄玄子，和知几山人很有交情，知几山人此番云游至晋，耽搁在那里，和玄玄子弈棋讲道，住了半月。这夜为除紫衣女去到太行山中，玄玄子也知道的。等到谯楼敲了四鼓，玄玄子料想要回来了，遂在观门口守候。当时一同见面，走到里面一间小轩内坐定。

两条狗跑得汗流不止，兀自伸出了血红的舌头，在地上纵跳。知几山人将手一挥道："你们也乏了，且去里面休息。这里没有你们的事了。"两狗听了知几山人的话，跑向里面去了。

知几山人对玄玄子道："天快亮了，我们不要睡吧。那个紫衣女子已被我诛却，总算除了地方一害。"

玄玄子道："那女子本领高强，常常单身出外，遇见美貌的男子或用智骗，或用力取，必要弄到她的屋子里，做她肉欲的牺牲。若有不听从的，便一剑杀死。还有些少年贪她貌美，和她朝晚淫戏，到后来也要鞠躬尽瘁，死而后已。几年来，不知害过多少人。今番遇见了你，也是她恶贯满盈。这位少年大约是你救出的么？"

知几山人道："是的。"又问士杰如何到此。士杰遂把祖父老张身死在外，自己赴陕报仇。中途遇见紫衣女，被她用武力逼迫，擒到她家，前后种种事情一一说来。知几山人和玄玄子都十分钦敬，又知他手腕被紫衣女踢碎，知几山人取出药来，代他敷上，说道："你的志向虽好，但我看你的武术还不高妙，万难报得大仇。不如随我去学习剑术。

你如精心用功，一年有余，便可将就去得。你可等得及么?"

士杰听了，心中大喜，忙拜倒道:"既蒙师父收我做弟子，这是千载难得的恩遇。弟子一向有这私淑志愿，今承应允，愿随左右受教。"山人不觉点头微笑。

那时天色已明，山人教玄玄子预备早饭，让他们吃了要走。玄玄子道:"你为何这样性急? 再住几天不妨。"

知几山人道:"我本来孑然一身，来去自由。现在收了弟子，我便要带他回去教授，让他早一日学成，便可早一日报仇。"

士杰在旁听了，不觉滴下眼泪，感激到十二分。玄玄子也笑了一笑，到里面去吩咐了。少停洗面盥口毕，早饭早已摆上。知几山人又命人去切了几斤肉和饭，去喂两条狗吃。自己和士杰吃罢，又和玄玄子略说几句，在箧中取出二十两银子，赏给观中仆人，便同士杰告别而去。至于紫衣女处未了诸事，因为知几山人早已留柬本地官长，叫他们次日前去办理。和本书无甚紧要，省去不说。

却说士杰跟了知几山人星夜奔驰，到得庐山顶上知几草堂。原来知几山人共有四个栖息所在，一在昆仑山巅，一在长白山顶，一在泰山，一在庐山，都在最高峰头，人迹难到的一方，盖下几间草屋居住，取名知几草堂。每处有一个佣人守着，生活很简朴。当下士杰到了草堂，便安心住下，从知几山人习练剑术和飞行功夫。知几山人一心一意地教导他。

现在且按下不表，我要来说说秀芳和奇英，她们俩为要追踪士杰，私自出行，不比在昔交通阻难时候，像她们青年女子长途奔波，不是容易的事，往往易受强暴的侵凌。幸亏她们都是精通武艺，有恃无恐。一路问信，走了几天，倒也安然无事。后来雇了一辆骡车，说明载她们到太原为止。那骡车夫年纪约有三十左右，生得形容丑陋，斜戴着帽儿，时常回转头来，将两个深凹的眼珠滴溜溜地只向二人上下打量。二人也知那骡车夫绝非善良之辈，但是已雇定了，不好更换。由他驾着骡车，吆喝着赶路，秀芳和奇英在车中谈话消遣。这样朝行夜宿，约莫赶了一半路程。

有一天走在荒野中，骡子忽然停住不走了。那车夫也跳下地来，奇英忙问为什么不走，车夫指着骡子答道："这畜生今天草料上得少，走不动了。不如让它歇息一下吧。"

　　秀芳道："那么怎好停在野地里？"

　　车夫拍着胸脯说道："小姐们不要害怕。我赶了骡车十多年，从不曾有什么绿林寇盗，敢来侵犯半下的。"

　　秀芳听了，对奇英笑笑，两个人不高兴闷坐在车里，也一齐下来，向四边散步。那车夫走过来，对她们说道："小姐等出门，怎么男子也不带一个，好大胆。"

　　二人不去理他，忽然车夫从身边掣出一把牛耳尖刀，飞步在前，揪住秀芳喝道："你两个性命已在我手中，如肯做我的小老婆便罢，不然死在这里莫要后悔。"

　　秀芳闻言大怒，正要还手，奇英早蹿过来，将那车夫持刀的胳膊一拳，只听啊哟一声，刀已落地。秀芳也飞起一足，把车夫踢倒。奇英拾起那把刀来，在车夫面上磨了一磨，说道："你这厮心怀不良，敢来太岁头上动土，也是你的死期到了。"

　　此时那车夫知道两人不是好惹的，忙喊饶命。奇英本待把他一刀杀死，后想路途不熟，不如放了他活，让他送到太原以后，再把他结果也好。遂道："你也知道求活么？我要你小心送我们到太原，不许再存歹心。否则一定把你杀掉。"

　　车夫连声答应，奇英遂放他起来。秀芳心里也要把车夫一刀杀死，见奇英放了，很不赞成。奇英遂将自己的意思告知她，秀芳才算合意。于是她们重坐上车，喝令车夫快前赶路。车夫尝过厉害，不敢违拗，一路听着命令。

　　又走了几天，到了一个小小村落，正是下午日落时候，骡车夫把车赶到一家小店门前停住，跳下来对秀芳等说道："天将近晚，前面过去更是荒野，不如就在这里歇下，明天再赶路吧。"

　　二人点头应允，一同下车，走进店门。见柜台里坐着一个大汉，粗眉大眼，形容可怖。还有一个二十多岁的妇女，略有几分姿色，鬓边戴几朵野花，叉着腰和大汉说话。那骡车夫便上前叫道："陈大哥，陈嫂子，你们都好？"

大汉点点头道："你来了么？"

妇人也道："谢谢你，近来生意可好？"说时一眼却看见奇英、秀芳，忙笑问道："这两位姑娘恁地标致，是从哪里来的？"

骡车夫道："直隶来的，今天要在你们店里借宿了。上房可空么？"

那时又有一个伙计抢过来道："空的，空的。"

骡车夫便请二人跟去拣选，他自己却立在柜台边和那夫妻俩讲话，好像很熟识的。秀芳等跟着伙计进去，见还有两间上房空着，二人遂拣定东边一间，吩咐伙计将车上包裹拿来。奇英走出去，却见骡车夫向大汉等在那里低低地不知说些什么，见奇英走来，妇人便努努嘴，都不响了。骡夫也到外面去服侍他的牲口。

奇英心里有些疑惑，取了包裹进来，暗对秀芳说道："今夜说不定我们或有危险。"

秀芳道："你怎么得知？"

奇英遂将骡夫鬼鬼祟祟的情状告知秀芳，秀芳却笑道："妹妹不要过分疑心人家。或有其他事情，也未可知。难道他们要想诡计来害我们么？凭着我们两口宝剑，管教杀得他们马仰人翻。"

奇英摇手道："姐姐，说话轻些。骡夫本是一个歹人，和他相识的自然都是同道，这店开在这个荒落地方，大使人疑。况且你不见那大汉和妇女么，谅他们一定有些本领的。此店或是黑店，要杀害旅客。我们两个人不可不防。今宵夜饭最好不去吃他，且静候着，看他们怎样下手。"

秀芳道："我不及妹妹精细，依你便了。"

等到上了灯，两人在院子中散步，见旅客甚少，只有五六人，骡车夫不知到哪里去了，独剩大汉一人，仍坐在柜台里。两人回到房中，伙计早送上夜饭，问二人可要喝酒，奇英摇摇头说道："我们不要，你且出去，少停添饭可来喊你。"

伙计答应一声是，退出去了。两人遂把饭和菜暗暗倒在铺后，秀芳笑道："我这肚子今番要委屈它饿一夜了。"

奇英道："宁可这样，若中了毒时，性命也保不住呢。"便喊伙计进来收去残肴，关上房门。

奇英在房中四面一相，没有什么破绽。两人遂盘膝对坐在炕上，养了一会儿神。听外面人都睡了，秀芳遂起身从包里掣出两把剑来，一把递与奇英，大家预备着，不则一声。只听得外面村狗接二连三地狂吠和骡马嘶叫的声音。看看没有动静，秀芳见奇英正提着神向房门口地上细瞧，不觉有些好笑，暗想，捣鬼了，不要我们白守一夜么？却见奇英指着那地方，意思叫她看。秀芳跟她一看，只见那地板好像有人在那里顶动，也忙一眼不瞬地注视着。地板渐渐高起，忽然一阵阴风，地板顿时开了一个方穴。奇英早拔出剑来，跳过去守在地穴边，便有一个毛发蓬松的人头攒上，被奇英趁势一剑削去，正中脑袋，骨碌碌地滚下去了。接着又有一把钢叉伸出来，奇英抢住钢叉，向下使劲一摔，只听哎哟一声，不响了。秀芳见奇英对付得爽快，十分高兴，也跳将过来。

奇英道："姐姐，我们虽看守好这地穴，但须防他们从外面杀进。"

道言未毕，果然一阵金铁相击声音，有不少脚步声奔入。秀芳索性把房门大开，自己横着宝剑大喝："哪里来的贼强盗，快来领死！"

当先便见那个柜台里的妇人，使着一柄单刀直抢过来。秀芳舞动手中剑将她敌住，不五合，一剑刺去，正中妇人小腹，鲜血直流，倒在地上。余众一拥而前，把她围住。那个骡车夫也在内助战，同时里面的奇英早和那个大汉在地穴边厮斗。那大汉使动两柄铁锤，呼呼有声，十分骁勇。奇英有些战不过他，便喊："秀姐，我们且到外面院中去杀。这里舒展不出身手。"

秀芳说好，两人遂像燕子般蹿到外面，众人追上，不肯轻放。秀芳杀得性起，把剑上下翻飞，化成一道白光，谅那些店伙怎是她的敌手，早被她杀得伤的伤，死的死。那个骡车夫见事不妙，要想逃走，也被秀芳一剑杀死。只剩大汉和两个年轻的店伙死战不舍。那时奇英早杀得香汗直流，两臂无力。秀芳忙掏出一块鹅卵石来，照准大汉左眼打去。大汉正杀得起劲，不防斜刺里飞来一石，不及躲避，正中左眼角梢，负着痛大吼一声，跳上屋去逃走了。奇英等也不去追赶，只捉住一个店伙喝道："那大汉是什么人？你们做这生意几年了？快快实说，饶你性命。"

店伙抖着道："大汉是这里店东，名陈大霸。这妇人便是他妻子，早被你们害了。我们开店已有三年实在害过不少人。那骡车夫也是我们的耳目，专托他刺探消息。他常载了客人到这里投宿，送给我们下手。此次你们二位姑娘前来，他暗中叮嘱店东说，你们很有本领，先用蒙药迷住，看你们可上当。不料你们不上这当，我们遂候至夜深，要来活捉你们。据店东说，因你们两位生得貌美，要送给秦氏五鬼做姬妾。现在他打败了，稳是逃到那里去的。他本是秦氏的内亲呢。"

奇英道："秦氏五鬼是什么人？你快告诉我。"

店伙道："离此五十里远有个地方，叫鬼堡。三面是水，一面通陆，内中住着秦氏五弟兄，五人精通武艺，常出去打劫大宗货物，一般镖客都不是他们敌手。他们又勾结官吏，自壮声势。四周官兵都有些忌惮他们，不论什么人，若然进了鬼堡，便没有命活。所以大家称他住处叫鬼堡。正中有一个关叫鬼门关，要有本领的人才走得过。堡中堡丁招得不少，四围都是他们的田地，财源很富，绿林中人常常投奔到他们手下。最大的名黄面鬼秦镇东，他的妻子便是这店东的胞妹，武艺很好，出名的母大虫陈二姑。善使飞叉，勇不可当。第二个名无常鬼秦镇南，第三个名刁钻鬼秦镇西，第四个名浪里鬼秦镇北，第五个名催命鬼秦镇中。所以叫秦氏五鬼。这店也是他们出资本，叫陈氏夫妇开的。现在若他们得了消息，稳要找你们报仇。"

秀芳冷笑道："让他们来报仇好了。适才几位客人呢？为什么不见出来？敢是吃你们害了？"

店伙道："正缚在杀人凳上，还没有开剥哩。"

奇英道："你快领我们前去。"

店伙没奈何，引着二人到店堂里，开了一扇小门，黑洞洞的，都是石阶，一步一步走下去，早到了间宽大的地室里面。灯火大明，二个四下一瞧，不觉打了一个寒战。原来壁上都挂满了人腿、人臂，风的腌的，样样都有。还有几个人脱得精赤条条的，反绑在长凳上，二人羞得掩着面，喊店伙都把他们放起，叫他们快快寻出衣裳去穿。秀芳又见靠墙凳上有一个女尸，开膛破肚，洗刷干净，一条右臂已切去了。

秀芳叹道："可怜这个女子，也被你们害死的么？"

店伙道："那女子昨天来此投宿，被蒙汗药迷倒，陈大嫂把她来开剥。后来店东打开她的包裹查看，内中藏有晶莹无匹的一对双刀，柄上各镌着小字，一名骊珠，一名碧玉。店东见了，连说好东西，这是宝刀，那女子既有使用，必然本领不低。无奈已被开剥，不能救活问个清楚，十分可惜。"

秀芳听了，也连呼可惜可惜。奇英问道："现在这两口宝刀藏在何处？"

店伙道："正封着在店主房里。"

两人遂押着店伙又到店主房里，在壁上一个绿鲨鱼皮鞘内，取出那两柄宝刀来一看，约有三尺来长，刀锋犀利，光气闪烁。奇英接过来，便照准店伙一刀掠去，说道："借你试刀。"

店伙啊呀二字还未喊出，一颗人头早跟刀光落下。刀上一毫血迹不留，真是宝刀。秀芳见奇英十分心爱，便道："妹妹素喜用双刀，现在这两柄刀妹妹不妨用了吧。"

奇英笑道："很好。"遂把双刀插入鞘中。

那时几个客人都来拜谢，秀芳便对他们说道："开店的店东业已逃走，说不定要来报仇。所以待到天明，你们快快各自逃生。要晓得这是剧盗出没之处呢。"

客人们都说是是，大家心里很惊服她们小小女子竟有这种本领杀却许多盗贼。还有一个士人上前将秀芳等恭维一番，说她们是公孙大娘再世，不愧巾帼英雄。两人听了笑笑，却去厨下弄些没有药的饭和菜肴来充饥。

不多时天色已明，二人催促客人分散，然后到厩中各寻了一匹驴子，跨上驴背，望前奔去。

秀芳心里舍不下鬼堡，走了不多路，见前面又有一个小村落，两人便觅一个宿寓住下。秀芳却向店中人问明鬼堡的去处，遂和奇英说道：

"今夜我想和妹妹同至鬼堡一探。看看里面虚实，若能下手，便把五鬼杀却，也是一件快意的事。"

奇英道："据店伙说来，那秦氏五鬼很厉害，我们二人孤身冒险前去，恐怕众寡不敌，丢了性命怎好？"

秀芳道："我们可暗中进去探探，见机行事。秦氏五鬼果然不好惹的，我们不妨回转，将来会合了祖爹和杰弟等众人一同去剿灭，再不怕他厉害了。"

奇英拗不过秀芳，勉强应诺。待到黄昏时，两人用饱夜饭，打坐片刻，然后起身扎束，秀芳挂上宝剑和百宝囊，奇英也将两把柳叶双刀背在背上，开了后窗，跃上屋顶，出得客寓，飞奔鬼堡而去。此时已近三更，月色皎洁，照得大地光明。两人走了不少路，看看前面道路渐狭，隐隐见两旁都是树木，有一城堡挡住。近前一瞧，月光下见上面刻着斗大的"鬼门"两字。奇英等知是鬼门关了。幸喜城堡不甚高峻，两人飞行功夫很好，秀芳遂从囊中取出一条绒线和钢丝绞成的索子，搭上堡墙，紧紧钩住，二人先后缘绳而上，秀芳收了索子，寻路下堡，见有几个守卒，都蒙眬睡着，二人忽地蹿过，下得堡来，再望前走，又有两个打更的，敲着更锣慢慢走来。二人躲在林后，等更夫过了，照他们来路走去。早见有一带高大华丽的房屋，想是五鬼的住宅了。

两人正要进去，忽见东面来一黑影，在她们面前一闪而过，轻轻跃入高墙，捷如飞鸟。两人不胜迟疑，暗想那人的飞行功夫比较她们高胜得远了，不知是堡里人呢还是外面来的侠客，猜度不出。奇英还在墙外徘徊，秀芳道："不要管他，我们既已到此，且进去再说。"

两人随即蹿上墙头一望，里面有百余间房屋，其形复杂，走到哪里去是好？秀芳便向有灯光处奔去，奇英跟在后面，早来到东边一带楼房。两人立定了，往里偷瞧。谁知楼窗都有窗幔遮住，看不出什么。楼下寂静无声，靠左一带回廊是通到外面去的，两人立了一会儿，只听回廊里有妇人声音，掌着灯走将进来。正在这个时候，忽听外面锣声大震，下面的妇女嚷道："不好，有奸细来了。我们快去助战。"说着话，一齐奔出去了。

秀芳道："外面到了什么人？我们且去看看，说不定便是方才见的黑影儿呢。"

两人遂蹿房越脊，寻到外面。立在高处望下瞧时，见一个大院落里，四面点着灯笼，敲得锣声震天价响，有一群人围住一个少年厮斗。那少年飞舞着两柄宝剑，化成白光两道，极力奋斗。两人也分不出谁是秦氏五鬼。只见贼中有一个年纪很轻，身材很小的，也使着一口宝剑，紧紧敌住少年，十分厉害，想是催命鬼秦镇中了。两人起先作壁上观，后来又见里面杀出几位女将，当先一个妇人挥动两柄托天钢叉，叉上铁环铮铮地响，大喊道："哪里来的奸细，吃老娘我一叉！"

奇英推推秀芳道："这妇人大约便是店伙说的母夜叉陈二姑了。"

两人暗替那少年发急，秀芳忍不住说道："我们且去助战一下吧。"便使一个回风落叶式，跳将下去，剑锋到处，一个庄丁早已倒在一旁。奇英此时拦不住秀芳，生恐她有失，也忙拔出两把柳叶刀，跟她跳下。秦氏五鬼本来只有镇西、镇北、镇中三鬼在那里和少年狠战，忽见墙上跳下两个女子来，东冲西突，着实了得，母夜叉便跳过来拦住秀芳，当头一叉，秀芳将剑格开，还手一剑，两人战在一起。其余还有两个女子，一是镇南的妻子窦氏，一是五鬼的妹子秦赛珍，一齐迎上前，把奇英围住。奇英将双刀使开，好似两条游龙，来往盘旋，窦氏等本领不强，有些挡不下她。那时锣声更响，外面秦镇东、秦镇南兄弟二人和开黑店的陈大霸，还有六七个彪形大汉，一齐挺着兵器杀将进来。

陈大霸左眼早被秀芳打瞎，只睁着一只右眼，蓦地见了秀芳，便大喊道："你们千万不要放走这两个贱人，她们就是捣毁我们店的。"说着，举起铜锤便向秀芳打来。

秦镇东生就一副焦黄面庞，睁着两个眼珠子，手中一根镔铁棍约有百余斤重，使一个旋风，扑奔奇英而去。秦镇南是很长的身子，也使着宝剑，去斗少年。这时奇英被黄面鬼呼呼呼地一连几棍，棍棍如泰山压顶般，只有招架，并无还手。见他棍子沉重，又不敢去削他，生恐损伤宝刀，杀得香汗淋漓，只望后退。秀芳也被陈氏兄妹拼命酣战，渐渐有些乏力。那少年一面厮杀，一面早已觉得自己也难取胜，不忍使她们两人跟他陷在这里，便把宝剑一扫，跳出圈子喊道："风头不对，你们二人也同我走吧。"

秀芳便对母夜叉一剑劈去，母夜叉望后一避，趁这当儿秀芳一跃，已上了屋顶。奇英也知逃生要紧，咬紧牙关，将铁棍架住，一溜烟跳上高墙，一齐跟着少年望后飞奔逃去。这里母夜叉当先跟上屋面，秦氏兄弟也一个个跳上来，在后追赶。奇英一路走时，却想那少年为什么不逃向前去，反到后面。听说堡后是水，如何逃生？看看已到后墙，秦氏兄弟也已追上了。少年将剑舞着，挡住追兵，让秀芳等先逃出堡。秀芳忙带紧几步，一跃而下。奇英也跟着跳出高墙，不防当啷啷的一柄小铁叉从后飞来，奇英方向下跳，不及闪让，正中左腿，哎哟一声翻跌在堡外地上。真是明枪好避，暗箭难防。不知奇英性命如何，秀芳等能否逃出鬼堡？请看下回。

第十一回

赛孟贲一指倒五百
小神童双剑诛三王

这时奇英中了飞叉，跌下地来，黄面鬼当先跳下，照准她头上一棍打下，少年看得亲切，喊声不好，一个箭步蹿过去，把双剑架住铁棍。那时秀芳也急杀转，少年丢下黄面鬼，将奇英从地下拖起，背着便奔。秀芳舞动宝剑，紧紧跟在背后。黄面鬼便大声呐喊，以为他们逃到死路上去了。前面白茫茫的是水，秀芳心里发急，少年口里呼哨一声，忽然芦苇中摇出一只小船来，少年背着奇英一跳，早到船中，秀芳也跟着上船。少年把手一指，那船便如飞地摇去。

这里秦氏五鬼不防敌人有船预先埋伏在此，一时没有船只，浪里鬼水性精通，要想下水追赶，却被秦赛珍一把拖住道："饶了他们去吧。"

母夜叉也道："那女子中了我一叉，毒性发作时也难活了。"一众人遂回转堡去。

这里小船脱了危险，只顾向前摇去。不多时到得岸边停住。少年仍把奇英抱起，对秀芳说道："你可跟我来吧。"

秀芳遂跟他上岸，摇船的把缆系好，也一同走将上来。岸旁有几间瓦屋，里面还露着灯光。摇船的把门轻轻敲了一下，里面有妇女声音答道："来了。"霎时已开了门，有一个中年妇人掌着灯迎出。

少年道："大嫂有劳你等了。"一齐走进，摇船的顺手关了门。

秀芳到得屋里，借着灯光照见那少年面如冠玉，目若朗星。一团英武的神情，溢露眉宇。还有那摇船的约有三十多岁年纪，容貌很见强毅，腰一把单刀，谅也是个好汉。

那时少年将两剑授与摇船的人，遂把奇英放下。奇英神思昏迷，不省人事。少年便喊妇人端出一张榻床来，让奇英睡下，便向秀芳作揖问道："请问二位姑娘何处人氏？怎样来到鬼堡？那位姑娘又中了暗器，十分危险。"

秀芳听了奇英性命危险，禁不住掩面哭泣起来，只好把她们来历简单奉告，要请少年设法医治，也没工夫去细问少年姓名。少年便不顾什么，将奇英左裤脚慢慢卷起，直到腿弯边，见有一个金钱般的小洞，周围青紫，淌出血水来。少年用指捺了一捺，说道："这必是中的母夜叉的飞叉。那叉头有毒，打入人身毒性走发时，二十四点钟内必要致命的。"

秀芳急道："可有法儿救治么？"

少年道："不要紧，幸我此来预防不测，身边藏有一种灵药。不论受了什么毒器，都可以医好的。"

说着，从衣袋里摸出一瓶东西来，先用刀把奇英伤处剜去些腐肉，把水洗了，然后将瓶倒出，见是极细的白色药末，少年又倒了少许在伤处，用白布包好，便问妇人道："东厢可能住人么？"

摇船的接口答道："可以，我兄弟不是到恒山去了么？里面有一张小床，请这两位姑娘住下好了。"

秀芳听了，连连道谢。少年遂请秀芳将奇英抱起，跟着妇人到后边一个小厢中。妇人过去把被褥铺好，秀芳把奇英轻轻放下，少年道："看她今夜可能醒来。我想敷了这药不妨事的。请姑娘不要发急，好好看护，有话明天再谈，我们去了。"遂和妇人一齐退出。

只剩着秀芳一人，独对孤灯，心中十分忧虑。还不知奇英能否获生，万一不好，都是我教她同去鬼堡探看的，怎生对得起她。又想那少年不知是怎样人物，这般出力救人，真是可敬。越想越睡不着，只听得奇英嘤的一声，醒转过来，吐出几口黑水。秀芳十分快活，问道："妹妹觉得如何？"

奇英呻吟道："痛得好些了。此地是什么地方？我记得跌下时非常疼痛，好像那少年来救起我的，后来昏迷过去，一些儿也不知道。现在怎的到了这里？到底是怎么一回事？"

秀芳道："妹妹只顾安睡养息吧，一切事情我明天再告诉你可好？"

奇英点点头，也就不响。秀芳此时心上好似移去了一块大石，才觉有些疲倦，也上床安寝。趁这时候，我要把那少年出身略表一表。

前二十年，直隶大名府有个顶天立地的好汉，姓韦名国光。天生成一副铜筋铁骨，力大如虎，自幼专练硬功。凭着他一对拳脚，生平没敌手。只是没有事做，一贫如洗。有人荐他到别处一家木行里帮忙，他起初答应了，但是样样都不会做，并且不肯受人驱使，便有些人都看不起他，说他是个饭桶。因为韦国光吃饭的本领也是胜过常人，每顿要吃近十碗饭，还是时常喊饿。经理看着荐主情面，不能马上回绝。

有一天，河边到了不少木排，是行里定来的，根根又粗又大，都是栋梁之材。经理喊了不少小工去运将上来。国光背着手正在河边闲看，见那些小工四个人拖一根木头，还要拼命狂叫，吃力得很。国光看见不觉好笑，凑巧有一个小工看见他笑，便一面揩着汗一面说道："你这厮吃了行里的饭，一些儿力也不肯用，还要笑些什么？"

又有一个小工道："他是饭桶罢了，走开些。"

国光怒道："呔，你们这班人吃了饭，连那些木头都拖不起，真是饭桶一个。"

小工说道："你倒说得好风凉话，不要管他饭桶不饭桶，你也来运些，看看你怎样大的气力。"

国光道："你们且闪开一边，待我来吧。"

遂将两袖捋一捋起，走下河滩，一连拖起五根最大的木头来，搭在右肩上，左手还夹了四条很长的木头，奔上岸来。好似空身无物，飞也似的奔到行里，又带了丈长的粗麻绳，索性把许多大木一齐缚住，拖了便走。这样来还几次，已运个罄净。众人看得呆了，国光对着众人说道："你们才知道我的厉害了，还要说我是饭桶么？究竟谁是饭桶？"

众人张口结舌，面面相觑。经理先生见他有这般大力，顿然换了一副面孔，把他十分敬重。但是他无志于此，径自走了。

国光离了木行，单身一人向北方走去，并未抱着什么目的。一天午后，走到一个旷野地方，听得前面喊杀之声，忙登高一望，只见有百十个强寇，马上步下，各使兵器，正在打劫一众车辆。有几个镖师和看守车辆的兵丁一齐被他们围住。国光转了一个念头，要想去救，只苦手里没有兵械，却看着旁边有一棵很长大的枣树，遂过去抱住，摇了一摇，竟连根带叶拔将起来，两手拿着，算作兵器。大喊一声，冲将前去，将枣树四下扫得一扫，早已四五个强徒纷纷跌下马来。他用力使劲上下左右一阵乱打，勇不可当。人家的刀枪休想敌得住。众强徒出世不曾遇见这种兵器，一霎时受伤的不少，吓得四散逃去。那几个镖师见凭空里杀出这个大力士来，不消几下，把强盗杀得齐跑，不禁看得呆了。为首一个年老的颔下有一部白须的上前深深作揖道："哪里来的勇士？既然相救，感德不浅。"

　　国光把树向地下一插，好像那树天然生在地上似的，一些儿也不晃动。笑着答道："我是过路人，一时前来高兴玩玩，不算什么的。"

　　老人又道："不要客气，请问勇士大名，且老朽在此地保过十多年镖，从不曾见有尊驾这样神勇无匹的。若蒙不弃，愿结个新交如何？"

　　原来老人姓袁名煜，是北方有名的老镖师。在天津开设镖局，此次保着某达官的镖从京里到中州去，带着几个徒弟和八名兵勇，来到这里。不防有大伙强徒来打劫，险些失败，幸亏来了这位力士，脱却危险，怎肯失之交臂？便问长问短地紧请国光同行。国光本来无处栖身，见袁煜真心诚意地要和他做朋友，便一口答应了。袁煜好不快活，和国光一路去送到了镖物，然后还转天津，情愿将他的振远镖局让与国光。国光哪里肯收，只说漂泊一身，无处可投，既然老英雄青眼相待，我也愿附骥尾，稍效微劳。从此韦国光住在镖局里，有时袁煜请他出马去尝试一遭，果然很顺利。他的大力士名气渐渐传播。

　　有一天，袁煜手下十几个门徒在场上练武，有几个曾经亲眼看见国光拔着大树打退强徒的，很是佩服得五体投地，不过还有几个盛气自负的少年，还要试试国光的本领。国光笑着伸出一条左臂来，悬空挺着，说道："你们中间谁人能扳动我的臂膊，明晚请他喝酒。"

321

众人听说，遂一个个上来，用力去推，好似蜻蜓撼石柱一般，一些儿也不能推动。好时看的人四面聚拢过来，约有几百人。国光一时高兴，说道："我敢说这里许多人的力气一齐请出来，也敌不过我一个拇指。"

众人不服，大呼小叫，一定要和国光比一比。国光便喊袁煜的一个徒弟去拿一根丈长的粗绳子来，把右手的大拇指翘起，将绳的一头先打一结，套住在大拇指上，然后拖过去，喊众人前前后后地扯着，一共约有五百人光景，呐一声喊，各出死力拼命去拖，想把国光拖倒。哪知国光的大拇指稳如泰山，动也不动。面上微微带着笑容。众人拖了一刻，看看拖不动半毫，正是满面流汗，心中大惊，不防国光将大拇指向后一拽，喝声"来吧"，那五百人都立身不住，跟着绳子往前一冲，纷纷跌倒在地，爬起来摸着头只喊厉害。这样一来，人人传说，他的名声震动远近。都知道振远镖局有个大力士韦国光了。大家又代他起了一个别号，叫作赛孟贲。其实真的孟贲恐怕也没有他的气力大呢。

但是声名一大，寻他的人自然也会来了。某天晚上，他在房中睡得正香，忽觉鼻子上有冰冷一件东西放上来，陡的惊醒，伸手一摸，见是一柄明晃晃的利刃，吓得他一翻身跳下床，看看前面的窗有一扇开着，忙飞身出窗，跳上屋四下一瞧，见后面有一条黑影，他就想追上去，只有呼呼的风声，看不见什么人，没奈何回到房中一看，桌上还有一张纸条，写着道："久慕威名，特来请教。今日暂留霜刃，明日将借头颅。"下署"河北珠娘"。笔迹细软，像是女子写的。这一下国光不由大大生气，暗想大丈夫给女子戏弄，有何颜面？这人飞行功夫比我高强，到明晚倒要留心提防才好。

国光等到明天夜里，吃饱晚饭，挟着一把朴刀，熄灭灯火，暗暗在床边伏着，候到二更时候，四下静悄悄的，没有些儿声息。月光很是明亮，直射到房里地板上。忽然一阵风声，窗户开了，有一条纤小黑影蹿将进来。国光忍不住虎吼而出，一刀劈去，只听啪的一声，国光身往前倾，原来一刀劈空，却砍在地板上，地板也破坏了。

那时黑影早跳出窗外，国光拔起朴刀，喝声"不要走"，也跟将出

322

来。那黑影在庭中立定，月光中见是一个二十来岁的女子，短衣窄裤，英气勃勃，把手指着像要和他说话。国光不管三七二十一，提起朴刀向她刺去，那女子将手中剑架住，两下狠斗起来。国光力大，左一刀右一刀，如雨点般砍下，只杀得女子两膀酥麻，香汗直流，便虚晃一剑，跳上屋去要想逃走。不防东边屋上黑暗中早有一个黑影立着，看见女子刚跳上屋，一抬手便是一镖，向女子打来。那女子不及闪避，正中左肩，喊声啊哟，跌下屋来。当啷啷手中宝剑也已堕地。国光大喜，抢上前把女子缚住。那时屋上的黑影也已跳下，哈哈大笑。原来便是袁煜。

国光奇道："怎的你会知道这事呢？"

袁煜道："今夜我睡时，有些腹痛，赶到后面厕上出了恭回来，听得这里兵刃击刺的声音，我忙跳上屋脊，在黑暗处蹲着观看，见你和一个女子恶斗，后来女子敌不过你，要想逃走，凑巧我的镖囊还挂在身上，顺手发了一镖。现在既已擒住，我们且带到屋里面去询问。"

国光说好，两人把女子拖到里面，屋中点亮了灯，见那女子容貌生得十分俏丽，两颊晕红，低垂粉颈，不胜羞惭。

国光道："你姓甚名谁？何处人氏？我与你今日无怨，往日无仇，为什么要来留下刀柬？快快实说。须知我韦国光也不是平常胆小如鼠的人。"

女子道："我姓梁名珠娘，世居山西，是绿林中人。后来兄长死了，我也洗手不干，杜门不出。近听人家说起大名怎样厉害，我暗暗不服，特来一试，今既败在你手，任凭你如何发落便了。"

袁煜道："你家可有什么人？"

珠娘摇摇头道："父母早已故世，只我一个。"

袁煜道："这位韦君正是河北英雄，虽在壮年，还未授室。我看你们俩武术高明，自古道惺惺惜惺惺，好汉惜好汉。不如待我来做个媒人，使你们结成夫妻吧。"

珠娘听着，羞得答不出话来，国光心里也很愿意，袁煜遂把珠娘解去束缚，送她到里面内眷处去了。过了几天，由袁煜做主，国光和珠娘合卺成婚，四方朋友来贺喜的也很多。珠娘等到满月时，便和国光还到山西去收拾些财物，再回振远镖局。在邻近租了一所房屋，另行住下。夫妇俩爱情浓厚，不到两年，生下一个麟儿，十分钟爱。

那麟儿幼时啼声雄壮，相貌英秀，体格非常强健，不愧虎子。国光代他取了一个名字叫天焕。六七岁时，便喜欢使打拳脚，很有膂力。国光便将武艺悉心教授给他，又请了一位秀才先生，到他家里教天焕读书。天焕天性聪明，文精武熟，样样都能出人头地。那时老镖师已去世了，振远镖局由国光一人支持，营业很是发达。

有一天，从蒙古来了一个力士，名叫伊利哈，意思要和国光比试气力。国光年纪渐老，火性全过，一味地谦恭。那伊利哈误会他是胆怯，竟出言不逊。忽然天焕梳着双丫髻，穿着一身青布衣裤，从里面跑出来，指着伊利哈说道："你这人须要知道好歹。我爹爹不肯和别人计较，所以让你一步。你不要没了眼睛，当我爹爹无能。只要你和小爷比一下，便知道我们韦家的厉害了。"

国光连声呼叱道："我们大人在此讲话，小孩子家且退去。"

天焕只自握着一对拳头，立在背后，不肯走开。伊利哈笑道："这孩子敢说这种大话，想来有些本领的。但我不屑和你计较。"

天焕气得双眼圆睁，鼓起两腮，跳到庭中说道："来来来，有本领上来，没本领快快滚吧。"

伊利哈见他这般情形，不由气往上冲，走过去说道："谁怕你来？"

此时国光不好喝止，只得立在旁边，暗想，若是焕儿吃亏，我可注意着一定尽力保护。只见天焕扬起一掌，向伊利哈腰部劈去。伊利哈叫声来得好，并不退让，伸手来捉他的手腕。不料天焕活泼非凡，一低头从他臂下钻到伊利哈背后，飞起一足，踢中伊利哈后臀。伊利哈哇呀呀大叫一声，回转身来，将拳使一个泰山压顶，向天焕顶上直打下去。天焕却又轻轻一跳，避过那拳头，顺手在伊利哈腿上打了一拳。伊利哈大怒，这一遭他却故意望天焕虚击一下，待天焕躲到他身后时，忽地飞起一脚，照正天焕心口踢来。国光在旁看个亲切，以为天焕万万避不过了，十分着急，跳过去想用手将伊利哈拖住。哪里知道天焕早将伊利哈的脚接住，趁势向外一送，咕咚一声，伊利哈直僵僵地倒在地上，爬起来满面羞惭，一溜烟地跑出去了。

国光见自己儿子小小年纪竟这样的身子伶俐，把蒙古力士打败，满怀欣喜。镖局中人知道了，同声称赞。他母亲又把轻身飞行功夫教给他练习，所以他十三岁上满身本领，已是十分厉害。外人都称呼小神童了。

有一天，他一个人在河边闲逛，见有一个老道童颜鹤发，神气潇洒，颔下一部花白胡须，飘垂胸前，背着一个葫芦，手里拿着一柄拂尘，走到他身旁，用手抚着他的头发道："童子，你莫非是韦家的小神童么？"

天焕估量那老道一定是方外异人，不敢得罪，便应声道："正是。"

老道哈哈笑道："谅你有何本领，敢自称神童？"

天焕答道："这是人家叫我的，不干我事。"

老道又道："你敢和我较量一下么？"

天焕拱拱手道："不敢不敢，我又没有本领，望你老人家不要和我开玩笑了。"

老道闻言拍手笑道："好个小神童，孺子可教。我今老实告诉你，我是昆仑山巅的籁籁子，前天采药至泰山，听得有人谈起你父子的武术，因此特来走一遭。你今遇见我可称有缘。若愿做我弟子，包你武术更有进步。"

天焕大喜，忙拜下道："弟子愿从师父学道。"

籁籁子道："你能撇了父母跟我走么？"

天焕想了一想，毅然答道："能的。"

于是天焕便从籁籁子去。但他父母这天失去了天焕，非常吃惊。四面寻找没有下落，疑心可有什么仇家来此陷害，正在没法想时，却见庭中飘下一张小纸，从人拾起交与国光，国光拿来一看，见上面写着一行小字道：

天焕随人学道去矣。幸毋苦念，数年后当安送归家也。

不觉叹道："怎的怎的？看来他遇着了异人么？"

珠娘知道了，也无可如何，虽知儿子无恙，只是不能常侍膝下，哪里能不相信。后来珠娘腹中又结了珠胎，晒衣时一不留心，踏着莓苔，跌了一跤，正跌在一块大石上。到得半夜，腹中疼痛，竟致小产。产后受了风寒，遂一病不起。国光既失娇儿，又死贤妻，大哭一场，十分灰心。幸亏珠娘死后不到半年，天焕却安危回来了。

原来天焕随嵚嵚子到了昆仑山上，嵚嵚子也不出去，一面炼药，一面教授天焕内功。天焕从他父亲那里学得的都是硬功，至此方知内功优胜，一心练习。嵚嵚子又传给他两柄宝剑，一般都是削铁如泥的利器。教天焕兼学剑术。韶光如秀，这样过了三年，天焕的功夫又深了几层。凑巧嵚嵚子来了一位朋友，这人说起时看官也能记得，便是武当派的郑天隐。当下见了天焕，问起来历，天隐不觉叹道："他便是振远镖局韦国光的儿子么？我前天行过天津，知道国光新丧妻子，意境十分颓唐，这也难怪他了。"

天焕听得母亲故世，哭得几乎晕过去，立刻就要回乡奔丧。嵚嵚子也叹了一口气，用话安慰住他。一到明天，嵚嵚子吩咐天焕道："这番你也不能不回去了。学问无穷，道行无阈，只要你青翠自飞，也有进步。你今回去，再隔十年，当和你重会。不过你有了这身本领，以后出世一切行为俱须光明磊落，心中要抱定一个义字。万勿忘却，方不负我三年教授之功。"

天焕闻言，拜谢道："弟子虽愚，敢不受教？请师父放心。"

嵚嵚子又取出两个小瓶，一瓶都是白粉，一瓶是黄色的丹丸。赐给天焕道："这两瓶都是起死还生的灵药，不论受着什么毒气以及危险重症，都可医愈。只消将白粉敷在伤处，再吞一粒丹丸，便能活命。"

天焕接过，藏在怀中，早把宝剑等打入包裹，背上肩头，拜别了嵚嵚子和郑天隐，下山而去。一路想起亡母，不胜悽惋。

这天走到一个乡村，见众乡人忙忙碌碌地都在那里收拾刀枪耒锄棍棒等类，好似准备跟人家械斗，有些人面上都露着惊慌之色。天焕故意向一家去求宿，有一个男子说道："你是过路的人趁早走了吧，不要受

326

晦气。"

天焕道："此话怎讲？"

男人道："邻近山上有一伙强寇，前日打劫了李家村，今天又要来打劫我们村庄了。我们真是急得无路可走，一齐会合着，只好硬着头皮和他们战斗。若是抵御不过时，我们村是难免大受一番蹂躏呢。"那人说罢，两眉紧蹙，叹了一口气。

天焕说道："既然你们有了患难，待我来帮助一下可好？"

男子对他相了一相，又说道："客官，我看你年纪还没有长大，怎样说来帮助我们呢？须知强寇见人便杀，可不是玩的。我看你还是走开些，不要管吧。"

天焕冷笑一声道："有没有本领，并不在乎年纪大小。你们未免太轻视人了。我很可怜你们祸在眉睫，我再不来救时，你们村中受此浩劫。你且告诉我强寇的情形，我好和他们厮杀。"

那人道："这是邻近青龙山上新聚拢的，共有三个头领。一个姓郝名通，别号黑面大王。因他面孔生得黑漆一般，使一管点钢枪，十分骁勇。第二个姓施名大威，别号托塔天王。身长力大，使两柄铁锤。听说重有三四百斤……"那人说时，伸出舌头，做做手势，天焕见了不觉好笑。那人又说道："第三个姓周名猛，别号青龙大王，是青龙山的土著。这三人都是非常了不得的人物。"

天焕道："你们既然知道那伙强人本领都好，怎么敢和他们对手？"

那人哭丧着脸道："这叫作推车上壁，也是没法。不过这里村中黄氏弟兄也会武艺的。"

天焕叫那人领到黄氏弟兄处，见黄仁、黄义弟兄两个，瞧去倒也像壮士模样，天焕便上前自荐，愿出死力保护全村生命。黄氏兄弟见他年小，似信不信地答应了他。过了一刻，看看天已近晚，天焕便和黄家吃了晚饭，脱下长衣，略略扎束，从包裹里取出两柄剑来。黄氏弟兄看了，也有些奇异。天焕和一村人来到村口。黄氏弟兄吩咐家人，把灯笼火把好好藏着，一齐埋伏下。天焕却拣了正中一株大树，爬了上去，坐在树叶中间。

等到二更时候，见野地间远远有火移动。愈近愈多，一霎时已听得人马践踏之声，杀奔村庄而来。黄氏弟兄见强寇已到，便放起一个信炮，众乡民亮起火把，呐喊一声，守住村口，不放盗众杀进。两边便混战起来。这次领队的先锋乃是青龙大王周猛，黑面大王和托塔天王还在后边。那周猛使一把单刀，上下翻飞，一连搠倒几个乡人，黄氏弟兄奋力抵住，其余盗寇横冲竖突，将要杀进村来。天焕把双剑一挥，变成白光两道，从树上蹿到。强寇那边只旋得一转身，人头乱落。周猛大惊，丢了黄氏弟兄扑奔天焕。天焕将右手中的剑往上一削，只听锵的一声，周猛的刀早已削作两段。跟进一步，把左手的剑刺去，正中周猛胸口，鲜血直冒，倒地而死。

群盗大乱，早有几个脚快的赶到后面去飞报，黑面大王听说周猛身死，愤怒填胸，大叫"村人焉敢逞凶"，挺起手中钢枪，一马冲杀上来。天焕当先拦住，黑面大王对他兜头就是一枪，天焕将剑趁势一削，黑面大王手中的枪早剩了半段枪杆。发了急，便用枪杆打来。天焕怎肯饶他，忙把手中宝剑劈去。黑面大王早削去了半个头颅。此时托塔天王施大威已闻声赶到，见黑面大王死在一个童子手里，又惊又怒，咬紧牙关，把马一拍，杀上前来。天焕瞧他手中横着两柄斗大的铁锤，十分沉重，不敢用剑去削。待他双锤敲下时，却侧身让过，将右手的剑向他马腹刺进。托塔天王收转锤头向下来撩，天焕却又跳到他马前，双剑飞舞而进。托塔天王觑个亲切，将双锤并作一堆，用力向他头上打下。天焕假作抵御，却向旁边地下一蹲。托塔天王用力过猛，马上直冲下来，两锤落地，陷成两个泥潭。天焕大喜，趁势一剑，托塔天王早被他挥作两段。

天焕一刹那间将三大王一齐结果了性命，吓得众盗亡命丧胆，四散逃去。黄氏弟兄乘胜捕得几个，即收众而回，才知天焕有这种惊人武术。都向他拜倒称谢。天焕却去黄家安睡，让他们如何去发落。到明天，黄氏弟兄盛设酒肴，敬谢天焕。天焕在那里混了一天，归心似箭，便告别而去。

一路无事，回到家中，见了他父亲国光，拜倒在地，放声大哭。国光见天焕回到家中，也是万分伤心，把他抱住哭道："可怜吾儿回来，不能见你母亲了。"

又引天焕到珠娘灵前展拜，细讲别后情况。作书的却不再细表，以免重复取厌。只讲天焕回家后，常行侠义事情，结交四方豪杰，人家因他容貌生得俊秀白皙，都呼他玉面郎。从此玉面郎和赛孟贲一般喧传北方。

过了两年，国光受了一位贵客的请求，保镖到四川去。临走时把家事交付天焕，不过天焕不喜办理保镖事情，勉强敷衍。在空时仍旧练习他的武术。

一天，他正在室中歇息，忽然有一个国光带去的徒弟刘达急忙忙从外面跑进来，对天焕说道："大事不好了。"吓得天焕从椅子上直跳起来，不知又有什么事故变生，请看下回。

第十二回

酒绿灯红力士遭祸
剑光血雨众鬼丧生

玉面郎韦天焕此时十分着急，要问刘达为何这样惊慌，到底为着什么事情，但他越是要紧，著者却要慢慢儿说个明白。

先讲赛孟贲韦国光这次亲自出马保镖赴川，在路上朝行夜宿，安然无事。因为他车上插着振远镖局的旗子，一般绿林响马都是闻名已久，并且还有些人和天焕相识，谁敢来太岁头上动土？不料走到鬼庄相近的地方，早给秦氏五鬼手下探知这回镖物非常丰富，连忙报与五鬼知道。黄面鬼素知国光骁勇，不愿意前去行劫，多生枝节。但是镇南、镇中两个不服气，私自约好了，一同前去显显本领。国光让两个徒弟在前面押车开路，这两人便是刘达和徐世俊，本领也还不恶。国光自己跨着马和差官等在后。国光也知鬼堡里秦氏五鬼的名声，但他有几次经过，各不相犯，都没出过岔儿，所以很为放心。不料听得前面一阵喧乱，徐世俊满面流汗地跑到马前，说道："师父快去，前面有绿林拦劫镖银，十分厉害。我们杀他不过。"

国光大怒，向左右取过那柄镏金锏来，那锏重有二百余斤，凭着国光大力，使急时好似一团黄云，挟着呼呼风声，打退过不少英雄好汉。是国光出马保镖时唯一的军器。这时他将镏金锏一摆，一马驰去。见有两个皂衣壮士，各使宝剑，把刘达围住。还有几个正在抢取前面车辆。国光巨雷也似的喝道："哪里赶来不怕死的东西，敢夺振远镖局的镖车？真是梦想。"

刘达见师父前来，急忙退下。镇南、镇中见国光坐在马上，身躯伟大，颔下微有须髯，目光炯炯，威风凛凛，果然赛孟贲三字名不虚传。遂也不敢怠慢，举起剑左右夹攻。国光将锏向下一扫，只听叮当的声音，两剑直荡开去，震得二人虎口尽裂，流出血来。国光便乘势一锏打下，两人招架不住，要想逃走，镇南早被锏头带着，扑地跌倒在地。刘达等过来捆住，镇中等却一溜烟地跑了。国光哈哈大笑，吩咐把这人缚在车子上，待到前面旅店中再行审问，镖车仍安稳过去。

行到一个村落，一众人遂投下客寓，国光遂命人将劫镖的推来细细一问，方知是五鬼中的一鬼。国光一想，五鬼乃是山西赫赫有名的大盗，不料也来看想我了，怎生发落？正在这时，外面忽报有客求见。国光出去一瞧，见那人身躯长大，面如金纸，向国光拱拱手道："尊驾便是韦老英雄么？"

国光也谦让道："岂敢岂敢，足下何人？有何见教？"

那人道："小弟姓秦，名镇东。"

国光一怔，连忙请他到里面坐下，说道："久闻大名，此来莫非为令弟的事么？"

镇东道："不错，老英雄路过此处，在理我等当恭迎洗尘，焉敢轻捋虎须？但是二弟、五弟不自量，多多得罪虎驾，请恕弟等失察之罪，放了二弟，感恩不浅。"

国光的脾气生平吃软不吃硬，现听镇东这般低头服小的话，不觉哈哈笑道："言重了。我也怎敢得罪令弟？"

便喊人到里面放出镇南，镇南见了哥哥前来求情，十分抱惭。过去向国光谢罪。镇东又道："承老英雄这样宽宏大度，实在使弟等拜服。小弟意欲请老英雄到敝处一叙，一则让我等略尽地主之谊，二则借此赎罪，三则能和老英雄即席畅谈，不胜荣幸。不知老英雄可肯赏脸么？"

国光问道："此间到贵处有多少路远？"

镇东道："不过十余里光景。小弟特带来好马一匹，请老英雄坐去便了。"

国光性子爽直，一口答应。回到里面吩咐两个徒弟可留一个守在店里，谁愿意跟他同去？

刘达道："五鬼诡计多端，这样甘言媚词，恐怕不怀好意。我看师父不去为妙。"

国光不悦道："你太疑心人家了。人家自愿服输，这是最好的事。也不可辜负美意。即使有什么我也不怕他们。你还是留在这里，让徐世俊随我去吧。"

刘达不敢再说，国光遂暗暗藏了一柄铁锥，徐世俊也带上单刀，两个人出去。镇东、镇南早招呼着走出店门，一齐骑马前往。

到得鬼堡，正在傍晚时候，早有人先去通报镇西、镇北、镇中，三个弟兄赶出堡门迎接，殷勤行礼，陪着国光师徒走进庄中。大厅上早摆着酒筵，点着明灯。秦氏弟兄极意欢迎。

你道他们果是好意么？原来镇中逃回堡内，把自己如何抢劫，镇南如何被擒的事告诉三个兄长知道，镇东发跳道："我叫你们不要前去多事，现在果然闹出岔子。二弟被擒，性命难保，我只好搭救他吧。"

刁钻鬼秦镇西眉头一攒，计上心来，摇手说道："你们不须发急，只消大哥一人前去，如此如此，包管那厮上我们的圈套。如若不来，二弟也可释回，岂不是好？"

众鬼一致赞成，故而镇东这样假仁假义，请得国光前来。便推他上坐，自己和弟兄们在下相陪。镇中又说好些赔罪的话。一时将酒来灌国光。国光不知就里，杯到便干，一连喝了几杯，谈些江湖上事，镇西又拿大杯来进酒，徐世俊把眼向国光打了个招呼，国光也已觉得，暗想他们莫非真的要拿酒来醉倒我么？便立起身拱拱手道："有叨盛惠，快慰莫名。鄙人酒量甚小，不能再饮。况时候也已不早，我们要告辞了。他日再会。"

镇东道："难得老英雄到此，何妨再坐一刻？使我等多多叨教。"

国光坚辞不肯，镇东见他真要走了，便把酒杯向地下一掷，五鬼各各跳出酒席，厅内外呐一声喊，跑出许多庄丁来，手里都拿着挠钩，蜂拥而进，想要钩倒国光。国光见此情形，勃然大怒，喝道："好五鬼，胆敢诓人！我岂惧怕你们！"

便将桌子一脚踢开，拔出铁锥，对钩上四下轻轻一摆，那些挠钩都已哗啦啦地变作两段。众庄丁吓得翻身欲逃，秦氏五鬼各各亮出兵刃，把他们师徒围住，紧紧厮杀。秦镇东的一根铁棍使得像一条乌龙，上下飞舞，遇着国光流星般的铁锥，杀得真是好看。徐世俊早被镇中一剑刺倒。国光见徒弟被杀，更是发怒，一铁锥打中镇南右腿，哎哟一声滚倒在地。镇东的棍子渐渐松散下来，刁钻鬼一想不好，便跳出圈子，说道："我们逃吧。"

镇东遂跟着他向后飞跑，国光怎肯轻饶，在后追来。赶到一座院子里，见刁钻鬼立在假山上，对他拍手喊道："来来来，我和你决个雌雄。"

国光不知是计，跳上假山，只听得天崩地裂般一声响亮，假山凭空直坍下去，把国光压在里面。四面都是石壁，休想移动一步。国光心中大惊，用尽平生气力来推石壁，却撼得石壁格格地响，只苦不能出去。正要想法，却又听得一声响，上面一小块石板高高揭起，黑暗中火光大明。国光刚想奋身上跳，不料上面抛下许多火把、火球和松香、硫黄等东西，霎时间石穴中四周都是火，烧着国光衣服。国光说声不好，耸身望上一蹿，但见上面一黑石板早已盖没，大叫一声，跌将下来。火烟飞吐，十分厉害，把国光围住尽烧。可怜这一位拔山扛鼎的大力士，竟无路可逃，活活地葬在石窟里，化成灰烬。你想五鬼的诡计毒也不毒？

却说刘达在客寓里等了一夜，不见国光回转，料想情势不好，便派人到鬼堡去探问。秦氏弟兄却说国光师徒早已告辞回寓，别的一概不知。刘达连忙报官，要去缉访，哪知官府一味偏袒，并不去责问五鬼。刘达无可如何，只好写了一封书信，教他们且仍插着振远镖局的旗，去到开封请河南镖局里的戴俊保着前去。因为刘达曾和戴俊很有感情的，此时戴俊保镖的名气，比以前和秀芳姑娘交战时也很大了。刘达遂辞别众人，星夜赶回天津，把这事告知天焕。

天焕一听，五中摧裂，大哭一场，誓报父仇。便把局事交托刘达代理，自己却去鬼堡复仇。在路上想起前年有个豪杰姓印名鸿，曾在镖局里住过几月。那时他身有疾病，不能还乡，我代他请医看治，后来好了，他告诉我他家住在鬼堡附近黄叶村中，还有一个弟兄名鸢，都是打鱼为业。一般精通水性，武艺高强。他临去时十分感谢我，此刻何不到他那里一见，或可做吾助手。况且听说那鬼堡三面是水，那么也用得着他们的。

想定主意，遂先寻到黄叶村一问印氏弟兄，乡人无不知道。有一个人是和印鸿认识的，便领天焕到印家去。见沿河几间茅屋，编竹为篱，门前种着几株柳树。这就是印氏弟兄所居了。那人便上前叩门，里面走出一个妇人，衣服朴素，手里拿着针线，正是印鸿的妻子。

那人问道："大嫂，印鸿哥在家么？有人要来见他。"

妇人道："他们打鱼去了，大约立刻要回来的。客人且请里面坐候。"

天焕道："既然出去了，我在门外候他吧。"

遂向那人道谢后，自己走到河边散步。妇人把门关好进去，那引路的人也有事走开，只剩天焕在河边看着烟水苍茫，橹声欸乃，水国乡村，别有风趣。领略了一番天然佳景，见那血红的太阳渐渐落向林梢中去，天边起了几层红霞，有深有浅，照射在水里，映得河水粼粼般浮光耀金，煞是好看。

忽见远远有一小舟，拍动双桨，如飞而至。船头上蹲着一个男子，正在理网。到得岸边，徐徐停住，船后一个少年精神饱满，跳上岸来，将缆系好。船头的男子也提着一个渔罟，慢慢走上。正是印鸿。

天焕忙上前招呼道："印鸿兄，小弟在此。"

两人听得有人呼唤，一齐止住脚步。印鸿仔细一看，不觉大喜，忙上前行礼道："原来是韦公子到了。"便喊他兄弟印鸢前来相见，请天焕一同到家里去坐。

印鸿的妻子出来开门，笑道："这位客人等候你们多时了。今天鱼可打得多么？"

印鸿将手中渔罟交给他妻子道："不过和昨天一样。船上还有呢，这里面都是鲜活的鲫鱼，你可拣几条预备煮碗鱼汤。少停我们要喝酒了。"

遂回头让天焕在客堂里上首坐定。天焕见纸窗芦帘，别饶幽趣，便对印鸿说道："你们两位倒在此享清闲之福了。"

印鸿道："不敢不敢，公子怎样到此荒江僻地？想必有故，请即见告。"

天焕眼圈一红，凄然答道："印鸿兄，你可晓得我的父亲被人害死了么？"

印鸿吃惊道："怎的？尊大人天生神力，举世无敌，谁人吃了豹子胆，有这一大主，来将他害死呢？"

印鸾也定着神，静候天焕回答。天焕道："离此不远不是有个鬼堡么？"

印氏弟兄都点首道："有的。"

天焕又道："我父亲前月保镖路过那里，五鬼弟兄中有两个前来截劫，被我父亲捉得一个，带到旅店中，不料黄面鬼偕来谢罪，要求释放他兄弟。我父亲好意允他放了。黄面鬼又邀我父到他堡上一叙，我父生性率直，随他们同去。一直不曾回来，明明给他们害了。故我此来要代父报仇。但是地理不熟，愿两位助我一臂之力。"

印鸿叹道："原来尊大人被五鬼所害，在那鬼堡中有一个庄丁，和我相识，他常要来我船上买鱼的。听说那堡中机关很多，刁钻鬼秦镇西又是个诡计多端的人。此次想来又是他的用计。待我去探听一遭，再行对付。今天便请公子下榻在这里吧。"

天焕点头称是，印鸿又拿出钱来，教印鸾市上去买些果脯。那时天色已晚，印鸿的妻子点上灯，自去厨下料理。等到印鸾买物回来，三个人三面坐定，端出肴馔来，印鸾又开了一坛陈酒，烫热了一同畅饮。天焕问起印鸿二人近况，印鸿道："目今小人当道，时世污浊，我等虽然是贫苦小民，平日视那不义之财都丝毫不敢苟取，蛰居荒村，每日蓑衣雨笠，扁舟短棹，在那水云乡里过生活。打得鱼来照公道的价卖给市上，晚来一杯在手，百事不闻。乐则歌，醉则睡。可谓荒唐之极了。"

天焕道："这是不可多得的清福。勘破利锁名缰，逍遥自得，便是南面王也没有你们的闲适。况且自食其力，不依赖人，使小弟不胜佩羡。"

那时印鸿妻子捧上鲜鱼汤来，天焕喝了几口汤，觉得鲜美可口，在天津难得尝着的。三人且饮且谈，直到三更时分，才撤去酒肴，请天焕睡在东边一间客房里。明天印鸾去市上卖鱼归来，对印鸿说道："今天我遇见王大，他下来到省城去采办物件，正回到恒山上去。他说智空长老在本月中正值七旬生辰，有许多同道和徒弟们到那里庆祝生辰，我也曾拜过长老为师，所以我想马上动身前去拜寿了。"

印鸿道："很好，你若见长老，也代我问好。至于送礼物，你去定当好了。我下午也要到鬼堡去走一遭。"

印鸾听说，自去收拾一番，吃了中饭，背上一个包裹辞别了兄嫂和天焕，大踏步出门去了。印鸿便请天焕闲坐一刻，自己也坐了小船摇向鬼堡而去。

天焕见印鸿走后，很觉没趣，便在床上打睡，等到一觉醒来，天已近晚。听外面敲门声响，印鸿的妻子出去开门，乃是印鸿回来了。

天焕便出房道："有劳印兄了。"

印鸿道："说哪里话来。这是我理当效劳的。公子的大恩还未报哩。"

天焕遂问他可有探听明白，印鸿答道："说也可怜，原来尊大人被刁钻鬼引到石假山的机关处，将尊大人跌翻在石穴里，然后放火烧死的。这般对待何等的残酷啊。"

天焕听了，双眉怒竖，两目圆睁，咬牙切齿地说道："我不杀五鬼誓不回去。今夜我便前往报仇，望印鸿兄载我前去，遥为策应。"

印鸿忙道："很好，我也十分愿去。地方上有这等强梁，那些官吏徒知食国家俸禄，不思为民除害，真是不足与言大事。我等自维力弱，不能歼此丑类，也很惭愧的了。"

当下两人吃了晚饭，扎束整齐，印鸿便命妻子在家守候，自己和天焕下了小船，悄悄地摇到鬼堡去。这黄叶村离开鬼堡不远，不多时来到堡后，将船泊在芦苇处。天焕一人上去探看，他走错了路，绕到庄侧进去，奇英、秀芳看见的黑影就是他了。不料秦氏弟兄巡逻甚密，被刁钻鬼首先窥见，敲起锣来，聚众把他围住。后来怎样逃出，怎样奇英中叉，前回书中已交代明白了。

这夜奇英睡着后觉得痛苦稍减，到明天早晨醒来，一看腿上已结好疤，只是还不能下床行动。见秀芳睡在她身边，正是好睡，不敢惊醒她。少停秀芳睁开眼来，见奇英已坐起身，忙问道："奇妹伤处怎样？"

奇英道："好得多了，这药十分灵验，真是好药。我的性命险些断送，亏得这个少年奋勇相救，但不知他姓甚名谁？"

秀芳道："是的，今天待我来问他一声，并且鬼堡的仇一定也要想法去报。"

秀芳一面说话，一面穿衣下床，开了房门，印鸿的妻子早端进面水来，二人同声道谢，便请印鸿的妻子坐定，叩问他们姓名。印鸿妻子一一从实说来，两人才知这少年是玉面郎韦天焕，来此复仇的。此时印鸿的妻子问她们可要用早饭，二人点点头，秀芳漱口洗面，又服侍奇英盥洗完毕，遂跟印鸿妻子出去，到厨下端进早饭，和奇英同吃。

等到早饭吃毕，天焕走来，二人向他道谢。天焕十分谦逊，说道："我辈同道，理当彼此护持。现在奇英姑娘觉得痛么？"

奇英答道："有些微痛。"

天焕又拿出一粒丹丸，请奇英用水吞服，劝她静养，暂时不要行动，以伤身体。至于鬼堡那里，我自己也为报杀父之仇，一定放不过他。且等印鸿的兄弟印鸾回转，然后协力同去。说了一些话，出房去了。印鸿又送进些小说弹词，给她们消遣。印鸿的妻子忙着料理家务，不能进来敷衍她们，天焕却在午后又到房里，来和二人谈话。将他父亲逸事和从鹱瓠子学艺等话，说给奇英等听。秀芳也讲起云中龙和知几山人等来，天焕也是闻名已久，十分羡慕。少年人碰起头来，三言两语，容易投机，何况他们都是同志呢？所以天焕有时和印鸿出去打鱼，有时和她们谈笑。光阴易过，一连几天，奇英早已霍然痊愈，步履如常。秀芳自然也十分快活。奇英对于天焕非常感谢，天焕也很爱和奇英交谈，只等印鸾回转再去鬼堡报仇。

有一天，秀芳饭后无事，小睡片刻。醒转来时却不见奇英，一问印鸿的妻子，才知奇英和天焕一同到河边散步去了。秀芳本是聪明人，这两天也看见天焕和奇英十分亲密的样子，便走出门来，去找寻他们。走了不少路，望见两人坐在一个河滩边，喁喁细语。秀芳悄悄掩过去，说道："你们在这里么？"

两人吓了一跳，回头见是秀芳，两人面上都有些羞怍。秀芳指着水里一双影子笑道："这才是并头俪影了。"

天焕听说，便立起身来，让秀芳坐道："秀芳姑娘不要取笑，我们因为屋里闷得很，所以走到这里来散散心。"

秀芳道："好个散心。"便靠奇英身旁坐下。天焕又拣旁边一块石上坐了，陪她们谈话。直到天色将晚，三人遂走将转来。印鸿也打鱼回家，又谈了些乡间故事，用过夜饭，秀芳等回到房里。

奇英坐在椅上，好像想什么似的。秀芳笑着问道："奇妹你这几天实在有些心事。我问你像玉面郎这样人才，做你夫婿，你可愿意吗？"

奇英羞得两颊通红，啐了一声道："姐姐不要胡说。"

秀芳道："并不是胡说，这是我的愿望，你也不要在我面前假装正经。我看你也爱上他了。"

奇英逼不过，只得说道："算你猜中，我不过和姐姐爱我弟弟一样罢了。"

秀芳不防奇英说出这话，面上也是一红，笑道："呸，你晓得的么？"

著者趁此也要插一句话道：小儿女灯下讲心事，都是老实话。不像那些伟人政客，尔诈我虞，不肯开诚布公，说说实话，真是可叹极了。

这夜秀芳被奇英提起士杰，心下十分惦念。一想我们耽搁在这里，万一他先到魏家寨，竟去冒险行事了怎好？我们再不走时，万难追赶得上。倘有不测，我的愿望岂非都成泡影么？想到那时，不胜焦躁，悔恨自己要探鬼堡，弄得延误日期。在床上翻来覆去，再也睡不着了。一到明天，便催天焕速去鬼堡复仇，否则她们有事，等待不及。天焕舍不得和奇英分别，便约定今夜前去。

不料到得下午，印鸾忽然回来，并且急忙忙地教他哥哥出门迎接，有不少剑侠到了。天焕、奇英、秀芳听见有剑侠到来，十分惊异，也跟着前去迎接。一看来的共有四人，两个是像剑客模样，眉宇间英气毕露，还有一个女子和一个尼姑。奇英认得那尼姑是曾在黄牛山上打猎遇见的天台山妙真师父，天焕也认得剑客中一个便是郑天隐。各人上前招呼行礼，印鸾遂代他们介绍，才知还有一个剑客就是江南小侠韩晟，那女子是玉琪姑娘。

众人坐定后，印鸾道："前天我到师父处去拜寿，却遇见诸位师叔等都在那里，我乘间说起鬼堡事情，承蒙天隐师叔们都肯前来协办驱除。因为他们本要到陕西去，便道耽搁几天也不妨。可惜师父不肯前来。"

韩晟却看奇英道："这位姑娘便是单刀老张的孙女么？我等也因鲁家猖獗，老张惨死，所以特来邀集诸同志前去报仇。知几山人那边已传了信去，大概他也要到魏家寨聚首的。难得姑娘孝勇双全，亲去报复。我等理当相助。"

奇英连忙拜谢，又把士杰一人单身出走的事告知众人，众人也都叹息。玉琪又向秀芳问起云中龙的消息来。秀芳说他父亲正在岭南，是被一个朋友有事请去的。郑天隐道："他老人家常说不管事，这次大约去代人出头了。天下事真多啊。"

当时众人你一言我一句，不知不觉天已将黑。印鸿帮着妻子端整酒肴，请众剑侠饱食一顿，然后各自扎束停当，悄悄出门。印鸿、印鸾各自摇了一只小舟，在河边等候。郑天隐、韩晟、韦天焕三人坐在印鸿船上，玉琪、妙真、秀芳、奇英坐在印鸾船上。那时月明星稀，流水渐渐地响着，两只船首尾衔接，摇到鬼堡后面，向芦苇里泊定。一听岸上寂静无声，众人便留印鸾守船，仍旧分着两队，掩进堡去。

先讲玉琪等四人飞奔东边，扑扑扑地跳进堡内，听得里面打更声四面遥应，原来五鬼自从奇英等来后，知道害死了赛孟贲，外面必不赶不干休，所以严密提防，亲自巡查。这夜刁钻鬼走到东边院子里，一抬头见屋上有几个黑影，不觉大吃一惊，连忙吹起哨子来，霎时间四面锣声大鸣，秦氏弟兄一齐挺着兵刃奔到。

秀芳当先挥剑跳下，那时两旁亮起灯火，秦镇东见是秀芳，遂大声喝道："原来是你前来送死么？"举棍打去，秀芳使剑迎住。

陈大霸舞着两柄铜锤，正想跳上屋顶，却见白光一道向他射至，赶忙把锤招架。玉琪怎肯相饶？旋转白光，将他围住。幸亏镇南、镇西使剑来助，母夜叉等亦已赶到。奇英一见，把双刀一扬，蹿下屋来。母夜叉见是奇英，陡地一呆，暗想怎么她会仍旧活着。也不打话，两人杀将起来。窦氏正想跳上帮助，忽然屋上又来一道白光，矫如游龙。窦氏头颅已骨碌碌地滚在一旁。秦氏弟兄一齐大惊，定睛一看，见又来了一个尼姑，镇北、镇中赶忙把她迎住，还有几个头目赵龙、赵虎、孙蛟、李螭带着众庄丁呐喊助战，锣声敲得震天价响。

把守鬼门关的是五鬼结拜弟兄，姓胡名文海，别号勾魂判官。精明剑术，也是少林门下的健者。此刻闻得庄里喊杀之声，也飞奔而至。大喊"众弟兄大家努力"，一道白光滚入围里。说也奇怪，勾魂判官的白光后面，如飞地射来两道青光，把白光裹住。屋上又有人高声大叫："五鬼今日死在临头，玉面郎来也。"一连跳下几人，赵龙第一个当着，便被印鸿一刀砍倒。原来天焕、天隐等都来了，大家奋勇冲杀。

秦赛珍过来迎住天焕，一刀刺去，被天焕把剑望上一削，当啷啷刀头落地。天焕顺手一剑，便结果了性命。韩晟的白光四下转得一转，孙蛟、李螭和众庄丁们大半都已身首两段。镇南一个心慌，玉琪的白光蹑隙而入，一颗头颅早跟着不翼而飞。母夜叉心中发急，退后一步，将飞叉发出。奇英把双刀一挡，飞叉跌落在地，奇英跟进一刀，母夜叉急躲时，肩上已着，鲜血直流。大叫道："了不得，我们快快逃吧！"一跃已上屋顶。

秦氏弟兄一阵大乱，分头四窜。陈大霸刚跑三步，郑天隐将手一指，但见青光一闪，陈大霸已倒在地下。镇中、镇北向庄后遁逃，韩晟和奇英、秀芳紧紧追赶前去。刁钻鬼却望后院逃走，郑天隐和天焕追去。镇东和母夜叉、勾魂判官三人望庄前奔逃，玉琪和妙真追去，可是庄前路径曲杂，树木掩蔽，被他们逃脱，一齐商量投奔鲁飞雄那边去了。玉琪等也就回转。却见印鸿正在那里结果众庄丁性命，妙真见了大

340

大不忍，便止住印鸿，放他们去逃生。郑天隐和天焕追到一间院落中，刁钻鬼又在假山上引诱，却被天隐一剑飞去，刁钻鬼便做了剑下冤魂，到阴曹去做刁钻鬼了。还有奇英等追赶镇北等两鬼，追到堡后，秀芳发出鹅卵石，正中镇中后脑，咕咚一声栽下墙来，奇英过去一刀挥作两段。镇北更是拼命奔逃，韩晟追在后面，只是不放，看看已到后河，镇北别号浪里鬼，水性精通，见了水，心中稍稍放宽，跑到岸边，扑通跳在水里。

不知浪里鬼果能逃得性命？请看下回。

第十三回

两雄大闹狮子馆
三侠夜探凤凰庄

那时秀芳、奇英追到岸边，见浪里鬼秦镇北跳入河中，都顿足叹道："可惜，被他逃走了。"

韩晟却哈哈大笑道："不要紧，有我在此，看他怎生逃法？"说罢将衣裳一撩，正要跟着跳下，忽听水波轰腾，好似有人在水里决斗。一霎时，水底钻出一个人来，全身穿着水衣，右手握着一把钢刀，左手托着一颗人头，正是印鸾。

原来印鸾守在堡后，听得庄里隐隐有喊杀之声，知道这边已经动手了。一想稳有贼人漏个出来，正好掩捕。便躲在芦苇后静守。月色很好，照得水面粼粼的好似一片镜面，真是芦江夜月，景色沉寂，大可做一幅画稿。正在这时，瞥见堡后有脚步声音，几个人飞奔而来。前面一人形态仓皇，在河边扑通跳了下去。印鸾想那人稳是浪里鬼了，立刻将刀一摆，蹿入河中。浪里鬼经过一番厮杀，气力已尽，怎敌得印鸾生力？早被印鸾一刀结果了性命，浪里鬼真变个浪里鬼了。

秀芳等见了，不胜欢喜。回到堡里，见一路尸骸狼藉，不觉叹息。又知道逃走了秦镇东和母夜叉、勾魂判官三个人，奇英十分可惜，因为她极想报前夜一叉之仇呢。

郑天隐道："秦氏五鬼在此作恶多端，不知害死多少人的性命。今天我们前来，一则为韦老英雄复仇，二则替地方上除去一害。他们伏剑而死，报应不爽。我们并不罪过。那边去的三个人若肯悔改前非，立意修善，也就让他们去修。不然，再遇见我们时，也不能幸免的。这里残余之地，不如把他焚去，较为干净。"

众人说是，天焕便去寻了火种，放起火来。霎时红光冲天，烈焰四冒，毕毕剥剥地烧得正着。印鸿道："事不宜迟，我们走吧。"众人遂一齐走向堡后，跳上小船。印氏弟兄用力摇着，回到黄叶村来。

到得印家，众人悄悄上岸，回望鬼堡那方，火光正盛，远近村庄都敲起锣来救火。众人不觉好笑。这时天已将明，坐而待旦。

天明之后，印鸿妻子起来去烧好早饭，请众人吃了。郑天隐等便要动身，奇英和秀芳惦念着士杰，更是心急，恨不得合着众人一步赶到魏家寨去。只有天焕父仇已报，十分畅快。奇英要他一同前去，做个帮手。天焕本来舍不得和奇英分离，很高兴地答应了。印氏弟兄却仍旧喜欢做着渔隐，不愿出来奔走。于是郑天隐、韩晟、韦天焕、玉琪、妙真、奇英、秀芳等共七位剑侠，和印氏弟兄握手告别而去。

走了几天，已近潼关。那处有一个集贤村，人烟稠密，占着交通的要道。众人走得有些疲乏，见路旁有个极大的酒楼，上题"狮子馆"三字。

韩晟见了笑道："这酒楼取名狮子，不知有何意思？"

天焕道："狮为百兽之王，大约借此自豪罢了。"

郑天隐道："这里我曾和一个朋友前两年来此喝过酒的，听说店主人姓费，很有本领，开了有二十多年了，远近闻名，生意很好。"

天焕喜喝酒的，听说很好便道："我们赶了许多的路，大概都有些饿了，何不进去吃喝一番？"

天隐点头称是，众人遂跨上扶梯，到得楼上。见座位很是精致洁净，向南一带座位已被别的座客占去，唯有东面角里还有两张桌子空着。天隐、天焕、韩晟坐了一桌，奇英、秀芳、妙真、玉琪另坐一桌。不过妙真是个尼姑，和众人坐在一起，很惹人家注意，不知他们是何等人物，纷纷猜详。天隐等点了几样酒菜，随意斟酌。

不多时，忽听得前面暴雷也似的一声猛喝，把座客都吓了一跳。众人看时，见那边一张方桌上坐着两个雄赳赳的壮士，一个身躯高大，目光炯炯，一个短小精悍，眉目间露着强毅之气。身上都穿着蓝色的花缎袍子、黑呢的马褂，好像同胞弟兄。一个高大的指着酒保骂道："混账王八羔子，这穿漏的酒壶可以盛着酒给人家喝的么？还不与我拿下去。"

旁边站着的酒保吓得瑟瑟地抖着，拿着酒壶回身便走。壶中的酒早已滴得满地。少停，酒保拿把新酒壶上来，放在二人的桌上。郑天隐瞧个明白，见那高大的壮士右手把壶提起来，左手两指暗暗在壶底一拈，那壶中的酒又点点滴滴地漏出来了。高大的又喝道："好混账，又拿一个破酒壶来了。"

酒保连喊冤枉道："明明不漏的，怎的一到你老手里便漏起来？"

高大的眼睛一瞪道："你问那把酒壶吧，我把它砸了。"顺手把壶向地下一掼，那酒壶却嵌在楼板里，只剩一个头。酒保拔又拔不出，只得退下楼去，又拿了一把新的酒壶上来。那时早有一个大汉本坐在柜台里的，悄悄立在扶梯上偷瞧，高大的接过酒壶，又用手在壶底一拈，那酒又漏出来。高大的道："好，你家酒壶真不中用。"仍向楼上一掼，那壶和前一把酒壶一样，也嵌在楼板里。

扶梯边立的大汉不由眉毛一竖，大踏步过来，拱手说道："客官，我这狮子馆开了好几十年，哪肯拿破酒壶给人家喝？并且换了两次，谁也不信都是破的。这是客官有意和敝店作耍。还请不要取闹，要喝好酒却尽有。"

高大的对他瞧了一瞧，说道："你是什么人？我们弟兄喝了十多年酒，也没遇见你家这样，都是破酒壶的。"

大汉带笑答道："我是掌柜的人。客官不要取闹了。"

高大的把桌子一拍，那桌面早已豁刺刺分作两半，酒菜碟子都滚向地下，大喝一声，好似青天打了个霹雳，喝道："你说我们取闹么？这也不算什么。把你这脑袋拧下来，也不算取闹。"

此时短小的也说道："你这里叫作狮子馆，我们今天倒要来看看你们的狮子。快喊你们的主人出来，不必多言。"

大汉道："主人不空，我便是主人代表。你们有什么话，尽对我说。"

高大的哈哈笑道："你是主人代表么？我赏你两个耳刮子吧。"

一伸手，只听啪的两声，大汉早被打着两下，面上登时红肿起来。大汉怒愤填胸，跳过去便对高大的当胸一拳。高大的却望旁边一闪，右足飞起，把大汉踢倒十多步外，爬也爬不起来。那时馆里许多酒保一齐大叫："反了反了！"都拿起刀叉棍棒，拥上楼来，要捉他们。两人不慌不忙，抡起四条铁臂，待楼下众人杀上来时，四臂轻轻一挥，那些酒保们早已东跌西倒，近不得他们的身。有几个不知死活的还想赶上去，却被两人一人捉了一个，向楼下酒缸里抛去。扑通扑通地溅着满地是酒，楼下人慌忙地救起，已是满身淋漓了。大汉吼了一声，还要奔下楼去寻人厮打。那时忽见有一条影子疾如飞燕，扑地从楼上跳进栏杆里来，直奔高大的身边去。高大的哎呀叫了一声，还拳便打。天隐等急看时，见一个瘦长汉子，身手十分便捷，一来一往，和高大的狠斗。短小的见来人不善，也就挥拳来助。三个人如走马灯般斗了好一会儿，只听短小的喝了一声，那瘦长汉子早跌倒地下，一动不动，竟死去了。

酒保们见着，大喊："不好了，我们店主人给人打死了，还有王法吗？快去报官。"

郑天隐等也忍不住了，出来摇手道："你们且不要忙，我有法子使他活命。"

那两个壮士怒目道："这却不能，我们特来报仇的。他活了，我们还要拼命。"

郑天隐微微笑道："壮士果真如此么？好勇敢，但可惜的不久也要跟他同去了。"

高大的忙道："此话怎讲？你是什么人？胆敢干涉人家的事？"

郑天隐答道："这人进来的时候，不是用他手指在你胸前点过一下么？"

高大的点头道："不错，那时我只觉酸痛难当，所以喊了一声哎哟。"

天隐道："这一点足以致死。不出二三天，决然身亡。"

高大的一听这话，吃了一吓，又对天隐相了一相，便道："死么？

我也对得住父亲了。"

天隐又问道："你们到底为着何事来此寻衅？打得这样落花流水，也有什么怨仇么？"

短小的抢着说道："我们是弟兄二人，世居湘潭。我姓卢名俊，哥哥名英，父亲殿龙，性喜拳术，练得一身好拳脚，在湘潭很有名望。因闻这里开设狮子馆的主人费扬武本领很好，特地来此比较一下。不料费扬武用他的杀手拳把我父亲打伤，急急回乡，吐血数升，自知不救，临死时谆嘱我弟兄二人用心习艺，将来必要代他报仇，捣破狮子馆。后来父亲死了，我们弟兄二人请了许多有名的拳老师学习。我哥天生神力勇猛无比，曾在邻近山中打死一虎，远近都佩服他的勇武。好容易习练直到今日。前数年来此复仇，一打听费扬武早已故世，唯有他儿子费人豪继续开下这馆，然而我们为了先父的遗命，不得不动手。"说到这时，指着地上的瘦长汉子说道："这便是人豪了。他的拳脚十分高强，被我偷空踢了一脚，踢中他心窝。这是我练就的，凡中着的，心房立刻停止运动，可以致命。但是我哥哥也被他点伤了。我看大驾定是个高明的人，望把我哥哥救好，感谢不尽。并请教大驾贵姓。"说罢打了一躬。

天隐说道："我姓郑名天隐。"又指着韩晟等众人一一介绍。

卢俊惊讶道："公等半皆闻名，原来是武当剑侠。今天遇见，真是三生有幸。"

此时卢英也急忙行礼。天隐又笑道："我愿救治卢英君的伤处，但是那地下的费君我也必同时救活。"

卢英听到天隐又要救活他们的仇人，不免有些踌躇。天隐道："他们的父亲固是你们的仇人，但是现在他们的父亲已亡故了。他并不曾得罪你们，断然不能代父受罪。你们已经把他们打得这样，总算大仇报了一半，怨仇宜解不宜结，不可世世为仇。况且令尊前者比武受伤，也是常有的事，不过费扬武出手太辣罢了。今日他既身死，从此算了吧。"

卢氏弟兄无奈，只好答应。天隐遂走过去，用手在卢英身前抚撩了一番，把手向他背上一拍，卢英哇地吐出几口血来，都作紫黑色。天隐又从怀里取出一个小银瓶，倒出一粒白色的药丸，教卢英吞下，便无妨了。那时回过身来，对着几个酒保说："快把你们店主人扶起。"

众酒保本来远远立在旁边听他们讲话，今见天隐要救他们店主人，非常快活，早过来两个人，把费人豪扶起。见他两目紧闭，面色如死。天隐遂用手在他心口推了几推，在瓶内倒出一粒红色丸，把来研碎了，吩咐酒保把他牙齿撬开，用水将丸灌下，然后抬到他房里去睡一忽，包可痊愈。酒保大喜，叩谢不迭。那掌柜的大汉一面将费人豪抬去，一面重设酒席，陪众人饮酒。席间讲些狮子馆的掌故，很有趣味。韩晟便将魏家寨的事情细细告诉，邀卢氏弟兄同去一遭。卢英、卢俊也愿随骥尾，满口应允。直到酒阑席散，一个酒保早笑容可掬地前来说道："启禀爷们，敝主人睡了一刻，果然醒转，并无痛苦。只觉乏力，不能亲来谢恩。要请救他的一位郑爷留在此间盘桓数日，等待敝主人完全好了，当面拜谢。"

天隐摇手道："这倒不必了，我们都有要事在身，一天也不能耽搁。你们店主且静养数天，便可照样健康。这些小事不必放在心头。并且恭喜他这两位卢君的仇恨也谅解了。"又把卢氏弟兄来此复仇的事告知大汉，那大汉忙和卢氏弟兄握手，表示谢意。一众人遂别离狮子馆，仍望陕西赶来。

一天早上到魏家寨，韩晟认得路径，遂引众人入寨，首先遇见魏浩正在那里教庄丁练习火枪。韩晟问道："魏刚兄可在这里么？"

魏浩道："正在寨中，我们等候你好久了。"说罢，遂引众人走到魏刚庄上。

魏刚听得这个消息，早同魏深出来迎接，经韩晟一一介绍完毕，分宾主坐定，韩晟便问道："近来鲁家有何消息？"

魏刚叹口气道："鲁飞雄那厮屡次前来挑战，我们自知不是他的对手，坚守不出。幸亏魏氏弟兄枪法精妙，敌人有些忌惮，攻不下这个寨来。但据乡人传说，鲁飞雄等因为知道我们外边去请援，所以等武当剑侠到此，决个雌雄。并闻他已去请求独臂头陀等少林能人前来，真是劲敌。幸亏今天众位师伯和师父到此，不怕他们了。"

秀芳不见士杰在寨里，暗暗发急，因为士杰明明比他们先走一天，后来她们在鬼堡那里耽搁好久，何以士杰还没赶到呢？便用手把奇英衣襟牵了几牵，奇英也正狐疑，忍不住问道："请问魏寨长，前几天可有一个姓张的少年来到这里么？"

魏刚想了一想说："没有这人。小姐可是张老英雄的贤孙女么？可怜张老英雄身死虎穴，我们誓必代他复仇。"

奇英触动悲怀，滴下泪来，并且听说士杰不曾前来，格外着急。韩晟也道："这两位姑娘是因为张老英雄的贤孙单身来此复仇，她们不放心，随后到此。现在不见士杰影踪，到底到哪里去了？"

魏刚道："不要他独自去到凤凰庄，给鲁飞雄害了？"

奇英、秀芳一听此言，不由哭泣起来。郑大隐、玉琪等都道："姑娘不要着急，他在途中或有他事阻挡，比我们迟来也未可知。明天夜里我们可去那里探访一遭，当有下落。"

说罢，天已将晚，魏刚吩咐厨下盛设酒宴，给众剑侠接风。只有奇英、秀芳两个人因为士杰没有下落，食不下咽，焦急非常。

当夜众人分别在客房里住下，直到明天，将近晚上，商议谁去那里走一遭，郑天隐、玉琪、韦天焕三个人同说愿往，还有奇英、秀芳两个人也要前去。玉琪道："此次是去探听，并非决斗，所以人数愈少愈妙。我们三人尽够了。姑娘等留着后来厮杀吧。"

当时三个人早吃了晚饭，扎束停当，请魏深领路，辞别众人而去。出得魏家寨，魏深把去路指点明白，自回寨中。这里众人坐着闲谈，等候三人回转。

直守到四更时候，听得庭中落叶之声，三人回来了。众人都出迎接，却见郑天隐背上负着韦天焕，玉琪柳眉以蹙，现着懊丧之色。众人大惊，知道天焕受伤，忙问怎的。天隐把天焕放在椅上，只见他面色惨白，神志昏迷，肩上血流不止，都变了紫色的血。

天隐告诉众人道："我们三人进得大树村后，捉得一个庄丁，逼他说出庄中情形，他说庄中新来几个少林僧徒，乃是独臂头陀、法光和尚、智明、智觉等，能人很多，机关密布。我们遂把他缚了，用布塞住他的嘴，抛在僻静处，潜身飞入庄中。玉琪师妹刚跳下地去，不料踏中机关，便有一支毒弩射出，幸得闪避得快，不曾受伤。我们走了两进院子，又遇见一个庄丁，也把他捉住，问他庄中近来可有什么人来暗探或是争斗。他答道很为安稳，没有人来。我们正在盘问的时候，却有一个和尚从里面走来，一见我们，口中便吐出两个银丸，直向我们刺击。我首先飞剑挡住，这庄丁早入内报告。一霎时白光几道从里面飞出。我等竭力迎战，韦君和一个不决斗得正在剧烈，不防横空飞来一镖，正中左肩，随后杀到一个头陀，只有左臂，想是独臂头陀了。韦君中镖之后，摇摇欲倒，我自知众寡不敌，不能恋战。忙把他背上，让玉琪师妹一路抵挡，退出庄来。幸得玉琪师妹剑术精妙，他们追了一段便回去，并未苦逼。好危险啊！"

天隐说罢，众人看天焕奄奄欲绝，奇英知道他自己有药或可救活，请魏刚在他衣袋中摸出个小瓶来，倒出一粒丸药，要用水灌治。天隐道："他的药是他师父繁窽子给他的，和我的差不多。吃了不过使药性慢发，万难救愈。因为这镖是独臂头陀发的，我听说独臂头陀的夺魂镖是采集各种毒草制成，中人必死。唯有大师兄知几山人和云中龙二师兄有万活丸可救。"

韩晟道："大师兄么？我这次到泰山上去找他，可惜不曾遇见。我写下一张条子，把缘故说明，请他早早赶到魏家寨来，不知何日到此。"

秀芳也说道："我祖爹到岭南去，不晓得他有没有还家。"

玉琪道："便是还家也不中用。这里离开云龙庄数千里之遥，远水不救近火，哪里可以搭救？"

奇英见天焕生命已绝望，不觉暗暗洒泪。自思他能救我，我不能救他，看心上人这样身死，怎不伤心？天隐等也没奈何，且把那丸药灌了下去，把天焕睡在床上，静待他死了。

明日众人正在商议对付鲁飞雄等，门丁入内，忽报外面有人求见。魏刚忙说有请。不知来的果是谁人？玉面郎韦天焕的性命如何？请看下回。

349

第十四回

英雄侠骨尽了恩仇
儿女柔情都成眷属

不多时下人早引进一个童颜鹤发的老翁来。众人定睛看时，并非别人，原来便是云中龙司马天游。秀芳见祖父来了，快活得了不得，奔过去扑到天游怀里。天游抚着她的云发，叹道："好孩子，你们怎样瞒起家人，起到这里来呢？好大胆啊。"

秀芳道："这是我们一时的勇气，因为士杰兄弟先一人走了，我们不放心，也随后追赶。好祖爹，请你饶恕我们的罪。"

那时奇英也上来说道："叔祖，我的祖父又被鲁飞雄杀了。弟弟又不见影踪，如何是好？"

云中龙也不及回答，先和众剑侠见过礼，寒暄几句，又由韩晟将魏刚等介绍相见。云中龙道："我从岭南回家，才知道这三个小儿都为了张老英雄的惨死，先后走了。我未尝不赞美他们的孝心和勇气，但是像他们年纪轻轻，岂是人家的对手？初生之犊不畏虎，未免冒昧了。所以我忙赶来，不料同志都在此间，十分安慰。不过士杰到哪里去了呢？"

奇英道："我弟弟比我们先走一天，不知何以落后我们，悬念得很。"

云中龙不见士杰放心不下，郑天隐又请他去救治韦天焕，云中龙遂跟天隐走到天焕睡处，看了伤痕，取出两粒丹丸，给天焕服下。奇英知天焕有救，不觉快活。这里众人共商捣灭鲁飞雄的计策。魏刚道："他庄里埋伏很多，我们前去恐怕吃亏，不如仍像前次挑战，引他们出来

350

厮杀。"

云中龙摇头道："这却不好，因为我们现在要除却的不过鲁飞雄等少数人，那些大树村的乡民蠢蠢无知，果有何罪，受我们的屠戮？故据我个人的意思，还是悄悄前去的好。"于是众剑侠都赞成云中龙的话，决定后天夜里前去。

到得明天，看门的通报门外又有数人求见。魏刚接进来一看，为首一个便是千里飞行江长林，背后跟着铁棒黄九、飞来燕何声、大斧子朱旋风三人，经魏刚、江长林一一介绍，和众人相见。江长林识得奇英和秀芳的，便说："我们此来也是为报张老英雄的仇的。"

原来江长林自从云龙庄报信回到飞豹山以后，把老张身死的事告知黄九等三人，大家一听，不胜悲惜。朱旋风尤其摩拳擦掌地要代老张复仇。四人才把寨中事务部署妥定，带了军器下山，星夜赶到魏家寨来，恰巧和众人相见。一时人才济济，魏刚非常欣喜，想此次前去必然获胜。

江长林对魏刚说道："凤凰庄里小弟有个熟人在内，便是郎君希岳。前次我曾向他探听过信息的。他虽然住在那边，但他的意思和鲁飞雄不合，不妨由小弟前去将他说合过来，有人内应，倒可助一臂之力。"

天隐听了便道："很好，那边埋伏甚多，若得有人在内引导，省力不小。"

魏刚便请江长林到大树村去，江长林果然起身便去，明晨回来，露着很得意的形色说："郎希岳已愿归顺了。今夜我们前去，他在庄外静候为导。"

魏刚听得，将近晚时，请众人饱食一番，然后请李健、魏深、魏浩三人守寨，其时天焕伤处已好，由云中龙出令，郑天隐、韦天焕、魏刚、卢英、卢俊为一小队，由庄左进；玉琪、妙真、奇英、秀芳和自己为一小队，由庄前进；韩晟、黄九、江长林、何声、朱旋风为一小队，由庄右进。全从郎希岳指示进路，三面包围，一鼓而破贼巢。分派已定，一齐暗暗出发。

这时著者且把鲁飞雄那边情形略说一说。鲁飞雄自从和魏家寨对垒以后，屡次要把魏家寨一鼓歼灭，踏为平地。都因为虎虎僧不肯赞成，必要等武当剑侠到来，决个雌雄。所以静守不出。鲁飞雄听说魏刚那里已去请求武当剑侠，恐怕这里人少，万一有失，便央虎虎僧也去请少林派里人来，以壮声势。虎虎僧遂把独臂头陀请来，再由独臂头陀到西藏去请到法光和尚。法光和尚是少林派中的擎天大柱，一向卓锡在西藏一座大丛林中，门徒很多，无不艺高胆大。在西藏一带提起法光和尚的大名，真是妇孺皆知，所以他以后和武当派还有许多恶斗。法光和尚而外，又有智觉、智明，也是少林中的健者。前次曾在太行山中和司马天游等比过剑的，也被虎虎僧邀来。此外又有鬼堡中逃出来的秦镇东、母夜叉、勾魂判官等三人，也赶来寄身在鲁飞雄处，求村中人代他们报仇。前天夜里，有郑天隐等前来窥探，被独臂头陀的夺魂镖打伤了一个，狼狈遁去。因此鲁飞雄等知道武当剑侠业已到了，更派人去魏家寨探听，果然报称到得不少。鲁飞雄等一面格外防范，一面要想去下战书，约定日期决斗。这夜聚焦众人正在商议，只不见郎希岳一人，差人去请，回说他正卧在房里，有些不适，不能到席。鲁飞雄以为郎希岳并非要人，便让他去休，不料郎希岳却在这时悄悄地踅出庄外，去引魏家寨那边人来了。

隔了一刻，胡文海忽然要想便溺，立起身来走出厅前，忽然一抬头瞧见对面墙上黑魆魆地立着不少人影，不由大吃一惊，忙高声喊道："不好了，快来啊！"

说时迟那时快，一道白光从上面下，在胡文海头上转了一转，可怜这位勾魂判官自己的魂却被人家勾去了。随后跳下一个女子，正是玉琪。那时厅中众人听得胡文海喊声，明知不妙，络绎蹿出厅来。虎虎僧一见玉琪，知道是武当派里的女侠，急忙吐出两个剑丸，飞奔玉琪。玉琪也舞剑抵御。随后扑扑扑的众剑侠络绎跳下，奇英一见母夜叉，怒从心起，摆柳叶双刀，当先跳过去。也拔出剑来，同把母夜叉围住。母夜叉叱了一声，舞叉迎战。魏刚和卢氏兄弟共战秦镇东，鲁飞雄舞动白光大喊："武当派人休得逞能，鲁飞雄在此。"千里飞行江长林挥动单刀，跳去迎面便刺，何声、黄九恐怕长林有失，一使宝剑，一拉杆棒，过去

352

协助。还有朱旋风舞起双斧，刚跳下去，忽然一道白光从他头上落下，朱旋风眼花缭乱，不能够招架。光到颈前，幸亏屋上也有一道白光哧地下来，抵住飞来的白光。原来起先是智觉的剑光，后来韩晟见旋风性命正是顷刻之间，便飞身救援。智明见了，也飞出白光，这里妙真接住。韦天焕要报一镖之仇，跟后杀下。那边有道悦过来迎住。众人正在狠斗，独臂头陀看得不耐烦了，发出黄光，刺入白光堆里，蜿蜒缭绕，疾如游龙，果然厉害。郑天隐把剑一撩，变作两道青光飞下去，迎住独臂头陀的黄光，一来一往，兔起鹘落，挟着风雨之声，正是对手。云中龙也将剑化成一道白光，径奔独臂头陀，来助天隐。

不料厅中豁剌剌的一声响亮，有一团紫光如长虹一般，冲入围中。群剑辟易。何声当先迎着，早被紫光一劈两段。云中龙大惊，忙去迎住紫光，原来这是法光和尚的飞剑，比较独臂头陀还要厉害，此时饶你云中龙剑术精妙，也有些招架不住。只见黄光、白光、青光、紫光搅作一团，光气冲天，耀得星斗无色。两边正在酣战时，后面屋上蓦地飞到一道红光，细小如线，直刺入剑光丛中。云中龙等知道这是大师兄知几山人来了。此时黄光紫光渐渐不敌。众人抬头一看，见后屋上当先立着白发长髯，道貌仙风的老叟，正是知几山人。旁边还立着一个少年，奇英眼快，忙道："这不是我士杰弟弟么？我们仇人在此，快来复仇，不要放走他们啊！"

士杰答应一声"我来也"，舞动白光，跳入围里。母夜叉不觉心中一慌，早被奇英一刀刺中胸腔，倒地而死。秦镇东见妻子身死，心中悲伤，手里棍法一乱，被魏刚一剑削去，砍中左肩，负痛而逃，秀芳觑得亲切，摸出鹅卵石来，一石飞去，打中镇东脸上，镇东眼前一黑，身子望前直冲，卢英一棍，望他头上打下，打得脑浆迸裂。独臂头陀知道情势不好，首先逃遁。智觉跟后要走，知几山人的红光已到他的顶上，躲避不及，一颗光头跟着红光滚下。少林派人见大势已去，一齐乱窜。法光和尚、虎虎僧等都收剑而逃，鲁飞雄想从前门逃出，却听门外一声叱咤，杀进一位老英雄，皂衣皂帽，相貌凛然，左手拧起长髯，右手横着宝刀，把鲁飞雄拦住。众人定睛一看，又惊又喜，原来正是单刀老张。

鲁飞雄大吃一惊，以为老张阴魂来讨命了。呆得一呆，士杰早跳到他背后，手起剑落，把鲁飞雄砍倒，随手一剑，割下头颅，过去抱住老张哭道："祖父不是被那厮害死了么？怎的还在人间？莫非是梦么？"

奇英也过去拜倒，老张双手搀起两人，哈哈笑道："若要问我死不死，停会儿再讲，总之我是一个好好的人，和你们没有两样。"

此时少林派人都已逃去，知几山人收了红光，和众人相见。秀芳见老张未死，十分快活。又见门外跑进两条白狗来，口里各自衔着一段东西，跑到知几山人面前。大众仔细一看，却是虎虎僧徒弟道悦的尸身，不知怎样逃出去时，被这两条狗拦住咬死。那两狗是知几山人吩咐守在前门的。知几山人见了不觉叹道："孽哉。"将手一摆，两狗各各把尸身吐出，分立两旁。

云中龙对大众说道："大仇已报，敌人已逃，这些乡民和庄丁都是无辜愚民，杀之不忍。我们且回到魏家寨，有话再谈。"

众人道好，于是一齐走出。郎希岳早候在前面领路。他自领到众人后，便掩在庄前的。众人回到魏家寨，此时天已大明，李健等迎接进去，听说鲁飞雄已死，好生快活。众剑侠也不去安寝了，大家齐向老张询问，何以并未身死，又问士杰怎样和知几山人一起来的。

老张先说道："那天我不顾危险，偷进他们庄里，不幸被他们觉察。我因一人众寡不敌，要想退走，却不料跌入坑里。那坑底通着外河，我跌下去时，悠悠忽忽好像死去了。被水冲着，直往外流。不知流了多少路，忽然醒转，一瞧自身横卧在一只渔船上，有人在我身上抚摸。我心里疑惑道，不信我又活了么？这人是谁？怎样救我的呢？再一看，是个中年男子，把青布包着头，相貌英武，对我微微笑道：'老英雄不认得我么？'

"我细细对他看，仍旧不认识。他又说道：'你可记得潼关路上的小狮子郭四么？'

"这么一句话把我提醒了，原来十年前我有事经过潼关，遇见一个响马前来行劫，被我一刀刺倒，他求我饶命，我见他是个少年，不忍杀戮，才问了姓名，放他起去。又给他五十两银子，叫他去医治伤处。以后去寻个事情做做，不要再干这个勾当。他接了拜别而去，后来他便在那里做个渔人，生意也还不恶。凑巧那天早上他撑着船出来，忽见上游流来一个尸首，他用篙救了，倒出腹水，认得是我，遂坐在旁边，在我身上抚摸，待我苏醒。不想前次我饶了他命，后来他能救我。这其中真是有天意了。他又告诉我说，我的宝刀在救起时还未失去，他现在代我藏好，遂把我载着摇到他的家里，让我睡着休息。他家里也有一个妻子，夫妇二人一齐服侍我。我究竟年老，因此生起病来，一病月余，幸亏有他们。后来渐渐好了，我的复仇的志愿不能消灭，便向他告别，想到飞豹寨去约几个同志再来，哪知将近飞豹寨时，遇见黄九兄的下人，才知你们晓得我身死虎穴，齐到魏家寨来代我复仇。我心里十分感激，也忙奔魏家寨来。昨天晚上赶到寨中，只遇见李健兄等三人，他们瞧见我，都十分稀奇。我约略告诉了他们，又告诉我说众剑侠刚巧齐到前面去决战了，我便匆匆随后赶来，幸得祖孙团圆，又蒙诸剑侠相助，报得大仇。真使我感激不尽。"

众人听了，也各快活。士杰也把自己如何遇见紫衣妇及知几山人援救的事告诉了一遍。秀芳把手羞着面道："士杰弟弟，你和紫衣女住在一起，好不快乐啊。若不是老祖师前来，恐怕你也尽住在那里，不想着我们了。"

士杰红着面孔答道："秀姐不要冤枉我啊。"

云中龙叱着秀芳道："众位尊长在此，不要胡说。"

知几山人道："我自救了士杰回到山上，教他学剑。后来我的徒弟把韩晟弟给我的小柬送来，我知道少不得又要动一番杀戒了。便带着士杰赶来，将到此处，望着剑气，我知你们业已在那里动手，便挟着士杰飞速赶到，幸得获胜。不过那边的法光和尚、独臂头陀等不是寻常之辈，此次逃去，将来结怨更深，衅隙必多，我们武当派人须要切切留心，人不犯我，我不犯人。还是深自韬晦，少有杀伤的好。"众人都唯唯称是。

魏刚便命厨下大排酒筵，请众剑侠早饭。席间云中龙请出知几山人为媒，将秀芳许配士杰，秀芳又将奇英心事告知老张，老张也请郑天隐为媒，把奇英许给韦天焕。择定吉期，便在魏家寨代这两对小儿女成全百年之好。众剑侠都留在那里吃喜酒，趁此聚谈聚谈，非常热闹。过了几天，看看那边大树村里，死了鲁飞雄等也不见动静，知几山人和郑天隐、韩晟、玉琪、妙真等先自告别而去，随后卢氏弟兄也回家乡，郎希岳却被韦天焕邀去振远镖局帮忙，江长林等因为何声被杀，伤失羽翼，十分悲惜，仍回到飞豹寨去整顿部曲，待时而动。末后韦天焕带了奇英和郎希岳拜别老张等，要回到振远镖局去，奇英和秀芳握别时，依依不舍，出了不少眼泪，叮咛再三，方才分手。老张也和云中龙带着士杰与秀芳一对新夫妇，回转云龙庄。写到此间，我这部《侠骨恩仇记》也可告一结束了。

图书在版编目（CIP）数据

浊世神龙·侠骨恩仇记／顾明道著. — 北京：中国文史出版社，2018.3

（民国武侠小说典藏文库·顾明道卷）

ISBN 978 - 7 - 5034 - 9317 - 1

Ⅰ．①浊… Ⅱ．①顾… Ⅲ．①侠义小说 - 小说集 - 中国 - 现代 Ⅳ．①I246.5

中国版本图书馆 CIP 数据核字（2018）第 001259 号

点　　校：袁　元
责任编辑：薛媛媛

出版发行：**中国文史出版社**
网　　址：http://www.chinawenshi.net
社　　址：北京市西城区太平桥大街 23 号　邮编：100811
电　　话：010 - 66173572　66168268　66192736（发行部）
传　　真：010 - 66192703
印　　装：廊坊市海涛印刷有限公司
经　　销：全国新华书店
开　　本：720×1020　1/16
印　　张：23.25　　　　字数：310 千字
版　　次：2018 年 3 月第 1 版
印　　次：2018 年 3 月第 1 次印刷
定　　价：69.00 元